フランドルの冬

OTohiko
KAGa

加賀乙彦

P+D BOOKS
小学館

目次

第一章

1

「さあおいで。子供たち《メ・ザンファン》」鋭い張りのあるバリトンである。ロベール・エニヨンは、ぼってりした腕を力まかせに振った。

「さあ、さあ」

黄色い歓声をあげて、我先にと腋の下をすりぬけていく子供たちにロベールは目を細めた。こそばゆい快感だ。が、一人足りない。

「スザンヌ。フランソワはどうした」

スザンヌは唇に指を立て、良人の大声をたしなめた。

「二階でねてます。気持がわるいって。風邪ですよ」

ロベールはぴりっと眉をひそめた。それは彼が自分のたてた計画に少しでも支障を生じると必ず示す癖で、大抵はその次に《爆発》を、顔を紅潮させ唾をとばしての巨大な興奮をおこす前兆だった。

「だって夕食のとき、あの子は普通だったぜ」

「元気がなかったでしょ。蒼い顔をしてブダンを半分残したわ」

ロベールは《爆発》をおさえた。そうだった。ブダンを半分しか食べなかった。気分が悪いのならそうと言えばよい。黙っているからわからんのだ。まるで女の子みたいだ。いや、女の子だって末娘のキキみたいな強情なのもいる。あの子は女の子以下だ。

「で、熱は?」

「三十八度。頭痛と咳がすこし」

急にロベールは心配になった。鎮痛剤と鎮咳剤の処方が頭をかすめる。弱った。あの子はピリン剤に弱い。もちろん妻はそんなことを先刻承知のはず。何しろ彼女も医者なんだから。でも自分で診てやったほうがいい。

「大丈夫よ。ほっときゃ癒りますよ」

夫人はあわてている良人をなだめた。

「パパ」書斎から次男のベルナールが小さな顔をだした。「パパったら、早く来てよ」

続いてカトリーヌとクリスチーヌが顔をだした。三人がキンキンと囀る。「パパ、パパったら」

「お待ち」ロベールは力一杯に吸鳴った。

子供たちも負けていない。

「パパがすぐ来いといったんだ」「そうよ、わたし達忙しいのよ。御降誕飾り《クレーシュ》がつくりかけなんですもん」「そうよ、そうよ」

「お黙り」

「あなた」スザンヌが小声で注意した。

「ああうるさい。二つのことが一緒にできるもんか」

スザンヌは良人の額がすでにして汗ばんでいるのをみて微笑んだ。

「えい。何の話だった。そうだ。フランソワだ。あの子はちょっとおりて来れんのか」

「駄目。病気ですよ」

ロベールは大袈裟に肩をすくめた。「ああ何てことだ。年に一度の家族会議だってのに」

「なにもクリスマスの相談にあの子が加わらなくたって。あなた」

スザンヌは良人の太い腕を淑やかにとった。ロベールは妻にたよってびっこをひいた。彼は数年前関節炎を患って以来右膝がきかないのであった。ちょうど医長資格試験《メディカ》の最中で主治医の忠告を無視して頑張ったのがたたったのである。

その時、子供たちの澄みきった歌声がした。

エニヨンの王様は雷だ
　雷鳴とどろき
　ガラスはわれる
「ベルナールだな」ロベールはいたずらっぽく妻に笑いかけた。「ベルナールよ」スザンヌは晴れやかに頷いた。
まあ、どこで覚えこんだものか。マルケヴィッチふうに腰をひねり、鉛筆の指揮棒を優雅にふっている。そら、ドラム。管を存分にひびかせて。弱く……
エニヨンの女王様は雲だ
　雨を降らせて
　広野は緑
ベルナールはソファの上、アンニイとカトリーヌは机の上。クリスチーヌは床の上で唱うそばから笑いころげている。
エニヨン夫妻は書斎の入口で立止った。その次がさ、わ、り、だ。

ベルナール王子は河だ
麦をみのらせ
海をつくる

ベルナール作詞作曲のこの歌は、家族の一人一人について歌ってあった。いつもは全部きいてやるのだが今夜は忙しい。

「そこでやめ。ベルナール。みんな集まって。キキ。静かに」

エニヨンを囲んで円陣がつくられた。長女のアンニイは十二、次男のベルナールは九つ、次女のカトリーヌ（カッチ）は七つ、末娘のクリスチーヌ（キキ）は五つ。二階で寝ている長男のフランソワは十だ。カッチとキキはスザンヌの両側に素早く席を占めていた。

「いいかな。静かに」ロベールは禿げあがった額の汗をハンケチでぬぐった。「では家族会議をやる。議題はクリスマスの準備についてだ。御馳走を何にするか。どんな友達をよぶか」

「ウワー」とベルナールが素頓狂に叫んだ。アンニイとカッチが「シー」と口をとがらす。キキはただもう嬉しくて母親の膝の上にそりかえった。

「まず、ママから御馳走について提案してもらう」

「ウワー」

「ベルナール。いい加減におし」とロベール。

「ええと、生牡蠣、豚の足、トリュッフ、雁、サラダ、アイスクリーム。ちょっと待って。お料理のほうはお客様の人数によって考えなくっちゃ。ですから、誰をよぶかってほうを先にきめてちょうだい」

それもそうだ。では議題変更。ベッチュンヌの判事ジュール叔父夫妻は例年よぶことにしているから最優先。サンヴナン（この村の名前である）小学校校長ギョーム先生はベルナールのピアノの先生でもあるからよぶ。それからリールの製鋼所技師でロベールの弟ピエール夫妻も。

「ジャンリュックもよ」とキキが口をはさむ。ピエールの長男で六つになるジャンリュックはキキとカッチの親友だ。もちろんよぶさ。

「これで何人になるね」

「六人。ああ駄目。家のものをいれると十三人になるわ」

「弱ったな。じゃもう一人」

「ブノワをよんでやったら。あなたの内勤医《アンテルヌ》になったんだし……すると婚約者のマドモワゼル・ラガンもよぶことになるかしら」

ロベールは顎をぎゅっとひいて咽喉の脂肪をたるませた。

「ブノワか。どうも気がすすまん。あの男は虫が好かん。ベタベタひっつきやがる。腹黒いおべっか野郎だ」

「あなた」スザンヌが目くばせした。子供たちの前ですよ。

「どうだろう。コバヤシは。ドロマールの内勤医をしているあの日本人」

「それは妙案だけど……」

「だけど、なんだね」

「瘤つきですよ。こぶがいけません」

子供たちに分らぬようにそう言ってスザンヌは顔を顰めた。御存知でしょう。コバヤシが看護婦のニコル・デュピペルといい仲で、ベッチュンヌで同棲してるって話はこの病院中で知らないものはない。いやしくも県立サンヴナン精神病院の医長《メトサン・デ・ゾピトオ》の家庭に看護婦を招くってほうはない。この事をロベールはすぐ了解した。

「すると誰だ」

ベルナールが身をのりだし、非常な早口で言った。「ぼくは断然、ク、クルトンだな。あの人をよぼうよ」

エニヨン夫妻は驚いて顔を見合わせた。

ミッシェル・クルトンは内勤医である。この春、アルジェリアの戦場からひょっこり復員してきた。まだ徴兵期間はあまっていたが重傷を負ってアルジェの病院で治療をうけ、回復するやそのまま除隊になったという。すっかり痩せ衰え、皮膚は褐色に変って、きたならしい病人になっていた。そんな病身のくせに酒は飲む、喧嘩はする、女をめぐっていやらしい風聞が絶えない。しかも無神論者で教会へも行かない。入隊前からカミーユ・タレという患者の家庭訪問員《アシスタント・ソシアル》と内縁の仲だったが最近二人は別居したという。とにかく悪評嘖々たるならず者なのだ。

「ベルナール。これは真面目な家族会議なんだぞ。よりによってクルトンだなんて」ロベールは嫌悪のあまり吐きすてるように言った。

「ベルナール」スザンヌがやさしく言った。「どうしてクルトンをよびたいの」

「だって親友だからさ。ぼく約束しちゃった。クリスマスには家においでって」

「親友だって。ああ」ロベールはじだんだ踏んだ。

ベルナールは雀斑のうっすらとついた茶目っけのある小さな頬をふくらませた。「パパ。いい人だよ。あの人。それにひとりぼっちなんだ。カミーユとは別れたんだってさ」

カッチとキキがベルナールに同調して甲高く騒ぎたてた。「クルトンがいい。彼にしましょうよ」

「ああ」ちっぽけな子供たちにからかわれている具合のロベールは、すっかり落胆して太った体をくねらせた。「ああ、何てことだ。何てことだ」

一同が混乱状態に陥ったときスザンヌが静かに言った。「アンニイ。お前はどう思う」

不意に騒ぎが鎮まった。そうだ、アンニイがいた。すっかり忘れていた。アンニイならみんなが納得できる意見を言うだろう。アンニイはいつも落着いている。もう子供じゃない。この春、聖体拝受の白衣を着てアミアンの大聖堂にほかの女の子と並んだとき、すっかり成熟した美しい女性という印象だった。アンニイの胸があんなに豊かにふくらんでるなんて誰が予想しただろう。

みんなに見つめられてアンニイは面映ゆげにまばたきした。しかし声は穏やかで明瞭だった。

「わたくしはこう思うわ。誰かをよぶとしたら、よばれた人が喜んで、それでよぶほうも嬉しいような人よ」

「クルトンなら大喜びだよ。彼は孤独なんだ」ベルナールがませた口をきいた。

「で、アンニイ。クルトンはどう」スザンヌがきいた。

「あの人ならいいでしょ。面白い人よ。アルジェリアやモロッコの切手をたくさん持ってるし、お話は上手だし、いい人よ。でもパパはクルトンが嫌いなんでしょう」

「そうは言わんさ。これは会議だからな。みんなの意見に従うよ」ロベールは苦笑した。アンニイのやつ、すっかり大人びた調子だ。おれとは全然似ていない。スザンヌそっくりだ。こいつはスザンヌの遺伝なんだ。

「クルトンだ。クルトンだ」子供たちがいっせいに叫んだ。

ロベールは両手で耳に栓をした。

「よし、わかった。彼に決定。スザンヌ。いいだろうね」

「あなたさえよければ」スザンヌは目をつぶった。

次の議題、御馳走の件をにぎやかに論議しはじめたとき、玄関の鈴が鳴った。いち早く気がついたベルナールが「しっ」と一同を制した。再び鈴が鳴った。こんな時刻に誰だろう？

ロベールのいいつけで玄関口までとんでいったベルナールが息をはずませて帰ってきた。

「ブノワだよ。ブノワがパパにおりいって話があるんだって。非常にき、ん、き、ゅ、う、なんだって」

「お通ししなさい」

「ここに」

「そうだとも。私たちには秘密はない」

「でも……」

「どうしたんだ」

「なんだか変なんだよ。小さな声でね、そおっとパパをよんできてくれっていうんだ」

「チョッ」ロベールは眉をひそめて舌打ちした。「あの男ときたら。用事なら電話をかけりゃいい。こんな遅くに個人的な話でもないだろうに。それにおれを呼びだすなんて無礼きわまる」

「いっておやりなさいな。あなた。なんてったってブノワはあなたの部下なんだから」

ロベールは熱くなりかけた《爆発》を腹におさめるかのように丸く突出た腹をなぜ、杖をとった。

大柄で堂々とした恰幅のブノワは、白衣の上に医師専用の青外套を着て、街灯の光の輪の中に寒そうに立っていた。不安げに肩をゆすぶり、何か思いつめた表情で、ロベールがまだ歩いているうちからせっかちに喋りはじめた。

「弱ったことがおきたんです。大事件です。司祭が発作で倒れたんです。脳溢血の発作ですね。ぼくが診て、たしかに脳溢血なんです。それなのに、院長は信用しないんです。内勤医じゃ信用できん。医長をよべ、それも主任医長をよべ。つまりドロマールをよべ、とこうなんです。ところがドロマールは来ないんです」

「チョチョチョ、君の話はさっぱりわからん。司祭ってどこの司祭だ。ドロマールが来ないってのは？　順序をたてて話してみたまえ」

「すみません」ブノワは頭を下げた。鼻翼に汗が光っている。

「今晩、ぼくは当直医なんです。八時過ぎに電話が入りました。総婦長のヴァランチーヌ尼で、病院司祭様が突然倒れたという。かけつけてみるとエスナール神父がベッドで大鼾をかいていました。瞳孔をみると左が拡大しています。ゆっくりとした呼吸で意識はありません」

「で、なんだと思うんだね」ロベールは、急に論理的な説明調になったブノワの話しぶりに、今度は苛々としだした。「結論をはやく言いたまえ。君の診断は？」

「左側の脳出血です」ブノワはこの重大な情報の効果をたしかめるように、心もち胸をそらし、自分より背の低い医長殿を見おろした。

「ふん。それで」ロベールはとり合わなかった。

「そこへ、フージュロン院長がやって来ました。ぼくが診察中なのに、ドロマール医長をよべという命令です。まるでぼくを無視してるんです」

ブノワは口をとがらせ肩をゆすった。この不平屋がよくやる仕種である。

「この病院では、司祭の病気は主任医長が看取ることになっている。単なる習慣にすぎんがね」

ロベールがいかつく言った。

「そうですか」ブノワは一瞬不快な表情を走らせたが、すぐと元気よく、まるでとっておきの打明話をするように芝居じみた声で語った。「それからが大騒動なんです。御存知のようにドロマールの公舎には電話がありません。夜の静粛を乱すとかで十年来電話なしなんです。そこでヴァランチーヌが駈出して行きすぐ戻って来ました。玄関の呼鈴をいくら押しても返事がないというのです。ドロマールが家にいることは確かなんです。入るところを見た看護婦が三人もいます。ところが彼が外出した姿をみたものは誰もいない。そこでぼくが出むきました。二階に電灯がついている。誰かが歩いている影がカーテンに映っています。彼は中にいるのですよ。そこで小声でよんでみました。返事がありません」

「小声で？」

「そうですとも。だって、彼は大声を極度に嫌いますからね」

「で、どうしようというのだ」

「御願いがあるんです。ヴァランチーヌやぼくにできなかったことを先生にやっていただきたいのです。つまり、ドロマールの家の前で、彼を大声でよんでいただきたいのです」

「チョ、チョ、チョ」エニヨン医長は、まんざらでもないといったように何回もうなずいた。当病院ひろしといえども、ドロマール医長に大声で叫べるのはエニヨン医長をおいてほかに無い。

「行ってくださいますか」ブノワはほっとして、急に陽気になったエニヨンに遠慮がちの微笑を送った。

「行ってやるよ。莫迦げたことだがね。とんでもない主任医長殿さ。いったい、受持病棟《セルヴィス》に夜、急患がでたとき、どうやって彼に連絡をとるんだ。君はついこないだまで彼んとこにいたから知ってるだろう。急患はどうするんだ」

「翌日の朝まで待つんです。だって仕方がないでしょう」

「ああ莫迦げてる。それでも医者かね。ところで患者の処置はぬかりないだろうね」

「頭と心臓に氷嚢を置くよう指示しておきました」

「脳出血の場合は最良の処置だ。よろしい」

「コバヤシにたのんでついてもらってるんです。あの男は立派な医者ですから心強いです」

ロベールは二、三歩外へ出ていき、冷い夜風にふるえあがった。

「スザンヌ。外套だ」

病院の南の塀の外側に、医長公舎が並んでいる。東からマッケンゼン夫人、エニヨン。正門の近くにフージュロン院長邸。門をはさんで西には会計主任《エコノーム》のベカールの家。さらに西寄に通称《小棟《プチ・パヴィヨン》》とよばれる空屋があった。プチ・パヴィヨンは、以前医長公舎であったが、生い茂った蔦につつまれ窓も壁も区別のつかぬほどの廃屋となっている。噂によれば戦争中ここでナチ親衛隊が村のユダヤ人を虐殺して以来誰も住まなくなったのだそうだ。そこから三十メートルほど砂利の小道を行くと突当りにドロマールの公舎が深閑とした闇に漬っている。うしろはフランドル地方特有の鬱蒼たる巨木の森である。それは寂しいうえに不便きわまる場所なのだ。マッケンゼンとエニヨンの公舎が病棟に近く、国道に面した立派な車庫をそなえているのに、ドロマールのところは、遠いうえに奥まっているので車庫もつけられない。その上、電話もないときているのだ。ブノワの懐中電灯がなかったら道の見当もつきかねたほどに、あたりの闇は濃かった。

なるほど二階の窓のカーテンにうっすら明るみが染みている。呼鈴を押してみる。電源がきれているのか反応がない。扉をたたいてみる。建物全体が廃墟のように手応えがなかった。

エニヨンは決心し、持ち前の大音声で二階の窓を呼んだ。

「ドロマール！　エニヨンだ。急用だ。司祭が、エスナール神父が倒れたんだあ」

答はない。すでにエニヨンは腹を立てていた。熱烈な《爆発》が胸から頭へ沸騰した。繰返し絶叫しているうち、ついには我を忘れて猛り狂っていた。

とにかく反応はあったらしい。カーテンが動いたとか、電灯がゆらいだとか、足音がしたとか、そんな気配がした。二人は待った。ながい気詰りな時間に思われた。高い梢を黒い風が物凄くきしませていた。ブノワは何かを言わなくては礼儀に欠けるという気持になって自分の医長殿に話しかけた。

「知事が来るそうですね」

「………」

「もっぱらの噂ですよ。来年のはじめに県知事の視察があるって。ベカールが大車輪で病院中の修理をはじめたのはそのためだって。ほんとうでしょうか」

エニヨンは肩をすくめた。そんな噂はどうだっていいじゃないか。司祭が発作で倒れたんだ。それ以外のことを考えるのは場ちがいで不謹慎だ。ブノワは恥じ入って黙りこんだ。しかし、心中はおだやかではなかった。ちぇっ。医長だと思ってえらぶってやがる。おれが来年医長資格試験《メディカ》を通れば、おれはこの男と同等だ。もう少しの辛抱だ。みていろ。

玄関のカーテンが、すっと切られたほどに細く開き、誰かがこちらを覗いた。ポーチの電灯がともり、扉が用心深く開いた。

「何の用だ。エニヨン」

エニヨンが手短かに事情を話した。

「さあ中に入りたまえ。隙間風が気持わるい」

ドロマールはぴったり入念に扉をしめた。

エニヨンもブノワもこの家の中ははじめてだった。で、物珍しげに見廻わした。異様な感じである。両側の壁には、入口から奥の階段まで紫色の厚いカーテンが天井から垂れ下っている。絨毯も紫だ。天井も赤っぽく塗られている。廊下はまるで血塗られた洞窟のようだ。

ドロマールは赤い絹のガウンをまとっていた。瘦せぎすな男で背はブノワより少し低くエニヨンよりはるかに高い。驚いたことに白い外科帽をかぶっていた。フランスの年輩の医者によくあるように、院内で必ず外科帽をかぶるドロマールの習慣は有名であった。だが自分の家の中でまでそれを着用するというのはどうした趣味だろう。

ドロマールはにこやかであった。明らかに同僚のエニヨンを意識している。内勤医や看護婦の前で示す、あの剃刃のように峻厳な態度とは雲泥の差だ。

「失礼した。ぼくは夜、早いんでね。まさか、君がじきじき来てくれたとは思わなかった」

エニヨンに鄭重な礼をいい、握手して外へ送りだすと、ブノワの怖れていたようにドロマールはがらりと人が変わった。ガウンのポケットからとりだした金縁眼鏡を目の前にかかげ、細字の書物でも調べる具合にブノワの顔に近付いた。

「司祭の容体は？　君の診断は？　処置はどうしたか」

ブノワは、以前ドロマールの内勤医をしていたときいつもそうだったように、しどろもどろに自分の診たところを報告した。ドロマールは神経質にピリピリと首を振った。

「脳出血か。それだけじゃ根拠が薄弱だ。脳血栓とどうやって鑑別するね。こんなことは医学の初歩だが重要なことだ。脳の血管が破れて内出血をしたのか、それとも脳の血管がつまって脳軟化症をおこしたのか。それによって治療が全然ちがう」

「………」

「たとえば君はプレボスト氏徴候を調べたかね」

「プレボスト？」

「そうさ。共同偏視《デヴィアシヨン・コンジユゲ》。出血した側に眼球が回転するやつさ」

「ああ。それは……」

「調べなかったのか。顔面神経麻痺も見落したな。左側の脳出血だと断定している君の根拠は、それじゃ、瞳孔の左右差だけじゃないか」

容赦なくそう言うや、ドロマールはふと不機嫌に額に皺を立て、口を緘んだ。ブノワは悄然とうなだれた。なまじ背が高いのがかえって気がひける。

エニヨンの前だったら多少の心のゆとりも持て、ひそかに反抗心を燃やすことも可能なのだが、このドロマールの前では徹底的に押しひしがれてしまう。何もかも見透されてしまい、自分の立つ瀬がなくなるようなのだ。今年、ドロマールが医長資格試験《メディカ》の審査員であったあいだ、彼はドロマールの内勤医だった。ところが、来年はエニヨンが審査員に選出されそうだという情報をつかむと、彼はドロマールを去ってエニヨンの内勤医になった。もちろんおもてむきの口実は、最近エニヨンが創始した抗酒剤の皮内移植手術を習うためということではあった。が、ドロマールはブノワの小利巧な立ちまわりを見抜くだけの力はもっている。そんなことでブノワはドロマールの前で一層気がひけるのであった。

もっと悪いことがある。エニヨンが審査員になるという情報をもらしたのは、このサンヴナンにほど近いノール県立の精神病院であるアルマンチェールの新医長ヴリアンである。ヴリアンはつい今年の春までエニヨンの内勤医をしていた男で、ブノワの幼馴染みでもあり、医長だけがつかみうる秘密情報をブノワに心やすくもらしてくれたのだ。ところが半月程前、ヴリアンは情報を訂正した。エニヨンは審査員にはまだ若すぎるという声が多いため、どうやらドロマールが再選されるらしいというのだ。思惑のはずれたブノワはすっかり意気銷沈した。彼の前に再びドロマールの姿が偉大なる人物として浮かびあがってきたのである。

白衣に着替えたドロマールは、糊のきいた外科帽を少し斜めにかぶり、青外套――これもブノワのよりは上等品であった――を袖を通さずマントのように肩にかけ、ブノワを従えて外に出た。

病院の正門を入るとすぐ、桃色の石灰岩造りで、擬ゴチック風の立派な礼拝堂がある。司祭館はその裏手の図書館の前にあった。そこはマロニエの大樹の並木道に面していて、夜は人通りも稀な区域である。が、今夜は看護尼たちがあわただしく往来し、司祭館の窓という窓には煌々と明りがともり、何か尋常ならぬ雰囲気をかもしていた。

なにしろ有徳のエスナール神父様の御病気なのだ。お年は九十をすぎられたそうだ。本当の年齢は神父様御自身にもわからないという。もう六十年以上も前から、つまり前世紀の昔から、この病院がまだリールの聖母協会に付属していて、現今のように俗人《ライック》の看護婦など含まず純粋の看護尼だけが働いていた聖なる時代から、エスナール神父は病院司祭をやっておられたのだ。たしかに最近はおとしのせいか御説教もまわりくどく発音も空気がぬけて何が何やらわからないけれども、それでもあのおやさしい御眼や御口元には慈愛の光が充ちみちている。神父様にくらべれば、総婦長のヴァランチーヌ尼なぞまるで生れたての赤子のようなものだ。

廊下は看護尼の黒い衣で占領されていた。おしなべて深刻そのものの表情をのぞかせ、一人が十字を切ると一律にそれに倣った。ドロマールとブノワに期待をこめた目が集まった。会釈し道があけられる。それでも、尼さんたちの円っこい肩や背中をおしわけて進まねばならなかった。

狭い部屋の中にこうたくさんの人間が犇めいていたのではたまらない。壁にそって看護尼の一団が並び、院長のフージュロンと総婦長のヴァランチーヌの蔭にようやく司祭のベッドがみえた。コバヤシが病人の脈をとっていた。暖房がききすぎているうえに、人いきれが加わり、むんむん息詰まるほどだ。

ドロマールの登場は劇的であった。待ちかねていた人々がさっと身をひくと、真直ぐベッドにむかって足を速め、肩にかけた青外套を落下傘のように後にあおった。それはブノワが外套の端で顔をしたたか逆なぜされたほどの勢いであった。

まず病人だ。

「具合はどうか」ドロマールはコバヤシにたずねた。

「危険です。脈が速く、不規則です。完全な昏睡状態です」

「よし」力強くいう。それからくるりと振返った。「ああ君たち、これじゃ診察ができない。医者とヴァランチーヌ尼以外は部屋をでてもらいたい」

看護尼たち——部屋の中にいるのは病棟主任の尼僧ばかりだった——は不承不承に退出しだした。

「わたしもかね」フージュロン院長が言った。院長は事務官なのである。

「もちろん。医者とヴァランチーヌ尼以外は出ていただく」

ドロマールの剣幕には院長といえどもかなわない。院長は未練がましく戸口へ行き、そこで出会がしらに入ってきた会計主任《エコノーム》のベカールを連れて隣室に移った。

場がこうしてごたついている間にブノワはコバヤシに囁いた。

「氷嚢はどうした」

「とりはずした」

「なぜ」

「血圧は低いんだ。心臓の衰弱だ。こんな場合氷嚢は禁忌だよ。ぼくは思うに、これは脳出血じゃないね。脳血栓だ。見たまえ、神父の顔を。蒼白で血のかけらもないだろう」

ブノワは温度表をコバヤシの手からひったくり食入るようにみつめた。脳血栓だ。ドロマールの言うとおりだった。おれは誤診した。血圧をあげて脳の血流をよくするべきなのに、全く逆の処置をしてしまった……

「さてと」ドロマールが近付いた。「ドクトゥール・コバヤシの診断は?」

ブノワがあわてて口を挿んだ。

「よく考えてみると、やはり脳血栓らしいです」

「待ちたまえ」ドロマールは邪険にあしらった。

「君の意見はさっききいた。ぼくは、ドクトゥール・コバヤシにきいてるんだ」

コバヤシは日本人特有の、フランス人のいう《神秘的な微笑》(少なくともこの厳粛な場面で笑顔をみせることは異様なことだった)を浮かべて、ゆっくりと、しかしなまりのない正確な発音で意見をのべた。

「ブノワの言う通りだと思います。脳血栓でしょう。突然来たものとは思えません。さっきヴァランチーヌ尼からきいたのですが、司祭殿はこの数年ぼけかたがひどく、聖書の文句を忘れたり御説教の最中に眠りこけたり……」

ヴァランチーヌは制服の幅広なカラーをわざときしませてコバヤシに注意した。あれは内緒にした話です。医長先生に申しあげるべきことではありません。けれどもこの正直で善良な外国人は、ヴァランチーヌの洗練された合図に全く気が付かなかった。

「つまり徐々にはじまった脳動脈硬化です。その徴候はそろっています。低血圧、蛋白尿、心臓の衰弱、この老齢でおこるべきことがおこったのです」

ドロマールは満足げに大きくうなずいた。彼がじきじき診察する番だ。ヴァランチーヌが診察器具をのせた銀盆を頃合よく差出した。

ブノワは感嘆と感謝と嫉妬をこめてコバヤシに片目をつぶってみせた。パリのサンタンヌ病院で二年間勉強し、今年の四月に、国際的にも有名な精神病理学者であるドロマールの盛名をしたってこのサンヴナンに内勤医として赴任してきたこの男、無類の勉強家で本の虫で日曜日も終日机にむかうかと思えば、看護婦のニコルと熱烈な恋愛をはじめベッチュンヌ(サンヴナンから十三粁南にある人口五万の町)で同棲生活をやってのける。おれにこの黄色い小男くらいの頭と精力があれば、《メディカ》なんかいっぺんで通ってみせるのに。

フージュロンは眼鏡をはずし、目を細めて相手を見定め、威厳と親密さを自分の顔に意識しながら、自慢の美しい白髪の頭を動かした。

「で、A三病棟の渡り廊下のペンキは? あれはひどいね。ああ煉瓦が無様に露出しているとみっともない。ペンキをうんと塗りたくる必要がある」

「あそこは新年早々に手がけるつもりなんです」ベカールは万事抜目なく心得ているというように、酒やけのした赤い顔で院長にまばたきした。この男も白髪である。白髪と赤い顔のため狒狒という綽名でよばれている。

「現在、病院中のペンキ屋は全員屠所の改装にまわっていて今年中は手一杯なんです」

「なるほど。まあかけたまえ。君、葉巻をやるかね」

フージュロンはふんわりとソファに腰を沈めたが、ベカールは謙虚に立ったままでいた。差出された葉巻を叮嚀に受取り、ライターで院長のと自分のとに火をつけた。

「結構なお葉巻で」

「なに、先週の日曜日ベルギーへ行ったついでに密輸してきたやつだよ」

「はあ」

ベカールは、半開きのドアからみえる尼さんの影を落着きなく振返り、急いでドアをしめに行った。部屋の中は二人きりになった。

「実は内密にお話ししたいことがあるんです。屠所の改築の件なんですが」

「言ってみたまえ。何か問題があるのか」

「こんな場合、とくに今夜みたいなとりこみの最中に申しあげにくいことなんですが、御承知のように屠所の改築は元々エスナール神父の御申出ではじまったわけでした。つまり殺されていく憐れな牛どもの悲鳴をきくにたえんというので厚いコンクリート塀で囲むことになったわけです。わたし自身は当初から、この病院予算では手にあまる大工事だと危惧していたので反対意見を申し上げていたわけです。実際はじめてみますと、立案当時より予想外に人件費があがってましてね。できたら今からでも中止したらどうかと……まだ溝を掘っただけの段階ですから、やめようと思えば今からでもやめられます」

「しかし」

ベカールは院長をおさえて、急に共犯者めいた微笑を近付けた。

「エスナール神父にもしものことがあれば、工事の目的もなくなるわけです。神父の容体によって工事を一時見合わせるとか」

「それはどうかなあ」フージュロンは、その言い分はよくわかるがという風に目で合図しながら考えこんだ。

「しかし、屠所の塀の件を主張したのは神父だけじゃないぜ。たしかエニヨンも主張した。自分の病棟が屠所に近いから何とかしてくれと言ってた。彼は手強いよ。一度言いだしたら絶対あとにひかん男だ」

「ところがです。あの先生には随分と貸しがあるんです」ベカールは待ってましたと雄弁にまくしたてた。「いいですか。四年前あの先生が着任してから、院内の金をくう工事はほとんど彼のところばかりなんです。音楽療法をやるからB一病棟の全病室にスピーカーをつけろ。患者の作業場にするからB三病棟の壁をぶちぬけ。患者の精神を安定するためには青クリーム色（一体そんな色の塗料なんてあるもんですか）がよいから、全病室の壁を塗りかえろ。作業療法の製品を運搬するトラック一台とその車庫が必要だ。いやはやです。わたしどもの予算では古い建物を修復維持するのがせいぜいで、とても新しい工事なんかは手がでないのが現状なのに……」

「でも、今いった工事を全部君がひきうけたわけじゃないんだろう」

「それはそうです。請求の三分の一、ことによったら四分の一ぐらいにおさえてはいますがね」ベカールは狡猾に笑った。

「だったら今度の屠所の件ぐらいは……」

「そうはいきません。釣合というものがあります。三人の医長のうち、マッケンゼンとドロマールはほとんど要求がないんですからね。エニヨン一人に貸しがあるのです。屠所の件を拒否してもまだ貸しがあるくらいです」

「エニヨンはまだ若いんだよ。悪意はない。患者のためにあらゆる新療法をとりいれようと夢中なんだ。熱血漢だよ。大目にみてやったほうがいい。それに、君の話は早すぎる。エスナール神父がもし回復されたらどうするつもりだ」

ベカールは不満げではあったがおそれいったかのように頭をさげた。二人は隣室のほうに聞耳を立てた。廊下に集まっている看護尼たちのざわめきばかりが耳に入ってくる。ベカールは鍵穴からのぞいてみた。

「まだ診察はおわってないようです」

二人は所在なく葉巻をふかした。ベカールは院長のソファから離れたところをコツコツと歩いたが、葉巻の灰だけは注意深く院長の前の灰皿に落した。

しばらくするとベカールは半ば遠慮がちな、どことなく馴々しい顔を院長にむけた。

「たしか院長は知事閣下と同窓だとか……」

「そう。彼もモンペリエ大学の法科だからね。ぼくより五年先輩なんだ」

「個人的に親しい間柄だとか」

「というほどでもないがね。まあ多少は交際したことがある」

「それがなによりですよ。なにしろ……」

フージュロンはベカールの言おうとするところがよくわかった。来年早々に当病院を知事が視察する。県立病院であるからには当然の行事なのだが、厄介なことにはちがいない。病院側の受入れや接待に手落ちがあれば、院長である自分が責任をとらねばならない。知事を満足させれば、それは院長の功績になる。その場合、知事と個人的な面識があればすべては有利にはこぶだろう。もう一月も前から準備をはじめた。ベカールに命じて目に立つ場所は改装させている。医長たちには知事の案内と説明の役をたのんだ。エニヨンはうまくやってくれるだろう。心配なのは奇人のドロマールと病身のマッケンゼンだ。ドロマールはえらい学者かも知れんが、病棟の管理や患者の治療にはあまり熱意がない。エニヨンの病棟が明るく近代的な感じなのに、ドロマールのところは陰気で古色蒼然、まるで僧院みたいだ。マッケンゼンにいたっては論外だ。この結核病みの中年婦人は、一日に一時間病棟にでむくだけで、あとは内勤医のクルトンにまかせっきりだ。そのクルトンがとんでもない偏窟者ときている。院内の医者でネクタイをしないのはあの男だけだ。院長のおれに会っても挨拶もしない。何かよからぬことをたくらんでいる、気味の悪い目。

フージュロンは何だか心配になってきた。

「ドロマールとマッケンゼンのところは大丈夫かな」

ベカールは有能な従僕らしくたちまち院長の心を読みとった。

「マッケンゼンはともかく、ドロマールのほうは大丈夫です」

「しかし……」

「御心配なく。先生は好きなんですよ。知事の視察なんてことが。この前の大統領夫人のときだってそうでしたでしょ」

「ああ、あれはそうだ。しかし、大分調子っぱずれだった」

二人は笑った。隣室のドロマールに気がねして押し殺すような笑いではあったが。

この会話を理解するには、すでに病院中に喧伝されたちょっとしたエピソードを知らねばならない。

この秋ドゴール大統領がフランドル地方を遊説に来た。何しろ高名な大統領をじかに見れるというので病院の主だった人々はベッチュンヌの大広場《グラン・プラス》の演説会にあげて出向いた。その隙に、突如大統領夫人が病院に来訪したのである。噂によると夫人には精神薄弱の息子があり、そのため精神病院には並々ならぬ関心を抱いているそうである。外出嫌いのため病院に残っていたドロマールは、大統領夫人ときくと、白衣にレジオンドヌールの略章を飾り応接間に現われた。病棟の内部を見学したがっている夫人の前に、ドロマールは羊皮表紙の《ドロマール論文集》を差出し、延々一時間にわたって自己の業績を、夫人にはチンプンカンプンの分裂病の精神病理学を講釈した。辟易しているうちに時間ぎれとなった夫人は《ドロマール論文集》を手に愛想よく帰って行った。結果として、当病院でもっとも不潔で乱雑で、恥部ともいうべき精神薄弱者病棟は、大統領夫人の目をのがれたわけである。

フージュロンはふと真顔にかえった。

「笑いごとじゃないぜ。今度はうまくやってもらわないと」

「大丈夫です。わたしに名案があるんです」

ベカールがそう言ったとき、扉がぱっと開いて、ドロマールが荘重な足どりで入って来た。フージュロンとベカールは、重大な使者を迎える城主と家老といった様子を機敏に演じた。

子供たちを寝かしつけるとスザンヌは下におりた。良人は書斎で机にむかっていた。毎晩見馴れた光景である。部厚い書物の山、ノート、鉛筆、消ゴム、灰皿、シガレット。すべてはあるべきところにある。彼の仕事の時間なのだ。きっかり午前一時まで坐り続ける。医学雑誌の頼まれ原稿、鑑定書、報告書、症例の整理——仕事はいくらでもあるのだ。日曜日の夜ぐらい休めばいいのにとスザンヌは思う。こんな仕事は週日の昼間やればいいのだ。ところがロベールは昼間は患者の診療に没頭していて寸時も暇がないのだ。医長になったのだから少しは楽をして診療は午前中だけにする（わたしの知ってる医長はみんなそうしている）とかして自分の時間をつくればいいのに、全く内勤医の頃と同じ生活をしている。ロベールの信念はゆるぎがない。医者はまず患者のためにある。正確にいえば患者のおかげである。考えてみたまえ。医学が患者から学ぶことのほうが、医学が患者に与える恩恵よりずっと大きいのだ。そう言われるとスザンヌには返す言葉がない。そのとおりだ。でも、ああ詰めて働いていたら体をこわしやしないかしら。スザンヌは良人が膝関節炎で倒れたときの恐怖を思い出した。

四人の子供がいた。キキはまだ生れていなかった。私たちはヴォージラール街の狭いアパートに住み生活は苦しかった。ロベールは昼間はデポ（パリ警視庁付属病院）に勤め、夜は《メディカ》の受験勉強をしていた。食事や睡眠の時間も惜しむほどの打込みようで、わたしは子供たちを静かにさせておくことばかり気をくばっていた。ロベールは神経過敏で何かというと《爆発》した。日曜日も祭日もなかった。わたしは子供たちをつれて、よくリュクサンブール公園に避難したものだ。何カ月も未亡人のようにわびしい夜がつづいた。そして、突然の激痛と発熱。《メディカ》の二日前だった。外科医は手術をしないと関節が癒着して硬直してしまうと警告した。ロベールはきかない。高熱をおして試験を受け、見事パスした。おかげで彼の右脚はもう曲らなくなってしまった。

それでよかったのかもしれない。医長になれてこの広い公舎をもらえた。給料はあがり、自動車も二台もてる身分になった。とにかく生活に変化と進歩があった。日曜日と夕食後の二時間はロベールも私たちと過す余裕をもてるようになった。

問題はロベールが勉強をやめないことだ。今度はセーヌ県の医長の資格をとるという。そうすれば、パリに戻れるし、子供たちもよい学校にやれるからというのだ。相変らず続いている孤閨の夜。毎晩、たった一人で冷いベッドにもぐりこむ味気なさ。でもロベールは正しいのだ。いつだって正しいのだ。

スザンヌは台所でコーヒーをいれ、書斎に運んだ。ロベールは振向きもしない。左手で書物の行を追い、懸命にノートをとっている。こんなとき話しかけるのは禁物だ。スザンヌはおやすみのキッスもせずに二階にのぼって行った。

暗闇の中でスザンヌは耳をすました。子供部屋から寝息がきこえる。窓ガラスの震える音。枯枝のきしみ合う音。風が強い。国道を越えてむこうの畑へ黄色い光が伸びている。ロベールの書斎の灯だ。世界はそこで閉じられている。空も地平も動く迫る壁のようだ。

眠らねばならない。明日は月曜日。朝は早いし、子供たちを車で送っていかねばならない。キキは幼稚園《エコール・マテルネル》、ベルナールとカッチは小学校《エコール・プリメール》。フランソワは休ませたほうがいい。アンニイはベッチュンヌの中学校《リセ》。ベッチュンヌまで往復二十六粁、それからロベールの朝食、病院の洗濯場へ出す衣類の区わけ、食器の片づけ、手伝いのマダム・シャニヨンが来るまでに買物と掃除と暖房の石炭の量をメモしておく。九時に病棟へ行きロベールの新患診察に立会う。忙しい朝だ。どうしても眠らねばならない。

胸さわぎがする。エスナール神父は昏睡状態だ。キキの洗礼をなさったとき神父はまだ矍鑠としておられた。奇蹟の九十歳と人は言ったものだ。下の書斎に一本の電話がかかる。それで神父はみまかったことになるのだ。フランソワとベルナールは悲しむだろう。二人とも神父の侍童なのだ。本当に心の底から《おじいさま《グラン・パパ》》を慕っているのだから。

フランソワが女の子だったらよかったのに。本当にあの子は美しい。性質だって女の子のようにおとなしい。弟のベルナールと喧嘩しては泣かされてしまう。でも男の子なんだからもっと強く育てなくては。どうしたらいいかしら。

ベルナールの乱暴者。いつも騒動をおこす。知能指数は百七十なのに学校の成績は下の下だ。落着きがないからだ。ふわふわしてじっとしていられない。勉強してるかと思うと歌を唱っている。だけどロベールはベルナールを叱りすぎるんじゃないか。あの子は音楽に才能があるんだ。この頃のピアノの上達ときたら目覚しい。そろそろギョーム先生でも手におえなくなってきている。田舎にはいい先生がいない。パリへ行きたい。そのためにはロベールが試験にパスしなくては。あら、やっぱりロベールは正しいんだわ。

スザンヌは眼を開いた。白い粉が渦をえがいて光にたわむれている。雪だ。数日前の雪が雨で半分溶けたと思ったら、また雪だ。雪か雨、たまに晴れると霧だ。毎日暗くて湿って寒い。

夜と昼とのけじめが曖昧なのだ。一日中暗くて夜のようだ。春が待ち遠しい。

ああ春！　春だけだ。田舎にいていいなと思うのは。新緑の森や牧場、ポプラ並木。めくるめく光、花々、蜜蜂、蝶、それから透明な風にのった海燕。どこもかしこも子供たちの恰好な遊び場になってしまう。

キキはここで生れた。《大地に足がついている》。丸々と肥ってきかんぼうだ。父親ゆずりの《爆発》をやらかす。いつだったか、マダム・シャニヨンの手に嚙みついたことがあった。階段で「タンタンとミルーの冒険」をみていたときマダム・シャニヨンがちょっと絵本の端に触ったというだけのことなのに。いつも茶目でひょうきんでお喋りの子が、ああなると狂暴だ。こわいみたい。顔中血だらけにして床にころがり、手当り次第のものをなげつける。

キキと対照的に、カッチは《空気の中にいる》。あの子のオハコは《忘れもの》だ。帽子、手袋、外套まで忘れてくる。いつもぼんやり何か考えている。みんなと遊ぶより、ひとりぼっちで芝生の真中や運河の岸辺で、雲や水をみながらじっとしているのが好きなのだ。あの子の目が清らかなのはそのせいかしら。長い睫毛と黒い瞳はロベールにもわたしにもない。不思議な子だ。

そこにいくと、姉のアンニイは何もかもわたしにそっくりだ。聖体拝受のときみていてどきりとした。わたしの記念写真と瓜二つなのだ。それでつい涙を流してしまった。いとしくてかわいくてただもう泣いてしまった。性質だってそうだ。炊事や裁縫が好きだし、わたしに似て難しい議論が大嫌い、ロベールやベルナールやキキが、エニヨン式の狂躁を演じても、感染もせず、ひっそりとしている。そんなところが弟や妹たちの信頼をえている理由なんだろう。

風がやんで、垂直の雪が白い無数の紐のように降っていた。大雪になりそうだ。明朝ベッチュンヌまでの道が心配になる。スザンヌは昨年の暮の大雪でダンケルクにとじこめられたときのことを思い出した。パドカレ県医師会の例会にロベールと一緒に車ででかけたところ積雪で道路が遮断された。汽車も不通であった。両親が帰らないので不安がる弟や妹たちを寝つかせるとアンニイは電話機の前でひとり徹夜した。翌朝やっと電話の回線が修復された。両親の無事な声をきいたアンニイは安心してベッドに入った。しかし、そのまま発熱し二週間ねこんでしまった。寒さと極度の緊張のため気管支肺炎にかかったのである。

子供たち。わたしの子供たち。スザンヌは幸福な溜息をもらした。そうして平和な沼地の底におりていくように眠りに沈んでいった。遠くで電話が鳴っていた。神父がみまかったなとスザンヌは意識の片隅で感じた。

内勤医《アンテルナ》宿舎の食堂である。

ブノワは白衣をきたまま、大柄な体を前こごみにし両手をこすり合せ、靴音高く歩きまわっていた。

「寒い。寒いなあ。畜生、ベカールのやつ夜になると石炭のたき惜しみだ。ええい畜生」そうして生ぬるいスチームパイプをたたき、もう何回もひねってみたバルブを腹立たしげにひねった。

「なんてことだ。こんな寒い夜に当直医だなんて、ついてないよ。エスナール神父が朝までもちゃ、ぼくは徹夜しなくちゃならん。ぜんたいだ、医長は当直免除で、内勤医だけにその義務があるってえ規則はどこのどいつがつくりやがったんだ。ええい。このスチームぶっこわすぞ」

ソファに腰かけていたコバヤシがふきだした。

「静かにしろよ。下でベルナデットがヒステリーをおこすぞ」

「かまわん。ベルナデットなんかくそくらえだ」

ブノワはそれでも急に足音を弱め、ついには立停り、渋面とともにどっかとソファに身を投げた。内勤医《アンテルナ》宿舎は病棟の三階にある。二階までは病室だ。患者たちは九時に消灯だから、夜ふかしの多い内勤医と下の病室の主任看護尼ベルナデットとの間にトラブルが絶えないのである。

「なにか飲むかい。暖まるよ。コニャック、シャルトルーズ、スコッチも少々ある」

「コニャックがいいな」

ブノワは元気を盛返した。コバヤシは気さくに席を立ちすぐレミ・マルタンの黒瓶をかかえて来た。

「ええコバヤシ」ブノワは二杯ばかり流しこむと目をむいて顎をつきだした。「あわれなもんじゃないか我々内勤医は。医長からはしめつけられ、看護尼からは肘鉄を食い、院長からは信用されん。今夜の一件だってそうだ……」エニヨンは横柄だ。ドロマールは学識を鼻にかけ内勤医に恥をかかすことしかしない。しかも、あのお喋りのヴァランチーヌ婆さんの面前でだ。フージュロン院長にいたっては言語道断、医学のイの字も知らんくせに規則だ習慣だとぬかす。この病院から内勤医がいなくなってみろ。たちまち診療はストップ、院長は馘、そして医長連が当直だ。ざまあみろ。

ブノワの怪気焔をコバヤシは当惑した様子できいていた。ふとそれに気がついたブノワは苦々しげに唇をゆがめ黙りこんだ。この男は外国人なんだ。内勤医が嫌になればさっさと帰国すればいい。いつでも逃亡可能な特権的状態にいる。だから諸事、落着きはらって傍観していられる。こののっぺりとした皮膚の内側がくせものだ。おれを軽蔑していやがる。ドロマールの前でのおれの失態の唯一の証人がこの男じゃないか。警戒したほうがいい。コバヤシはドロマールの信頼をえている。告げ口をしたって彼は傷つかない。なにしろ外国人なんだから。が、ブノワの本性として黙っているのは苦痛だった。何かを話さないと耐えられない。

「今、何時だい」ブノワは妙に気弱い感じの微笑をつけると、親しそうに言った。

「十一時十五分前」

「そう……」ブノワは髪を乱暴にひっかきまわした。突然、話題がなくなった。共通の話題がみつからない。ブノワは自分の生い立ちから、学校、軍隊、すべてをコバヤシに話しつくしていた。コバヤシからは日本の気候について、日本人の性格、東京、パリ生活について話をきいていた。同じ内勤医同士で話題がないなんて退屈だ。ブノワはソファにコバヤシと並んでかけながら、仕方なしに沈黙したままコニャックをぐいぐい飲んだ。目の前には、この内勤医宿舎《アンテルナ》がまだ病室として使用されていたとき、或る偏執病《パラノイア》の患者が描いたという奇怪な油絵が壁面全体にびっしりひろがっていた。毒々しい原色で精緻に表現された様々な姿態をとる裸体女の群像である。ブノワは、濃艶な孕女の陰部にはめこまれた亀頭形の瞼の中で開いている目を、あまりにも見馴れてしまい何の感動もおこってこない猥褻な部分をぼんやりと眺めた。彼は婚約者のアンヌが帰ってくる頃だと思った。

アンヌ・ラガンはコバヤシと同じくドロマールの内勤医をしている。大学をでたての若い活動的な女医だ。今夜もサンタンドレの内勤医の勉強会に出かけたところだ。十一時過ぎには帰ると言っていた。

ブノワはトイレに行くついでに廊下を隈なく偵察した。アンヌの部屋は暗いままだった。コバヤシの部屋の隣がクルトンだ。もちろん不在だった。この寒い冬のさなかに急に年休をとって旅行にでかけてしまった。行先は誰にもわからない。あいつのやることは不可解だ。すると今、内勤医宿舎《アンテルナ》にはコバヤシとおれの二人しかいない。ああ、ヴリアンがいれば。ブノワは、今やアルマンチェールの医長殿に出世した親友の禿頭をなつかしんだ。

次第にブノワは無遠慮になり、コバヤシのレミ・マルタンをがぶ飲みしだした。いつまで黙ってるんだ。この黄色人種め。何か喋ってみろ、こん畜生。

待ちに待った女の靴音がした。アンヌだ。食堂のドアが開く。眼鏡をかけた背の高い女性が姿を現わした。

「誰かと思ったら、あなたたちなのね。まるで葬式みたいに静かにしていて」

「アンヌ。葬式だ。今夜は葬式だ。エスナール神父が死ぬんだぞ」

ブノワはとびあがった。アンヌの外套をぬがしてやりながら、息をつく間もない早口でまくしたてた。足元がふらつく。舌がもつれる。なに、構うもんか。

アンヌはたちまちブノワの調子に感応した。女である。好奇心の塊なのである。ブノワにきかせようとしていたサンタンドレの内勤医のことなどはどこかへ消えてしまった。それで……まあエニヨンたら……ほんとうに……あのふとっちょのヴァランチーヌが司祭の健康のためにお祈りですって……あの尼さんよるとさわると司祭の悪口ばかり言ってたのよ。まあまあ。

ブノワは夢中になった。会話というものはかくあるべきである。大股で歩き、唾をとばし、腋臭の強烈な臭を発散させる。ベルナデットもコバヤシも糞くらえだ。

彼は作り笑いをし、両手をすり合せ、老人じみた硬い歩調で歩き、猫なで声をした。

「さ。ドクトゥール・ブノワ。カーンフルとローベリンを皮下注して。さ。ヴァランチーヌ尼。強心剤の一式をお揃えになって」

「似てる。そっくりよ」

アンヌが感嘆した。ブノワは有頂天になった。今度は堂々と胸をはり、コバヤシに荘重な会釈をした。

「院長。わたくしはここに悲しい知らせを持って参りました。われらの敬愛するエスナール神父は、実に脳血栓であらせられまする。神のおぼしめしにより、極度の重態であります。最新医学の全知全能をもってしても、神父の命脈は、あと三時間、いや数時間でございましょう」

アンヌはけたたましく残酷に笑った。が、ふとコバヤシのきょとんとした顔をみて笑いやめた。自分の不謹慎さに気がとがめたらしい。ブノワはコバヤシを憎んだ。この外国人はおれの話がわからなかったのだ。文法どおりの構文で、ゆっくり話してやらないと、ききとれないのだ。

「ちょっと。雪」アンヌが窓を指さした。

礼拝堂横の街灯の下に白い粉に飾られた明るい円錐型ができている。冬芝の垢抜けた緑が雪に点々と消されていた。礼拝堂のシルエットが棺のように黒い。

「また雪なのねえ」アンヌが飽き飽きだというように首をすくめた。

「寒いと思ったよ。ベカールのせいばかりじゃない。冬の責任だ」ブノワが後からアンヌの肩を抱きながら、しんみりと言った。

「スチームがとまったようだ」コバヤシがパイプに掌をあてた。

「オーララ。殺人鬼ベカールだ」ブノワはコニャックの最後の一滴を飲みこんだ。瓶に半分ほどあったのをほとんど彼一人で飲んでしまったのである。コバヤシはグラスに三杯、アンヌはほんの一口飲んだだけだった。

「イヴ。エスナール神父はほっといていいの」アンヌが心配げに言った。

「大丈夫だ。ヴァランチーヌが付添っている。何か重大な変化があれば電話してくれることになっている」

ブノワはソファに伸びていた。するとアンヌが叫んだ。「イヴ。なにかあったらしい」ブノワは腸詰のようにだらしなく窓にしがみついた。

礼拝堂裏の小路を、ちょうど司祭館の方角から、看護尼の黒い集団が移動して来た。降りしきる雪の中で風に煽られる裳裾をおさえながら、霊柩車のようにゆっくりと滑ってくる感じだ。やがて街灯の円錐光の下に来た。顔が見分けられる。マリー・ジュリア、ジュヌヴィエーヴ、ベルナデット、エリザベート、マドレーヌ、モニック……病棟主任の尼さんばかりだ。何だ。ベルナデットは下に居なかったんだ。だったら遠慮することはない。ブノワは巨体でとびあがるとドスンと思いきり床に靴音をたてた。くそ、ベルナデットめ。

「およしなさい」アンヌが叱責した。「あれだけお歴々がかたまってどこへ行くのかしら。何かあったんだわ」

「大方、集会所《コムユノウテ》で病気快癒のお祈りでもしようてんだろ。電話がかかるまでは、こっちには関係がない」

「でも、もし電話が今かかったら？　そんな泥酔してでかけたら醜態よ」

アンヌはブノワの靴をぬがせ、ソファに横にさせた。タオルで額を冷やしてやる。毛布を運びこむ。「いいわ。わたしも一緒に徹夜するから」彼女はいそいそと世話女房の役をつとめた。

「今、何時だい」ブノワがつぶやいた。

「十二時半」相変らずコバヤシは柔和な《神秘的な微笑》を浮べて、おとなしくひかえていた。と、唐突に、電話が鳴り響いた。「メルド！」ブノワは驚くべき素早さで受話器にとびついた。

「ヴァランチーヌからだ。神父様が意識をとりもどし、きわめてお元気に葡萄酒を一口めしあがったとよ」

ブノワはソファに倒れるやあっという間に正体もなく寝こんでしまった。

2

エスナール神父の病気は、一週間ほど人々の噂の的となった。司祭館を中心に看護尼たちが足繁く出入する様や、主治医であるドロマールの奇嬌な振舞や、フージュロン院長やベカール主任の沈痛な表情や、話すべきこと伝達すべき材料には事欠かなかった。

しかし、神父が、その痩せ衰えた体を杖にすがって歩行練習をはじめた頃から、噂は急速に下火になった。新しい話題が、刺戟が、行事が近づきつつあった。クリスマスである。

フランドル地方というのは、《槌でたたいたような》と形容されるほど平坦な低地である。甜菜畑と牧場と沼と森を縦横の運河が結んでいる。北の英仏海峡から吹きこむ強い海風は低地をひとなめすると南のアルトワの高台へと吹抜けて行く。雨が降れば道や田園を没する洪水となり、夏は雷雨が荒れ響き無数の羽虫《ベート・ドラージュ》が群がりとんだ。そして冬は、濃霧と長い長い夜である。その陰湿で荒々しい風土の中に、田園と森に囲まれた県立サンヴナン精神病院の古風な赤煉瓦の建物が、何か中世の城塞か牢獄のように冷々と孤独に立っていた。

十二月のこの頃となると、日は極端に短かくなる。午前九時にはまだまっくらで、電灯のもとで朝の仕事が始められる。しかも午後三時には早くも夕闇が迫ってくるのだ。それでも、地平線のわずか上に、赤茶けた恥ずかしげな太陽が顔を出す日はまだましで、大抵は低い部厚い雨雲が垂れこめているか、絵具のような灰色の霧が視界を閉している。終日夜のような日々が重苦しく続くのである。そんな暗い単調で退屈な冬の唯一の気ばらしがクリスマスであった。

その日は、夜来の糠雨が降りやまず、院内の裸木を貧寒と黒光りさせていた。午後には雨があがった。日暮とともにひどい寒さが襲ってきた。

入浴中のブノワは浴槽の汚水が流れて行かないことに気がついた。冬には時々みる現象で、排水口が凍結したためなのである。こんな場合、熱湯を勢いよく流しこんでやると氷がとけることがある。ところが、全開にしようと力一杯ひねったところ、コックがもろくも捩じ切れてしまった。

もうもうたる湯気と轟音をあげ、太い熱湯の束が噴出してきた。たちまち浴槽からタイルばりの床に湯が溢れ落ちた。具合の悪いことに床の排水口も凍結してつまっていた。熱湯の洪水は浴室から隣の化粧室へと水脈を伸してきた。「おお」と吠えるとブノワは濡れた体にガウンをまきつけ助けをもとめに走った。

アンヌ・ラガンはキッチンにいた。ちょうどクリスマスの料理づくりに熱中していたところである。

こんな火急の折、アンヌという女性はけっして騒がない。てきぱきと要領よく事を処理するのである。

モップと雑巾を動員し浴室の敷居の隙間をつめて洪水を塞止めるや、どこからか長靴と針金を探しだしてきて勇敢に浴槽に近付いた。しばらくすると、手応えがあり、ぐびぐびと下品な音をたてて湯水が流れはじめた。ついで、電話で病院の機械工にコックの修理を依頼した。

「アンヌ、君は素晴しい女だよ」

ブノワは大きな腕でアンヌの細長い体を抱いた。それから急に憤懣をベカールに向けた。

「会計主任《エコノーム》の責任だ。冬になれば排水口が凍るなんてことは、ほんのちょっぴり科学精神があれば予測可能なはずだ。医長公舎でやってるように鉛管に防寒帯をまくのが当然じゃないか。

内勤医宿舎《アンテルナ》だけは、いつもあとまわしだ。いいかね。院長邸も医長公舎もちゃんと車庫を持っている。われわれ内勤医だけが車庫なしだ。おかげで車は傷むし、朝はチョークをひっぱっても発車するどころじゃない……」

「風邪ひくわよ。あなた、素裸かなんでしょう」アンヌは笑った。

「おお」ブノワは浴室へとびこみ、着物をきかえて出て来た。アンヌはキッチンで小まめに働いている。そうだ。クリスマスだった。アンヌと二人だけの……

コバヤシはどこかへ出掛けた。多分、ニコルの住んでいるベッチュンヌの素人下宿《パンション・ド・ファミーユ》に泊りに行ったのだろう。クルトンはエニヨンに招待されている。今夜は久し振りにアンヌと二人だけの内勤医宿舎《アンテルナ》だ。わざとおれは当直をかってでた。クリスマスを祝いながら当直費（わずかなものだが）をもらうというのは悪くない。

「アンヌ」ブノワはアンヌのほっそりとした肩を後から抱いた。「来年、ぼくが試験に通ったら、こんな場所はおさらばだ。豪勢な医長公舎で君とクリスマスを祝えるんだ。そのうち君だって試験に通る。すると素敵だぞ。二人で二つ公舎がもらえる。ああ、そうなったらどっちに住もうか。アンヌ、こっちを見てごらん」ブノワは、女の乳房に手をすべりこませ、振向いた顔におおいかぶさって接吻した。

スザンヌは書斎をそっと覗いて嘆息した。ロベールはもう六時間も机に齧り付いたままだ。

クリスマス前夜の、この忙しい最中だっていうのに。

少しは手伝ってくれればいいんだ。どこの家だって生牡蠣の殻をあけるのは男の仕事だ。地下室の葡萄酒の銘柄を選び、それを運びあげる。瓶を拭く。十四人が坐る位置をきめ、テーブルを適当に移動させる。教会への寄付金の額を考え、銀行から引出してくる。いくらだって仕事があるのだ。ロベールときたら全部わたしにまかせっきりだ。あのまま深夜ミサの直前まで動かないつもりらしい。

ピアノの音がきこえる。ベルナールだ。

「ママン」カッチが呼んでいる。スザンヌは、戦場のような騒音の広間に行った。

クリスマスツリーの置き場所で、ベルナールとキキが喧嘩をした。キキは床の上にころがってありったけの声で泣き叫ぶ。ベルナールは知らんふりでピアノをたたいている。カッチが暖炉の下に並べた靴（贈り物を置くための）をみせようとスザンヌの腕をひっぱった。フランソワが余った宿り木をどうするかききにくる。台所からエプロン姿のアンニイが走ってきた。

「ママン。天火の雁料理《オワ・ド・ノエル》が焦げそうよ」

「静かに」スザンヌは悲鳴をあげた。まるで狂った手回し風琴《オルグ・ド・バルバリー》だ。びしびしと一人一人に命令を下す。秩序が戻って来た。わたしは母親なのだ。スザンヌは五人の子供たちに対する自分の力を誇らしげに思った。

玄関の鈴がなった。

「クルトンだ。ママ。クルトンだよ」

ベルナールが歓声をあげた。子供たちがわっとあとを追っていく。

両腕を子供たちに引張られたクルトンが、広間に登場した。

「少し早いかと思ったんですが、暇なもんですから、お手伝いでもしようかと参上しました。どうせぼくは深夜ミサに出ませんから、時間はたっぷりあります」

気にいらない。全然気にいらない。のっけから、しかも子供たちの前で、深夜ミサに出ないことを言う必要がどこにあろう。スザンヌは会釈しかけた顔をこわばらせた。

まるで重病人だ。気味の悪いほど痩せている。どす黒い薄っぺらな皮膚が、じかに頭蓋骨に貼りつき、頬骨と眼窩を解剖学の標本さながらに際立たせている。瞳の色もわからぬほどひっこんだ暗所から小さな鋭い目が光る。それは、なにものをも射透し破壊してしまう、危険な無頼の目なのだ。

しかし、今夜、クルトンはお客様なのだ。それにわざわざ手伝いに来てくれたのだ。スザンヌは、精一杯の努力で愛想をみせた。

さあさあ、どうぞ。ドクトゥール・クルトンには生牡蠣の蓋とりをしてもらいましょう。それがおわったら、ベルナールのピアノをみてやって下さいな。あの子は今夜、皆様の前で聖歌を伴奏することになっているんです。

ところで、わたしはベッチュンヌまで買物に行かねばならない。キャビア、ロックフォール……今頃になって足りないものがたくさん出てきてしまいまして。

クルトンは頷くと、針金細工のようにふらふらと頼りなく奥へ消えた。台所で子供たちの黄色い声が今迄にも増して甲高く響いた。どうしたことだ、子供たちのあのはしゃぎようは。機嫌の悪かったキキまでがまるで嬉しそうに笑いころげている。あんな男のどこが子供たちに好かれるのか。とにかく不思議な男だ。

車の中でスザンヌは決心した。クルトンにネクタイをさせよう。ロベールの絹の臙脂のが、あの背広に似合うだろう。ネクタイもなしにクリスマス・イヴの晩餐に出すわけにはいかない。今夜は服装にうるさいジュール叔父と気むずかしいギョーム先生がみえるのだ。でも……スザンヌは真剣に心を痛めた。どうやってあの男を納得させたものだろう。

カミーユは人差指の先にフィリップの柔らかい掌を、子供の懸命な握力を感じながら歩いていた。彼女の皮手袋の湿った内側を、フィリップの毛糸の手袋の外側がまるで強い輪ゴムのようにしめつけている。

「痛いよ」

カミーユは下の方の子供をのぞきこんだ。フィリップの顔は闇の中に半分融けていた。

「痛い。痛い。この子は」

けれどもフィリップは、彼女の指を力一杯に握りしめたままだ。彼女が足を早めると、子供は伸びあがってひきずられてくる。そして、彼女の指は抜けそうに痛む。その痛みが彼女と子供を結びつけているのだ。

大広場《グラン・プラス》は家々の窓から落ちる複雑な光を受けて薄明るかった。彼女が進むと交錯した自分の影が舗石のゆがみに応じて伸縮した。歩けども歩けども自分のいるところだけが執念深い闇にとざされているように思えた。

広場の中央には十四世紀の鐘楼《ベッフロワ》が、儀式めいた照明を浴び白々と光っている。その頂上の時計の金文字が、これ見よがしにきらめき、ついさっきまで雨を降らせていた雲が地上の明るみを映して砥石色の腹を曝している。そうして、教会堂の尖塔までが大きな白十字のイルミネーションをつけている。クリスマスの演出なのだ。すべて人々の真面目くさった習慣は今のカミーユには喜劇にみえる。クリスマスこそは最大の喜劇なのだ。

カフェやレストランの前に黒くざわめいている群衆をカミーユは苦々しげに見た。喜劇、喜劇と彼女は心の中で繰り返した。そして、繰返すたびに、言葉は意味を稀薄にし、咽喉の奥で乾いた痛みのようなものに変っていった。

町役場と銀行の脇を抜け、中学校《リセ》の前に出た。

「ほら、クリスマスツリーよ」

カミーユはフィリップをひっぱって近付いた。大きな樅の木に、紅白の紙風船と七色の電灯が安っぽく華美にまきついている。

「フィリップ。クリスマスツリー。お前これが見たかったんでしょう」

子供が小声で何か言った。カミーユは腰をかがめた。

「寒いよ」

フィリップは鼻をすすりあげている。全身を小刻みに顫わしている。寒いのを我慢して、あんなにきつくわたしの指を握っていたのだ。カミーユは子供を抱きあげた。骨ばった子供の肉体は軽く頼りない。さっきまで指にかかっていた重みが信ぜられないほど軽い。この子もクリスマスツリーより暖みが欲しかったんだ。わたしと同じだわ。カミーユは子供の首に息を吹きかけた。フィリップはくすぐったがって笑声をたてた。

安デパート《ユニプリ》は、軽薄なガラス槽で、売物の熱帯魚みたいに人々が右往左往していた。入口でビニール前掛の親爺が生牡蠣の殻を威勢よくあけている。さあさあ、マレーヌ、サン・ジャック、アルモリカン、カンカール。大特売。おあとが少いよ。

「マレーヌを一ダース」

「殻をあけますか」

「いいわ。いれものを忘れたから」

紙包を受けとるとカミーユの腕は両方ともふさがった。どのカフェも満員だった。数軒歩いたすえ、やっと窓側に空席をみつけた。

「なにが欲しいの。シトロンプレッセ。チョコレート。」

フィリップは不安げに彼女にしがみついていた。あたりの喧騒にすっかり驚いたらしい。子供が答えないので、カミーユは立ち去って行くガルソンの背に注文した。

「コーヒーとチョコレート」

カミーユはハンケチで子供に鼻をかませた。突然子供が彼女の手をつかんだ。

「ママ。帰ろうよ。お家へ帰ろうよ」

「待ってなさい。いまチョコレートが来るから」

子供はむずかり始めた。眠いのだ。あくびをしては涙を流している。カミーユは子供を膝の上にのせた。ガルソンが来たときフィリップは眠りこけていた。

わたしの子だ。わたしに似て髪が黒い。恰好のよい鼻と、真中でくびれた顎はわたしの血を受けている。あとは……あの青年のもの……六年前に去って行った他人のものだ。フィリップはほんの少しわたしのもので、あとは他人のものだ。それなのにわたし達は二人ぽっち。この子は不幸になるだろう、わたしのように。

シャンペンの栓が天井にはねた。カミーユはフィリップを守るように抱き寄せ、顔をしかめた。嫌らしいお祭り騒ぎだ。

お祭ってのは妙なものだわ。ずっと昔からそうすることになっているから、人々もそうするだけ。人が騒ぐから自分も騒ぐ。人が飲むから自分も飲む。すべてそうだ。人が結婚するから、人が神を信ずるから。すると死もそうかしら。人が死ぬから……

カミーユは燻るようにうごめいている人々を見た。酔いしれている坑夫たち、農夫たち、ポーランドとイタリーの移民たち。若い独身男ばかりだ。気がついてみるとカフェの中にいる女性は彼女一人だけだった。カミーユは男たちの、汗と脂じみた荒っぽい臭いを窒息する思いで嗅いだ。

何かが顔をなぜた。ちぢれ毛の青年がちらりと視線を送っていた。カミーユはわざと挑戦的に青年を直視した。相手はどぎまぎとまばたきして目を落してしまった。真赤になっている。まだほんの少年なのだ。

あの目付。情欲にうるんだ特殊な目付。以前、ミッシェル・クルトンがあんなふうにわたしを見詰めていた。或る日彼が結婚しようと言った。「ただし完全に自由な結婚を。なに一つ誓約なしの結婚を」わたしは同意した。ミッシェルが入営する前のことだった。

「ここへいらっしゃい」カミーユは青年を誘った。青年は躊躇していたが、やがて思い切って席を移してきた。

「あなたイタリー人でしょう」

青年は吃驚した。

「どうしてわかります」

「ほらイタリーなまりだわ」

「なるほどねえ」青年はすっかり感心してカミーユに微笑みかけた。人の好い空色の瞳が澄んでいる。若々しい簡潔な皺が走る。

「弟さんですか」青年はフィリップをのぞきこんだ。

「わたしの子よ」

「これはどうも失礼しました」

青年は顔を赤らめ、指輪のないカミーユの指に目を落した。カミーユは心の防壁が少しやわらぐのを覚えた。微笑……あら、わたしは微笑をしている。長い間忘れていた微笑の感覚が頬に心地よい。青年はあたりの熱気と騒動をもの珍しげに見廻していた。

「あなたは、この国ではじめてのクリスマスらしいわね」

「そうです」青年はわるびれずに「ランスの炭坑で春から働いてるんです」と付加えた。

「それにしてはフランス語がうまいわね」

「そうですか」青年は心から嬉しげに厚い胸を張った。「毎晩、友達とイタリー語とフランス語の交換教授をやってるんです」

「感心ね」

カミーユは本気でそう言った。何とこの青年は若いことか。わたしはまだ二十五なのに、この青年がまるで自分の子のように思える。なぜだろう。

「あなたの故郷はどこ」カミーユは努めて優しくたずねた。

「バーリです」

「ああ、ブリンディジの近くね」

「御存知ですか」

青年は目を輝かした。あんなふうに目を輝かすことが、わたしにはもう出来ない。

「行ったことはないけど。わたしはまだ外国に行ったことがないのよ」

カミーユの自嘲めいた言葉を青年は善意に解した。

「当然ですとも。フランスは素晴しい。自分の国だけで充ち足りた国ってのはフランスだけでしょう。ぼくの友達もそう言っていました」青年はフィリップに目を落した。

「それにあなたには家庭があります」

「家庭」

カミーユの溜息をみて青年はあわてて言った。

「ぼく何か変なことを言ったでしょうか。だったらあやまります」

「いいのよ」

カミーユは気重になった。この初対面の青年に何もかも打明けてしまいたい破滅的な気持。クルトンとの風変りな同棲生活。フィリップをアラスの養育園にあずけて、二人で内勤医宿舎《アンテルナ》の一室に暮した。ミッシェルはやがて入隊した。今年の春帰ってきたとき、ミッシェルは心も体も見るかげもなく変っていた。もう、わたしを夜抱こうともしなかった。わたしはその理由を知ろうと躍起になった。そうして夏休み《ヴアカンス》の直前に、二人は別居することにした。自然にそうなった。理由は不明のままだった。カミーユは青年の心配げな顔をみた。駄目なのだ。こんな男に何もわかりやしない。

「こんなことをお訊ねしていいでしょうか」青年は文法に合った正確な言いまわしをしようとして、かえっておかしな条件法で言った。

「あなたは不幸でおられるかのようですね」

「………」

「わかりますよ。ぼく、これでも失恋したことがあるんです」

青年は彼女をなぐさめようとしていた。その心情はよくわかる。が、見ず知らずの人をなぐさめるという行為はどこか滑稽だ。カミーユは殻を閉じた。殻の外を、相手の空虚な言葉が流れていく。

青年は自分の恋物語をしている。幼稚なありふれた話。イタリーなまりがききづらい。《別れて暮そう。どうせ、ぼくらは前のようじゃないのだから》ミッシェルはそう言っただけだ。彼が言わなかったら、わたしがそう言っただろう。わたしは理由を問いはしなかった。一緒になった時、理由を問わなかったと同じようにだ。本当は、その理由こそがわたしが知りたいことだったのに。

窓の外を見覚えのある女性が歩いて行った。スザンヌ・エニヨンだ。カミーユはガラスの曇りごしに大きな紙袋と毛皮の外套を認めた。子供たちへの贈り物かしら。多分そうだ。わたしはフィリップに何も買ってやらない。クリスマスに贈り物をする習慣などわたしとは無縁なのだ。この点ミッシェルも同じ意見だった。誕生日の贈り物、結婚式、指輪、教会、儀式、すべてまじめくさった事柄を道化芝居とみなしていた。その彼が最大の喜劇である戦争で重傷を負うなんて、なんという皮肉だろう。

そうだ。ミッシェルに会おう。今夜のような気分のとき、わたしの気持をわかってくれるのは彼しかいない。

カミーユは、青年の話半ばで立上った。

数分後、カミーユはベッチュンヌからサンヴナンに向う、曲りくねった田舎道を車でとばしていた。

雨あがりで凍付《いてつ》いた道は滑りやすかった。用心深く運転する必要があった。

ヘッドライトが農家の横腹を燃やす。それも一瞬で消え、あとは鉛のような闇が一条の白い細い道に切断されているばかりである。

フィリップはすぐ横で眠っている。この無限に厚ぼったい海のような夜の底に、彼女と子供だけが弱々しく存在している。

寒い。めったにないことだが暖房をいれるのを忘れていた。急にわきあがってきた暖い風に下半身が欲望に開くときのようにほてった。

カミーユには自分の行動が自分でも不可解であった。ミッシェルと別居してから五カ月にもなる。その間一度として彼と会って話をしようとは考えなかったのだ。彼女は病院の家庭訪問員《アシスタント・ソシアル》をやっていた関係上、院内で彼を見かけることは屢々あった。二人の間には冷やかな目礼が取交されただけだった。

サンヴナン教会の鐘楼が見えた。左手に病院の扁平にひろがる陰気な建物群が、今夜ばかりは窓という窓から華やいだ明るい光を溢れさせて、悦楽にふける貴族館のような軽快な姿と変っていた。

村はずれの下宿へつくと、フィリップをベッドにねかせ、カミーユは再び車をかって病院へ向った。

ミッシェル・クルトンの部屋は暗かった。しかしドアが開いていた。電灯をともすと、家具や衣類の雑然とした配列がカミーユを圧迫した。

一見、見馴れた室内なのである。五カ月前とベッドや机や衣裳戸棚の位置も変っていない。が、いたるところにヤモメ暮しの痕跡があった。

シガレットの吸殻が山盛の灰皿、埃をかぶった空瓶の林立、液体の残ったコップ、古新聞紙の散乱、ベッドの上のよごれた靴下やシャツ、床に投げだされた泥まみれの三足の靴。

カミーユは衣裳戸棚を開いてみた。ここも乱雑きわまる状態だ。外出用の背広と靴がない。出かけたんだわ。でもどこに行ったのかしら。

考えてみた。しかし心当りはなかった。復員以来ミッシェルは夕方まで病棟にい、夕食も食べずにどこかへ出掛けるのが常だった。深夜必ず酔って帰る。女のところかと疑ってもみた。その可能性は確かにあるのだが、なにしろ帰ってくるなり眠りこけ、朝はきちんと出勤してしまうのできくこともならなかった。ところが、日曜日や祭日には終日部屋にこもっている。具合の悪いことに、わたしは日曜と祭日はアラスの養育院までフィリップに会いに行かねばならなかった。ミッシェルは巧妙にわたしを避けていた。

カミーユはミッシェルのワイシャツを手にとり襟首の汚れに鼻を近付けた。《彼の匂い》がし、不意に欲望が乳房を脹らませた。

ミッシェル。わたしまだあなたを愛しているのかしら。

カミーユは首を振ると残り惜しげにワイシャツをそっと置いた。別れるとき、あなたは別に強制はしなかった。あのときわたしが嫌だといえば、二人の関係は今迄どおりに続いていたのに。

廊下に出た。左右の部屋の明りはすべて消えて人気もない。中央の食堂だけが光を洩らしていた。忍び足でドアの前に行き耳をすます。しんとしている。しかし誰かの気配がする。

カミーユはいきなりドアを開けてみた。ソファの上でブノワとラガンが抱擁していた。

「失礼」カミーユはドアを閉めた。

「いいんだよ。マドモワゼル・タレ。どうぞ」

ブノワがソファから脱けだしてドアを開いた。さばけた態度である。唇に拭き残りのルージュがついていた。

「なにか用」ブノワは女性に対するとき彼が慣用する、妙に馴々しい粘っこい笑顔をつけていた。

「別に用じゃないの。ちょっとそこまで来たんで寄っただけ」

「クルトンかい。彼ならエニヨン家へ出かけたよ。御招待でね」ブノワは哀れっぽく喋り始めた。「彼は御招待。ぼくは当直。人生はままならずさ。どう中へ入らない。ちょうど退屈していたところさ」

「いいわ。わたし行くところがあるの」カミーユは室内に眼を注いだ。アンヌ・ラガンはソファから起きあがり髪の乱れを直している。テーブルの上には料理がこれ見よがしの派手な飾りつけで並べられてある。

ブノワは声をひそめ、カミーユの好奇心をひこうとした。

「ところでね。今夜は一騒動もちあがるぜ」

「どういう意味?」

「クルトンさ。彼はエニヨンみたいな人間が大嫌いだ。自分でも常々そう公言してただろう。だから、きっとあそこで一騒動もちあがるってわけさ」

「あなたにはそれが面白いの」

カミーユは思わず声を荒げた。ブノワは、たじろいで弁解を始めた。

「面白くはないさ。厳粛な問題だ。いくらクルトンだって、エニヨンを相手に決闘したって勝目がないからね」

「決闘? 彼は招待されてるんでしょう」

「それはそうだ。それはそうだ。だがただではすみそうもないね、わかるだろう」

「イヴ」潮時とみたかアンヌが呼んだ。

ブノワは首をすくめた。

「ねえ。マドモワゼル・タレ。悪く思わないでくれよ。ぼくはただ、あなたとクルトンとが……」

「別れたわよ」

「そう別れた。だから、彼のことを怨んでると……あ、ごめんよ……じゃ……」

ブノワはあとをごまかし、そそくさと会釈してドアを閉めた。白豚め。カミーユは憎悪をこめてドアを睨んだ。

礼拝堂はひっそりとしていた。無彩色の壁と柱、尖った高い穹窿、それらに区切られた人工の空間に衛生的な白っぽい光が充ちている。脇間にしつらえられた二メートル四方ばかりのキリスト降誕のクレーシュのところだけが、赤と黄の祭めいた色で際立っている。誰かが咳をした。祭壇の下に、黒い箱のようにかたまった看護尼たちがみえる。二階の聖歌隊席にも若い尼さんたちが行儀よくおさまっている。彼女たちの息が不規則な白いリズムを描いている。寒い。

底冷えのする寒さである。

翼堂の右端、大きな柱の蔭でカミーユは放心した目を開いていた。祭壇の金の十字が視野の中心でぼけている。静寂と寒気が身をつつみ、時間も空気も凝結したようだ。いつまでもそうしていたい気持。

ミッシェル。わたしまだあなたを愛しているのかしら。

何度、そう問いかけ、この観念を反芻したことか。しかし答はなかった。クェスチョンマークの先は空っぽだった。まるでこの礼拝堂のように空虚な世界。「愛するだと、おれを憎むこともできない、憎悪のひとかけらも持たない女が愛するだと」ミッシェルはそう答えるだろう。彼には彼なりの理由がある。わたしには、ついに理解できなかった哲学がある。

追々に堂内が騒がしくなった。看護婦に引率されてきた患者たちが命令どおり順次に着席していく。珍しげにクレーシュのほうを指さし、職員の家族たちのほうを振返ってみている。網にかかって突然外光の中にひきだされた魚たちのように落着かない。ふと、カミーユは患者たちをうらやんだ。何年も何年も、時には一生の間、壁と鍵の中に拘禁される。医者は変り、看護尼は交代しても、いつも同じ空間のさなかで平安に生きていく。ちょっとした単純な操作、つまりあきらめるということでわたしは患者たちと同じ平穏で安全な状態になれるのだ。それができないから苦しい。いらざる自由などを求めるから、人生は面倒で苦しみ多きものとなる。

カミーユは自分がいつのまにかミッシェルと同じようなものの考え方をしていることに気が

ついた。

ばかだったわ。わたし。ミッシェルが深夜ミサに来るわけがない。カミーユは柱から離れた。そして、聖堂に流れこんでくる人々の混雑に逆って外へ抜け出た。

正面前《ファッサアド》の広場は蒼白い水銀灯に照らされていた。ベカールの発案で、今年から芝生の上に四基のスポットライトを備えつけ、擬ゴチックの礼拝堂が夜空に白々と浮きだす仕組になっていた。そこは、いわば急造の集会所で、病院の主だった人々が正装して、白い息を吐き合いながら、ミサの始まるのを待っていた。いつだって主だった人々というものは時間間際に入場するものなのである。

アンヌと連立って来たブノワは、目敏くドロマールの姿を探し出した。シルクハットにフロックコートという仰々しいいでたちで一番明るい石段の下に傲然と立っている。立話の相手はフージュロン夫妻だ。院長の後には、いわずもがなベカールの狒狒顔がみえる。

「みたまえ。劇的会見だ。エニヨンが来たぞ」ブノワはアンヌの注意をうながした。

太り肉で禿げあがったエニヨンはとても三十六歳の少壮とはみえない。悪い右脚をひきずり、杖に頼った稚拙な足取りが、かえって堂々とみえる。ドロマールはフージュロンと別れ、エニヨンのほうをむいた。エニヨンが到達するまでの一呼吸にさっと右手の白手袋をぬぐ。握手。それはまさしく劇的な会見である。二人のライヴァルはアーチの真下で意味深長な会釈を交す。

「アーメン」とブノワが言った。アンヌはブノワの腕をぐっとひいて身をすり寄せた。

「みたかい。え。みたかい」ブノワは興奮して声を上擦らせた。そして、羨望と野望に胸をふくらませた。来年こそは、おれも彼らの仲間の一員となってみせる。

小柄な女が足早にすぐ脇をすり抜けて行った。ブノワはそれがカミーユ・タレであることを知ってはいたが、故意に無視した。それどころではないのだ。

「あの女《ひと》、今夜どうかしてるんじゃないかしら。ばかに思いつめた様子よ」と、アンヌが不審そうにつぶやいた。

十一時四十分。パイプオルガンが朗かに響きわたった。聖歌隊の看護尼たちがいっせいに唱い始める。聖堂はすでに満員であった。

十一時五十分、晴れやかな《しずけき》のコーラス。火を捧げ持った二人の侍童が現われる。エニヨンの息子、フランソワとベルナールである。赤い衣に白の短衣《スペルペリチウム》を着て、誇らしげに上気した顔を仰向け、六本の蠟燭に火をともした。

十一時五十五分、鐘が鳴る。連打である。村から町へ、田園から夜空へ、サンヴナンもベッチュンヌもパリも、フランス中が鐘の祝福を受けている。負けじとパイプオルガンも音を高める。国中のコーラスが唱い出す。

しずけき　まよなか　まきの　みそら
たのしくも　きこゆる　みつかいの……

鐘が鳴りやんだ。午前零時。すべての人々が息をひそめる。深夜ミサの開幕である。

侍童二人に先導され、金の十字を縫いとった白い祭服のエスナール神父が、老齢と病気を克服した奇蹟の翁が、典礼を行いに現われた。

ミサは浄福であった。人々は日頃の恩讐を忘れ、神の前に平等な小羊となった。エスナール神父こそは、この聖なる集りの中心としてふさわしい人であった。神父はこの古い名誉ある病院の年輪であり樹皮の深い襞《カズラ》であったから、そして、院長・医長・内勤医・看護尼・看護婦・職員・患者、これらすべての人々の敬愛を一身に集めていたから。

ところが、司祭の説教の時になって椿事がもちあがった。説教壇に立ったエスナール神父がいつまでも沈黙したままなのである。会衆はしばらくは静粛を保っていたが、次第にざわめき始めた。

神父は説教台を両手で持ち、目をつぶってうつむいていた。皺だらけの顔面は土気色にゆがんでいる。もしやまた発作が？　人々の懸念が高まった。神父が倒れてしまう。あの高い壇の上からころげ落ちる。と、異様な音が壇上からもれてきた。鼾である。人々はしんと鎮まりかえった。ゴー、ゴーと野放図な鼾が堂内をゆるがした。司祭は眠っておられる。いや、発作をおこされた。

フージュロンの合図でドロマールが立上ったとき、侍童の一人が壇上へ敏捷に駆け登っていた。ベルナールである。手を伸ばして神父の肩をたたこうとしたがとどかない。で、決心すると祭服《カズラ》をはねのけ長白衣《アルバ》の上からお尻を思いきり抓ってみた。エスナール神父はびくりと身震いすると眼を開き、ベルナールに微笑みかけた。

「ありがとう。わが子よ」

司祭の説教が続けられた。発音が不明瞭でほとんどききとれない。が、それはいつものことだ。謙譲と寛大さから人々は暖い気持で耳を傾けていた。とくにスザンヌは、神父の後で神妙に頭を垂れている小さなベルナールを見ながら、わけもなく涙ぐんでいた。


……聖なるかな永遠の聖父の聖子を孕みたまいし童貞マリアの御胎、福なるかな今日世の救いのために童貞女より生れ給いし御主キリストの吸いし乳房よ……


氷のように硬く重い空気を全身で受止めているかのようにカミーユはゆっくりと歩いた。なつかしい音が彼女を誘っている。が、そこへ近付くのが怖いのである。ピアノの音に合わせて誰かが唱っている。

エニヨン邸の裏木戸をくぐったとき、もはや疑う余地はなかった。ミッシェルの声だ。そうっと庭へまわった。テラスの柱に匿れ広間を盗み見た。ミッシェルがピアノを弾きながら独唱していた。

あれがミッシェルだろうか。別人のように若々しい。といって、アルジェリアに行く前の彼ともちがう。はじめて見るミッシェルなのだ。可哀相なほど痩せているくせに、どこからあの力が、優美な活潑な手の動きが、豊饒な音楽と張りのある声がとび出してくることか。燃える目、削いだように鋭い鼻先、刃のような薄い唇。それは燃えつきようとする火の最後の輝きのような苦悶と恍惚に彩られている。それはいつか画集で見たカンポ・サントの崇高な死神のようだ。

カミーユの心で何かが弾けた。何かが冷々とした夜気のようにひろがった。それを言葉で言おうとすると霧散してしまうような何かである。わたしはあなたを愛していた、今もいる。しかし……その先の言葉。いつか回復した精神分裂病者に会った。彼女は中学校《リセ》の自然科学の教員《プロフエッサー》だった。「前にわたくしが気違いであったということ、それを自覚しなければ現在わたくしは正常な人間とはいえません。しかし……」あの《しかし》である。あの絶望と恐怖におののく目が雄弁に物語ったもの。理性のめまい。ミッシェルはそれをよく知っていた。「カミーユ。君は考えすぎるのだよ。それが君の病気だ。君は病的に聰明だ」

ミッシェルは弾き続ける。低音部を唱っている。暖い明るい室内の中で彼のところだけが陰鬱である。ただの陰鬱さではない。それは悲しみや涙を含まない。乾涸びた砂漠の翳のような陰鬱さだ。色とりどりに飾りたてられた大きなクリスマスツリーや磨かれた銀器の並ぶ豪華な食卓を前にミッシェルは雄々しいほどの翳となって唱い続ける。

ミッシェル。わたしあなたを愛しています。おそらくこの世でわたしだけがあなたを理解できます。

「君か……」

カミーユはもう考えなかった。そう感じただけである。気がつくとテラスの窓を叩いていた。

窓を開けてミッシェルが顔をだした。そう驚いた様子でもないが幾分照れていた。

「とんだところをみられたな」

「相変らずあなた歌がうまいのね」

そう言ってみた。言ってみてはっとした。他人からの賞讃の言葉ほどミッシェルが嫌いな言葉はない。何か言うのが怖い。よく考えないと言葉がでてこないようだ。こんなことはミッシェルに対してはじめての経験だった。

「今の歌、昔あなたの唱ったのきいたことがある。誰の曲？」

「デュパルク」

「どうりで、そうね、デュパルクだったわ」

「しかし……」彼は気の毒そうな顔をした。

「ぼくはデュパルクははじめてだよ。そこに楽譜があったので試しに唱ってみたんだ」

「そう……」

カミーユはみじめだった。歯に衣を着せぬミッシェルに対して見当ちがいの言葉しか出て来ない。どこかに怖れと緊張があって、自然で柔軟な気持を抑圧してしまう。それに外は寒かった。思考まで凍結するほどの寒さなのである。窓から流出する暖気にカミーユは小鼻をうごめかした。

さすがミッシェルも気がついたらしい。

「入らないか。そこに立ってちゃ風邪をひくよ」と言った。

「いいえ。わたし行くわ」

カミーユは語気を強めた。彼女には相手にすねてみせるような女らしい手管ができない。行くと言ったからには行くのだ。しかし、庭を横切りながら、ミッシェルに呼戻されるのをひそかに待っていた。彼は黙っていた。《このままではみじめ過ぎる》そう思った。で、こちらから問いかけた。

「ミッシェル。あなた、わたしがなぜここに来たか尋ねないの」

柱の蔭でミッシェルの姿は見えなかった。待ってみても答はなかった。カミーユは暗黒に向って語りかけた。けれども唇のところで声が停ってしまった。《ミッシェル。あなたを愛してるの。あなたに会いたかった。それだけよ。ああ、わたし、なにがなんだかわからない。あなたに会うべきじゃなかったかもしれない。でもわたしここに来てしまった……》彼女はいつの間にか病棟と院長公舎の間の人気のない道を真直ぐに歩いていた。

ミサが終ったところだった。カミーユは人々を避けた。自然、暗闇を選ぶことになった。小棟《プチ・パヴィヨン》の裏手から森へ行く小道がある。ふと、森の中を歩いてみようと思った。いつのまにか雲の裂け目に清冽な星がまたたいていた。わずかな星明りではあるが迷わずにすむだろう。あの菩提樹のある樹間の空地に行ってみよう。人々という不特定多数から、彼らのまやかしのお祭り騒ぎから出来るだけ遠くへ逃れてみたい。

「おや、マドモワゼル・タレじゃないですか」

いきなり後からそう言われた。ドロマールだった。逃げようとしたが彼はそのまま、ついて来た。意外にも道は先細りでドロマールの家の前で行停りになった。道を間違えたのだ。

ポーチの明りでドロマールのフロックコート姿がよく見える。喜劇的な恰好だ。カミーユは少し警戒を解いた。

「おや。泣いてますね。どうかしましたか」

「いいえ」

カミーユは行こうとした。苦手な相手なのだ。仕事の上の接触も稀だった。ドロマールはほとんど患者の身元調査《アンケート・ソシアル》を依頼してこない。自分の受持患者全員の家庭訪問を要求するエニヨンとまるでちがっている。友人としても年をとり過ぎていた。

「お待ちなさい。なんだか妙にさびしそうですね。わたくしでよかったら何かお力になれますよ」

「ほっといて下さい」カミーユはしりごみした。この囁くような声、慇懃無礼な調子には閉口だ。虫酸が走る。

ドロマールはカミーユの本心など全く気がつかないらしい。囁きながら顔を寄せてくる。

「どうでしょう。聖なる夜です。わたくしのところに来ませんか。多少の御馳走は用意してあります。もっとも独身男のやることですから大したものはありませんが」

「あのう……わたし……」

「それとも、今夜これから何か御予定でもありますか。どうも無躾な申出をいたしまして」

ドロマールはカミーユの服装をじろりと見た。彼女は不断着のままだった。車を乗回していたので外套なしのジャケツ姿だ。

「いいえ。別に予定はありませんけど、子供がいますから」

「ああ、そうでしたね。お子さんが待っていらっしゃる。残念ですが、それでは」

フィリップ。すっかり忘れていた。あの貧相な子は、今、孤独なベッドの中でふるえている。あの子がミッシェルの子だったら、わたしはすぐさまとんで帰るだろうに。卑怯なことだが今わたしはあの子を見たくない。

ドロマールが誘っている。独身男。今のわたしには似合の相手だ。それに相手が爺様では危険もないだろう。

矢のようにきらめきながら打算が走った。カミーユはドロマールににっこりした。
「子供なんかどうでもいいんです。御宅にうかがいますわ」
「来て下さいますか」ドロマールは初心《うぶ》な少年のように喜んで白手袋をすり合わせた。

スザンヌは幸福であった。

何もかもうまくいったのである。けなげなアンニイの手助けですべての料理は時間どおりに、最上の色と味と香りを保ったまま運ばれた。子供たちは礼儀正しく、しかも子供らしい快活さで座をにぎわしてくれた。ジュール叔父はことのほか上機嫌で子供たち一人ひとりに贈物を持ってきてくれた（キキだけはもらった人形があまりに子供っぽい縫いぐるみなのでカッチの精巧なオランダ人形に嫉妬したけれど）。間際になってロベールが地下蔵から選び出してくれた豊年作の古葡萄酒の風味は一同の絶賛を博した。クルトンもうまくやってくれた。わたしがすすめたネクタイを気軽にしめてくれたし、食事中も節度のある会話で突飛なことはなにひとつ言わないでくれた。彼のしたアルジェリア戦線の体験談はジュール叔父とピエールの好奇心を充分満足させた。クルトンは心臓の前の肋骨を六本と肝臓を半分失ったという。彼は慢性黄疸なのだ。あのどす黒い皮膚の色は胆汁の色なのだ。わたしクルトンを悪い人と見すぎていたかもしれない。彼は普通の人間なのだ。だれだってあんな重傷を負えば少しはぐれるだろう。わたしだって……ああ、いやなこと、戦争なんて……フランソワやベルナールが大きくなる頃戦争がない世の中になってくれればいい。

隣室ではジャンリュックをむかえた子供たちがキャッキャッとはしゃぎまわっている。みんなはいつもは九時には眠る習慣なのに、午前二時過ぎの今でも一向に睡くないらしい。大人たちとともに徹夜するつもりなのだ。

大人たちは広間に集まっている。ジュール叔父夫妻、ピエール夫妻、ギョーム先生、ロベールとスザンヌ。クルトンの姿がみえないのは、さっきベルナールにひっぱっていかれ、子供たちの仲間入りをしたからだ。

スザンヌはディジェスチフの瓶を並べた盆を持って一同にすすめた。

ジュール叔父は明らかにロベールの血縁らしい特徴をそなえている。でっぷり肥えて毛が薄い。大酒飲で陽気な冗舌家だ。ベッチュンヌ地方裁判所の判事を二十年近くもやっている。エニヨン一族は北フランス人らしく多産の傾向があるが、どうしたことかジュール叔父には子供がない。叔父はその原因をボルドオ出身の叔母のせいにしている。ロベールの説では叔父の大酒癖が原因だというのだが。

ジュール叔父はシェリー酒を目を細めてなめながら、テーブルを爪でたたいた。当然みんなの注意が自分に集中する。さて話し始める。

「この夏ベッチュンヌで怪事件がありましてね。誰かがシトローエンのバス・ターミナルに忍び入り車掌用の切符販売機を盗みだしたんです……」

切符販売機てのは車掌が使用するだけの価値しかない。あんなものを売っても一スーの儲けにもならぬ。それなのに、そいつを三つも盗み、目の前にあった手提金庫には手もつけない。奇妙きてれつな犯人でしょう。

ジュール叔父は自分の話の効果を計算する。きき手の興味をかきたててからゆっくり謎解きにかかる。彼は《ベッチュンヌ夜話》、《フランドル小話》など、一時期リールの読書界の話題をさらった本の著者でもある。

「警察では首を傾げました。犯人は換気孔から侵入した形跡があって、体の小さい身軽な者という見当はついたのですが、何しろ動機が不明です」

「子供のいたずらじゃないんですか」とギョーム女史が口を挿んだ。このかさかさに乾いた小学校長は酒には一切手をつけず、折目高に身を持していた。典型的な教育家であり辛辣な批評家でもあった。

「よくわかりましたね。実は犯人は子供だったんです」ジュール叔父はギョーム女史に先まわりされたので残念そうだった。「数日後、サンヴナンの憲兵《ジャンダルム》から報告が入りました。近所の甜菜畑にバスの切符がばらまかれているというわけです。国道に添って小川や森や運河に無数の切符が散乱している……」

「わかりましたね。犯人は、ジャンマリーという少年でしょう」

ギョーム先生はにこりともせずこう言った。

「驚きましたね。その通りです。犯人はジャンマリー・デュピペルという十四歳の少年でした。知能がおくれているがなかなかの美少年です。が、どうしてわかりました？　この事件はまだ関係者以外には秘密になっている筈なんですが……」

「お話の事件のことは存じません。ただそういう妙なことをする子供は、この近所ではジャンマリーだけだと推論したわけです」

「はあ？」

「ジャンマリーはわたくしの学校の生徒でござんしてね。（頭が悪いのでまだ小学生です）奇行で有名な子なんです。勉強はとんと出来ないくせに不思議と機械の分解が好きでしてね。時計でもラジオでもモーターバイクでも実に器用に分解する。分解するとそのバラバラな部分を近所一帯にまきちらす。それが唯一の趣味なのです。バスの車掌用の切符販売機を盗んで切符をバラまくなんぞ、あの子のやりそうなことですわ」

「で、そのジャンマリーはつかまったんですか」とスザンヌがきいた。

「もちろん。けども起訴猶予になったよ。なにしろ、十四歳の白痴ではね」ジュール叔父はもうこの話に興味を失ってしまい、そっけない返事をした。

しかしギョーム先生が突然ジュール叔父の気をひく情報を提供した。ジャンマリーの姉さんはこの病院の看護婦で、ドロマール医長のところに働いている。そんな関係で（つまりその姉さんというのがすごい美人なので）ドロマールがジャンマリーの治療に熱心だというのだ。なんでもとても高価な薬を週一度注射してやる。すると少年は頭のおくれをとりもどすというわけだ。それというのも、ドロマールは少年の姉の看護婦の歓心をえようとしているからだ、云々。

すごいニュースだ。真偽のほどはどうでもよい。医長と看護婦の恋、最新の医学的進歩による精神薄弱児の治療の可能性。ジュール叔父はこの話題にとびついた。ギョーム女史は相手の熱中を巧妙に煽りたてた。今迄黙っていたピエールまでが話に加わりだした。

スザンヌはつつましくひかえていた。会話がはずんでいる時はホステスはつつましくしている必要がある。しかし、あまりに会話がながびくと、ジュール叔母やピエール夫人が退屈するだろう。機会をつかんで一同をダンスにさそう。クルトンがピアノを引受けてくれることになっている。

ドロマールがジャンマリーの姉、ニコル・デュピペルに恋しているなんて実際にはありえないことなのだ。ニコルは確かにドロマールのＡ一病棟の主任看護婦をしているし美人でもあるが、素行の悪い女で何人かの青年と関係がある。現に最近は日本人のコバヤシとくっついて（もっと上品な表現はないかしら）ベッチュンヌに住んでいる。そんな女をドロマールのように利巧で気位の高い男が問題にするわけがない。それに、こういう病院における医長の資格がどれほど貴重なものだか、みんなは御存知ない。医長ともあろうものが看護婦ごときに（山出しの賤民の娘なぞに）特別な関心をいだくことはまず絶対ありえないことなのだ。

しかし、スザンヌにも、ドロマールがなぜ五十歳近い今日まで独身で通してきたか、数々の噂で粉飾されている彼の奇妙な性癖の実態は何なのか、は、全く見当もつかないことなのであった。

ジュール叔父たちの会話がとぎれた。隣室の戸口にクルトンの姿を見てスザンヌはすかさず呼んだ。

「ムッシュー・クルトン。さあダンスをしましょう。ピアノをお願いします」

エニヨン家で一同がダンスに興じている真最中に電話がかかった。電話口に出たロベールは顔色を変えた。当直医のブノワがエスナール神父の死を伝えてきたのである。

居眠りをしてベルナールに目を覚まさせられてから神父は何事もなく深夜ミサを終えた。ところが、すぐあと、看護尼たちの集会所《コムユノウテ》で聖夜の祈禱を行っているとき不意に激烈な発作で倒れた。ブノワは必死で緊急処置をほどこしたが神父はあっという間に息をひきとった。ドロマールに連絡をとる暇もなかったという。

「どうするね」ロベールはスザンヌにきいた。「みんなには明日知らせたほうがいいだろう。せっかく楽しんでいるんだし」

「そうねえ。でも……」スザンヌは考えこんだ。神父がなくなった。それなのにダンスをして楽しむなんて冒瀆じゃないかしら。少なくともわたしには耐えられない。

「いいよ。わかったよ」ロベールはスザンヌの心を読んだ。「みんなに知らせよう」

　ダンスは中断された。一同は驚愕して立っていた。転げまわるように踊っていた小さな二組――フランソワとカッチ、ベルナールとキキ――まで痛々しいほどにしょんぼりしている。いうべきじゃなかった。子供たちの年に一度の楽しみを奪ってしまった。が、もう言ってしまったのだ。スザンヌは、神父の侍童だったフランソワとベルナールを両腕でかかえてやった。

　唐突に、甲走った泣き声がおこった。ギョーム先生が、激しく胸をせきあげている。

「まあどうでしょう……あんな方が……あんな聖人みたいな方が……亡くなられるなんて……しかも……こんな……クリスマスだっていうのに……」

　ジュール叔父が、その太い腕でギョーム先生の骨ばった肩を抱いた。「ああ、あなた。わかりますよ。その気持。おお、おお」叔父も泣いている。

　ロベールとスザンヌは当惑して顔を見合せた。二人の老人の感動はそれ自体は真摯ではあったが、いかにも場ちがいで芝居じみていた。悲しみはもっとひそやかなものであるべきだ。末娘のキキが身をすりよせて来た。「ママ、あのひとたちどうしたのよ」ベルナールが仰向いてこちらを見ている。いたずらっぽく片目をつぶってみせる。

「静かに。神父様がなくなられたんですよ」が、スザンヌは少しも悲しみを覚えなかった。どうしたことだ。悲しむべきであるのに。

　突然ピアノの演奏が始まった。クルトンが弾いている。底抜けに陽気で急テンポのチャッチャッチャである。真摯に泣きじゃくっているギョーム先生に対してこれほどの侮辱はない。スザンヌはひやりとした。

ギョーム女史はぴくぴくと痙攣すると叔父の手をふりきり、興奮のため唇をわなわなさせてクルトンに向って声を張りあげた。

「おやめなさい。まあなんてことを。おやめなさいってば」

クルトンは振向きもしなかった。あるいは声がきこえなかったのかも知れない。それほど声よりピアノの音のほうが大きかった。

ギョーム先生はロベールやピエールに訴えはじめた。

「やめさせて下さい。全く破廉恥です。神様《モン・ジユウ》。神様《モン・ジユウ》」

女史は涙と汗にまみれて声をからしている。このままでは卒倒するやも知れぬ。スザンヌはクルトンの肩をたたいた。「おやめなさいな。ドクトゥール・クルトン」

すぐとクルトンは弾きやめた。

「どういうわけです。え、さあ」たちまち、ギョーム女史がつかみかかった。

クルトンは坐ったまま、凹んだ眼を女史にむけた。冷やかな無表情である。

「あなたは、わたしを嘲笑しました。わたしの気持を踏みにじりました」

「ぼくはただピアノを弾いただけです」

「それが何よりの嘲笑です。しかも、よりによってあんな曲をやるなんて」

「あんな曲って。あれは陽気なチャッチャッチャですよ」

「悲しい時に陽気な曲を。おお」

ギョーム女史は混乱して手足をふるわせた。しかし、先程よりはよほど落着きを取戻し威嚇的な身構えをみせていた。

「死というものは」クルトンはおしころした低い声で言った。「陽気なものです」

「そんな……」ギョーム女史は相手の真意を測りかねて睨んだ。クルトンは相変らず無表情であった。で、女史は生徒に説論をする時のような具合に言足した。「あなた。死は悲しいことにきまっています。ことにエスナール神父のような方が亡くなられた場合はなおさらのことです」

「なぜ、ひとが死ぬと悲しいのですか」

「なぜって、それが当り前のことだからです」相手の生真面目な調子にひきこまれて女史も静かに答えたが、そう言った語尾は何だか自信がなさそうであった。

「あなたのお気にさわったのならぼくあやまります。でも神父の死をきいて、あなたが泣きたいと思われたと同じように、ぼくは陽気にピアノを弾きたくなったのです。それだけです」

「でも、もし、あなたが死んでも誰も悲しまなかったら」

「結構です。残された者が幸福な喜びにひたれるような、そんな死に方をぼくは理想としていますから」

ギョーム女史はあっけにとられた。彼女はまた泣こうとして目に手をやったが涙は乾あがっていた。

クリスマス・パーティは中止された。一同は散会した。帰りぎわにクルトンはエニヨン夫妻に「何だか大変失礼しました。でも、今夜はまたとない愉快なクリスマスでした」と鄭重に謝した。

自分の失敗に打ちのめされ、同時に自分の失敗を認めたくないので人々を呪い……そんな矛盾と混乱に苛立ちながらブノワはアンヌに向って喋りまくった。

「失敬なやつさ、ヴァランチーヌは。そりゃ総婦長で経験年数も長いことは長いが、看護婦としては無能だね。自分じゃ静脈注射だって満足にうてないんだからね。そのくせ、ぼくの一挙手一投足を蛙みたいなふくれっつらで監視していやがる。それにフージュロン院長が突っ立ってる。医者でもないくせに、その注射の内容は何か、血圧と体温はどうなったかと、御節介をやく。たまったもんじゃない。これで冷静な診療ができるわけがない。すると患者の呼吸がとまった。心臓はまだ動いている。よくあることさ。チェインストークス氏呼吸なんだ。まだ死んじゃいない。この前の発作のときもそうだった。それでも神父はたすかったんだ。ところがヴァランチーヌのやつが騒ぎたてた。御臨終だというわけで尼さん連を呼びいれた。ただでさえ狭い部屋が身動きも出来ない有様だ。みんなの目がぼくに集まる。御臨床の御託宣を待っているんだね。ぼくは言ってやったさ。まだです。これは神父の病気に特有な呼吸の一時停止です。すぐ呼吸は回復してきます。つまり、チェインストークス氏呼吸ですなと。自信はあった。血圧は充分高かったんだ。ぼくはロベリンを一筒うった。それから注意深くテオフィリンを静注しはじめた。その時、心臓が停ったんだ。いや痙攣が先だったかな。とにかく患者は死んだんだ。まるでぼくの注射のせいみたいに死にやがった。糞、あわてるべきじゃなかったんだ。それが当然ですという顔をしていりゃよかったんだ。そう、コバヤシがやるようににっこりしてやりゃよかったんだ。ところが、異状に気がついたみんなが騒ぎだした。ぼくは完全にあがっちまった。注射器を持った手のふるえがとまらないんだ。そのとたんだよ、注射針が折れてね。そいつを抜こうとすると、逆に押しこんじまったんだ。情けないようにするすると、針が静脈の中に吸いこまれた。それをみんなが見てたんだ。ぼくはやっと御臨終ですといった。声がかすれてたね。仕方がないじゃないか。寿命がつきたんだ。ぼくの責任じゃない。ところが、フージュロンが当付けがましくドロマールをよべと言う。ヴァランチーヌまでが——ついさっき自分で御臨終だと信じこんだくせにだ——今度は生き返す方法があるかのようにドロマール先生をよぼうと言う。いやはや大混乱だ。ぼくはそこで帰ってきた。エニヨンとマッケンゼンには電話をしておいたがね。ドロマールには連絡のしようがない」

「それで」アンヌ・ラガンは、美しくはないが知的な眼を眼鏡の奥でくるくるさせた。

「アドレナリンはうったの？」

「そうだ。アドレナリンだ」ブノワは悲痛な呻き声をだした。「あの長い針で心臓へ一発ぶちこむべきだった。もちろん、用意はしてあったさ。忘れちまったんだ。ああ」

「アドレナリンをうっても駄目だったでしょうよ」アンヌは落着いて慰めにかかった。

「誰がやっても結果は同じだったと思う。あなたは最善をつくしたのよ」

「ぼくはそう思ってるさ。だけどみんなはそう思っていない。ぼくが神父を殺したと思ってる」

「あなたの思いすごしよ。あなたは疲れてるんだわ」

「疲れてるって。冗談じゃない。ぼくは元気一杯だよ。今夜は徹夜を覚悟して、うんと眠っておいたんだ」

「だったら元気をだしなさいよ。スープをあったためてくるわ」

ブノワは機嫌をなおした。たちまちエスナール神父のことを忘れ、猛烈な空腹を感じた。料理にかけてはアンヌは素敵な腕を持っている。別に美しくもない彼女をみこんで婚約したのもそのためなのだ。ブノワは満足げにテーブルの上を見渡した。

盛り氷の上の生牡蠣、冷肉のアッソルチ、肝臓パイ、ロックフォールとポン・レヴェックの大皿、マロングラッセを並べた飾り皿、サラダ、マルテルのコニャックとシャンペン。銀の食器がクリスマスツリーの豆電球を映している。ここに生活がある。雰囲気がある。アンヌはそれを心得ている。内勤医宿舎《アンテルナ》のうらぶれた食堂を魔法の殿堂と化けさせてしまう。

アンヌが、右手でスープ鍋を左手で鵞鳥の丸焼きを持って現われた。ブノワは、鵞鳥の腹から栗とキャベツがのぞき、習慣に従って黒いトリュッフが添えてあるのをすぐ見てとった。アンヌ、君はすばらしい女だよ。まったく。

二人は食べはじめた。食べるものも話すこともいくらでもある。そして未来が——豊かで安定して、きちんとフランスの規格にはまった安全きわまる未来が二人に約束されている。《メディカ》に合格、結婚、子供、停年、死、墓場。ブノワは子供のことを考えた。アンヌの腰は細すぎる。骨盤が狭いのじゃないか。子供は二人欲しい。それで丁度いい。エニヨンのように五人もいたひにゃ大変だ。

「ねえ、アンヌ。君はこの頃痩せたんじゃないか」ブノワはそう言ってみる。別に痩せたと思っていない。

「そうかしら」アンヌは首を傾げる。アペリチフで頬をそめているところが可愛い。

「どうもそうだ。きっと勉強のしすぎだよ。君みたいにがっついてたら痩せるにきまっている」

何か良人らしい忠告をしてやる必要がある。さっきの醜態を打消す意味で……アンヌは素直に忠告をきく。ブノワの自尊心は満足させられる。アンヌは実に勉強家だ。大学を出たばかりなのに、もうアンリー・エイの大著《精神医学的研究》三巻を全部読んでしまった。末おそろしい。もし彼女のほうがおれより先に《メディカ》に合格したら、このおれが内勤医で彼女が医長てことになったら……これはえらいことになる。

ブノワは暮と正月に行うサヴォア旅行の計画を情熱こめて話しはじめた。大晦日《サン・シルヴエストル》にはシャモニーにいるだろう。スキーで一年の憂鬱を吹きとばすんだ。予算が余れば山越えしてスイスに行こう。

誰かがノックした。まだ答えないうちにドアが勢よく開かれた。クルトンの黒っぽい長身が入ってきた。個人的な状況にあるブノワとアンヌを見ても別に逡巡もせず、椅子をひっぱってきてテーブルに向って坐ってしまった。そのまま二人の食べる様子を観察している。

「何か用かね」ブノワは赤葡萄酒で焼肉を胃袋にいそいで流しこむと咎めるように言った。

「別に」クルトンは恬然としていた。

「だったら……」

「出て行けかね」凹みの底で小さな目が笑っている。

「いや、そういうわけじゃないが」ブノワはあわてて微笑をつけた。膝のナプキンが床にずり落ちた。クルトンはナプキンを見詰めている。いやなやつだ。

「はやかったね。エニヨンとこのパーティはもう終ったのか」

「そう。神父が死んでおじゃんさ」

「なるほど」ブノワの胸が騒ぎだした。この男、おれの失敗を知っているのか。ブノワは先手を制し、自分の失敗は一切伏せて手短かに物語った。「いやはや、とんだ茶番劇さ、フージュロンとヴァランチーヌのやつがさ……」

クルトンはにこりともしない。ブノワは自分の嘘が見抜かれでもしたように冷汗をかいた。アンヌが片目で信号を送ってくる。はやく追いだしてしまいなさいよ。こんな男。しかし、ブノワは全く裏腹のことを言った。

「どうだね。ミッシェル。一つつままないかね」

「ありがとう。イヴ」クルトンは遠慮なく焼肉にフォークを突立てた。仕方なしにアンヌは葡萄酒をついでやった。クルトンはぱくつきはじめた。すっかり腰を落着けるつもりらしい。

不思議なことにクルトンがいると、ブノワはアンヌと話すことが何もないのだった。何かを言おうとすると下劣で滑稽に思えて来るのである。黙っている二人に、ふとクルトンが言った。

「留守中、誰かがぼくの部屋に入った。たぶんカミーユだ。香水の匂いでわかる。君たちカミーユに会わなかったかい」

「そういえば彼女が来たね」

「何時頃」

「あれはミサの前だから、十一時か。いやもっと前だったかな」

「十時三十五分」とアンヌが言った。

「で、何か言ってたかい」

「別に」ブノワはアンヌに目くばせした。黙ってろよ。クルトンとカミーユのことはぼく達とは関係がない。

「おかしいな。カミーユのやつ、何しに来たんだろう」

クルトンは考えこんだ。しかし、手と口は活潑に動かして飲み、かつ食べ続けた。

夥しい書物の集積である。壁という壁は床から天井まで幾段もの書棚がとりつけられ、隙間なく本が並べられている。どの部屋もそんな具合だ。カミーユは歩くに従って驚きを増していき、二階の書斎に入ってその驚きは頂点に達した。三つの部屋をぶち抜いてつくられた広間は、四方の壁が完全に書物でうずまっている。窓の上下の空間までそうなのである。まるで書物の壁でつくられた箱の中にいるようなのだ。古い書籍の黴の臭と皮革の乾いた臭が家中に充満している。この家の中で書物に占領されていない壁はないとすると……とにかく夥しい書物の集積である。

古風な燭台型のスタンドから落ちる光は、中央の仕事机と二脚の肘掛椅子とソファを具合よく照らし、周囲をほの暗い影とぼかしている。ちょうどレンブラントの画にあるような明暗の効果がそこにあって、まるで空間が必要最小限の光を生みだしたかと思われるほどだ。

ドロマールは、赤い絹のガウンに着換え、白い外科帽をかぶっていた。客人をむかえる服装としては奇態なものだが、彼の様相は室内の雰囲気にぴったり溶けこんでしまい、カミーユにもそれが当然なことだと思われるのであった。

カミーユの驚嘆をみてとったか、ドロマールは蔵書の説明をはじめた。低い囁くような声である。それによると、この一見無秩序に並べられたかにみえる蔵書はすべて特殊な分類法で整理されており、旧式な図書館など及びもつかないほど迅速に必要な本がとりだせるのだそうである。集められた本は世界各国の哲学書、医学書が多いが、趣味として美術書と文学書とを集めている。ドロマールは数冊の豪華な大型の美術書を机の上に置いてみせた。

ドロマールの囁き声をききながらカミーユは院内に流布されているドロマールについての数々の噂話を思いだしていた。そのどれもが確実なものではなく推測の域を出なかったが、こうしてこの書斎でドロマールと向合っていると、すべて本当らしくも思われるのである。

ドロマールはチェコ語をのぞくヨーロッパ中の言語に通じている。ドロマールは大きな音や野外の強烈な光に耐えられない。だから彼は小声で語り、やむをえず外を歩くときは夜を選ぶ。ドロマールの家の窓はすべて釘づけされていて絶対に開かない。ドロマールは酒も煙草ものまない。彼が他人を自分の家に招待しないのは煙草ぎらいのせいである。ドロマールは自律神経失調症である。通常の汽車や自動車の旅は彼を眩暈で苦しめるので、パリに行くときは村でたった一台のタクシーをやとう。心得た運転手は彼を馬車のようにゆっくりとパリまで運ぶ……云々。

ドロマールは午前中だけ病棟で患者を診察する。午後と夜はこの公舎にこもっている。外出などめったにしない。ドロマールが外出した。それだけで立派なトピックになるほどなのだ。

カミーユは、ドロマールがこの病院の医長になってから十五年間の窖《あなぐら》の隠花植物さながらの生活を思ってぞっとした。

あの顔。あの年寄りじみた蒼白い皮膚、無表情で皺が少ない。それは永年の読書の結果すべてについて無感動になった顔なのだ。そう、皺が少ないというのは重要な発見だ。東洋の仏像には皺がない。あのように異端的でとりすました顔。

次第に空腹と疲労と睡気がカミーユを不快にかきみだした。ベッチュンヌのカフェでコーヒーとチョコレートを飲んで以来何も口にしていない。《多少の御馳走は用意してあります》とドロマールは言ったが、いつまでたっても御馳走の匂いもしないのだ。

カミーユは机の上のコップを手にとった。ドロマールがついだ水が入っている。水だけしか出さないつもりかしら。それでも飲みほすと多少飢えがしのげた。こなければよかった。適当なときに引揚げよう。カミーユがそう考えたときだった。彼女が思わず顔をのけぞらせたほどの近くに、いつのまにか金縁眼鏡をかけたドロマールの顔があった。

「わたくしは、あなたのお許しを請わねばならない。あなたの今お飲みになった水の中にはリゼルグ酸の五十ガンマーが入っているのです」

「何ですって」

カミーユは動顛して叫んだ。リゼルグ酸はＬＳＤ25ともいう幻覚剤で、昔ミッシェル・クルトンがマダム・マッケンゼンのもとで学位論文《テーズ》を準備していたとき、カミーユは実験に立会って記録掛を受持ったことがあり、その驚異的な作用をよく知っていた。ごく微量で幻覚や錯覚を出現させる薬で、しかも無味無臭なのだ。「もしも犯罪者がこの薬を利用したらえらいことになるぞ」とミッシェルはよく言っていたものだ。

「まあ気を鎮めてわたくしのいいぶんをきいて下さい」ドロマールは淡々として囁き続けた。「あなたは偶然机の上のリゼルグ酸をのんでしまった。こんなところに薬を置いておいたのはわたくしの手落ちです。あやまります。しかし、折角お飲みになったのだから、ひとつわたくしに協力していただきたい。わたくしは現在リゼルグ酸の効果について研究中です。あなたもわたくしの症例になっていただきたい」

「わざと置いといたのですね」カミーユは立上ってドロマールを睨んだ。

「大きな声はいけません。お静かに願います」ドロマールは両手で耳に栓をした。

「そのために、つまり実験材料にするためにわたしを誘いこんだんだ。卑怯者。あなたは卑怯者です」

「いいえ」ドロマールは悲しげに首をふった。「あなたは誤解してらっしゃる。わたくしはあなたの苦しみ（あなたは泣いてたじゃないですか）を癒やしてあげたいと思ってるのです。リゼルグ酸をのめば恍惚状態が来ますからね。他方、わたくしはリゼルグ酸の実験例を一例でも増やそうと思っていた。あなたへの同情とわたくしの都合が論理的に一致したわけです。おわかりですか」

「詭弁です。わたし帰ります」

「それは残念です。ですが、このままお帰りになると、すぐ薬の作用が現われます。これをお飲みなさい」

ドロマールは書斎の戸口まで追いかけてきて白い丸薬をみせた。カミーユは薄気味悪げにその白い粒を横目でみた。それは見覚えのあるラルガクティルの錠剤らしい。

ラルガクティルはリゼルグ酸の怖しい効果をとめる力を持っているのだ。カミーユの胸のあたりから異様なものが、熱を帯びた波のようなものが昇ってきた。それは、咽喉から舌へ、そして脳髄に浸み渡っていく。カミーユは狼狽した。もうリゼルグ酸の効果が始ったのだろうか。

ドロマールは、じっと手の窪を差出したままである。瘦せこけて蒼白い肌が、骨の硬い線をあらわにしている。と、白い肌の色が赤黒く染まってきた。カミーユは深い驚きに心が凍えあがる思いだった。ミッシェルの手にそっくりなのだ。

ドロマールが囁いている。

「どうしましたな。ドアには鍵がかけてありません。廊下には電灯がついています。玄関の扉は内側からあけられます。あなたは自由なのです」

カミーユは思いきってドロマールを見た。思ったとおりだった。ドロマールはミッシェルに変身している。褐色の皮膚と凹んだ眼、骸骨のような顔と尖った鼻、カミーユはそれが錯覚だということを知っていた。それなのにしびれるほどの喜びが身内を貫くのであった。

ミッシェルが遠のいていく。普通に歩いているのに素晴しい速度で遠のいていき、みるみる小さくなり、ぱっとドロマールの姿に戻った。それはリゼルグ酸のおこす典型的な知覚異常なのだ。

「こちらにいらっしゃい」ドロマールがまねいた。

「わたし、おかしいんです。もう正気じゃないんです」カミーユはふるえる声で力無く言った。

「ええ、わかってます。隣の部屋に行きましょう。あそこのほうがベッドがあって楽ですから」

カミーユは従った。どうしてだか、ドロマールに従うのが気持よかった。歩きながら、下腹部と乳房に甘い快感を覚えた。全身の皮膚は極度に敏感で、ストッキングとブラジャーは電気を帯びているようにピリピリし、下着がぴったり皮膚に貼りつくようだ。まるで素裸で歩いている感じ、つまり衣類の中で裸の肉体だけが孤立して感じられるのである。カミーユは快感に酔いながら全身をほてらせた。

ドロマールは彼女をベッドに横たえた。

「気分はどうですかな」

「とってもいい気持。いい気持よ」

「それはよかった。テープコーダーをまわしますよ。さあ、そのいい気持というのを表現して下さい。出来るだけ正確に。表現できなければ例えで結構です。たとえばどんなような気持だとか……」

「ああいい気持。何てったらいいかしら。そう、空中に乾いてすべすべした蝶の羽の粉が一杯つまっていて、その中で泳いでいるような」

カミーユは首をちょっとあげてみた。首が風船のように軽い。そして風船のようにふわふわと空中に浮いている。

ここはドロマールの寝室らしい、四方は書物の壁だ。視線が定まらない。箪笥や暖炉や鏡がめまぐるしく移動していく。ものの形がはっきりしない。輪郭がぼやけるかと思うと、つと明確になる。そして紫色の光が部屋の中に眩しいほどに溢れたかと思う間に暗くなってしまう。明暗が脈搏っている、そんな感じだ。

次第に幻覚が彼女をのみこんでいった。床が見るまに紺碧の海となった。風がふくと、さざなみが美しく輝やいた。焼けるような太陽が砂浜に映えている。カミーユはけだるく砂の上にねそべっている。と、海が消えた。白樺の林だ。林間の空地には涼しい馥郁たる気流が流れこんでくる。空地の表面が割れ、亀裂から青い炎があがった。のぞきこむと青空である。カミーユはインドかタヒチか、とにかく熱帯地方にいる。裸の彼女を屈強の青年たちが撫でまわしている。悩ましい感覚がカミーユの粘膜をしっとりとぬらす……長い彷徨の末カミーユはドロマールの寝室にもどってきた。

「気がつきましたな」

ドロマールが白い歯を見せた。それは白く整い過ぎていて入歯に違いなかった。カミーユは、金縁眼鏡の奥の冷い緑色の瞳をみているうち羞恥と屈辱にさいなまれてきた。この男は何もかも見ていたのだ。裸のわたしを、わたしの裏側を、わたしの淫靡な姿を。しかもリゼルグ酸を騙し飲ませたのだ。

カミーユはとび起きた。少しふらつくが歩けそうだ。一刻も早くこんな場所から逃げだしたかった。

「いま、何時ですか」とカミーユは尋ねた。

「それこそ、わたくしがお尋ねしたい。何時だと思いますか」ドロマールは坐ったまま逆に質問してきた。

突発的な怒りがカミーユを呑込んだ。彼女はテープコーダーのスイッチを切り、半分ほどテープを巻きとったリールを床に放り出した。それだけの動作をするのに非常な疲労を覚えた。汗が吹出、関節が錆びたようにぎこちなくきしみ、眩暈がした。

「おかけなさい。マドモワゼル」

そのやさしい声には、非現実的な怪しい余韻があった。しかも従わざるをえない魔力がこもっている。心ならずもカミーユは従った。

何がおこったのか。思いだそうとする。何か無数の幻覚にひたったように思える。が、何一つ具体的な映像が甦ってこない。淫蕩にふけった朝のような虚脱感の中でドロマールに対する怨恨がくすぶっている。たしかなことは、自分がリゼルグ酸をのまされたこと、ドロマールの実験材料にされたことだけである。それから、ドロマールをミッシェルだと錯覚した。それからあとの記憶がない。自分は意識を失っていたのだ。無抵抗で……その間に、もしや？

刺すような疑惑が胸の底に蟠った。

「ムッシュウ・ドロマール」カミーユの声がふるえた。「わたしの寝ているあいだに、あなたはもしや……」

ドロマールは眼鏡をとるとガウンのポケットにしまった。

「いいえ、マドモワゼル。あなたの御心配は無用です」眼鏡なしの彼は、再び東洋の仏像のような顔にもどった。「あなたは、眠っておられるあいだに、少し個人的な秘密を話された。だから、わたくしも交換に自分の秘密をもらしましょう。いいですか、マドモワゼル、わたくしは女性には性的魅力を感じないのです」

「それではあなたは……」

「あとは御想像におまかせします」

ドロマールは、かすかに気味わるく微笑んだ。不能者、男色者、おそらく彼が今まで独身でいた理由は、そのいずれかであろう。カミーユは嫌悪のこもった目で彼を一瞥した。

体が重かった。椅子に身を沈めると眩暈はおさまったが、全身を針金でぐるぐるまきにされたような拘束感が残った。そして、皮膚を切割き、何かを自由に解放したいような衝動が湧きあがってきた。軽い頭痛がする。

「さあ、食事にしましょう」

ドロマールにそう言われて気がつくと、テーブルには、粗末ながらもクリスマスの料理が並べてあった。食物の匂いを嗅ぐと吐気がした。カミーユは仰向いて目を閉じた。

「わたし食べたくありません」

「それは残念ですな。気分でもわるいんですか」

「ええ、わるいです。あなたのおかげです」

「それはどうも。本当にわたくしの不注意でした。実験用にリゼルグ酸をいつも用意しとくので、ついうっかりあんな所に置いておいて」

「もう帰ります」カミーユはふらふらと立上った。

「どうぞ。あなたの車まで御送りしましょう」

「結構です。一人で帰れます」

カミーユはドロマールの腕を撥除けた。

玄関口でドロマールが言った。

「こんな事を申して何ですが、マドモワゼル、あなたはミッシェル・クルトンを愛していますね」

「それがどうしました」

カミーユは険しい目つきになった。

「いや、わたくしにはあなたの私生活には干渉する権利はない。一般的な問題として一つだけ御忠告したい。一人の人間を愛しすぎてはいけません。愛することのみが生き甲斐なのはいけません。なぜって人間はどうせ死ぬんですからね。愛していた人間が死んだらどうしますな」

「ミッシェルは死にゃしません」

「彼の事じゃないのです。一般的な問題です」

「わかりませんわ。そんな話。人間を愛しちゃいけないだなんて……」

「一人の人間をですよ。たとえば全人類を愛するのならかまいません」

「そんな抽象的な愛は贋の愛です。信じられません」

「ところがその贋の愛こそ貴いのですな。科学への愛、書物への愛、みんな贋の愛ですが、これを持てるのはごく少数の人々です」

「御自分がそうだといいたいんでしょう。わたしはあなたみたいになりたくない」

「それは残念ですな。しかし、あなたのミッシェルはおそらくその少数の人々の一人ですよ。あなたの不幸はそこにあります」

「わかりませんわ。そんな話」

カミーユは何とか逃げようと焦った。頭痛がつのり、吐気がした。何も理解できない。彼女は把手をまわし、思い切って外へ走り出た。

　数分後、病院前の暗い小川でカミーユは吐いていた。吐いても吐いても吐気がつきあげてくる。

「ああ、ミッシェル！　助けてちょうだい」

　彼女は、涙と唾液にまみれながら、またかがみこんだ。

3

　それは珍しく晴れわたった日であった。鬱陶しい日々の続いたあとでは、その日の澄みきってなめらかな玻璃のような青空は異常なほどだった。たしかに今日は異常な日なのである。何しろパドカレ県知事が親しくもこの県立サンヴナン精神病院を視察されようという日なのだから。

　年が改まって、人々はこの日の準備に忙殺された。フージュロン院長は知事の同窓でもあったし、端正な紳士という評判のてまえ、うわべは落着きはらってみせてはいたけれども、その実何かと口実をつくっては頻繁に情勢の偵察に出かけた。会計主任《エコノーム》のベカールは、自分の支配下にある事務室・調理場・洗濯場・農場などのほかに、三人の医長が統轄する病棟・薬局・中央検査室まで足をのばし、まことに大活躍であった。目につきやすい場所の修復やペンキ塗りの指示が主な仕事である。そのほかに、備品をリストと照合したり、知事の順路をきめ案内役を交渉しなくてはならなかった。医長連の中ではエニヨンがもっとも準備に熱心であった。エニヨンに対抗してか、無関心を装っていたドロマールも、途中から病棟内の整備をはじめたが、これはフージュロンが説いて中央検査室の案内役にまわってもらうことにした。というのは、院内でドロマールの病棟ほど旧態依然とした場所はなく、とてもあの新時代の代表者をもって自任している知事の気にいりそうにないことが分ったからである。マダム・マッケンゼンは、心配されたとおり、この件についてきわめて消極的で、相変らず病棟内の切盛一切をクルトンにまかせたまま自分は病気と称してひきこもっていた。といって、ドロマールのところより、マッケンゼンの病棟のほうがまだしも近代化されていたので、知事の順路からはずすわけにはいかなかった。

　こうして昨日は院内の大掃除が行われ、定刻間際には、どうやら整然として光輝やく病院に化けおおせたのである。

　定刻三十分前、正門前の国道一帯に憲兵《ジャンダルム》が居並び、礼拝堂横の事務室の前に病院の主だった人々が序列正しく並んだ。院長、医長、内勤医、心理テスト掛《プシコローグ》、家庭訪問員《アシスタント・ソシアル》、会計主任《エコノーム》の順である。看護尼や看護婦はすべて病棟内のしかるべき場所で待機していた。黒服の紳士が一人、列から離れて立っていた。これはなんでもコミッセール・ド・シュルヴェイヤンス・ド・レジョン(地方監察委員とでも訳すのか)といういかめしい肩書をもつ人物で、こういう晴がましい時だけ病院に顔を出すのである。

人々は努めて気楽な面持を示し、こんな大仰さなどくだらんことだというふうにしてはいたが、定刻二分前に憲兵たちが直立不動の姿勢をとるや、いい知れぬ緊張があたりに漂い、ふと黙りこんでしまった。

ついに病院全体をしめつける静寂のなかに、黒塗りの自動車の行列がすべりこんだ。先頭のＤＳ一九《デーエスディズヌフ》から頭の禿げた小男がとびだし、せかせかした足取で院長、ドロマール、エニヨンのところへ行き握手した。これが知事らしい。灰色の鋭い目を、早くも周囲に抜目なくくばっている。親しげに院長の肩をたたき、よく透る声で「さあ、はじめよう《アロール・ヌー・コマンソン》」と言った。

はじめの予定では、知事が居並ぶ面々と一々握手したあとで、院長が歓迎の辞をのべることになっていたのだが、どうやらこの計画はとりやめらしい。

「なかなかのやり手じゃないか。あの知事は」ブノワはアンヌをつっついた。

その時エニヨンがブノワを呼んだ。順路の最初はエニヨンの病棟なのである。

エニヨンとブノワが急ぎ足で行くうしろを、知事の一行が続いた。主任医長として病棟関係の説明役をするドロマールが、例の外科帽と青外套（さすがに今日は袖に腕を通して着ていた）で知事に付添っている。すぐあとを院長と会計主任《エコノーム》が歩いていた。

ロベール・エニヨンはこの数日ほとんど《爆発》のしどおしだった。ペンキ職人の仕事が粗雑すぎるといって治療室の塗替えを突然命じたのが皮切りで、看護婦の服装、床の掃除、秘書のとった速記録、患者の昼食のスープの塩加減など、要するに偶然目に入ったあらゆることがロベールの癇癖に触れた。もっとも、古参の看護尼や看護婦は主人公の怒声には馴れきっていて要領よく事を運んだ。次から次へと命令が出される場合、大切なことは命令の実行ではなくて、命令に従順なふりをすることだとよく心得ていたからである。彼女たちはロベールの《爆発》が度を越したとみるや、こっそりスザンヌにお伺いをたてた。そうしておけば公平適切な指示がえられるし、あとで責任を回避することができた。

といっても、ロベールはけっして配下の者から疎んぜられていたわけではない。彼が怒りを爆発させたとする。相手はロベールの真剣さにおびえると同時に、何だか吹きだしたいような気分にもなる。つまり、尊敬と愛情が、二つながら相手の心をとらえ、反抗や憎悪を打消してしまうのだ。ロベールの暴君ぶりは、けっきょく、目下の者たちの間で不思議な人望をうることになったのである。

そして今日、ロベールはがらりと人が変った。彼は陽気で柔和で自信満々の人間にもどったのである。度重なる《爆発》で痛めつけられ嗄れていた声も、今朝からなめらかなバリトンにひょっこりかえってしまった。

準備はすべて完了している。

磨きに磨かれた治療室には、電気睡眠療法・非痙攣性電撃療法・サッケル氏療法（日本ではインシュリンショック療法という)・抗酒剤筋肉内移植術など、ロベールが知るかぎりの尖端的治療法の実演が、素人にもわかりやすい配慮でもって合理的に展示されるはずだ。三百人の患者たちには新品の青い制服を配給し、病院付の美容師が全員の髪を直した。

しかし、スザンヌには、ロベールがこれだけ夢中になって準備をしているくせに、知事の訪問そのものには、まるっきり重要性を認めていないことがよく分っていた。ロベールにはいつも何か目標が必要なのである。或る目標があれば、それがどんなにつまらないものでも、完璧な努力をしないと気がすまない。そうして完璧な仕上げをしたことが彼には非常な喜びとなるのだ。

ことに今度の場合は、別な目標があった。ドロマールに対抗しそれを凌駕しようという目標である。知事の視察などはそのきっかけに過ぎないといえる。

どこの国でも医学界には二つの流派がある。一つは理論派で実験室での研究や基礎的な問題に取組む人々である。理論派は悪くすると医学本来の目標である病気の治療を忘れてしまったり、堕落して本の虫となりさがる。ロベールにいわせればドロマールこそ堕落せる理論派の標本なのである。もちろんロベール自身は他の一つの臨床派に属する。臨床派こそは医学の本道を行くので、日常の診療行為を第一義と考え、研究も患者の治療に必要なことをモットーとするのである。

なるほどドロマールは高名な精神病理学者ではある。彼が若い頃に発表した《解釈妄想の成

《立機序》という論文は、偏執病問題に革命をもたらしたほどの古典的業績となっている。彼はその後も同じ問題を発展して数多の論文を書き、今や《医学心理学会《ソシエテ・メディコ・プシコロジック》》の重鎮として押しも押されもせぬ地位を築きあげた。最近も、幻覚剤リゼルグ酸を用いて一連の研究を発表し、その名は海外にもとどろいている。日本人のコバヤシがわざわざパリ留学をやめてこんな田舎の病院に来たのもドロマールの名声があればこそだ。

しかし、とロベールはスザンヌに言う。いったいドロマールの輝かしい業績が、どれだけ患者の治療に役立ったろうか。彼は患者を観察し理解しただけで、患者を癒しはしなかった。結果としてドロマールは患者の犠牲の上に自己の名声を得たことになるのではないか。

「そりゃあ彼は学者だよ。もちろん、この十年間に精神病の治療が飛躍的に進歩したこと、向精神薬というすばらしい薬がたくさん発見されたことなど、百も承知なんだ。ところが知りすぎているために新療法を実行できない。一つ新薬がでるとそれについての文献をよみあさる。とどのつまりは副作用や万が一の危険性ばかりが頭の中に充満しちまうんだ。あれだけの学者が時代錯誤の水浴療法なんかをいまだに本気でやってるのはそのためなんだ」

「でも、ドロマールとあんまり喧嘩しないほうがいいわ。むこうは十年以上もあなたの先輩なんだし……」

「喧嘩? ああスザンヌ、また妙な事を考えてるな」ロベールは妻の顎の先を爪先で軽くはじいた。「いいかね。これはデモンストレーションだ。ドロマールの動脈硬化した頭をちょっともみほぐすだけさ。すべては彼の患者のためさ」

「大きなことを言って。あのドロマールがこれくらいのことで凹むもんですか」

二人はいたずらっぽく笑い合った。

知事の一行がエニヨンの病棟をまわっている間、ドロマールは終始沈黙したままでエニヨン一人が滔々とまくしたてた。一応、説明役を引受けたもののドロマールはエニヨンの病棟がはじめてで、まったく勝手がわからなかったのである。この病院には医長同士の習慣・不文律・礼儀というものがあり、お互いに他の医長のやる治療や病棟の改築には一切口出ししないことになっていた。ことにドロマールとエニヨンの間にはこの傾向がひどく、相互に完全な無関心の域にまで達していた。

知事はエニヨンの病棟に対して讃辞を惜しまなかったので、フージュロン院長は大いに面目を施した。

エニヨンのところから中央検査室へ行く道筋、知事は上機嫌でフージュロンに言った。

「あのエニヨンはいくつぐらいですか」

「あれで、三十六か七でしょう。頭が禿げてるのでふけて見えますが」

「まだ若いねえ。すごいやり手ですなあ。こんな田舎には惜しいような人物だ。ぼくはねえ、精神病院てのは陰気な牢獄みたいなところだと想像してたんだが、あそこはリールの一流病院なみの明るさだねえ。患者の作業場（何とかいいましたね。そう作業療法《エルゴテラピー》か）なんか、この付近の製糖工場より清潔で整っている」

あまりエニヨンが讃められるので、フージュロンは、ライヴァルのドロマールの反応が気がかりになった。何かぶちこわしを言わなければよいが。

ドロマールは無表情であった。日に照らされた顔は驚くほどに白い。糊とアイロンのきいた外科帽が雪花石膏《アラバスター》のような質感でなめらかに光っている。薄緑色の瞳が義眼のように冷たく前方に固定されている。ふと、氷のような嘲笑がその貧血ぎみの青い唇をかすめた。フージュロンはあわてて目をそらした。

知事たちの行列が去った直後、ロベールはぴりっと眉をひそめた。《爆発》の前兆である。彼は杖をことさら床に音たかく突立て、大任を果してぼんやり立っていた看護尼や看護婦を呶鳴りつけた。

「なにをぼさぼさしている。早く片付けるんだ。なにもかも前にあったとおりにもどすんだ。このままじゃ診療できやしない。早く、早く」

手術着をつけて、抗酒剤の筋肉内移植術を実演していたブノワは、まだ患者の皮膚を縫合しおわっていなかった。ロベールの一喝で、今まで幇助していた看護婦が手をひっこめたので、ブノワはめんくらって叫んだ。

「なんだって鉗子を放しちまうんだ。せっかく縫ったところが開いちまったじゃないか」

中央検査室というのは、鉄筋コンクリート造りの三階の建物である。院内のほかの建物はすべて前世紀に建てられた古風な赤煉瓦造りであったから、中央検査室の真新しい現代風の外観は、内部のすぐれた設備とともに、異彩を放っていた。

一階は生化学検査室で、血液・脳脊髄液・尿・大便など患者のあらゆる分泌物の厳密な化学的分析ができる。大きな流しや複雑な機械や薬品のびっしり並んだ戸棚などが、何やら仔細ありげに配置されてある。二階は脳波室とレントゲン室である。脳の微少な活動電流を記録する脳波計はガルヴァル会社製の優秀品で三百万フランもした。レントゲン装置はスウェーデンから輸入した断層撮影機で、脳の或る断面を思いのままに鮮明に写真にとることができる。脳波計も断層撮影機もパリ大学付属のサンタンヌ病院で使用しているものと同じ神経学の新鋭機である。三階は脳外科専用手術室である。ここの設備も贅沢なもので、無影灯や手術台とともに脳のあらゆる部分に正確にメスを挿入できるステレオタックシーという機械まで置いてあった。

三年前、エニヨンの熱心な提唱で中央検査室のための特別予算が獲得され、昨年竣工してから、中央検査室こそは当院の誇りであり象徴たるべきであった。ところが設備や建物は立派でも、度重なる陳情にもかかわらず人件費はついに考慮されなかったから、実際の運営は理想から程遠かった。生化学検査は、薬局の薬剤師を口説いて、脳梅毒に必要な脳脊髄液の検査だけを細々と行わせたが、元々規定の義務以外の仕事であるから、熱意がなく、検査結果は誤りだらけで、少しも信用がおけなかった。同じ人手不足という理由で、脳波室やレントゲン室や手術室も埃まみれのまま放置されてあった。

こんどの知事の視察において、莫大な予算をくった中央検査室がマークされていることはまず予測できた。フージュロンがドロマールに説いて、彼の病棟をみせるかわりに中央検査室の案内を引受けてもらった第一の理由はここにあった。

それに、ドロマールは案外あっさりとこの件を引受け、さっそく、有効なデモンストレーションのための計画をフージュロンのところへ持って来たのである。生化学検査室では看護婦二人にそれらしい服装をさせ、試験管をやたらと並べて水を沸騰させる。とにかく忙しげに動きまわらせればよい。脳波計はアンヌ・ラガン嬢に即席の勉強をさせ、とにかく患者の脳波を記録しているところを見せればよい。レントゲンの断層撮影機はコバヤシに運転させる。あの男は頭がよいから意味ありげな動作をしてくれるだろう。脳外科の手術室はドロマール自身がよろしくやるというのだ。

フージュロンは、ドロマールも相当な悪人だわいと感心もし頼もしくも思ったが、他方では一抹の不安を感じた。ドロマールは大学者ではあるが、いわゆる《学者の粗忽》というやつで、妙にむきになりすぎたり、突飛な行動に走ることがある。例の《大統領夫人事件》がよい例だ。加えて、相手の知事は辣腕できこえた人物である。果してドロマールの芝居に簡単にだまされてくれるだろうか。

すでに一階の生化学検査室でフージュロンの危惧は現実となった。

アルコールランプで試験管をあぶっていた検査室主任（実は看護婦のニコル・デュピペル、例のジャンマリー・デュピペル少年の姉である）に知事がにこやかに近付いた。ニコルは金髪のすらりとした乳房の豊かな美人である。

「マドモワゼル。何を煮ておられますか」

「脊髄液です。蛋白を調べるのです」

予期しなかった質問に、ニコルは顔をほてらせた。知事の視線で裸にされたような恥ずかしがりようである。

「ほう脊髄液の蛋白も煮沸して調べるのですか。じゃ、小便と同じですな」

「はい……」

知事は興味深そうに頷いた。表面上は何事もなかったようだ。しかし、知事は、少くとも、尿の検査法について若干の知識を持っているらしい。気をつけないととんだぼろが出そうだ。

二階の脳波室でラガン嬢がかなり重大な失敗をやらかした。患者の頭に食塩の糊で貼りつけてあった電極がはずれたため、それまで巻紙のうえにともかくも脳波らしい不思議な曲線を描いていた針が、突然唸りをあげて振動しだしたのである。ラガンはあちこちのスイッチをやたらと動かしてみせたが、狂った針は一層激しく紙の上にインクを撒散らすばかりだ。ドロマールが鋭い声で指示した。

「電源を切りたまえ。電源だ。そこのスイッチ。いやその右の赤いスイッチだ」

フージュロンは知事の顔に意地の悪い、皮肉な微笑が浮んだのを見逃さなかった。

三階の手術室で、ドロマールが開頭手術の効能について講釈しているときである。廊下と手術室を行ったり来たり歩き廻っていた知事が、ドロマールに質問した。

「ちょっとうかがいますがね。エレベーターがないのに、手術をうけた患者はどうやって運ぶんですかね」

「頭の手術の場合、患者は大抵歩いて階段を昇り降りできます。局所麻酔ですから。重症の場合は担架で運びます」

「なるほど。なるほど。それから、この手術室は暖房がないようだが、冬はどうしています。たとえば、今日のように部屋が冷えきっている場合……」

「冬は手術しないんです」ドロマールは平然として答えた。

「なるほど。冬は病気がないというわけで」

知事は礼儀正しく、にこやかに頭を下げた。もうだめだ。破滅だ。知事は何もかも見破っている。フージュロンの心臓が高鳴りだした。

知事が快活になるにしたがってフージュロンは憂鬱になった。ベカールも深刻な顔つきで、時々、知事にわからぬようにフージュロンに目くばせをよこした。ドロマールだけが自分の失敗を知らぬげに、きわめて落着きはらって歩いていた。

「ドクトゥール・クルトンですって、わたくしどもこそ探してるんでございますよ。もうすぐ知事閣下がおみえになるってえのに、まあどこへ雲隠れされたものか。ええ病棟の中は全部、内勤医宿舎《アンテルナ》も図書館も……御車があるから病院のどこかにおられることは確かなんですが……」

マッケンゼンの看護婦長マドレーヌ尼は柔和で善良な顔に汗を光らせていた。

「マダム・マッケンゼンのところでは」

カミーユはふと思いついて言ってみた。

「とんでもございません。マダム・ラ・ドクトゥール・マッケンゼンがムッシュー・ル・ドクトゥール・クルトンを自分の御宅にお入れになることは絶対にございません。それにマダムは今日お加減が悪いとかで御宅にひきこもっておられます」

「つまり、クルトンがいないと、あなたもお困りというわけですのね」

「そうなんでございます」

そこへ中央検査室へ偵察に出しておいた看護婦が駆戻って来た。知事閣下の御一行は今こちらにむけて出発されたそうだ。

「大変です。どういたしましょう」

マドレーヌ尼は白いカラーに汗をぽたぽた落してあわてでだした。

「わたしが探してみます」

カミーユは病棟の中へ入った。廊下からサンルームに行く。庭を横切る。見たところ不断と変ったところはない。青い制服の患者たちが、稀な日和を楽しもうといっせいに庭に出ている。肩を組んで歩きまわっている者、丸テーブルを囲んで編物に余念がない者。青い制服と白い看護婦がいなかったら、パリの公園そっくりの風景だ。

マッケンゼンのところでは知事のために特別な準備はなにもしなかったらしい。清潔に磨かれた廊下、洗濯されたばかりの制服(エニヨンのところのような新品ではない)。治療室もいつものままで何か展示するための用意もみられない。

ミッシェルの差金だわ。でも、このほうが自然でいい。カミーユは裏木戸をあけ、石炭置場の前を通った。右側が花壇になっている。冬枯れの黒土を老婆がゆっくりと掘りかえしている。ヴェルネという患者だ。入院以来五十年余になる分裂病者だ。もうとっくに七十歳をこえているが依然として聖母マリアの御告げを聴いている。

「マダム・ヴェルネ。ドクトゥール・クルトンを見なかった?」

カミーユは老婆の耳に口をつけて大声で言う。

「あ? ドクトゥール・クルトン。彼なら一時間ぐらい前にここに来たよ」

この患者は耳が遠いだけで全然呆けていない。記憶も確かで、言葉も明瞭だ。体も頑健そのもの、冬のさ中でもこうして終日土をいじくっている。ちょっとぐらいの雨や雪では室内に入ろうとしない。いつも幸福そのものの笑顔を絶やさない。五十年余の単純な幸福が日焼けした皺ににじみこんでいる。

「ありがとう。マダム・ヴェルネ」

「聖母マリア様の御加護がありますように」

老婆が十字を切った。カミーユはC二病棟の入口の鍵をあけた。クリーム色に塗られた長い渡り廊下に出る。左右に樅の巨木が並んで薄暗い。黴と石炭殻の悪臭が漂っている。C二病棟を通過した。再び鍵のある扉。開くとC三病棟である。看護婦に行き会った。

「ドクトゥール・クルトンを見なかった？」

「はい。マドモワゼル。わたくし共も総出で探しているところで……」

渡り廊下は森の中に入る。ここは病院の北端である。国道の騒擾もさすがここまではとどかない。樅やヒマラヤ杉の常緑樹のせいで日光もさえぎられている。苔むした煉瓦の平屋、精神薄弱者病棟——通称《不潔病棟《メゾン・ド・ガチスム》》という——が目の前に陰気に横たわっていた。カミーユは最後の鍵をあけた。玄関番の老いた看護尼がでてきた。

「ドクトゥール・クルトンは？」

「はい。おられます。保護室の中で……」

カミーユはドアの隙間からそっと中を窺って、異様な情景にびっくりした。ミッシェルは女に何か教えている様子なのだ。彼が何かを言う。さあ言ってごらん、とうながされると女が彼の言葉を繰返す。ミッシェルは嬉しげに女の肩や首をなぜてやる。すると女が姿に似合わぬけたたましい声で笑う。

「ミッシェル」カミーユは呼んだ。

ミッシェルはびくっとすると立上って戸口のところまで出てきた。

「驚かすなよ。君か。いったいどうしてこんなところに……」

「あなたこそどうして」

「外へ出よう」

「マドレーヌ尼が探してたわよ。知事が来る頃よ。もう来たかもしれない」

「あ、そうか。今何時だい」

「二時七分」

「待っててくれたまえ。シャワーを浴びてくる」

カミーユは看護尼の控室で待った。自分でもなぜ不潔病棟にミッシェルがいると考えたのかわからない。直観的にそう感じたまでだ。今日は二月の十六日、クリスマス以来二ヵ月近くの間、カミーユは彼を避けていた。それが……マダム・マッケンゼンと連立っているミッシェルの後姿を見たとたん気が変ったのだ。陽光は人の肉体をあばき出す。ミッシェルの頭にはめっきり白髪が増え、脳天の毛は禿げあがっていた。後からだと、まるで五十歳過ぎの老人にみえた。それに、彼は陽気で元気一杯で声高にしゃべっていた。ミッシェルが陽気なときは危険なのだ。彼が陽気だと必ず何か事件をおこす。クリスマスのときだってそうだ（クルトンがエニヨン家でギョーム先生とやり合った話はたちまち病院中の評判になっていた）。あの陽気さは真の陽気さではない。わたしにはなぜだかぴんと来る。《絶望者の狂躁》というのがあれだ。おそらく、わたしだけだわ、彼を理解できるのは……カミーユの胸を不安な愛情がしめつけた。

「やあ、お待たせしたね」ミッシェルが、素裸にタオルをまきつけただけの風体で立っていた。何と痩せ細っていることか。肋骨の間の紙のように薄い皮膚が落ちくぼんで骸骨そっくりだ。写真で見た強制収容所の死者たちがあんなふうだった。が、これは生きている人間なのだ。以前はどうだったか。カミーユははっとした。アルジェリアから帰って以来、ミッシェルは一度も裸の姿を見せなかった。同じ部屋に半年も一緒に住んでいて、考えられないことだ。

「痩せてるだろう」ミッシェルはカミーユの視線に照れた様子だった。「君に見せたいものがある」タオルが下った。カミーユは驚きの声をあげた。

左の胸に大きな赤黒い穴があき、その奥に黒く湿って光るものが動いていた。

「心臓だ。肋骨を六本むしりとられている」

「見たくない」カミーユは顔をそむけた。

「もう一つ見てもらいたいものがある」ミッシェルが押被せるように言った。カミーユは見たくないと思いながら見てしまった。

右の脇腹にも大きな傷痕があり、そのため腹の皮膚が右にねじり寄せられている。傷痕の部分は腸詰を詰めこんだように赤く複雑に腫れあがっている。

カミーユは左手で両眼を覆った。ミッシェルの体は醜悪で不気味だった。「なぜ。なぜなの」なぜ今まで見せなかったの。なぜ今日に限ってそれを見せるの。問うても無駄だ。わたしは見てしまったのだから。ミッシェル、あの入隊前の若くて弾力のある肉体、ベッチュンヌで会った炭坑夫のように、たくましい肩と腕を持ち、わたしを情欲にうるんだ目付で見詰めた青年はどこへ行った。「あなたは病気よ。病気なんだわ」

「カミーユ」ミッシェルのきびしい声がした。「こちらをごらん。ほら、もうシャツを着たよ」カミーユは左手をおろした。シャツを着、ズボンをはいたミッシェルが笑っていた。

「いいかね、カミーユ。よくきいてくれ。わかって欲しい。ぼくは病気じゃない。こうやって働けるだけの体力を持っている。酒も飲めるしピアノだってひける。そりゃあ、ぼくは重傷を負ったさ。心臓の外側には五ミリメートルほどの肉しかないし、肝臓は半分失われた。アルジェの陸軍病院の医者は、あなたにはもう子供ができないだろうと言った……」

「子供が」カミーユの心を鋭い痛みに似た閃光が貫いた。そうだったのか。そうだったのか。それであなたはわたしを抱かなかったのだ。「そうだったの」

「そんな憐憫めいた目でぼくを見ないでくれ。ぼくはまだ話をおわっていない」ミッシェルは底知れぬ深みにある瞳で笑った。「いいかね。ぼくは病気じゃないんだ。重傷を負って変っただけなんだ。体も、おそらく心も。それを君は見たがらなかった。これはとても重要なことなんだよ、カミーユ。君がぼくの変化を見たがっていた、すくなくとも見るだけの勇気があれば、ぼくはとっくに君の前で裸になっていたさ。そうすれば、ぼくらは別れなくてすんだかもしれない。しかし、これは君の責任じゃない。ぼくのほうだって……」

「子供が、ミッシェル。可哀相なミッシェル」

「えい。まだわかってないな」ミッシェルは不意に声を荒げ、毒々しい嘲侮を唇と歯にさらけだした。が、それも一瞬で、再び熱心な説得調に戻った。彼はいつのまにかワイシャツをつけ、新しい白衣を着ていた。

「いいかね、カミーユ。アルジェの軍医は誤診したんだ、ぼくには立派に子供をつくる能力がある。現に、ニコル・デュピペルは妊娠した。やがてぼくの子を生むだろう」

ミッシェルはひとごとのようにそう言った。で、ことの意味を理解し、驚愕がカミーユをさいなむまで一、二秒の間があった。深淵に蹴落され、非常な速度で落下していくような気持で、カミーユはすべての過去が光の中を回転していくのを見た。

昨年の春から夏にかけて、ミッシェルの夜の相手はニコルだった。ところでこのわたしはニコルをコバヤシの恋人《アムルーズ》だとばかり思いこんで、別などこかの女を嫉妬していた。否、嫉妬していたというより、見て見ぬふりをしていた。たとえ、ミッシェルの相手がニコルだと知っていたとしても、二人の逢引の現場をみたとしても、わたしは見て見ぬふりをしただろう。わたしは自分にもミッシェルにも目をつぶっていた。わたしは卑怯者だ。

「ほらね」ミッシェルは笑いだした。「君は怒らない。ずっと前から怒れなくなっていたんだ」

「ほんとだわ。なぜかしら」カミーユは麻酔から醒めても、痛まない傷口を不思議そうになぜている病人のように、首を傾げた。

「簡単なことさ。ぼくらの愛の物語はずっと前に、ぼくがアルジェリアに行ったときに終ってたということさ」

「いいえ、ちがいます。ミッシェル。わたしあなたを愛しているわ」カミーユはせつなく喘いだ。「愛してるわ」

「愛か」ミッシェルの唇に例の下品な嘲侮の影が走った。「はっきり言おうか。君はぼくを愛しちゃいない。憐れんでいるだけさ。憎むこともできない人が、嫉妬の一かけらも燃やせない人が、愛など口にできるものか」

「ミッシェル、誤解よ。ついこの間、正確にはクリスマスの夜から、わたしあなたを愛しはじめたの」

「ほう」

「あの夜……」何もかも告白してしまいたいという衝動が、自分を傷つけ切裂きミッシェルに投げつけたいという激情がカミーユをのみこんだ。

「お話中、失礼ですが」老いた看護尼がドアを細目にあけて言った。「院長先生がお呼びだそうです。知事閣下がお待ちかねだと」

「知事か」ミッシェル・クルトンは、心から愉快そうに高笑いした。「病棟を見たけりゃ、勝手にみろと言っておけ」

「でも……マドレーヌ尼のお使いの看護婦が待っています。院長先生が大変な御立腹だそうで……」

「面白い。ぼくは絶対に行かないからね。あ、ちょっと」ミッシェルは看護尼を呼び戻した。「看護婦にはこう言ってくれ給え。ドクトゥール・クルトンは診察中だと、とても重要な患者を御診察中ですとね」


クルトンが不潔病棟にいるということがわかったのは、知事の一行がマッケンゼンの第一病棟をあらかた巡回したあとだった。マドレーヌ尼が案内し、ドロマールが説明したが、病棟の責任者が不在では、知事の微細な質問に満足な返答もできなかった。あの患者の病名は何か。あの老婆はいつ頃入院したのか。現在の治療はどうしているか。サンルームに懸けてある抽象画はどういう目的のためか。まるでわざとそうしているように、ことさらひねくれた質問が知事から出された。善良なだけで頭の鈍いマドレーヌ尼は、ただもうかしこまっているばかりだったし、ドロマールは途中から知事を蔑むようにそっぽを向いてしまった。知事は次第にむっとした表情になり、後手を組んだまませかせかと歩きだした。

フージュロンとしても打つ手は打った。非番の看護婦をかりだして、八方クルトンを探させるとともに、マッケンゼンに再三電話してみた。しかし出てくるのはマッケンゼンの女中ばかりで、きまって「マダムは安静時間で臥せておられます」と言うだけなのだ。正門のところで、知事が医長のうちマッケンゼンだけに握手しなかったので旋毛《つむじ》を曲げたのだと、ベカールは解釈してみせた。

マッケンゼンの病棟を出ると、知事は時間がないという理由で、病院側が折角綿密にとりきめた順路を無視して歩きはじめた。気が気でないフージュロンとベカールは何とか軌道を元にもどそうと、わざと知事の前を歩いてみたりしたけれども、さっぱり利目がなかった。

そして調理場《キユイジーヌ》と屠所を一瞥すると、帰ると言いだした。何が気にさわったのか。フージュロンには、中央検査室とマッケンゼン病棟、つまりドロマールとクルトンの失策以外には原因が考えられなかった。フージュロンとベカールの懇請と副知事のとりなしで、知事はともかくも歓迎パーティには出席してくれることになった。病院内にふれが出され、主だった人々全員が即刻参集した。

会場にあてられたのは図書館の閲覧室である。机の上にシャンペンの瓶が林立し、ベカールが景気よく栓をとばしている。煙草の煙が噎せるほどにたちこめ、スチームがきいて蒸暑い。

全体に奇妙な雰囲気である。中央に位置し左右の人々を見通す恰好の知事と副知事と随員たちが、やけに騒々しくしゃべっているのに、院長をはじめ病院側は圧拉がれたように小声でささやきあうのだ。例外はロベール・エニヨンだけで、彼はなめらかな張りのあるバリトンで、ふとっちょの副知事と語りあっていた。そばには例のコミッセール・ド・何とかという黒服の紳士がいつのまにか現われて、ちゃっかり知事と盃をあげている。

座が乱れてきた。フージュロンは何とか知事に近付こうとするのに、黒服の紳士はいっこう話をやめる気配がない。エニヨンの声はますます大きくなり、副知事は樽腹をゆすって笑いこけている。随員たちもこの二人を囲んでどっと笑う。まるでエニヨン一人が病院の美徳をすべて代表しているかのようだ。フージュロンは次第に不機嫌になってきた。

「ベカール君。シャンペン」と叫ぶ。

「はい、ただいま」

ベカールは栓抜を片手に大車輪の活躍だ。機敏に目を四方にくばり、汗みどろになりながら、タイミングよく栓をとばす。そして天井にはねかえるコルク栓を実に面白そうに目で追うのだ。この会計主任《エコノーム》は、こんな場合にどうしてこうも充足しきった態度をとれるのか。彼はこの土地に生れ、育ち、この土地の病院に就職した。多分、この土地で死ぬだろう。サンヴナンでベカール一族は生粋の土地っ子として勢力をふるっている。村の墓地の三分の一はベカール姓なのだ。彼は疑わないし、身分不相応な出世も望まない。歴代の院長に従順につかえ、必要程度の狡猾さも備えている。会計主任という現在の地位に満足しきっているのだ。考えてみれば、ベカールが焦躁にかられたり不眠症にかかったりということは想像もできない。いつか彼は、自分の墓石をつくったと写真をみせたことがある。

ジャン・ベカール　一九一五〜一九○○。この○○のところを死んだときに石工に彫ってもらえば、残った家族は何の心配もないというわけだ。下の墓碑銘はこう読めた。

この土地に生れ、この土地に育ち、この土地に死す。

ベカールの予定された死……フージュロンは溜息をついた。おれはどうだ。院長などといわれたところで一介の事務官にすぎない。自分の地位にいつも不満だ。どこかへ逃げたがっている。なぜか。ベカールが幸福で、おれが不幸なのはなぜか。

フージュロンは、もう一つ、溜息をついた。知事から大臣、大臣から大統領、そして強靭な網目でひろがる無数の椅子の序列の頂点に行ったとしてもおれは不幸だろう。それら古びてはいるが確固として存在するフランス国家組織、おれはそんなものを何一つ信じてはいない。そのくせ、その中でしかおれは生きられない。

ベカールがシャンペンをついでくれた。フージュロンは知事をあきらめ、隣のドロマールに話しかけた。

「どうです。お飲みになりませんか」

「ぼくは飲みません」ドロマールは素気無く拒否した。

ああそうだった。ドロマールは酒も煙草ものまない。失礼しました。

「今日は散々でしたな」

「なにが」

「なにがって、知事の視察ですよ。こちらの準備に手ぬかりはなかった。なにしろ、ここ三カ月は、これにかかりっきりでしたからね。あなたもよくやってくれました。全く御苦労さんでした」

「なにが」

「なにがって……」フージュロンは苦笑した。ドロマールはてんで彼の話をきいていないのであった。何か遠くの雲でも凝視するような具合に天井の一角を見上げていた。

「愚劣なことだ」ドロマールが独り言みたいに言った。

「なんですって」今度はフージュロンがききかえした。

「おお、ムッシュ・フージュロン」ドロマールは始めてこちらの顔を見分けたようだ。

「何もかも愚劣きわまるじゃないですか。すべて茶番です。知事、煙草、酒、おしゃべり、ベカール、エニヨン、脂肪の塊（副知事のことらしい）……」

「それに院長……」フージュロンは思わずそう言った。

「そう。あなたも」ドロマールは存外真面目に言直した。「ムッシュ・フージュロンとしてではなく、院長としてのあなたも、です」

「それからあなたも、ですか」

「そう、ぼくもだ。ぼくがここにいるのは医長としての茶番のためです。えい、この煙、息がつまる。失礼ですが」ドロマールはフージュロンの杯の前を手で覆った。「ぼくは酒の匂いに弱いのです」

「これは失礼」フージュロンは杯をあわててひっこめた。

何か思い当るようで不可解な会話である。ドロマールという男はどこか爬虫類のようにつかみどころがない。つかもうとすると、ぬるぬると、柔かい冷血の感触をのこして逃れ去ってしまう。フージュロンは何度目かの溜息をついた。

片隅では内勤医たちが集まっていた。ブノワがアンヌ・ラガンとコバヤシを前に何やら話しこんでいる。スザンヌ・エニヨンだけ少し離れて、副知事と意気投合している良人のほうを向いている。クルトンの姿はみえない。

早くこんな会合はおわればいい。スザンヌはそう思っている。時々柱時計をちらりと見る。針は同じ場所に停止したかのようだ。

四時になったら、学校に子供たちを迎えに行かねばならぬ。こんな晴れた夕方には必ず霧がでるにきまっている。濃霧にならないうちにベッチュンヌまで往復しないと危険なのだ。それに明日は木曜日、学校が休みなので、ギョーム先生が来る日だ。ベルナールのピアノをみてやらないと、またギョーム先生からこっぴどく叱られるだろう。最近ギョーム先生は厳しすぎるんじゃないかしら。あんなレッスンを続けたら、小さな子供だもの萎縮してしまう。ベルナールはけっして下手糞じゃない。テクニックより先に音楽が体中から溢れだしてくる。だから、ギョーム先生の正確で巧みな演奏より、あの子の即興曲のほうが、きいていてずっと楽しいのだ。

窓ガラスの曇りを拭いてみる。白い煙が流れている。思ったとおり霧だ。

スザンヌはちらっと良人を見た。ロベール。あんまり飲み過ぎないように。ロベールは飲んだあとで機嫌がわるくなる。酔が残っているあいだは仕事ができないので、時間を損した、飲むんじゃなかったとくやむのだ。そのくせ、目の前に酒があると飲んでしまう。

スザンヌは周囲を見、誰も自分に注目してないとたしかめるとそっと外に出た。

薄い霧がもやっている。中学校《リセ》の校門前でアンニイが寒そうに待っている。急がないと……

ミッシェル・クルトンはひょろ長い体を倒れそうなほど前に傾け、砂利道を蹴散らし、大股でぐんぐんと歩いた。カミーユは、ついに小走りになってあとを追うことになった。

「待って！　ミッシェル」とカミーユが言う。すると彼は振返って歩度をゆるめる。が、すぐまたもとの速度で無言のまま歩きだすのであった。

何かとんでもないことが起ろうとしていた。カミーユはそれを予感し後悔した。一度行動しはじめたら止めようとしても止まらない彼であることはよく知っていた。それなのに、わたしが火をつけてしまった。クリスマスの夜のことを告白してしまった。

「ぼくがドロマールに会おう」そう言うや、彼は歩きはじめた。会ってどうしようというのか相談する隙もなかった。

薄暗い霧の中からエニヨン夫人が現われた。

「ドロマールは、まだいましたか」とミッシェルがきいた。「ええ」クルトンのあまりの勢いに、スザンヌは首を傾けた。

ブノワは忍び笑いをもらした。近来稀にみる愉快な一日ではあった。今日一日だけでたっぷり半年分のエピソードが集った。ドロマールの失態、フージュロンの憂鬱、最大の傑作はマッケンゼンとクルトンが知事に肩透しをくわせた件だ。それにこのシャンペン！　吝ん坊のベカールがあとからあとから手品のように運びこませる。カナの饗宴以上の奇蹟だぞ、こりゃあ。

ところでだ。クルトンはなぜ不潔病棟なんかにいたんだろう。当直医以外はあんなところに用はない筈。それに今日の当直はコバヤシじゃないか。しかし、まあ、不潔病棟とはよく考えついたもんだ。あそこに逃げこめば金庫に入ったようなものさ。安全耐火の保証つきだ。

「カミーユ・タレもいたそうよ」

アンヌ・ラガンが横からくちをはさんだ。

「どうして、それを先に言わないんだい」ブノワは目をむいた。「それこそ重大ニュースだ。するとすると（ブノワは熱くなった）あの二人はよりを戻したんだな。半年前に決定的に別れた二人が、こともあろうに極北の密室に入りこんでいる」

「イヴ」アンヌがたしなめた。「そんなふうに言うもんじゃなくってよ。クルトンは近頃少し変なのよ。前も痩せてたけど、この頃はますます痩せ細ってエトルスカ人形みたい。神経性不食症患者《アノレキシア・ネルヴオザ》でさえあんなに痩せたのは珍しいくらい。それに、なんだか怖しいほど興奮することがあるの。このあいだもアンジュの急カーヴで……」

「アンジュ？　どこのことだ」

「ほら、ベッチュンヌから十粁ばかり来たところに陸橋があるでしょう。あそこに赤い屋根の白壁の百姓家がある」

「あそこか。急坂を下って急に左にまがるところ」

「そう、そこ。あそこは時速七十粁以上じゃ曲れないところよ。あそこをわたしが通りかかったら、うしろからクルトンの車がきて、時速百粁……あるいはもっとだしてたかな……で追い抜いていった。滅茶苦茶よ。バンパーを百姓家の角にすりつけ、一米ほど畑の中にバウンドして、どうにか国道にはいあがり、また百粁でとばしていった」

「それじゃ車がたまらんな。車軸がねじれっちまう」

「車だけじゃなく命だってあぶないわ。もし氷路《ヴェルグラ》でもあったら、もろに百姓家につっこんじまう。それだけじゃない。彼はこの頃、ぷっつり酒をやめたでしょう。あののんべえさんのアル中が」

「しかし相変らず夜は外出してるよ。内勤医宿舎《アンテルナ》にはいたためしがない」

「どこへ行ってると思う」アンヌはちらりとコバヤシを見た。この日本人はいつものように、おとなしく二人の話をきいている。会話の内容をどの程度まで理解しているのか。ブノワにはアンヌの気持が手にとるようにわかった。クルトンの近頃の相手が、コバヤシの女友達《アミ》のニコル・デュピペルであることは公然の秘密である。この種の噂の常として、知らないのは当事者のコバヤシと病院外から通勤してくるカミーユぐらいのものだろう。

「大体、見当はつくさ」ブノワはコバヤシに見えないほうの片目をつぶった。

「あなたの見当は多分半分しか当ってないわ。彼はね、夜な夜な看護尼の集会所《コムユノウテ》に行くらしいの」

「なんだって」

「ほら驚いたでしょう」アンヌはえたりとほくそ笑んだ。「これはヴァランチーヌ尼からきいたんだから確実な情報よ。あのごうつく婆さんがほとほと音をあげてた」

「何しにいくのかなあ。まさか……」前例がないわけではない。以前パッチャムというイラン人の内勤医がいた。パッチャムは若い美しい看護尼と駆落をやってのけた。

「あまり期待しちゃ駄目。つまんないことなの。集会所《コムユノウテ》にはピアノがあるでしょう。クルトンはそれをひきに行くんですって」

「なあんだ」ブノワはがっかりした。

「まだがっかりするのははやいわよ」アンヌはブノワの気持を眼付で巧妙にひきたてた。「八時の晩禱がおわって尼さんたちが二階の自室にひきこもると、クルトンが登場する。ピアノにむかって三時間でも四時間でもひき続ける。それも力一杯にひく。バロックあたりならまだしも、ジャズやシャンソンやウェスタンや、とにかく騒音めいたのをやるらしい。もちろん、尼さんたちは一致団結、抗議したり電灯を消してみたり。ところが全然ききめなし。真暗がりで相も変らずひきまくっている」

「気違いだなあ」

「そうよ。気違いよ。だからわたし、彼は少し変だと言ったでしょう。あなた、なにか思い当ることとない」

「そういえば」ブノワは精神医のよくやる上目づかいの思い入れをした。「彼は分裂病質性格だ。人嫌いで、自閉的で、突飛で、冷酷で、エゴイストだ。すると……」

「そうよ」アンヌは注意深くあたりを見廻し、煙草の煙とシャンペンのよびおこした騒音と熱気で自分たちが遮蔽されてると見てとると、低い声で言った。「発病してんじゃないかしら、彼は」

「その可能性はある。とすると厄介だぞ、こりゃあ」

精神医が精神病になる。とくに、分裂病になったとすると……それはおそるべきことだ。裁判官が兇悪犯罪をおかしたよりももっと始末におえない。犯罪をおかした裁判官は、少くとも自分のしたことが犯罪であるという自覚を持っているだろう。ところが、分裂病者は何よりも病識がないのが特徴なのだ。

クルトンに分裂病が発病しているとすると、誰が診察し、どこに入院させるかの実際的問題がまずおこる。もちろん、病識のないクルトンは、抵抗し、自分の正常性を主張するためあらゆる努力をするだろう。つまりは強制入院させねばならない。今までの同僚を（なんていったって彼は医学博士で内勤医の資格をもっているのだ）、暴力的にとりおさえて監禁する。いやなことだ。といって誰かがやらなくちゃならない。おれにはその力も勇気もない。ドロマール。エニヨン。そうだ。エニヨンならできる……

と、今まで沈黙していたコバヤシが身をのりだした。

「ぼくの考えではクルトンは正常だと思う」

「なぜ。これだけ証拠があるんだぜ」とブノワは不服げに口をとがらした。

「イヴ、まず彼の意見をききなさいよ」とアンヌ・ラガンが言った。

「まず、彼は分裂気質じゃない。彼には、控えめで、生まじめで、内気で、臆病なところ、つまり分裂気質の重要な徴候が欠けている。さっき君が言った自閉症だけども、クルトンはそうじゃない。むしろ外に開かれた性格といってもいい。例えば不潔病棟に彼が入りこんでいるのは、あの見捨てられた白痴たちに何とか言葉を教えこもうとしているんだし、知事をすっぽかしたのは視察より治療のほうが優先権《プリオリテ》を持つと考えたからだ……」

「だって彼は変ってるぜ。突飛で奇妙で非社交的だ。なんていうかな。そう、ミンコフスキイのいう《現実との生ける接触がない》というやつだ。これは決定的じゃないか」

「ぼくの考えでは」コバヤシはゆっくりと適切な言葉を探すため口ごもった。「クルトンは、自分の思想に忠実だ。彼が異常にみえるのはそのためだ。なぜって、自分の思想を持ってる人は少いし、たとえ思想をもっていても、自分の思想に忠実な人はもっと少いからだ」

「おやおや、思想の話か。今は病気の話をしてるんだぜ。もしもクルトンに思想があるとしたら、分裂病《スキソ》という思想にちがいない」

「しっ」アンヌがブノワを制した。ブノワは自分の胸ぐらいの背しかない、生意気な黄色人種を傲然と見下しながら口をもぐもぐさせた。

酒宴は今やたけなわである。酔うに従って、病院側の人々も抑制がとれ、あちこちに一団となっては笑いさんざめいている。フージュロンは宿望を果して知事と黒服の紳士の間にわりこむことができた。ドロマールだけが、ぽつんと一人離れて、凝固した彫像のように立っている。

ガタンと誰かが乱暴にドアをあけた。冷たい外気がさっと吹きこんで来る。振返ったブノワは思わず身ぶるいした。クルトンだ。狂ったクルトンが、あの底知れぬ井戸の底のような黒い目でおれを睨んでいる。

ミッシェル・クルトンがドアの把手に手をかける直前、カミーユは「待って、ミッシェル」と、最後の力をこめて叫んだのである。が、ドアは開かれてしまった。

よほど外は暗かったにちがいない。そう明るいとも思えない三つのシャンデリアが、ぎらぎらと眩しく目を痛めた。濁った空気の中で意外に大勢の人々が白っぽくかすんでいる。すると焚火の焔が吹き消されたように、人々の喧騒が一時に鎮まり、一人一人が鮮明に見分けられるようになった。なぜそうなったのかわからない。急にあたりがしんとして、みんながいっせいにこちらを見ていた。否、部屋の中央を靴音高く横切り、まっすぐドロマールへ向って歩いていくミッシェルに注目していた。

今の今までミッシェルを必死でひきとめようとしていたカミーユの惑乱した気持がその瞬間、ひょいと落着いてしまった。なぜか、ミッシェルは当然のことをしているのだと思えるのだ。カミーユは、ドアを閉めると、両手をだらりと垂らし、ドアに背をあずけて事の成行を見守った。

ミッシェルは、フージュロンと知事の横にぽつりと立っていたドロマールの前でぴたりと歩みを停めた。

「あなたは、あなたは……」低い性急な声でそう言いかけて周囲の人々の視線が自分にそそがれているのをみると言葉尻をにごし、にやりと笑うや平静な声で言いなおした。

「ムッシュ・ドロマール、ぼくはあなたにお話があるんです。外へ出ていただけませんか」

ドロマールは身動きもしない。この闖入者を完全に無視しているようだ。前方に固定された目はまばたきを忘れたかのようである。美術館の一隅に観客の出入をよそにひっそりとしているアルカイックの立像、それに外科帽をかぶせるとこんな図が出来上るだろう。

「えい、わざと黙ってるな。あなたに用があるって言ってるんだ」ミッシェルは横柄な態度になり、いらだたしく靴の鋲を床に響かせた。

「うるさいな」ドロマールの瞳がはじめて動いた。

「え?」

「うるさいな、と言ったんです。そんなに大声を出さなくても、わたくしにはあなたの言うことがよくわかる」

「だったら返事をしたらどうです」

「それは、あなたのほうの都合でしょう。わたくしのほうの都合としては……そう、わたくしは今あなたに返事をしたくなかった。なぜなら、わたくしは今とても重要な問題について思索中でしたから。誰だって自分の思索や夢想を乱されるのはいやなもんです」

「なるほど。それはぼくが悪かった。どうも失礼しました」

ミッシェルは、カミーユがあっけにとられたほどの素直さで、にっこり(にたりとしたと言うべきかもしれない)すると引返して来た。その時、誰かが笑った。ブノワらしい。続いて二、三人がざわめいた。ミッシェルは軍隊式にくるりと踵《くびす》を返すと、再びドロマールに面と向った。

憤怒が赤黒く顔に燃えている。

「あなたは、畜生、あなたは、卑劣だ」

たちまち座がどよめいた。一内勤医の分際で主任医長を面罵する、前代未聞の事件がもちあがったのである。ついで、不気味な静寂が来た。部屋のあちこちに散らばっていた人々はいつのまにかドロマールとミッシェルを遠巻きにする具合に輪を作っていた。

「それはどういう意味です」さすがドロマールの白面にもかすかな朱がのぼった。

「わかってるでしょう。クリスマスの夜のことです。クリスマス・イヴにあなたは何をしましたか」ミッシェルは憎々しげににらみつけた。

「わかりませんな」ドロマールは生真面目な表情をして首をふった。「あなたの質問はあまりに曖昧模糊としている。クリスマス・イヴに、わたくしが、どこで、何をしたというのです」

「わかってるくせに。えい、卑劣な人だ、あなたは」

「明確な理由もいわずに、ひとを侮辱するのはよくありません」

「理由はここでは言えない。だから外へ出てくれと言ってるんだ」

「それは無法です。あなた」

みたところ、どうしたってミッシェルのほうが分が悪かった。彼がいきりたち、叫び、靴音を高くすればするほど、相手は冷静になり、持前のささやき声で応対してくるのだ。こんなことはやめさせねばならない……ミッシェルに対する或る種の信頼と期待の念をもってドアにもたれかかっていたカミーユは、はっと我に帰った。人垣をおしわけて前にでる。しかし、おそかった。

ほんの瞬間の出来事だった。ミッシェルは、長い腕を伸ばすとドロマールの頭から主任医長の地位と権威の象徴である例の外科帽をむしりとり、床に投げ捨て、足で踏みにじったのである。そうしながらも、ミッシェルは困惑したように人々を見、泥だらけになった外科帽を不思議そうに拾いあげると机の上に置いた。

一方、ドロマールは灰色の乱れた髪をむきだしにしたまま、依然として微動だにせず、冷やかに相手の乱暴で非礼な行為を観察していた。

「ミッシェル。行きましょう」そういってカミーユがミッシェルの腕をとったのと、ほとんど同時にコバヤシが彼の背中を押していた。

「さあ行こう。クルトン。とにかくここを出るんだ」

4

夕方から出はじめた霧は、夜になって完全な濃霧になった。病院前の国道にはばったり車が跡絶え、窓辺を音もなく流れていく乳色の厚い壁に人々は余儀なくとじこめられてしまった。

知事の一行を見送ると、フージュロン院長はただちに善後策にのりだした。今日の視察において彼の面目はまるつぶれになった。けちのつき始めは中央検査室であった。しかし知事の心証を決定的にわるくしたのはマッケンゼンの病棟である。それというのも、案内役のクルトンが不潔病棟などにいりびたって義務を放棄したからである。それに、歓迎会場におけるクルトンの不遜な行動が、有終の美を飾ろうとした病院側の努力をすべてぶちこわしてしまった。

考えてみるとクルトンの行動には腑に落ちないことが多い。あれで正常といえるのだろうか。ひょっとしたら……フージュロンがこの疑惑で頭を悩ましているとき、エニヨンが来訪した。

先程ブノワとラガン嬢が来て、最近クルトンのやることがどうも病的だといったので、一応責任者である院長にお伝えしておくということだった。折返し、総婦長のヴァランチーヌ尼が、看護尼全体の抗議文を持って現われた。集会所《コムユノウテ》におけるピアノ事件がそこで明かにされたわけである。フージュロンの確信は強められた。クルトンは異常である。もし、彼が異常だとしたら、今日の視察における病院側の失態のかなりの部分を、クルトンの異常のせいにして弁解できるわけである。ともかく、緊急に運営会議を開いて善後策をこうずる必要がある。

運営会議は、重要議事があると開かれる病院の最高会議で、事務局側は院長と会計主任《エコノーム》、診療部側は三人の医長で構成されている。秘密保持の必要上、会議は、医長公舎や院長邸で順番に行われることになっていた。

午後六時、シャンペンの酔もおさまった頃を見はからって、エニヨンの書斎で緊急運営会議が開かれることになった。フージュロン、ベカール、ドロマール、ロベール・エニヨン、マッケンゼン、つまり成員の全員が刻限に勢揃した。

当のクルトンは、コバヤシとカミーユに左右から支えられるようにして内勤医宿舎《アンテルナ》の自室にもどると、ぐったりとベッドに横になってしまった。やがて彼が規則正しい寝息をたてはじめたのをみて、カミーユは部屋を暗くし、コバヤシの部屋(ミッシェル・クルトンの向いの部屋である)へ行った。

コバヤシは、携帯用のタイプライターを机上に置き、何やら熱心にタイプしていた。カミーユは戸口で戸惑った。

「入ってもいいかしら」

「どうぞ。どうぞ」

部屋の中には椅子が一つしかなかった。カミーユはベッドに腰をおろした。

「彼は眠ったわ」カミーユはいそいで付け加えた。「いろいろとどうも有難う」

「どういたしまして」コバヤシはキーから指を放し、微笑んだ。

「彼は眠ったわ」カミーユは、再びそう呟くと、珍しげに室内を眺めた。ミッシェルの部屋と対称的な位置にあるため、室内の衣裳戸棚や机がすべて逆な具合に置かれている。が、相異はそれだけではない。ミッシェルの部屋は、まだしも人が住んでいるという乱雑さとものの配置と主人公の生活臭というものがある。しかし、ここには、いってみれば生活の匂いというようなものがない。すべて、あまりに清潔で整頓されすぎており、なんだか今到着したホテルの一室という感じなのだ。ベッドの頭のところに飛行機旅行用の大型トランクがおいてある。なるほど、とカミーユは思った。生活用の必需品はあの中に収ってるんだわ。コバヤシは微笑したまま（まるで微笑が素顔のように思えるほど、その東洋的なのっぺりした頰に貼りついている）、正確な発音（まさに発音学校《エコール・ホネティック》の優等生のようだ）で言った。

「なにか、妙なものでも発見しましたか」

「ええ、あんまり部屋んなかがきれいだから……ミッシェルのところとは大違いだから」

「ああそのことなら」コバヤシははにかんだ。黄色味を帯びた皮膚（みんな黄色、黄色っていうけど、本当は白いくらいだ。ミッシェルのよりは、たしかに白い）が小娘のようにぽっと赤らんだ。「ぼくはここに住んでいないんです。今日は当直だからここにいるけど、ほかの日は……」

「ええ、知ってるわ」

ニコル・デュピペルの高慢ちきな顔と大きすぎる乳房が目に浮んだ。《ニコル・デュピペルは妊娠した。やがてぼくの子を生むだろう》わたしはそれを無感動にきいた。ミッシェルの口からでまかせの嘘を見やぶったかのように。それは本当とは思えなかった。ミッシェルがわたしをためすためにそう言ってみた、とも考えられる。真相を知る方法は……

「あなたたちには子供ができるそうね」

言ってしまった。カミーユははっとした。言うべきではなかったかもしれない。驚きの表情を読もうとする。コバヤシは難解な微笑を続けている（東洋人の表情てのは謎めいてよくわからない）。

「どうしてそれを」

そう、これが彼の《いぶかしげな》表情なのだ。

「ミッシェルがそう言ってたわ」

「なるほど」

コバヤシは考えこんでいる様子だ。別に動じている素振もない。すると彼はまだあのことに気がついていないのだ。それとも、ミッシェルが嘘をついた……しかし何のために。

「そのことは内緒にしておいてください。知ってるのは、ぼくとニコルとミッシェルとあなただけなのだから」

「ええ、もちろん」

カミーユは、神妙にうなずいた。彼はまだ気がついていない。突然、カミーユは内心に哄笑めいた衝動が湧きあがるのを覚えた。この話は、まったく証拠がない。第一に、ミッシェルにはニコルのお腹の中の子が自分の子だといいうる何らの証明もできない。第二にコバヤシは、連日ニコルと一緒なのだから、その子を自分の子だと主張することだってできる。結局、ニコルの子は両棲的な子供なのだ。

ふと、コバヤシが意外なことをきいた。

「あなたは無神論者ですか」

「どうして」カミーユは、相手が外国人だけにこの不躾な質問の真意を測りかねた。そう、わたしは教会に行かない。しかし、神を否定しているわけじゃない。

「どうして」ともう一度ききかえす。

「ぼくにとって、その事がとても重要なことだから質問してるのです。なぜなら、ぼくがミッシェルにニコルの妊娠を告白したのは、彼が無神論者だからです」

「ええ？」妙にもってまわった言い方だ。カミーユは警戒した。コバヤシは教会へ行かない。が、無神論者を自称したともきかない。彼は多分、わたしの知らない日本語で何かを考えている。日本語の微笑。

「許してください。あなたをまごつかせたようですね」コバヤシはこちらを見ていなかったことに気がついた。薄皮をかぶったような曖昧さはそのせいだったのだ。

「ええ、わたしは無神論者ですよ」そう言ってみる。そう言っても事実無根ではない。

「あなたは、ミッシェルを愛してますね。それだけで十分です」コバヤシは再び目をそらした。唐突に、思いきって言う。「ぼくたちは、ぼくとニコルは、子供を堕そうと思ってるんです」

「なんですって」カミーユは驚きをかくしきれない。言葉の意味はわかっていても、ききかえさずにはおれない。二重の驚きがある。堕胎というどぎつい言葉と、そう親しくもない自分にそんな秘密をうちあけたという彼の行為と。

コバヤシはうなだれた。もう一度思いきっていう。

「堕胎です」

「ええわかってます。でも、なぜ、それをわたしに」

「わからない、ぼくにもわからない」

コバヤシの語調が乱れた。もはやホネティックの優等生ではない。しどろもどろの外国人だ。

カミーユには、コバヤシがおそろしく孤独な異邦人にみえてきた。

「あなたにも悩みがあるのね」この落着き払った柔和な東洋人にも悩みがあった。

「悩み、ええそうです。ぼくとニコルはうまくいってない。で、子供を堕すことにした。スイスの病院をすでに予約ずみです。それからあと……ぼくたちは別れることにきめたんです」

「スイスで」

「そうです。フランスではこの種の手術は不可能です。ミッシェルの友人の産科医を随分あたってはみたけど」コバヤシは心細げに目をあげた。「あなたは、ぼくを軽蔑しますか」

「いいえ」カミーユは心からそう言った。

「ほんとうに」コバヤシは瞼を伏せて嬉しげに微笑した。「ミッシェルもそう言ってくれました。あなたは、ミッシェルと同じです」

不意に、ミッシェル・クルトンのことが、カミーユを不安にした。ドロマールの外科帽を踏みにじってから、急に彼は人が変ったようになった。呆然として何を話しかけても返事もしない。腑抜けの木偶の坊みたいに、いいなりになるのだ。そうして、横にするとすぐ眼をつぶって寝こんでしまった。わたしにはミッシェルが不可解だ。解りかけたと思うと彼は遠くに逃げて行ってしまう。わたしは彼を愛そうとする。夢中で追跡する。ところが、彼のほうは……少くともドロマールを侮辱したことはわたしのため——わたしへの愛のため——だと思いたい。

「ミッシェルはどうしたのかしら」カミーユは嘆息した。

「疲れたんですよ。それだけです」

カミーユはコバヤシを鋭く見た。この事もなげな断定的な調子が癇にさわる。自分自身は不幸なくせに。

「そんなに単純じゃないのよ。もっと入組んだ理由がある。さっきのドロマールとの一件だって……」

「そう、あれは奇妙で異常だった。しかし、ぼくにはわかるような気がする」

「どういうふうに」

カミーユはコバヤシの自信ありげな口調につりこまれ、つい本気で質問する気になってしまった。

「どういうふうに、と言われても困るけど、つまり彼の思想からいうと当然のように思われるんです」

「思想って、どんな思想」

「つまり」コバヤシは照れて苦笑した。「思想といってわるければ感覚かな。ほら、誰だってドロマールの帽子をみると、ひょいとつまんで持ちあげてみたくなるでしょう。しかし、誰もそうはしない。出来ないからです。習慣、法律、歴史、教育……まあそういった無形の軛でぐいっとおさえられてて帽子まで手がのばせない。それが出来るのは、おそらく、この病院ではミッシェルだけでしょう。彼には思想に忠実な、いや、自分の感覚に忠実なところがある。だから、傍目には異常にみえる」

「だって、さっき、彼は猛烈に興奮してたでしょう。誰だって興奮すれば、あのぐらいのことは……」

「できるかな。いや、どんなに興奮したって出来ないことはありますよ。そう、彼はたしかに何だか興奮していた。その点は、彼には珍しく不手際でした。もっと冷静に、ごく当り前のようにして、ドロマールの外科帽をつまみあげればよかったんです。そうすれば、もっと彼は偉大だったでしょう」

カミーユは呆気にとられた。このちっぽけな日本人は、まるでミッシェルそっくりに話をする。自分なんかより、よほどミッシェルに近いところにいる。

「あなたたちは、あなたとミッシェルは、時々話し合うの」

「時々はね」コバヤシはしんみりと言った。

「ぼくらは部屋が向かい合ってますから。それに……ミッシェルの気持が少しはわかるのは、ぼくが外国人だからですよ」

「………」

「なんていうかなあ。フランスって国は、なにもかもきちっと計算されていて、国全体が牢獄みたいに出来あがっているでしょう。国をつくった人間が、逆に国の規格にぴちっとはめこまれている。ぼくみたいな外国人には、格子の中に五千万の無期囚がうごめいてるって感じなんです」

「じゃミッシェルは脱走囚てわけ」カミーユは《国家的誇り》を傷つけられ、むっとした態度になった。

「いや、彼は脱走したがっている囚人です」コバヤシはカミーユの目くじら立った感情をほぐすように白い歯をみせてにっとした。「なぜって逃げるところはどこにもない。どこの国だって似たり寄ったりでしょう。例えば、ぼくの祖国だって段々牢獄みたいになってきましたからね」

カミーユは沈黙した。詭弁で言いくるめられたような気もする。しかし、不愉快ではない。半分の真実がこの外国人の稚拙な論理と比喩のなかに認められると思う。それ以上のことは……考えたくない。疲労が心を曇らせている。窓に貼りついたような霧と、そのむこうの深い黒い夜のように、心が停止しようとしている。

「あなたは不幸であるかのようですね」

コバヤシはぽつりと言った。どこかできいたセリフだ。あのイタリーの青年が同じことを言った。外国人ていうのは珍妙な条件法の使い方をする。それにしても、彼らにだけわたしが《不幸な女》と映るのは不思議だ。フランス人でそんなことを言った者は誰もいない。

「あなたの黒髪は美しい。ぼく、黒髪ての好きです」

カミーユは、胸をつかれた。コバヤシが、熱っぽい目付でこちらを凝視している。彼が男であることを忘れていた。ニコル・デュピペルの金髪が、コバヤシの指をふっくらとのみこんでいる金の渦が、煌めいて消えた。思いすごしだったかもしれない。コバヤシは巴旦杏のような瞼を伏せている。ドロマールに実験されたときのことが甘い羞恥となって蘇ってきた。男たちが、わたしを美しいという。わたしの黒い髪を、細い頸を、乳房を、全身を、わたしのすべてを。リゼルグ酸の幻影でもいい。牢獄につながれた囚人でもいい、ミッシェルが、一言、美しいといってくれれば……

カミーユは、コバヤシにわからぬよう、腕をあげて、そっとほてる胸をおさえてみた。

エニヨンにクルトンの近況を告げ口してからブノワは何となく落着かなかった。自分のしたことが間違っているとは思わぬが、同僚に不利な証言をしてしまったことは事実である。今、エニヨンの家で行われている運営会議で、もしクルトンが精神病だという決定が行われれば、県知事あての申請書が病院の名のもとに出されるだろう。強制入院措置、一旦この命令がだされたら、たとえクルトンが医者であっても抵抗は不可能だ。もちろん、運営会議は慎重に事を運ぶだろう。ドロマールとエニヨン、二人とも欠点はあるが優秀な精神医だ。万が一にも誤診することはありえない。決定は医長の職権だ。おれの責任じゃない。おれは、ほんのちょっとした参考意見を具申しただけだ……

「なにを歩きまわってるの」アンヌが、苛立っているブノワに言った。

「クルトンのことを考えてたのさ。気の毒だ。気の毒だ。全く気の毒だ」

「もうその話はやめましょう」

アンヌはブノワの頰に接吻した。ブノワは腰をおろした。彼は、婚約者の顔をみつめて新しい発見をした。アンヌはまったく平静だ。クルトンの運命など彼女にとってはどうでもいいのだ。女というのはおそろしい。徹底的なエゴイストになりきれるのだ。

「アンヌ」

「なあに、イヴ」

ブノワはアンヌの肩を抱いた。

「それじゃ、うんと面白い話をしよう。ほら、ゴルネルグラードへいく登山電車のなかでさ、赤いスキーをかついでいたイギリス紳士。おぼえてるかい。そいつの頰髯の白毛……」

話に夢中になるとブノワに幸福な気持が戻って来た。春の《メディカ》に合格したら夏休暇《ヴァカンス》には、またスイスへ行こう。あそこでは夏だって滑れるんだ。

夕方からスザンヌは多忙をきわめた。子供たちを車にのせて帰宅するとすぐ夕食の準備にかかった。五時になると手伝いのマダム・シャニヨンはさっさと引揚げてしまう。せめて七時まで勤務時間を延ばしてもらいたいのだが、この頑固な老婆は首を縦にふらない。少し強くいえば、やめますとおどかしてくる。で、スザンヌは気弱に黙ってしまう。夕食の支度がととのったときロベールが帰った。六時から緊急運営会議だという。議場になる書斎を調べる。案の定、マダム・シャニヨンは掃除をさぼっていた。昨夜ロベールが仕事をしたままの乱雑さだ。みっともない。掃除、整頓、人数だけの椅子を揃え、スチームをいれ、灰皿をくばっておく。まだがたぴしやってるうちにフージュロンとベカールが早々とやってきた。ひとの気も知らないで。アンニイに命じて子供たちの夕食を始めさせた。ドロマールとマッケンゼンが来た。夕食後、ベルナールのピアノをみる。そして九時になった。会議はまだおわらない。子供たちを入浴させ寝室に追いあげ、下におりて来た。まだ会議中だ。

食堂で、ロベールのと自分のと二枚のスープ皿をみて、スザンヌはほっと息を吐いた。わたしがこんな空腹なのだから、ロベールはさぞや苦しんでるだろう。あの太った体は大量の脂肪を要求する。わずかの空腹でもロベールは耐えられぬほどの苦痛なのだ。

それにしても長い会議だ。何でも、クルトンがドロマールを侮辱したとか。そんな個人的な問題で緊急会議だなんて大袈裟すぎやしないか。クルトンは一風変ってるが根は善良な男だ。きっとドロマールのほうに何か落度があるにちがいない。そうにきまってるわ。

スザンヌは冷えたスープ鍋から一匙すくって口に近付け、思い直してまた鍋の中にスープを落した。いけない。ロベールを待ってやらなくては。彼は疲れて空腹で苦しんでいるのだ。

ポタージュのどろんとした点滴が、表面に浮いたビロードのような薄皮に埋没していった。傷が閉じられた。鍋は香ばしい匂いをほんのり漂わせて鎮まりかえっていた。

なんぴとといえども、本日ミッシェル・クルトンがとった行動は破廉恥であり不埒至極と認めざるをえない。この点で、運営会議の出席者に異論はなかった。問題は、なぜ彼がそのような行動をしたかにある。彼が受持の病棟をはなれ不潔病棟に行方をくらましていた件については或る程度の解釈は可能だ。つまり、知事と病院管理者に対する嫌がらせで、あのひねこびた性格から了解（ロベール・エニヨンはとくに、了解心理学的意味における了解《コンプランドル》だと註釈した）できる。しかし、ドロマールの外科帽事件にいたっては、もはや了解不能の領域内の、すなわち何らかの精神病過程《プロセス》を導入しないことには説明できない程度のものとも思える。やさしくいえば、犯罪行為は明確であるが、その動機に不純なところがあって精神鑑定が必要だというわけである。

紆余曲折はあったにしろ、どうやら議論はそこまで煮つまった。クルトンが精神病か否かということになると、これは医学的な問題であるから、医者以外の人、フージュロンとベカールに発言権はない。そこで三人の医長の意見を拝聴することにした。ところが、三人の意見がまちまちで結論がでないのである。会議が予想外に長引いているのは、主としてそのためであった。

ロベール・エニヨンの意見はもっとも断定的であった。クルトンは分裂病の疑いがあるから一定期間の観察をしたのち、入院加療処分にすべきである。

これに反して、マダム・マッケンゼンは、つい昨日までのクルトンの仕事ぶりは充分満足しうる成果をあげていたのだから、今日の奇怪な行動にはきっと同情すべき原因があるにちがいないと主張した。「なんといっても、クルトンはわたしの内勤医なんですから、彼のことはわたしが一番よく知っています」

この自称肺病病みの中年の女性は、そういうと、エニヨンがあげる反証に一切とりあわず沈黙してしまった。フージュロンが遠慮がちに集会所《コムユノウテ》のピアノ事件を持出してみたが、マッケンゼンは、病人らしい蒼白い顔に優雅な微笑をつけて首をふった。その上品で威厳のある物腰は、彼女の銅版刷りの名刺に浮出ているマダム・ド・マッケンゼンという貴族めいた花文字さながらであった。

さて、ドロマールの意見は、エニヨンやマッケンゼンと少しちがっていた。いや、少しどころか極端にちがうのかもしれない。そこのところがどうも判然としないのである。最初からドロマールは控え目で黙りこくっており、エニヨンとマッケンゼンの発言にかんしても、短かく一言「まあ、いいでしょう」と言ったのみであった。そこで彼自身の意見をフージュロン院長がうながすと「わたくしの意見はお二人の意見と同じです」と答えた。

「そうすると?」

フージュロンは当惑してドロマールの白皙の無表情な顔を見た。主任医長の意向を無視して議事をすすめるわけにはいかない。今夜中に病院側の態度をきめて、明朝知事に報告しておかないと、知事はクルトンの行動を病院内部の不満分子の代表的行動として、つまり院長の統率力の欠陥として評価するかもしれない。誤解はなるべく早く訂正しておくにしくはないのである。できれば、クルトンを異常者としておけば院長の責任はまぬがれるのだが。

「少くとも、ムッシュ・エニヨンがいわれたように、彼は異常であったと考えてよいわけですか」

「まあ、そうです」ドロマールは、面倒くさげに答えた。

フージュロンは隣でせっせと議事録をとっているベカールの手元をちらりと見た。この便利屋の会計主任《エコノーム》は、機密保持の必要上とくに運営会議に出席を許され書記の役目をすることになっていた。今のドロマールの発言は重要である。クルトンは二対一で異常である。

「しかし、マダム・マッケンゼンのいわれた、何か同情すべき原因があってあんな無礼な行動をやったということもお認めになる?」

「まあ、そうです」

「すると? わかりませんなあ」

「精神医学的にみると、ドクトゥール・ドロマールの診断は明快ですよ」エニヨンが口を挿んだ。「何か原因があって異常な行動がおこる場合を考えておられる。この場合は、ノイローゼか異常性格かというわけです。つまり、ドクトゥール・ドロマールはぼくのように分裂病を考えておられない。そうですね、ムッシュ・ドロマール」

「いいえ、ちがいます」ドロマールは相変らず同じそっけなさで首を横にふった。

「ちがいますって！」エニヨンは癇性に眉をひそめたが、すぐ自制して声を低めた。ただし、今までの鄭重さをかなぐりすて、ドロマールと対等の医長として話しだした。

「どういうことなんだ、ドロマール。君は、わざと議論を混乱させてるとしか思えない。精神病でも、ノイローゼでも異常性格でもないとしたら、クルトンは一体なに者なんだ」

「彼は人間だよ。エニヨン」

「チョ、チョ、チョ、冗談はよしてくれ」

「ぼくは真面目に言っている。彼は人間だ。それが肝腎なことだ。一体全体、君は人間とは何か定義できるのか」

「わかりきっていて、言うのも莫迦らしい。人間とは……」エニヨンは言葉につまって目を白黒させた。

「できない」ドロマールの冷い硬い顔面に薄笑いが走った。「だれだって人間とは何かと簡単に定義できやしない。分裂病だってノイローゼだって異常性格だって同じことさ。こんな緊急会議で、そいつを議論するのがそもそも間違いだ」

「それはわかっている。わかってるからこそ、ぼくは分裂病の疑いと慎重に言ってるんだ……」

「ムッシュ・ドロマール。わたしの立場もわかってください。病院としての意見をまとめておかないと……」フージュロンが懇願した。

「院長。さっきわれわれの意見は、クルトンの行為が破廉恥で許さるべきでないという点で一致したと思いますが」とドロマール。

「それはそうです。ですが……」

「だったら、結論は簡単です。彼を罰すればよい。解職するなり、追放するなり、要するにこのサンヴナン精神病院から姿を消してもらえばいい」

「ですが……」

「それでは院長の責任がまぬがれない。だから彼を異常者に仕立上げてしまえ」

「そうは考えてません。わたしは医者じゃないので皆さんの御意見をきいているだけで……」

フージュロンは哀れっぽく言った。

「ドロマール。ぼくは純医学的観点から診断してるんだ。病院の立場なんか問題にしてない。クルトンが精神病者だったら一刻も早く治療してやるべきだ。それこそ人道的処置だ。それ以外のことは考えていない」エニヨンは思わず声を張上げ、句切りごとに杖で床板をどんと突いた。

ベカールは忙しくペンを動かしている。マダム・マッケンゼンは我不関焉とそっぽをむいている。フージュロンは絶望した。座が白けた。一同の重苦しい沈黙、そこへドロマールのささやき声が、水心にぽたりと落ちた小石のように投ぜられた。

「要するに、クルトンの処置が問題である。心配はいりません。彼は自分で自分の始末をつけるでしょう。換言すれば、彼は自殺するでしょう」

《自殺する《ス・スイシド》》という言葉は誰もが明瞭にききつけた。意味もよくわかる。が、こう突然いわれると、石から剝離して水面に薄穢なく残された泥土のように、不釣合に謎めいてみえる。

重苦しい沈黙は耐えがたいほどになった。ドロマールも黙っている。フージュロンは誰かが発言すればよいのにと念じた。

ついにエニヨンが、ぴっちりした上着の腋の下を窮屈そうにひっぱりながら空咳をした。

「ドロマール、君はいま彼が自殺すると言ったね」

「そう、そう言った」

「何を根拠にそう言えるんだ。根拠もなしにそんなことを言うのは彼を誹謗することになる」

「根拠はある。しかし、それを言ったところで君は本当にはすまい」

「でも、それを言ってくれないと、信じようがない」

「よし、それじゃ言おう。彼は、クルトンは、数日前ぼくに言ったんだ。知事の視察の日に自殺すると」

「で、君はそれを信用した。今も、しているわけだね」

「まあ、そうだ」

「こりゃ面白い」エニヨンは愉快でたまらぬというように椅子をきしませ、杖を床に突立てた。

「すると、君は数日前に、クルトンが異常であるということを知っていた。それなのに彼を放置しておいたということになる。なぜだ。ぼくが答えよう。君は彼の言うことなど信じちゃいなかったんだ。変人クルトンの感傷癖ぐらいに考えてきき流していたんだ。そうでなかったら、立派な精神医である君が、クルトンをそのままにしておくはずがない。ただちに治療にかかったろうよ」

「わからないな」ドロマールは怖ろしく生まじめに言った。「彼が自殺すると言うとどうして異常なんだ。どうして治療しなくちゃならないんだ」

「なぜなら……」エニヨンは面喰ってくちごもった。

「なぜなら、神がそれを禁じているから、なぜなら、医者は患者を治療すべきであるから……ああ、エニヨン、君は大層有能な人物であるのに、惜しいかな、無数の格言と常識的定義で雁字搦めだ。目を開きたまえ。もっと素朴で、子供のように無邪気な目で物を見たまえ。そうすればクルトンの深淵に燃える黒い炎もみえるだろう」

「黒い炎だって。深淵だって。まあ、何を言いだすんだ」エニヨンは叫んだ。この若い医長は他人との議論で負けたためしがなかった。いつだって運営会議を自分の意志どおりに動かしてきたのである。こんな具合に手玉にとられるのは大いなる屈辱である。今やエニヨンは精力的な体に闘志を漲らせてドロマールを睨めつけていた。

「黒い炎と言ってわるければ、ドイツ人のいう世界投企《ヴエルト・エントヴルフ》といってもいい」ドロマールは淡々とした調子で言った。

「まあ言葉はどうでもいい」エニヨンは熱くなった。「ドイツ人なんか地獄へおちろだ。ぼくはフランス人なんだから、ドイツ語はわからん。問題はだね、君の言う黒い炎とやらが、えらばれた人、つまり君だけにしか見えないってことなんだ」

「まさにそのとおり」ドロマールは目を閉じた。「失礼だが、君もマダム・マッケンゼンもミッシェル・クルトンという人物のほんの表面を、それも表皮の上の十糎ばかりの空間をこわごわ撫でているだけだ。まことに失礼な譬喩だが……」

「失礼以上、それは大変な侮辱だ」エニヨンは破裂せんばかりに力み返り、あやうく自制した。《爆発》したら負けなのだ。彼は急に声を落すと、馬鹿叮嚀な口調になった。「ドクトゥール・ドロマール、われわれはすべて国家の公認した精神科医長《メトサン・デ・ソピトオ・プシキアトリック》ですぞ。少くとも患者の診察については、おたがいに平等の能力をそなえている。そのことを前提としないかぎり議論はできません。で、ひとつその黒い炎とやらを説明していただきましょう」

「それはできない。なぜなら、それは、彼とわたくしとの間の個人的な出来事だから」

「だとすると議論しても無駄だということになる。われわれは何のために集ったのか」

「だからはじめから言ってるでしょう。こんな会議は時間を浪費するだけで無駄なことだと。クルトンはあのままほっときゃいいと」

「しかし……しかしだな」エニヨンは反駁の筋道を摸索して考えこんだ。「どうもおかしい。

ねえみなさんはどう考えます？」

フージュロンは首を傾げた。彼にはこの種の抽象的・学理的議論は五里霧中だった。マダム・マッケンゼンは、いつのまにか居眠りしている。ベカールはとっくに記録をとるのをやめて狒狒顔で等分に出席者の様子を見回していた。

「もう一度復習する」何かを決意したらしいエニヨンが、再び君よばわり《チュトワイエ》でドロマールに向った。「君は、クルトンが異常だという点には同意したね」

「そう、した。異常の定義は問題だが」

「それから、何らかの個人的事情があることにも同意するね」

「そう、黒い炎と表現したものを認める」

「ところで、ぼくは、さっきクルトンが君の帽子を踏みつけたとき、カミーユが傍にいたのを見た。君のいう個人的出来事とはカミーユに関係したことだと考えてよいだろうか。いや、ぼくは質問してるんじゃない。単なる推測をのべているのだが」

「そんなことなら、ぼくが説明しよう」ドロマールは案外あっさりと述べはじめた。「実はクリスマスの前夜、ぼくはぼくの家でマドモワゼル・タレにリゼルグ酸をのませた。正確には彼女が勝手にのんだのだが……とにかく、彼女はたくさんの幻覚を見、ぼくは有益な実験ができた。ただし、そのことで彼女がぼくを恨むことはありうる。つまり、彼女の意志に反してぼくが実験を行ったと思いこんでいる場合……」

「それは重大な新事実だ」エニヨンは目を輝かした。「カミーユがクルトンにそれを打明ける。クルトンが怒る。これで動機と行動が関連しあう。だが、何だって君はそんな妙な負い目を持ったんだ」

「負い目？　どんな負い目だ。ぼくは純医学的実験を行った。クリスマスに純医学的実験を行ってはいかんというのか」

「しかしだな、彼女の意志に反して実験するというのじゃ……」

「待ちたまえ。君はぼくの話がおわらんうちに話しだすからとんだ誤解をする。彼女はリゼルグ酸を飲まされたと思いこんでいるだけだ。本当は（そう、これは言いたくはなかったんだが）、彼女は正真正銘の水を飲んだだけなんだ。ただぼくが、いたずらに今のはリゼルグ酸だと言ってみたところ（この点ぼくの非を認めるよ）、彼女は妙な反応をおこした。まるであの強烈な幻覚剤を五十ガンマーも飲んだときみたいな状態になった。精神医学的には錯覚と幻覚をともなうヒステリー性朦朧状態なんだ。これは学問的に実に興味ある現象だ。ぼくは機会をのがさない。ただちに観察を続行し記録をとった」

「君はおそろしい、多分、尊敬すべき学者だ」エニヨンは嫌悪をあらわにし、吐き捨てるように言った。「そのあげく、君はカミーユの誤解を解かなかった。彼は君に強制実験されたと信じこんでいるのに」

「誤解させたままにしといたのは、彼女の名誉のためだ。リゼルグ酸を飲まされたと思っていればぼくが責任をとればすむ。しかし、ヒステリー性朦朧状態となると、それをおこすご本人に弱点があるからだということになる。ぼくは不必要に彼女を傷つけたくなかった」

「だが、そのために、君は結局クルトンを怒らしてしまった」

「そういう単純な心理主義的因果関係を設定するから、君にはクルトンの黒い炎がみえないのさ。むろん、ぼくにも全部見えているわけじゃない。マドモワゼル・タレを注意深く観察しているうちに少し分りかけて来たというのが真相だ。つづめていえば、クルトンはぼくの帽子を踏みにじっても、たとえばエニヨン、君を殴っても、また、フージュロン院長、あなたを殺しても、それからベカール、あんたのつらの皮をひんむいても（ベカールは首をすくめた）、何でもよかった。いいかね、彼は自殺を予告してきた男だよ。あの場合、自分のやりたいことは何でもできたんだ」

「ほんとうに自殺を予告してきたんですか」フージュロンが疑わしげにたずねた。

「ほんとうです」ドロマールはきっぱりと答えた。それ以上取付く島がない断乎とした答えようである。

議論がそこでふっつり途切れてしまった。不気味に張詰めた沈黙に気圧されたのかマダム・マッケンゼンがふと目を覚ました。

「どうしました、結論がでまして？」

「マドモワゼル・タレ、ちょっと路辺を見てください」コバヤシはハンドブレーキを引いて車を停めた。闇の中で彼が前方に目を凝らしているのがわかる。ヘッドライトの円い二つの光芒に、粘着質の真綿のような霧が絡みついている。十メートルより先は何も見えない。暗黒が、その凝固した質感をもった執拗な黒が周囲を閉ざしている。

カミーユはドアを開き、懐中電灯で照らしてみた。冷たい白い濃い霧が渦をまいている。その先に黒い柵のようなものがあるようだ。車を降りて近付いてみる。何もない。錯覚だったのだ。凍った道が滑る。耳が痛い。盲目の不安な歩み。足の先が柔かい地面に落ちた。あたりが黒々としている。かがんでみると霜柱でささくれだった畑だ。振り返ると、ぼうっと暈をかぶった車が闇に浮いている。また迷ったのだ。右側を行くべきところをはるか左にそれていた。

アブサン酒のように濁った闇、その長い長い闇の中をもう三時間余もこうして来た。なんとしてでも六十粁を征服してリールの病院都市《シテ・オスピタリエール》に着かねばならない。濃霧が貴重な一秒一秒をのみこんで行く。急がねばならない。ミッシェルは重傷なのだ。

出発。ロウギアを嚙まされたエンジンの喘ぐ音。瀕死《アゴニー》の苦悶のようだ。カミーユは不吉な考えを追払おうとする。せめて風でも吹けば、この闇の化身のような霧が少しでも薄らめば……ミッシェル。死んではだめ……カミーユは注意を外にむけようとする。が、駄目なのだ。無慈悲で単調で無限に深い霧、霧が彼女を不安な内側へと押戻してしまう。

ミッシェルを最後に見たのは十時過ぎだったろう。コバヤシと思わず話しこみ、帰ってみると彼は相変らず眠っていた。あまり静かなので枕頭のスタンドを点してみた。安らかな寝顔だった。無邪気で子供じみていてフィリップのにそっくりだった。その刹那、充実した甘い未来を夢見た。フィリップが彼の子で、三人水入らずの生活をする。すぐ後悔した。それこそミッシェルが侮蔑する小市民的幻想ではないか。罪深い女、そのように戦きながら、彼の汗ばんだ冷い額に唇をつけた。それは、ひそやかで一方的な愛の儀式のはずだった。けれども彼は目覚め、薄目を開いてしまった。

びっくりして飛退いた。彼は笑い、いたずらっぽく片目をつぶり、起き上った。

「ひどい人ね。狸寝してたのね」

彼は伸びをし、軽い体操をした。その間も微笑を絶やさなかった。口笛をふいた。それは彼が上機嫌でいる証拠だった。

「どうやら、もうわたしに用はなさそうね」

今から思うと悔まれてならないが、ついわたしはそう言ってしまった。彼が言葉を言葉どおりにとる男であることを忘れていた。

「かえるのかい。じゃ、さよなら」

彼はあっさりと手を振った。わたしは憤然として行きかけた。ドアの手前で呼び止められた。

「カミーユ、君はぼくがなぜドロマールにあんなことをしたか尋ねないのか」

クリスマスの夜、同じ問をミッシェルにした。あのとき彼は黙っていた。

わたしは彼の顔も見ず、黙っていた。

「これだけは言っておきたい。ぼくがあんなことをしたのは、君のためじゃない。全く、ぼく自身のためだ。もし君に責任があるとすれば、ぼくにヒントを与えてくれたことだ。つまりあの男が彼なりに生きていて、帽子をとってみる価値のある人物だということを教えてくれたことだ」

「わからないわ。なぜ、それをわたしに言うの」

「君が誤解しないためさ、永久にね」

「永久に?」

「そうだ」

「さようなら」

わたしは去った。わかったことは彼がわたしを愛していないことだ。そして、予定どおりの行動をしていたことだ。綿密な計画。ドロマールが科学と永遠を目指すように、ミッシェルは行動しか信じない。二人とも非現実的で形而上的な存在だ。彼らが狂人とちがうところは、彼らのやることがすべて計算されつくした非情な演技だということだ。そう考えたらすべては明快になるだろうか。いいえ。この考えはわたしのではない。それは誰かにきいた説明だ。ドロマールがそう言ったのだ。《だから一人の人間を愛してはいけない》《なにか人間以外のもの、抽象的なものを愛しなさい》いやなこと。誰がドロマールなど信ずるものか。

ミッシェルが囁っている。「カミーユ。君は考えすぎるのだよ」彼は手の指からこぼれ落ちていく。この部厚い稠密な霧の彼方へと逃亡していく。待って、ミッシェル。たった一人で逃げてはだめ、死んではだめ。

車が停った。水滴を払っているワイパアの音が勢いを盛り返した。

「マドモワゼル・タレ、あそこに道路標識があるようなんだけど」

何か見えるような気もする。が、錯覚かも知れない。さっき凝固したかに思えた霧がゆっくりと流れている。幾分風がでたのか余程視野は広くなった。といっても、視界の果は依然として乳のような壁である。巨大な暗黒から分泌してくる白い粘液。

「いいわ。見てきてあげる」

カミーユは懐中電灯をつかんだ。道の端に鉄柵がある。中は墓地だった。平墓石が数列一直線に並んでいる。石の形からみるとイギリス兵かカナダ兵の軍隊基地にちがいない。

縁起でもない。カミーユは目をそむけた。このフランドル地方は、二度の大戦の戦場だった。いたるところに軍隊墓地がある。フランス兵、ドイツ兵、イギリス兵、カナダ兵、アメリカ兵、インド兵、それぞれお国ぶりのモデルで墓石をつくっている。カミーユはドイツ兵の黒十字が大嫌いだった。もちろんフランス兵の白十字には感動する。いつか万聖節《トウサン》の時、ノートル・ダム・ド・ロレット（ここに二万のフランス兵墓地がある）で菊の花を供えようとしてミッシェルにひやかされたことがあった。ところで、イギリス兵のときたら、地面に傲然と横になっている石灰岩の平墓石だ。その下に死体を押潰す、無骨で粗野な趣味だ。

道が二つに分れていた。標識なぞどこにも見当らない。もどかしげに探しているとコバヤシが近付いてきた。

「わかりましたよ。この道のむこう側は廃炭坑です。見覚えがあるんです。ここを左に行くと多分自動車道路《オート・ルート》に出るでしょう」

コバヤシは三十分ぐらい前から道に迷っていたと告白した。もう午前三時近い。この調子ではリールに行着くのは四時半か五時頃だろう。それも、迷わないとしての話だ。六十粁といえば、平素は一時間の行程だ。それに五時間以上もかかりそうだ。その間にミッシェルは死んでしまう。もう死んでしまったかもしれない。

偶然にしろ墓場を見たことが何か暗合めいて思える。教会は自殺者の埋葬を拒否するだろう。淋しい沼地か、暗鬱な森の中の十字架。それはミッシェルにふさわしい安息の地だ。

「メルシイ、カミーユ。居心地は上々だよ」あの陽気な声、子供っぽい微笑……カミーユは思わず微笑み、しばらくして愕然とした。ミッシェルが自殺をはかったなんて、何の証拠もないことだ。ドロマール、男色家、欺瞞者、詐欺師、あんな男のいうことがどうして信じられよう。

部屋が冷えきっていたためだろう。フィリップはおしっこを漏らしていた。便所へ連れていき、パンツを取替えてやり、わたしも冷いベッドに滑りこんだ。フィリップが静かになると、わたしの頭は冴えてきた。どうしても眠れない。いいようのない絶望と不安が胸に重くつかえていた。そのまま眼をつぶり、じっと我慢していた。病院の赤煉瓦の建物が見えた。わたしは礼拝堂と病棟の間の小暗い裏道を歩いていた。日の影も砂利も苔も、何もかもそっくりそのまま存在していたが、すべては贋物であった。そう思うと不安が消えた。この感じは眼を開いても残っていた。壁も天井もフィリップもわたしも贋物であった。ここはサンヴナンではなく、そっくりそのままに化粧された異国なのだと本気で思った。そこへコバヤシが来た。リールの病院都市《シテ・オスピタリエール》から電話があり、ミッシェルが自動車事故で重傷を負ったという。病院中が今大騒ぎなのだそうだ。コバヤシは当直をブノワに交代してもらい駈けつけてくれたのだ。どこからともなくドロマールがミッシェルの自殺を予言したという神秘的な噂が伝わってきた。「急ぎましょう。ぼくの車で行きましょう」とコバヤシが親切に言ってくれた。すべての話をわたしは無感動にきいたように思う。贋物の世界では、どんな意外なことでも起りうるのだ。外は濃霧で、コバヤシは異邦人だった。そして、わたしは《孤独な女》を演じていた。どこかの遙かなる国に、フランドルが、冬が、サンヴナンの村が、病院があり、人々は豚の如く平和に正常に退屈に暮しているにちがいない……しかし、死は？　叫びのようなものがカミーユを貫いた。死はごまかしきれない。死は、それだけは、無慈悲で冷酷で圧倒的な現実なのだ。ああ、ミッシェル！　今わかったわ。一人の人間が死ぬからこそ愛するんだわ。ドロマールの論理は間違っている。《贋の愛》はニセモノにちがいない。

いつのまにか、カミーユは、ミッシェル・クルトンが自殺をはかったことを信じていた。彼が死ぬとしたら自殺以外にない。なぜかそう思えるのである。この濃密な霧の中を、異常な高速運転でつっ走り、消えていく男の姿、それこそミッシェルにふさわしい、彼の考えつきそうな詩的で冒険的な死に方ではないか。ドロマールが予言したとか、しなかったとかは、どうでもいいことなのだ。大切なことは、彼の行為を理解してやることだ。人々がやるように、凡百の説明で、例の《……のために……した》という図式で、彼の行為を穢さないことだ。ミッシエル。わたしあなたを愛しています。カミーユは、重く疲れきった意識を掻きたて、混乱しようとする思考の糸を張りつめ、垂れ下ろうとする瞼を無理に押開けた。

「自動車道路《オート・ルート》にでましたよ」

コバヤシが嬉しげに言った。

黄色い街灯の列が、霧を透かして並び、道の輪郭を示している。スピードが少しあがった。

「もう大丈夫です。この調子ならあと半時間で着けるでしょう」

カミーユはコバヤシを横目で見た。この不思議な異邦人、最初から無駄口は一切きかず、一言も慰めの言葉も言わず、ただひたすらに目的地へ向って車を走らせている勤勉な東洋人、脳の襞には日本語という不可解な言語が染みこんでいる日本人、その彼が、今、もっともわたしの近くにいる。

「わたしも日本へ行ってみたいわ」そう言ってみると本当に行ってみたい気持になった。

コバヤシは、ハンドルを握った手をぎごちなく少し移動させた。

「ぼくはもうすぐ帰国するつもりです。ニコルと別れたら……」

「だったら一緒に連れてって」

カミーユは息をはずませた。どうせわたしは《逃亡囚》なのだ。ミッシェルと同じように。ミッシェルは死ぬだろう。いや、もう死んでしまった。ずっと前から彼はもう死んでいたのだ。

コバヤシは首を傾げてしばらく黙っていた。それからおもむろに、美しい発音で考えながら言った。

「日本にいるとき、ぼくも外国にあこがれたもんです。とくにフランス文化はぼくの偶像でした。今はこういう感じです。《広き空に雲のなき空はなし》、この格言はエニヨン夫人に教わったんですがね。いい言葉ですよ」

「そうね。多分、いい言葉なんでしょうね」

カミーユはぐったりとシートに身を沈めた。不愉快だ。スザンヌ・エニヨンは五人の子持女ではないか。母としての幸福、妻としての幸福、それしか求めない。あんな女の言葉なんか
……そこまで考えて、カミーユは思いなおした。この不愉快さは醜悪な嫉妬の感情ではないのか。なぜか、ミッシェルはエニヨン家の子供たちを愛していた。ことにベルナール・エニヨンの楽才を愛していた。そのくせ、フィリップには、わたしのみすぼらしい鬼子には見向きもしなかった。いや、ちがう。フィリップをミッシェルにみせたがらなかったのは、このわたしなのだ。悪いのはこのわたしだ。愛すべきでない人を愛し、フィリップまで不幸に陥れた。

フィリップの柔らかい小さい手。この黒い世界にそれだけが暖くわたしと結びついている。みんな去っていく。ミッシェルもコバヤシも……

その時、カミーユはコバヤシの横顔を窺った。ほの暗い中で、悲しみと微笑みが混りあっている。それは、小憎らしいほどに泰然としているこの異邦人の本当の顔のように思えた。

第二章

1

アラスの市街を抜け出ると、広漠とした平野が伸び広がった。少し黄ばんだ四月の午後の日差しのもとで、黒土に緑青の粉を塗《まぶ》したように、麦の芽が鈍く光る。そこここに森の陰翳が落ちていた。それらはいずれも、亜鉛板を切取ったように輪郭鮮かで、しかも薄っぺらにみえた。道——国道第三十七号線——は一直線に、地平の彼方に消えていた。行き交う車も稀だった。なめらかな灰色の路面は、プラタナスの木洩れ日を無感動に散乱させる。何か頑なな意志で光を拒否する、そんなおもむきを道は備えていた。

北フランスのサンヴナン精神病院、そこへコバヤシは内勤医《アンテルヌ》として赴任するところであった。ハンドルを握っているマドモワゼル・ラガンの筋張った首と、その隣りで眠りこけているブノワの肥えた大きな肩をコバヤシは見較べた。狭い車内に、ラガンの香水の強い匂いとブノワの生臭い腋臭が濃厚に混り合って我慢がならない。が、コバヤシは窓を開けようとして思い止った。初対面の、しかも自分を出迎えに来てくれた人たちに対して当付けがましくはないか。それに、外は肌寒いほどの気温なのだ。

アラスの駅に降り立ったとき、風の冷さにコバヤシは身振いした。冷いばかりではない。空気の質がパリと全くちがって山奥の深い森の空気のように澄んで湿っていた。構内は改装中で、通路は資材で錯綜し、重い大きなトランクが運びづらかった。心細い思いで、どうにか外へでると、板囲いの改札口には誰もいなかった。そして風の吹き渡る駅前広場には……ここにもドロマールの姿は見当らなかった。《とにかくアラスまで来たまえ。そこからサンヴナンまでは四十三粁だ。つまり車で四十分だ。心配はいらない。もちろん迎えに行ってあげよう》そう彼は書いてきた。当然汽車の到着時刻も知っているはずだ(なにしろむこうから汽車を指定してきたのだから)。

コバヤシは待った。居並ぶタクシーから運転手たちのべっとりした視線がまつわりついてくる。それは客への誘いではなく、無遠慮な好奇のまなざしだった。外套に着膨れした黒っぽい人々がゆっくりと歩いている。実にゆっくりと、まるで目的地に着くのを怖れるかのように。そして、鈍重な古びた家々。一律に、左右が詰り上下に高く、Ω《オメガ》型の破風をかぶった兵隊どもの整列。この北フランス特有の律儀なスペイン様式をコバヤシは気味悪げに眺めた。寒かった。ついに耐えられぬほどに寒くなった。トランクの奥にしまいこんだ外套がうらめしかった。

三十分も待った頃、シトローエンのⅡCV《ドウ・シユヴオ》に乗ったラガンとブノワが到着した。

「こちらがマドモワゼル・アンヌ・ラガン、ぼくがイヴ・ブノワ、二人ともドロマールの内勤医です。もちろん、あなたの御声名はかねがねドロマールからきいて知っています」

にこやかで、気さくで、お喋りで、人をそらさない。これがブノワの初印象であった。この甲斐々々しい巨漢にあうと、重いトランクも、いとも軽やかに車内に運びこまれてしまった。ドロマールがよろしくと、あなたには明朝会いたいと言っていました。

「明朝?」

コバヤシはききとがめた。自身で出迎えぬばかりか、会うのを明朝まで延ばすのか。

「そうです。明朝」

ブノワはラガンと意味ありげに顔を見合わせた。それから突発的な雄弁で、このパドカレ県の首都アラスの故事来歴を講釈しだした。彼はラガンに指示して、小広場《プチット・プラス》・大広場《グラン・プラス》・カテドラル・市役所《オテル・ド・ヴィル》からさては県庁まで車を回させた。ブノワの知識は旅行案内書どまりであったし、コバヤシとしてはむしろ《シラノ・ド・ベルジュラック》の古戦場や、《レ・ミゼラブル》のアラス法廷の場のなつかしい痕跡のほうにより興味があったけれど、それはそれとして、コバヤシは二人の親切を嬉しく思ったのである。しかし、車が街を出るやブノワは黙りこみ、気がつくともう眠っていた。最初からマドモワゼル・ラガンはほとんど喋らない。で、コバヤシの注意は香水と腋臭の臭へと向けられたわけなのである。その不快きわまる刺戟臭がコバヤシの頭痛と吐気を誘った。それは、持病の偏頭痛で、疲労したとき、不機嫌なとき、曇った日などによく彼を襲うのであった。吐気が頂点に達し、《たまらん。もう駄目だ》と窓を開けようとしたとき、幸い、車が停った。

マドモワゼル・ラガンが「ここで休みましょう」とコバヤシを振り返った。

ブノワはびくりと肩を振わすや、たちまち外へとびだし、両手をあげてワオ！　と欠伸をした。

そこは丘の中腹で、樅林を三角形に切取ったゆるやかな斜面に、円筒形の奇妙なホテルが建っていた。ル・コルビュジェ風に床が迫上り、一等船室さながらに張出した展望台がレストランとなっている。HOTEL ET RESTAURANT DE NOTRE-DAME-DE-LORETTEの金文字が西日にきらめいて読めた。

空気は冷々としているが、風が林に遮られ、日のあたったテラスはそう寒くはない。コバヤシの吐気はおさまった。が、左の顳顬がまだズキズキとうずいていた。相手が日本人だったら、彼の蒼い顔にすぐ気付いたところだが、二人のフランス人は、いかにもにこやかに笑いかけてくるのみだった。

「とにかく腹が減った。え、アンヌ、きみは何にする？」

ブノワは、首がめりこむほど顎を二重にたるめ、メニュに見入った。

マドモワゼル・ラガンは首を振った。

「わたしは、お腹が一杯。だってあなたさっき昼を食べたばかりじゃないの」

「とにかく腹が減ったよ。高いなあ、ここは。シャトオブリアンが二千フラン。つまり一コースで四千フランだ」

「しっ」

ラガンは近付いてきた白上着の給仕長《メートル・ドテル》とコバヤシを半々に見た。それからメニュに目を走らせ、急いで指差した。

「今日はこれにしなさいな」

「定食《プリ・フィックス》、八百五十フラン。大分落ちるな」

「我慢しなさい。あなた、昼食はもう済んだのよ。帰ったらすぐ夕食になるわ」

「ああ仕方がない倹約するか。で、きみは？」

「わたしはのどが乾いただけ。シトロンプレッセにするわ」

この会話は非常な速度で小声で行われた。多分二人はコバヤシには分らぬものとたかをくくっていたらしい。しかし、コバヤシはブノワとラガンがきみーぼく《チュトワイエ》で話合っていること、この地方では昼食《デジュネ》のことをディネといい、夕食《ディネ》のことをスーペーというらしいことに気が付いていた。（それは正しい判断で、事実、パリで朝食《プチ・デジュネ》というものをこの地方ではデジュネと言ったのである。）

「ええ、ドクトゥール・コバヤシ。あなたは何にしますか」

「ぼくは」コバヤシは急に改ったブノワの語調に倣って、ゆっくりと正確な発音をした。「シトロンプレッセ、に、します」

「おお、シトロンプレッセ。ブラボー、これできまった。ね、ちょっと」

給仕長《メートル・ドテル》が腰をかがめた。立派な口髭のためコバヤシはてんから給仕長ときめこんでいたが、見かけよりはずっと若い男のようでもあった。

「お飲みものは？」

「赤葡萄酒一リットル。そう五十×年のでいい」

「飲みすぎよ、あなた」

「いや、病院のビールときたらだ。あれはアルコールじゃない。水からアルコール分をひいたより、もっと薄い」

注文をおえたブノワは、満足げに椅子の背に倚り懸り、口笛をふきだした。それからどんと靴音高く立上り、テラスの端にコバヤシをつれて行った。青く霞んだ平野が低く遠く見渡せる。これからちょっといくとノートルダム・ド・ロレットがある。ここに二万のフランス兵の墓がある。中央には灯台があり、その下には二万のフランス兵の遺品がおさめてある。とにかくそれは素晴しい国立大墓地なんです。見にいきますか。

「いまから？」コバヤシは時計をそっと見た。四時半だ。アラスに着いたのが三時二分、一時間半もたっている。夕方の薄蒼い気配がすでにあたりに迫っているのだ。この調子だとサンヴナンは夜になってしまう。

ブノワは口笛をふき、せわしく左右を見、深呼吸をし、首筋をぐりぐりさせ、肩をたたいた。そして、「さあ始めましょう」と嬉しげにいうと、コバヤシを席に連戻した。スープが来たのである。

ブノワはたくさん食べた。実に実にたくさん食べ、たくさん飲んで、酔うにしたがってコバヤシの存在を忘れ、ラガンに向って猛烈な早口と能弁でまくしたてた。

シトロンプレッセをちょび飲みしながら、コバヤシは頭痛をこらえていた。ブノワときたら、このレストランで食事をするためにぼくを迎えに来たようなものだ。もし、マドモワゼル・ラガンの眼鏡の奥の柔和な緑灰色の目と、その意外に若い、少年のような頰が、時々コバヤシに向って微笑みかけなかったら、彼はブノワを憎みだしたかも知れなかった。

緊張を解くと、もう二人の会話は理解できなかった。しかし、セリフは分らずともおおよその内容は伝わって来る。彼らは病院の誰彼の噂をしている。いくつかの知らない固有名詞が飛び交った。ドロマールが頻繁に出現しだした。と思っていると、ラガンがコバヤシに顔を向けた。

「あなたはドロマールと親しいお友達ですの？」

「いいえ、まあ」この若い女が直接コバヤシに話しかけて来たのは、これがはじめてである。で、彼はどぎまぎし、顔を赤らめた。「そう親しい友達というほどでもありません」

「では何だってサンヴナンに……失礼」ブノワは口から吹き飛んだチーズの塊をテーブルから払い落した。「ね、ドクトゥール・コバヤシ。ぼくらはみんなサンヴナンから逃げ出したがっている。あなたみたいな外国人がこんな田舎にわざわざ来る。それがなぜかって話してたんですよ」

「ドロマールに呼ばれたからです」コバヤシは少し考えて言い足した。「全く単純にそうなんです」

「ああ、全く単純に《トゥー・サンプルマン》！」ブノワはラガンの肩をつっついた。「ね、アンヌ、ドクトゥール・コバヤシは素敵だ。全く単純に！」

コバヤシは莫迦にされたのかと思った。しかし、ラガンが真面目くさった表情で頷いてくれたので気を取直した。

再び一行は車に乗りこんだ。

飽食し、泥酔したブノワは、ノートルダム・ド・ロレットの案内などすっかり忘れたかのように、すぐと眠りこんでしまった。そしてマドモワゼル・ラガンは黙り、コバヤシは、またもや、香水と腋臭と、加えてブノワの新たに分泌してくる葡萄酒の臭に苦しめられることになった。顳顬のうずきは額にも及び、丁度頭の左四半分が切取られたように痛んだ。

「窓を開けますよ」

「どうぞ」ラガンの眼鏡がバックミラーの中でこちらを見ていた。

「御気分が悪いの？」

「ええ、ちょっと」

「車を停めましょうか」

「いいえ、大丈夫。窓を開ければ」

「このⅡCV《ドゥ・シュヴォ》はスプリングが、すごくきくので、酔いやすいんですわ」

ラガンは窓を全部開き、暖房を切った。それから寝ているブノワに毛布をかけた。

「これでどう？」

「ありがとう。具合いいです」

冷い空気が額に気持よかった。《はじめからこうすれば……》コバヤシは、初対面の人の前、とくにフランス人の前というと、妙に遠慮がちになる自分の性癖を反省した。《これからは、言葉を言葉どおりにとるフランス人の間で、たった一人で暮すのだ。思ったことははっきり口に出すことだ》

頭痛がやわらぐとともに風景が、相変らずのっぺらぼうに続く麦畑と森と、そして、急に増えた軍隊墓地の緑の芝生と白い墓石の碁盤縞が、目に入って来た。美しいけれども何か物足りない。しばらくして、コバヤシは理由をつかんだ。人がいないのだ。農家もほとんど見当らない。たまに人影をみると、それは年老いた墓守で、熊手でのろのろと芝を梳っているのだった。墓地の木柵にたてかけてある長い黒ハンドルで、前輪の大きい時代物の自転車を、コバヤシは珍しげに見送った。

やがて、麦畑が途切れ、丈高の見馴れぬ植物の畑に出た。ラガンが甜菜だと註釈した。その葦の茂った湿潤な河岸のような風景のむこうに、不意に三角形の異様な巨大な黒山が迫上って来た。

「テリル。廃炭の山」

つまりボタ山である。近付くと、黒の三角は灰色の円錐に変り、はるかな頂点から炭車《ベンヌ》用の線路が非常な垂直で山肌を切っていた。

テリルを取巻いて坑夫長屋《コロン》が、単調で実用一点張の煉瓦造りが散在している。狭苦しい小路を、ベレー帽に紺の作業衣を着、自転車にのった人々が餌物に連なる蟻のように往来している。坑夫長屋は次第に密度を増し、連続し、商店や広告板やガソリンスタンドを混え、町となった。自動車すれすれに自転車の列が行く。公園、老人と子供たち、踏切、倉庫、また踏切、すすけた煉瓦の家々、ベッチュンヌの立札……

大広場《グラン・プラス》へ出た。アラスのそれと同じスペイン風の広場である。荒い砕石の石畳に車がおこりのように振動する。銀行、ホテル、カフェ、それに陰気な町役場。中央に奇怪な鐘楼《ベッフロワ》がにょきりと立っている。田舎の町である。けれども、これらの建築群は大都市用のものとして通用するほど立派で大きい。そこには何か田舎者のおぞましい倨傲な精神が感じられた。

「サンヴナンまであと十四粁よ」ラガンは車を徐行して広場をめぐりながら、町の商店の位置を教えてくれた。サンヴナンには何もない。買物にはすべてベッチュンヌまで出掛けて来なくてはならない。大抵は安デパート《ユニプリ》で間に合うが、良質のものは専門店へ行く必要がある。あそこがチーズ屋、文房具屋、帽子屋、靴屋——そう、男ものの靴の修理は病院の門番が内職でやってくれるから、頼むといいわ。

ひょっと、広場から何かが逃げていき、物悲しい気分がたゆとうた。時を告げるチャイムであった。夕日に赤々と照らされた鐘楼《ベッフロワ》の尖頭の文字盤で六時の針が光っていた。

ベッチュンヌの丘を下ると、その先はフランドルの低地である。その後何回となく往復するはずの、サンヴナンまで曲折していくこの道を、コバヤシは好奇心と不安と疲労の混った目で眺めた。いくつかの部落を過ぎ、運送船の漂う運河を越え、田園と牧場と森の間を縫って行くこの道。それは、道端の小川に黙念と釣糸を垂れている老人や、雑草で脹らんだ袋を背負った老婆の印象とともに、そこで昔からいとなまれてきた未知の時間と生活を、コバヤシに差出していた。そう、そこには、夕日に暖められている赤黒い沼地が横たわっているのだ。その水底には、静かに不気味に醱酵している見えない生物たちがうごめいている。そして、この印象は、サンヴナンのちっぽけな村や、精神病院の赤い建物の最初の遠望と固く結びついていった。

警笛に答えて、びっこの門番が現われ、鉄扉を開いた。病院内の設備としては不必要に大きな（とコバヤシには思われた）礼拝堂の脇をかすめ、チューリップの花壇とマロニエの並木の間に車が滑りこんだ。

内勤医《アンテルナ》宿舎の自室に案内され、トランクの荷物を整理しているところに、ブノワがねぼけまなこの顔を突出した。

「大した部屋じゃないが、まあ住めますよ。それから向い側の部屋も空いている。空部屋だから、使っても構いません。なあに、みんな一人で二部屋使っている。内勤医の欠員が多いのでね。十人の定員に五人しかいない。あなたとぼくとアンヌとマダム・エニヨンとヴリアン（彼は今夜、アルマンチェールの親爺さんのところへ帰っています）。さっぱりしたもんです。仲好くやりましょうや。ところで、今夜の当直は、マダム・エニヨンですからね。ぼくたち、ちょいと外出して来ますので、夕食はあなた一人です。腹が空いたら、キッチンに待機しているマダム・セネシャル（彼女は患者ですよ。診断は分裂病、今のところ幻聴はありませんが、独り言をいうかもしれません）にいいつけて下さい。じゃ、あとをよろしく」ブノワは行きかけて用事を思い出した。「あ、そう、院長が今すぐ会いたいそうです。ムッシュ・フージュロン。可哀相に四時から（四時にあなたを連れてくるって言っといたもんだから）、お待ちかねですって。ついでだから、ぼくたち院長室まで案内しましょう」

「あのう。今のぼくの言葉、わかりましたか」

酔った勢で喋りまくっておいてブノワは、急に面映げに頭を掻いた。

「わかりましたよ」コバヤシはにっこりした。

「わかった？　ブラボー、じゃ、行きましょう」

　階段を降りながら、ブノワはラガンと言争いをはじめた。ブノワは自分のドゥフィンヌで行くといい、ラガンは酔った男に運転できっこないから、ⅡCV《ドゥ・シュヴォ》で出掛けようという。が、外へ出るまでに、寡黙なラガンは、冗舌なブノワを完全に言負かしてしまった。

　コバヤシをみると、フージュロン院長はベカール会計主任《エコノーム》を呼び、辞令を持ってこさせた。握手をしたあと、度の強い眼鏡をかけて、それをしかつめらしく読むのである。

「パドカレ県知事××は日本人医師ミキオ・コバヤシを、パドカレ県立サンヴナン精神病院の内勤医に任命する。給料は同年齢および相当経歴のフランス人医師の八十パーセントである。ただし、宿泊費、食費、洗濯費はすべて無料とする。いいですかな」

「サインをここに」ベカールが赤ら顔で言った。

　ペンをとったコバヤシは、ふと真顔になった。

「任期は？」

「もちろん無期限です」フージュロンは事務的な調子でそう言い、ついで親しげにコバヤシの肩をたたいた。「よければ。というのは、あなたがお望みなら、一生ここにいてもいいんですよ」

　ベカールは、コバヤシを廊下に連出し、さっき院長が紹介してくれたのに、もう一度自己紹介をし、事務室の自分の机をわざわざみせ（並の事務員の机と自分の大机を比較してもらいたかったらしい)、抽出から重そうな鍵束をとりだしてでんと机上に置いた。その径十センチメートルの太い金輪と大小様々な鍵の数量にコバヤシが目を丸くしていると、ベカールが得意げに肩をそびやかした。

「ドクトゥール。これ、あなたの鍵です。二十二個、一キログラム、これだけあれば院内の御好きな場所に行けます。いいですか。失くさないよう願いますよ。二十二個、全部持ってるのはお医者さんと院長と会計主任《エコノーム》だけで……」

会計主任《エコノーム》の話は、まわりくどく、変ななまりがあって聞きづらかった。彼は、コバヤシが当院の正式職員になったことを祝福し、外国人で内勤医になったのはイラン人のドクトゥール・パッチャム以来二人目だといい、だからこそ五時終了の勤務時間外に院長もわたしもあなたをお待ちしたのだと恩にきせ、白衣と外套の寸法をとるため待たせてあった仕立屋は先に帰らせたからあなたの寸法をとらせるのは明日にしたいと付加えた。コバヤシは感謝し愛想よくそこを辞したものの、どっしり重い鍵束をぶらさげてその重みに誘われたように気が沈み、内勤医宿舎《アンテルナ》に帰ってきた。

とにかく天井が高い。全く気がめいるほどの高さに螢光灯がついている。が、それはまあ、この国の旧式の建物によくあることで珍しくもない。風変りなのは窓で、極端に小さい縦長の回転窓で、全開にしても首を外に出せないほどの隙間しかできない。いわば、ていのいい鉄格子にガラスをはめこんだようなもので、投身自殺の予防にはもってこいなのだ。この窓と頑丈きわまる入口の扉とをみると、ここは以前、病室として使用されていたらしい。この推論は、食堂の壁画をみたとき、一層確かなものに思われた。

それは明かに病的で、嫌な感じの精神病者の筆跡である。並外れた独創にはちがいないが、何とも醜怪である。写真のように微細に表現された裸女たちは、どうしたものか赤や黄や青の原色に塗りつぶされ、無数の刃物によって無残に切断されている。そして、正確な解剖学的知識を駆使した内臓や血管や胎児が生々しく表現されている。しかも、考えられるかぎりの方向と表情と色を持った夥しい数の目が、隙間という隙間にちりばめられているのだ。

コバヤシは、一人、つくねんと壁画を眺めながら、夕食をとった。スープは塩辛く、厚いビフテキは硬く、デザートの苺ジャムは甘すぎ、サントメール製のレッテルのある食卓用の生ビールはブノワの言ったとおりアルコール分が稀薄で水のようだった。傍には、マダム・セネシャルが、皺だらけの顔を笑っている仮面のように固定させたまま、じっと立っている。この老婆は笑っているのではない。全くの無表情なのだ。そして、コバヤシが何を話しかけても、一言も返答しない。しかし、耳がきこえる証拠に、コバヤシの命令には黙々と従うのである。

「食事おわりましたよ。マダム・セネシャル」

すると、スイッチをいれられた電圧の低い人形さながらに老婆がそっと動きだした。キッチンで食器を洗う音がする。コバヤシは廊下に向って呶鳴った。

「コーヒーをお願いします。マダム・セネシャル」

十分後にコーヒーが運ばれた。足りない苦味をシコレの苦味でごまかしたアルジェリア産の質の悪いコーヒーである。

「もう用はありません。マダム・セネシャル」

聞耳を立てていると、キッチンでしばらく物音がし、ややしばらくして、靴音が廊下に響き、扉がしまると、あとは気配がしなくなった。コバヤシは安心して自室に戻った。

下の病室で患者たちのたてる雑音が、床板を通じて足先にこそばゆく伝わってきた。が、それも九時にはおさまり、あたりは鎮りかえった。

トランクの臓物が未整理のまま散らばっている。入浴もしたい。けれども、疲れきっていて何をするのも厄介で、コバヤシはベッドに横になった。

深い穴の底にいる感じ、それは部屋の間口や奥行よりも高い天井のせいだ。窓は黒く、その暗黒は星一つない空である。時々、遠くの道を通る自動車の爆音がかえって静寂を際立てた。

すんでのことで帰国するところだった。四月末マルセイユを出るMMのラオス号の切符まで買ったのである。それを、急にこの病院に来る決心をしてしまった。ドロマールに誘われたから？　否、ぼくのほうがドロマールに魅かれたから？　いずれにしても、ドロマールがいなければこんな片田舎の病院に勤める気にはならなかったはずである。《ぼくらはみんなサンヴナンから逃げだしたがっている》《あなたみたいな外国人がわざわざこんな所に来るなんて》おそらく、ブノワの言ったことが正しいやも知れぬ。来てしまったからには当分ここにいることになる。当分……それは、一カ月、二カ月？　それとも、一年、二年？　契約は《無期限》なのだ。
コバヤシは、フージュロンから手渡された辞令の契約事項の細目を読もうとし、面倒くさくなってやめた。それから、べカールからもらったパンフレットを一瞥した。A診療部《セルヴィス》ドロマール、B診療部《セルヴィス》エニヨン、C診療部《セルヴィス》マッケンゼン。本院はパドカレ県内に発生せる女子精神障害者を収容するものとす。なお、本院の業務は一八三八年六月三〇日の法律にのっとるものなり。註、男子はサンタンドレに収容するものなり。

コバヤシがドロマールの名を知ったのは、《医学心理学雑誌《アナル・メディコ・プシコロジック》》の書評欄においてである。一八四三年に創刊され、世界でもっとも古くから永続したこの精神医学雑誌（因みに日本の《精神神経学雑誌》は一九〇二年の創刊である）は、コバヤシのいた大学の医学図書館の書架に、第一巻から揃えられ、百年以上にわたるその量と権威とすぐれた内容でコバヤシの興味をひいた。精神病理学を専攻する若い彼にとって、何よりも便利であったのは、この雑誌が世界各国の新しい論文や単行本を紹介し解説する立派な書評欄を備えていたことで、それさえ読めば世界中の学問の趨勢がたちどころにつかめるのであった。そして月々出る厖大な書評の末尾に必ず書かれているJ・V・ドロマールの名を、コバヤシは驚嘆と讃美の念をもって眺めたのである。

J・V・ドロマールとは何者か。彼は教授名鑑に出ていないから教授ではないらしい。といって若い学者ではなさそうだ。読まれた文献から推すと、英独仏露をはじめスペイン・イタリー・ポーランド・オランダ・デンマーク・スウェーデン・ノールウェーの各国語を自由に読めるらしい。おそるべき語学力である。全ヨーロッパ語に通じた、ヨーロッパそのもののような怪物をコバヤシは思い描いた。

そのうち、J・V・ドロマール著の《幻覚剤リゼルグ酸の正常人および分裂病者に対する影響》という論文が医学心理学雑誌にのりはじめた。これは数回にわたって連載された長大な論文で、彼一流の該博な知識で古今の文献を引用しながら証拠として自分の症例を報告していくという体裁をとっていた。とくにハシシュ・メスカリン・モルヒネ・アルコールとリゼルグ酸との異同を論じた部分は、多数の文学者（たとえば、バルザック、ユゴー、ゴーチエ、ボードレール、ド・クィンシイ、コールリッジ、ポオ、その他きいたこともない人々）の病誌《パトグラフィー》が詳細に分析されていた。学生時代、誰でもやるように飜訳小説を耽読したことのあるコバヤシは、それらの記述をそれはそれとして面白く思ったし、ドロマールに或る種の親密感さえいだきはしたものの、大論文全体を読みおえると、まるで玉石混淆の美術館を丹念に見終えたときのような、苛立たしい疲労にうちのめされてしまった。それは、たとえばヨーロッパとは何かと問いつめられ答に窮した場合の困惑に似ていた。たしかに何か独創があるらしい。しかし、その正体が皆目わからない。《この男は、とてつもなく偉いか、よほどの莫迦にちがいない》コバヤシは呟いた。

　けれども、この大論文の文献表のおかげでコバヤシはドロマールの百余りもある他の著作を知り、暇をみては少しずつ読みすすむことになった。そして十五年も昔の《解釈妄想の成立機序》を読んだとき目から鱗が落ちる思いをしたのである。そこで述べられている《拡散と放射の理論《ディフュージョン・エ・レイヨンヌマン》》は、断固たる独創であり、ドロマールの全業績を解く鍵なのである。そして《リゼルグ酸》の漠然《ヴァーグ》として巨大《ヴァースト》な（このヴァーグ・エ・ヴァーストという形容詞をドロマールは好んで用いた）様相も、一個の芯から放射された拡散にほかならないのである。ドロマールは漠然として巨大な樹のような男だ。無数の枝葉を茂らせた幻惑するほどの多様さの中央で、一本の太い幹がどっしり根をはっている。コバヤシは今度は心から感嘆した。

　二年前、彼がフランス政府の給費留学生となってパリのサンタンヌ病院で勉強することになったとき、同僚の誰彼は一様にいぶかしがった。戦前、日本の精神医学は完全にドイツ精神医学の影響下にあった。敗戦後は、アメリカ精神医学こそが規範たるべきである。それが通念であった。若い研究者はアメリカの力動精神医学《ダイナミック・サイカイアトリ》や精神分析を習うため競って留学を志していた。

「フランスだって？　もう古いよ、きみ。あの国が全盛だったのは、十九世紀だろう。ピネル、エスキロール、モレル、マニャン、彼らの時代にはフランスは世界の中心だった。が、ドイツに大天才クレペリンが出現してからは、もう駄目だね」

「仏文学者や画かきや音楽家ならまだしも、なにも医学をやるものがパリくんだりまでかけることはなかろう」

もちろん、心ある者たちは、クロールプロマジンという劃期的な向精神薬を発見したジャン・ドレイやネオ・ジャクソン主義をとなえて有名なアンリ・エイの名前ぐらいは心得ていた。しかし、J・V・ドロマールとなると誰一人、全く何一つ知らないのであった。ドロマールはあまりに漠然として巨大なるが故に彼らの目に見えないのだ——そう考えて、コバヤシは自分を慰めた。

パリ大学付属サンタンヌ病院は監獄なみの高い頑丈な塀に囲まれた、古い大きな精神病院である。病院というより病院群といったほうが正確かもしれない。カバニス街に開いた鉄門からマロニエの並木道をかなり行くと、右に救急病棟《アドミッシヨン》と称するパリ市に発生した精神病者を収容する平べったい漠とした建物がみえて来る。左には、アンリ・ルッセルという独立した病院が、品のよい女性のような風格で建っている。さらにその奥へ歩いていくと、ようやくパリ大学付属精神科の、くすんだ四角い病棟《クリニック》に到達する。最初、サンタンヌ病院の規模の広大さに驚いたコバヤシは、この大学付属精神科の、建物の古さと小ささにも、また吃驚した。ともあれ、コバヤシの留学生生活は規則正しく続けられた。午前九時から正午まで患者の診察、昼食をサル・ド・ギャルドという職員食堂で食べ、午後は図書室へ出向く、そんな生活である。

新しい生活に気を奪われ、何よりも会話の習得に熱中していた(患者のいうことが分らなくては精神医などつとまるものではないのだ)コバヤシは、しばらくドロマールのことを忘れていた。それにドロマールが、パリから二百二十粁も北方の田舎の精神病院の医長であることも、コバヤシの気持を彼から遠いものにさせたのだろう。もちろんはじめは会ってみたいとは思っていた。が、すでに彼の著作をあらかた読みつくした以上、会ってそれ以上の学問的影響をうけるはずがないとも考えていた。

毎週火曜日の朝、主任のジャン・ドレイ教授の診察が行われる。クロールプロマジンを発見し精神病治療の革命をやりとげ、国際的名声をもつうえ、若くして最短コースで教授になり、《アンドレ・ジイドの青春》で批評家大賞をうけた文学者でもあり、やがてはアカデミイの会員たらんとする、このドレイ教授の権勢たるや、それはもう大したものであった。で、火曜日の朝は、ピショオ助教授をはじめ医局員全員が入口の両側に粛然と居並び、教授の握手を受けようものとじっと待つのである。すると、モンテスキュー街の高級アパートの主らしい垢抜けした背広を長身にぴったりと着こなし、黒髪の下に青白い憂い顔の青年——どうみても青年のように若々しい顔なのだ——が現われ、主だった医局員とごく控え目なしかし几帳面な握手をする。そして教授が教授室で白衣に着換えている間、医局員は診察室に大急ぎで移動するのだ。そこは、教授と患者と病歴を読む当番の内勤医の席を中心に半円型に椅子が並べられた大部屋である。もちろん一番前列は助教授《アシスタン》、男女病棟の主任、四人の研究室主任《シエフ・ド・ラボラトワル》に当てられ、ついで中堅クラスの内勤医《アンテルヌ》、そして大学を出たての外勤医《エクステルヌ》、さらにその次がコバヤシのような外国人留学生という順である。やがて教授がおでましとみるや、全員が号令でもかけられたように、さっと起立し、教授の着席を待つ、そしてまたさっと腰を落す。誰一人私語するような不心得者はいない。なにしろドレイ教授ときたらまことに声が小さいのだ。息を殺して聞耳を立てなければ、せっかくの御高説も無駄になる。真剣そのものの顔を並べた半円型の人影が、つぼまったブラインダーのように身をのりだすのは、まさしくそのせいなのである。

火曜日の朝、それはクリニックで最も大切な儀式であり、それ故に、習慣に従った厳格な段取りをとらねばならない。

ところが或る朝、いつものように医局員の面前で、ピショオ助教授がドアを開けると、すっかり年とっておちぶれたドレイ教授が入ってきたのである。コバヤシには、本当にそんなふうに思えた。ドレイ教授が痩せ、髪を灰色にし、くたびれた背広をきるとこんなになるだろう。そう思っていると、そのうしろから本当の青年姿のドレイ教授が現れた。教授は医局員に握手もせず、老人をうやうやしく教授室に招じ入れ、ぴたりと扉を閉ざしてしまった。

隣にいたスペインの留学生がなまりのある発音でコバヤシに囁いた。

「ドロロォマールだ。ねえ、すげえもんじゃないか!」

なるほど、あれがドロマールだったのか。随分貧相なおじいさんだが、でもまあ《すげえ》威勢だ。さすがのドレイ教授も一目置いているらしい。コバヤシはひそかに贔屓していた学者が、その国でも高く評価されているらしいことを嬉しく思った。

その日、医局員たちは診察室で一時間余も待たされたあげく、ついに教授診察はとりやめとなり、かわってピショオ助教授が診察を行った。例のスペイン人の言葉をかりれば、「空前絶後の快事」がおこったのである。

昼食時のサル・ド・ギャルドでは、ドロマールの噂で持ちきりであった。少くとも外国人留学生が一団となった片隅では、謎の人物ドロマールに話題が集中したのである。情報の提供者は、スペイン人。この黒い縮毛の精悍な若い医者は数年来、サンタンヌに巣くっており、院内のいたるところを遍歴し、誰とでも知り合って喧嘩別れし、しかも、研究も臨床も何もしないという男であった。

大体、サンタンヌ病院には、スペイン、イタリー、南アメリカなどのラテン語系の外国人とカナダ、ベルギーなどのフランス語系の外国人とが多く集ってきている。いわば偏ってはいるが国際的色彩があり、それ故に、ここにいるフランスの医者たちの意識に、世界の一つの中心にいるという自負が生れたとしても不思議ではない。逆にいえば、珍しくもない外国人留学生は、どちらかというと冷淡に、或る場合には後進国から来た邪魔者として取扱われている。だから、我々外国人は団結し抗議し喧嘩し、フランス人の中華思想を粉砕せねばならない。と、こういうのがこのスペイン人の主張であった。で、彼を中心に、何とはなしに外国人が片隅に集って昼食をとり、そのなまりだらけの熱弁を拝聴する習慣ができていたのである。

ドロロォマールはブルルターニュのヴァンヌの素封家の出で、ヴァンヌには城のような、いや、城に住んでいた。大変な秀才で、四歳で英語、六歳でイタリー語、八歳でスペイン語、十歳でポルトガル語を修め、おまけに家庭教師がアルザス人であったから、ほんの小さい頃から、ドイツ語はフランス語以上に流暢なのだ。家庭教師といえば、彼は、大学入学資格試験《バカロレア》を通るまで、全く家庭教師のみによって教育され、城から一歩もでなかった。大学を主席で卒業し、サンタンヌで外勤医、内勤医の資格をさっさととり、何とかいう大論文（名前は忘れた）を書き、将来当然教授になる人といわれていた。ところがだ、ここにちょっとした事件がおき、彼は何とかという、とてつもない田舎の県立病院へ追放されてしまった。この事件のことを知っているのは、サンタンヌ広しといえども、ピショオ助教授と古強者のドニケル主任、それにこの俺様ぐらいのものだが、要するに、前々教授のレヴィ・ヴァランシイ（ほらあの有名な精神医学教科書を書いた人だ）のすごい美人の一人娘の何とか、ま、仮にアドリリエンヌとしておくと、そのアドリリエンヌとドロロォマールの結婚話をだ、教授が望み、娘が夢中になり、これほど結構で栄達への道確かな話を、ドロロォマールがぽんと蹴ったというわけさ。アドリリエンヌは泣き、教授は怒り、ドロロォマールは宣言した。いいかね、宣言だ。「われは、女にも教授にもサンタンヌにも興味なし」という大宣言だ。本当をいうとこの宣言は、君たちじゃなく彼らに（スペイン人は室に満みちているフランス人たちを一瞥した）、きかせてやりたいよ。勿論のこと、彼は追放になった。爾来二十年、彼は宣言どおりずっと独身で、何とかというとてつもない田舎の県立病院に逼塞している。そして、時々——俺がここに来てから今日が三回目だ、火曜日の朝をねらって宣言しに来るのさ。われは女にも教授にもサンタンヌにも興味なしとね。

「本当かね」男たちはにやにやした。このスペイン人の話は話半分にきくものと相場がきまっていたのである。女たちの代表格、ブリュッセルから来たオールド・ミスの女医が「アドリエンヌはどうしたの」ときいた。スペイン人はこの問を待っていたらしく、秘密めかした低い声で「ドレイ教授夫人さ」と叫んだ。誰かが「教授夫人はアドリエンヌという名じゃないぜ」と茶々を入れた。一同の騒ぎがおさまった頃、コバヤシはスペイン人に尋ねた。

「J・V・ドロマールのJ・Vはなんの略か」

「ジャン・ヴァンサンさ」

「なるほど」

コバヤシはこの答にすっかり満足して黙々と食事を続けた。彼は何となく外国人のグループに属していたものの、それには融けこめず、といってフランス人の間に親しい友人もなく過していたのである。

ドロマールにはそれっきり会う機会はなかった。また、会おうとも思わなかった。それよりもコバヤシは図書室通いのほうに心を奪われていた。

サンタンヌ病院の図書室は、年月にすりきれ、丸く凹んだ石段をのぼった二階にあって、サル・ド・ギャルドの斜め向いに目立たぬ小さな入口が開いていた。中に入ると、背高の書架にかこまれ、色硝子《ヴィトロオ》の薄暗い光を受けた閲覧室がぼうっと渋い褐色に浮出してみえた。左手の高い、裁判官席のように立派な壇上の机から図書掛の婆さんがじろりと見下した。婆さんが目をそらすと、あとは何も動かない。埃の垂直に落ちる音が聞えるほどの静かさである。

コバヤシは、黒や青や赤の地味な書物の列の間を、その背表紙の金文字を追って、書棚から書棚へとゆっくり歩むのが好きだった。そんな散策の途路、ひょいと掘出物を発見する。ピネルの《哲学的疾病分類学》や《マニーにかんする医学哲学論》の初版本やジョルジェの《狂気について》やJ・P・ファルレの《循環性精神病》など、世界の精神医学を創始した輝やかしい先達たちの名著が、日本ではとても読めないと思ってあきらめていた古書が、現実に手の中に握られるのである。

　はじめは手当り次第に、そのうち系統的に、コバヤシは古い文献を読みはじめた。かつて、《医学心理学雑誌》を読みあさっていた頃とは、またちがった様相のもとに、フランス精神医学の歴史がその広く深い奥底を現わしてきた。それは単に、広く深いだけではない。何よりもこの国に育ち経過した出来事であり、コバヤシが注意深く探究さえすれば、その痕跡を現に目で確められる歴史であった。

　早い話が、日本にいたとき、コバヤシにとっては、精神医学は、他の医学の全領域と同じように、ヨーロッパ語の飜訳語を用い、病気をなおすという明確な目的をもち、まとまりをもった体系と知識の集成であった。彼は、それがそこにあるからという理由だけで、精神医学に臨床に研究に、熱中すればよかったのである。確かに、それがよそから到来したという意識はどこかにあった。が、すべての科学が到来品である以上、彼は別に精神医であるということに不思議も迷いも感じなかった。

今、パリのサンタンヌの図書室で、古書に埋れながらコバヤシを打った驚きと眩暈は、美しく完成された作品の背後に、血まみれの苦悶に彩られた莫大な屑と習作を発見した観賞家のそれであった。ヒッポクラテス以来、二千三百年の間に、何と多くの過誤が、愚劣な意見が、血と死がばらまかれていることか。

ギリシャ、ローマでは、狂人はまだしも病人とみなされ、医者の手にゆだねられていた。しかし、長い中世においては、狂人は魔法使い・悪魔憑き・魔女とみなされ、外科手術が理髪師の手で行われたように、乱暴にも、悪魔祓いの僧侶によって処理されることになった。錬金術と並んで鬼神論《デモノロジー》が登場するのである。鬼神論は最初、狂人に対して寛大であった。人々は神を愛すると同じくらい、悪魔を怖れていたのである。狂人を救うために、聖人の墓の奇蹟的な霊験が求められ、呪文がかけられ、修道院は庇護を与えた。魔女や魔法使が大量に死刑になり、火に投ぜられるのは、十三世紀の法皇イノセント四世の時代に宗教裁判の制度ができて以後、なかんずくルネサンスの科学復興の行われた十五世紀と、続く二世紀の間であった。

この十五世紀に現れた二人のドミニコ派の僧侶、ヨハン・シュプレンガーとハインリッヒ・クレーマーの《魔女の槌》という法皇公認の書物こそ、中世の鬼神論とルネサンスの科学精神の見事な化合物なのであった。宗教裁判の教典となったこの四折判の部厚い書物のあらゆる頁から、狂信的で一方的な、しかし整然とした観察と推論と結論が溢れだして来た。人間は何をしようとも、たとえ狂気にかかったとしても、それは自分の自由意志で行う。人間は自由意志で悪魔の要求に服従する。だから、狂人は責任をとるべきであり、罰せらるべきである。しからば、狂人を悪魔の手より救う道は？　狂者の霊魂は堕落したみだらな意志によって肉体の中に罪深く囚われているから、再び解放してやるべきだ。つまり肉体は焼かれねばならない。宗教裁判は、こうして、もっとも慈悲深い宗教的判決ともっとも科学的な処置として、火刑を宣告した。何十万という狂人たちが、魔女や魔法使の烙印をおされて焔の中に消えていった。魔女の槌音は強大な反響をヨーロッパ中にこだまさせながら、長い間、ほとんど三百年の間、鳴りひびいた。最後の魔女がスイスのグラルスで殺されたのは、実に一七八二年のことである。

もちろん、魔女裁判的な狂人の集団殺戮のみが当時の風潮のすべてであったのではない。数は少いがそれに反対する先覚者たちもいたのである。十六世紀のパラケルスス、ファン・ルイス・ヴィヴェス、ヨハネス・ワイヤーなどの進歩的な――といってもたかだかギリシャ、ローマ的なものではあったが――人々は、十七世紀にはさらに多く、十八世紀にはもっと多かった。ただ、先覚者たちの抗議や叫びにもかかわらず、一般世人の狂者への考え方は、依然として中世的・ルネサンス的なものにとどまったのである。そして、十八世紀の末、フィリップ・ピネルが登場した頃でも、精神病者のための真の病院はヨーロッパに一つもなく、患者たちは重罪犯同様監獄に終身拘禁され、鎖でつながれ、鞭打・殴打・絶食の折檻をうけていた。たまに治療が行われても、それは残酷な瀉血であり、灌水浴や回転椅子であった。

ピネルにいたって、はじめて、狂人《フー》が病者《アリエネ》になり、監獄が病院になり、折檻と拷問が治療になった。そして、十九世紀こそフランスを中心として近代精神医学が発達し、現代精神医学への重要な橋渡しの役をつとめるのである。コバヤシは、ルネ・スムレーニュの《フランスの偉大な精神医たち》を指標に、十九世紀の原典を読みふけり、その豊饒さと複雑さに完全に圧倒されてしまった。つまり、奥深い出口のない迷路に迷いこんでしまったのである。

ピネルの前には、全人格論者ピェール・カバニス（サンタンヌ病院前の道は彼の名前でよばれている）、人道主義的精神医ジャン・コロンビエ、ジョセフ・ダカン、そしてジャック・ルネテノンがいた。ピネルの弟子には《医学心理学会》の創設者であり一八三八年の法律をつくったギョーム・フェルュスと、精神医学の体系の基礎をきずいたエスキロールがいた。エスキロールの伝統のもとに、若き天才ジョルジェ、完璧な臨床家ジャン・ピェール・ファルレ、《医学心理学雑誌》の創刊者バイヤルジェ、それから有名な変質論者モレルとマニャンが来る。彼らはすべて、熱烈な研究者であり、創造的な人々で、その点でフランス精神医学の太い幹をつくっている。が、彼らの意見には、何という対立と矛盾と混乱と錯誤が充ちていることだろう。それは、一つの意見が創見とも偏見ともなり、一つの臨床的記述が立派な学問的資料とも単なる空想ともなる時代であった。

困惑しきったコバヤシは、或る日、埃にまみれた小冊子を発見し、救われたのである。それは、パリ大学博士論文《テーズ》紀要中の一冊で《十九世紀のフランス精神医学と精神病院》という、コバヤシにとってお誂向きの表題であった。著者は、ジャン・ヴァンサン・ドロマール！　コバヤシは、ドロマールの新たな（博士論文であるからには実はドロマールの若き日の処女作なのであるが）才能を見出し感心した。複雑なものを単純化し、対立した古い意見から現代的意義をつかみだしてくる操作は、例の《拡散と放射の理論》を逆手に使用した整理法ともいえた。すでに、十九世紀の主要な古典を読みおえていたコバヤシには、この小冊子の高い価値が、痛いほどの切実さでわかったのである。しかも、ただ整理し簡略化しただけではない。一見不必要と思われる歴史の末梢的な出来事のなかに《細部の真実》をとらえる努力も忘れられていなかった。

たとえば次のような記述がある。

普通、偉大なる人道主義者で狂人を鎖より解放し、精神医学の創始者とみなされているフィリップ・ピネルが、ビセートル監獄に来たのは一七九三年、サルペトリエール病院にのりこんだのは一七九五年である。ピネルの事業はトニ・ロベール・フルーリーの画（その複製をコバヤシは東京の松沢病院で見たことがあった）やサルペトリエール前の銅像（それは一八八五年《医学心理学会》の手で除幕された）によって全世界に一般化され有名である。しかし、ピネルの弟子ギョーム・フェルュスが一八二六年ビセートルの医長となったとき、つまりピネルの改革後三十年たったとき、フェルュスがみたのは、依然として暗く湿った不潔な独房であり、壁に鉄の輪でくくりつけられ強制的に立ったままの生活をさせられている狂人たちであった。フェルュスは、ピネルと同じ熱意で病院を改革した。狂人と犯罪者を分離し、独房から患者を広い農場につれだした。フェルュスの創始した作業療法用の農場、それこそ現在のサンタンヌ病院の敷地なのである。サンタンヌには牧場と豚小屋と畑、搾乳場や薬局があった。しかし、フェルュスがビセートルを去ったとたん、サンタンヌの農場は忘れ去られ、患者たちは治療も監督もなしに、うろつきまわり、ついにこの世界最初の作業療法場は閉鎖されてしまった……

ドロマールのおかげで、コバヤシの勉強は秩序と見透しを得、無駄な労力を省かれることになった。が、反面、困難も増したのである。というのは、コバヤシの今迄に読んだ文献はドロマールの言及したものの十分の一にも充たず、ドロマールが重要と指摘している書物や論文が、屢々サンタンヌの図書室の目録にも見当らなかったからである。コバヤシはソルボンヌの医学図書館や、国立図書館、さてはエスキロール文庫のあるシャラントン病院の図書室まで足を運び、カルチエ・ラタンの古本屋で目を光らせた。そんなに熱中し努力しても、どうしても手に入らない文献がたくさん残った。コバヤシは絶望し疲労してきた。なによりも時間が足りなかった。

もともと、コバヤシはフランス精神医学史だけを勉強するためパリに来たのではなかった。専門としている分裂病妄想の構造分析について、二十世紀の優れたフランスの業績を参考にし、ついでに向精神薬の発見で世界の注目をあびたドレイ教授の新しい《精神薬理学》の研究を日本に紹介したいと思っていたのである。だから、図書室にこもるばかりが能ではなく、日常臨床の実際を学び、精神薬理学研究室にも出入りせねばならなかった。休暇には、フランス各地の精神病院——マルセイユの癲癇センターやアンリ・エイのボンヌヴァール精神病院など——を見学したし、月一回、医学アカデミーで開かれる医学心理学会や、週一回サンタンヌで行われるアンリ・エイやラガーシュ教授の講義にも出席した。あれやこれやに取紛れ、フランス精神医学史のほうは遅々として進まなかった。そして、二年の留学期間が終ってしまった。

船の出るまでの七十日の間を、コバヤシは、最後の機会と思って日本では永久に読めないであろう古文献の閲覧にあてた。が、すぐに、又もや四散し埋れてしまった文献探しに精力をそがれることになった。

ふと気が付いた(実際その時までなぜ気が付かなかったのか)彼は、ドロマールに手紙を書いてみた。自分が読了し、ノート(それは積み重ねて四十センチほどになっていた)をとった文献のリストをあげ、帰国までのあと二月ほどの間に読みたい書物の名を記し、相手の業績に讃辞を付加えた、かなり長文の手紙である。もしよろしければ、貴病院に伺い、本をおみせ願えれば幸甚である。

折返し美しくタイプされた短い返事が来た。あなたのあげた本は、全部手元に所蔵している。いつでも来て読みなさい。ただし、これらの本を二カ月で読破することは、到底不可能である。帰国の期日を延ばしなさい。

御忠告はありがたいが、帰国を延ばすことはできない。もう切符も買ってしまった。東京の大学に復職の手続きもしてある。どうせ二ヵ月で読めないものなら、残念ながらあきらめる。あきらめることはないだろう。折角、あなたが勉強した分――失礼だが、大分見当はずれの文献や駄作も読まれたようだ――が無駄になる。船の切符はキャンセルしなさい。滞在費はこちらで持つ。

これら、手紙の往復は二週間で行われた。コバヤシが考え考え草稿をつくった手紙を清書する。出すとすぐ、美しいタイプの返事が舞込むのであった。そして或る日、次のような高圧的な書簡が来た。

あなたは、当病院の私の診療部《セルヴイス》の内勤医に任命されることになった。この件については、私の努力により院長および県知事も同意している。日本大使館発行のあなたの身分証明書を至急送られたい。四月×日、パリ・ノール駅十三時発リール行の急行に乗ること、十五時二分アラス着、そこへ出迎えに行く……云々。

どういうことなのか。コバヤシは驚いて便箋を読み直した。わずか三通の手紙を出しただけの一面識もない外国人を、内勤医にするという。それに、こちらの個人的な都合など全く考慮していないのだ。とにかく変った老人だ。しかし悪人ではなさそうだ。ひょっとすると面白い人間かもしれない。

三日考えた末、コバヤシは領事からもらった身分証明書をドロマールへ送り、船を解約し、東京の大学病院のH教授と医局長と両親あてに事情をしたためた航空便を出した。

2

朝の七時半、コバヤシはブノワのノックで起された。ドロマールは八時五十三分に医長公舎の裏木戸より歩き始め、九時きっかりにA一病棟に到着する。だから、それより前に、我々内勤医は医長室前で待機すべきである。

朝食の席で、エニヨンの内勤医ヴリアンに紹介された。この男はコバヤシと同じ背恰好だが、フランス人としては小男で脳天がつるりと禿げあがっている。禿げの男に共通した特徴として、眉毛が太くひげが濃い。先の曲った大型のマドロスパイプを左手で支え、目を細めてのべつに鼻から煙を吐きだす。握手をする時もパイプをくわえたままだ。コバヤシは、ひやりと冷い、水から今あげたばかりといった彼の掌の濡れた感触から手をひっこめ、相手が猛烈な汗かきで、額と禿頭にも水滴が点々と光っているのを認めた。

とっくに白衣に着換えたブノワは立ったまま棒パン《バゲット》を一本持ち、端からバターをこってり塗りつけては頬張っていた。隣ではマドモワゼル・ラガンが赤い手帳に何やら懸命に書きこんでいる。ブノワは、それを上からひょいと覗き込み、テーブルを一まわりして来ては、また覗きこむのだ。

「ちがう、アンヌ、ちがうよ。脳腫瘍で四十度も発熱するなんてことがあるもんか」

「でも、発熱中枢をおかされたら？」

「発熱中枢に腫瘍ができる！　まれなケースだな。あんまり偶然すぎる」

「偶然でも、それ以外は考えられないわ」ラガンは手帳の頁を繰った。「何もかも全部調べたのよ。炎症の徴候は何もない。白血球の数も増えてないし、脊髄液に細胞のかけらもない。ただただ、熱が高くて、意識がない。今や昏睡状態」

「まったく、奇妙な病気だよ。え、ドミニック、君はどう思う」

　ヴリアンは、パイプを口から離した。それから隙間のような目を少し開け、低い声――ビロードそっくりの柔い感じのバスだ――をゆっくり押出した。

「どう思うってだね。つまり、その、われわれとしてはだね。それだけのデーターでは、その、結論はでないね。それより、ドクトゥール・コバヤシの意見をきいたらどうだ」

「なるほど」ブノワは、腕時計を見、あと二十分だと舌打ちし、せっかちに説明した。昨夜、A一病棟のマダム・デュコルネという患者が急に発熱し意識がなくなった。患者は一月前に入院したときから重症で、診断のつかない問題例なのだ。記憶喪失、手足の痙攣、栄養障害、それから幻覚やら錯覚やら、まあそのほかたくさんの症状があって、何らかの障碍が脳のある部位にあるものと推測される。このひと月来、何らかが何で、ある部位がどこかが問題であった。ドロマールはアンヌに命じて――彼女が受持医なんです――徹底的な臨床検査を行わせた。リール大学に依頼してホルモン検査――ほれ一七OHCSとか何とか一杯ホルモンがあるでしょう――までやった。ところが患者は、悪くなるばかり。とうとう、昨夜、発熱し意識がなくなった。で、つまり、その……えい畜生。

「要するにですね」ヴリアンがあとをひきとった。「今朝、ドロマールが、ラガンの意見をきく。それまでに意見をまとめておく。それが大問題なのですよ」

「治療は何をやったんですか」コバヤシがきいた。

「実は、治療はですね。そのう……」

するとブノワが叫びだした。

「ああ、もう時間が無い。急げ、アンヌ」

せわしないがたぴしが始った。身ごしらえである。アンヌ・ラガンは、未練がましく赤手帳をにらみながら、白衣の袖に腕を通した。コバヤシはヴリアンの衣裳を借りることにした。医者の身仕度といっても、日本の医者のように簡単な白衣だけまとうのではない。フランスの伝統に従って、ボタンのやたらと多い白衣の上に、肉屋の親方のするような幅広の前掛を入念に巻付け、さらに青外套を着るのである。前掛には大型の便利なポケットがあり、ここにノートやら鍵束をおさめることになっている。歩くと重さ一キログラムの鍵束ががちゃがちゃ鳴る。そんな体裁でコバヤシは、ブノワとラガンのあとを、小走りについて行った。

カーテンを締切った広い医長室は、仄暗くふるめかしく、サンタンヌの図書室を思わせた。

これまた僧院にでもあるような傷だらけの一枚板の大机の上には、三十センチメートルはある郵便物の堆積が置かれている。それは書簡、校正刷、新刊書、雑誌、広告などの山で、それをドロマールは秘書のマドモワゼル・モニックを相手に整理していた。

戸口に総婦長のヴァランチーヌ尼が、壁ぎわに三人の内勤医が立っていた。別に立ちたくてそうしているわけではない。部屋の中にはドロマールとモニックの椅子以外に椅子がなかったのである。

コバヤシを見るとドロマールは「やあ、よく来ましたね」といい、フランスの女性がよくやるように握手のかわりに三本の指を差出した。コバヤシが挨拶の言葉を言おうとしているうち、ドロマールはブノワとラガンに次々と三本指を握らせ、さっさと医長室に入ってしまった。以来、四十分間というもの、立ったままこうして待っているわけなのである。コバヤシは何とか話しかける機会を探した。が、剣術の達人を前にしたかのように相手に打込む隙がなかった。サンタンヌでちらりと見た貧相な爺さんとは打って変った偉容である。ぴったり身についた真白な外科帽や白衣もさることながら、いかにも機敏な動作である。若い。もう七十すぎかと思っていたが、こうしてみると五十歳ぐらいに見える。考えてみれば、それは当然なのだ。ドロマールの処女作の博士論文《テーズ》は今から二十年前に出されているのだから。

読経のように一本調子な低い囁き声とタイプを打つ音がした。口述で手紙の返書を書かせているのだ。実もって簡単で事務的な処理法である。コバヤシは、自分宛の手紙もああして書かれたにちがいないと思った。そして、簡単で事務的な誘いにのって内勤医になった自分の軽率さを後悔しだした。

口述を終えるや、ドロマールはぴんと飛出しナイフのように立上った。

「ドクトゥール・コバヤシ。さあ、病棟内を案内しましょう」

ドロマールと並んでコバヤシは行列の先頭を歩いた。

このA診療部《セルヴィス》はA一、A二、A三の三つの病棟《パヴィヨン》に分れていて、全部で三百余人の女患者を収容している。A一病棟が新入院患者と重症患者に、A二が老人、A三が慢性患者にあてられている。病室や治療室やサンルームの光景は、すでにこの国の病院を見馴れていたコバヤシには珍しいものではなかった。ただ、彼を驚かしたのは、病室内を支配している静粛と秩序である。どの扉をあけても、青い制服の患者たちが一斉に起立して医長先生に敬意を表し、壁にかけられた名札といった恰好で一行を迎えるのであった。

ドロマールは一人一人に会釈し短い言葉をかけ、時には思い出したように立停って数分会話を交したのち、ヴァランチーヌ尼に治療の指示を与えた。もちろんドロマールと患者の発言はその場ですべてマドモワゼル・モニックが速記し、あとでカルテにタイプしておくのである。

A一病棟の端に暗幕をひいた暗い病室があった。一目で重症患者がいるとわかる雰囲気だ。物々しく光る酸素吸入器と点滴静注用の器具、つんと鼻をつくクレゾール水とアルコールの臭。そこが問題のマダム・デュコルネの部屋だった。いつのまにか先回りしたラガンが枕元で振向いた。

「で、マドモワゼル?」

「意識が少し回復しました。傾眠状態《ソムノランス》です」眼鏡の奥から真直にドロマールをみつめ、臆せず冷静に病状を報告する。コバヤシは感心して聞入った。

「よろしい。マドモワゼル。ところで……」ドロマールはベッドを顎で指した。「これは何のまねです」

「何のまねって、酸素吸入とリンゲルです」

「あなたの指示ですか」

「………」

ラガンはふと硬い表情になって俯いた。

「弱りましたね。まことに弱った」ドロマールは微笑し、子供を宥めるときの父親そっくりにやさしい声で言った。

「ねえ、マドモワゼル。前に言っておいたでしょう。この患者にこんな事をしてはいけません」

ドロマールはヴァランチーヌ尼に命じて、酸素吸入器を片付けさせ、患者の腕から点滴静注用の注射針を抜かせた。と、暗幕をとり去られた明るい室内にブノワが進み出た。彼は話しかけて、ほんの一刻ためらい、それから一気に言った。

「指示したのは……ラガンじゃないんです。マダム・エニヨンです」

「なるほど。それはありうべきことだ。すると、マドモワゼル・ラガン。あなたのさっきの報告だと、当直のマダム・エニヨンが来たのは、昨夜の午後十一時ですね」

「はい。ドクトゥール」

「するとだ」ドロマールは急に険しい顔つきになり、ヴァランチーヌに鋭く質問した。「昨夜十一時に、マダム・エニヨンの指示を実行した者は誰か」

太った老尼は、奇襲にうろたえ、明かに稚拙な反応、つまり聞えぬふりをした。

「昨夜の準夜勤の看護婦は誰かときいているんだ」

ドロマールは、一本指を立て、それをピリリと震わせた。

「お待ち下さい。ドクトゥール。今、看護日誌をとりよせますから」

あたふたと看護婦が走った。その時である。一人の小柄なほっそりとした看護婦が、ハイヒールをコツコツと響かせて現われた。

「わたしです。わたしがマダム・エニヨンの指示を受けました。そして、それを実行しました」

「ニコル。君が！」

ドロマールは再び柔和な、子供を宥める父親の調子に戻った。「君は、知ってるはずですよ、マダム・デュコルネには治療をしてはならんというわたくしの命令を。君は知ってるはずですよ、ねえ、マドモワゼル・デュピペル」

「知っております」

「だったら、どうして」

「服務規定にございます。看護婦は医師の指示に従うべし」

「ああ、ちょっとちがいますね。指示じゃありません。命令です。マダム・エニヨンは医長でもないしA病棟の医者でもない。彼女には指示する権利はあっても命令の権利はない。ここでは、わたくしが、わたくしだけが命令するのです」

「そういう事は、服務規定にございません」

「また規定ですか。弱りましたね。マドモワゼル・デュピペル」

　ドロマールは骨張った両手をすり合わせた。さっきラガンに《弱りましたね》と言ったときは、右手で庖丁のように空を切っていた。コバヤシはその差に気付くと同時に、この法皇《パップ》のような医長殿の前で、対等に受け答えしている小柄な看護婦に興味を持った。

　どこかほんのりと赤味を帯びた亜麻色の髪は、ふっくらと暖かに肩をつつんでいた。薄い空色――よく瑠璃色と形容されているのはこんなのを言うのだろう――のよく動く宝石のような瞳。全体としていかにも色素の少い感じの中で、右の頰にある小さなほくろが目立つ。その湿って扁平な褐色の中央から金色の生毛が一本キラキラと輝いていた。

　いまにも医長殿に叱責されるはずの、痛ましいニコル・デュピペル（その名をコバヤシは一遍で覚えてしまった。普通フランス人の名前は二、三回きかないと覚えられないものなのである）に同情していると、案外なことにドロマールは、それ以上文句もいわず、機嫌よく隣室へ向ってしまった。

一時間ほどで廻診が終った。ブノワとラガンは夫々の受持患者を診療しはじめ、ドロマールはモニックとヴァランチーヌ尼を連れて医長室に閉籠り、診断書用の新患を診ていた。新入患者は入院時、一週間後、一月後、あとは適時、知事宛の病状報告を医長が行うきまりになっていたのである。仕方なしに、コバヤシはA一病棟内を歩きまわってみることにした。

ヴリアンの白衣は、丈は丁度だが、身頃が余り、ぶかぶかであった。それにパリで応急修理したばかりの靴底の鋲が歩くたびにひやひやするほどの大きな音をたてた。サンタンヌでは医者が看護婦の数より多かった。外国人も珍しくはなかった。誰もコバヤシに注目などしはしなかった。ところがここではどこへ行っても患者や看護婦の訝めるような視線が追ってくる。コバヤシは閉口した。

大広間では昼食の準備中だった。テーブルにスープ皿と例のサントメール製の食卓用ビールが並べてある。一皿盛切りですませば経済的なのに、フランス人は、必ず、スープ、肉、野菜、デザートと皿をかえないと気がすまぬらしい。それにアルコールとコーヒーを欠かさない。クルチュース曰く《料理は文化を現わす》と。コバヤシは昨夜の不味い料理を皮肉に思い出した。日庭へ出た。日なたぼっこ、レース編、肩を組んで円形の軌跡を飽きもせずに散歩する者。日本の精神病院でもよくみられる光景だ。女・精神病者、これは万国共通である。

広い割に手入の行届いた庭だ。短く刈られた芝に鮮明な木立の影がゆれている。マロニエの若葉が、数千の柔かな幼児の手のように爽快に風に靡っていた。その春めいた景色に見惚れていると、どきりとするほど真近な声がうしろでした。

「ドクトゥール」

ニコル・デュピペルだ。数メートルむこうのベンチの前に看護婦三人がこちらを見守っていた。

「な、なんでしょうか」コバヤシは警戒し、かつ、あわてて言った。

「あのう。わたしたち、ドクトゥールのお名前を知りたくて……」

ニコルは心持ち首を傾げ、からかうような目付をした。しかし、それはコバヤシの思い過しであったらしい。彼女は真剣に彼の名を知りたかったのであり、その綴字を手帳の切端に書いてやるや同僚のところに駈け戻ってみせた。コバヤシは大胆になり、彼女たちに近付くと小林三樹夫と漢字で書き足してやった。ほう！　と感嘆の声が漏れた。そして一斉に「メルシー・ドクトゥール・コバヤシ」と節をつけていうと華やかな笑をまきちらしながら駈け去った。

彼女たちはみんなはたち前後だろう。若いのだ。コバヤシは自分がそろそろ三十歳近い年齢にあることを思った。そして、彼女たちの中でニコルが、ニコルだけが、軽やかなその身のこなし、透明なほど色素の少いその体質、風になびいて片頰のまろやかな線にぴったりと吸付いたその金髪で、コバヤシの心を奪った。

庭の端に行着き、それから高い塀際の花壇に沿って歩いた。チューリップは満開だが、他の花々はまだ硬い芽の中に匿れている。鐘が鳴った。患者たちが四方からヴェランダの方向へ吸い寄せられていく。昼食の時刻であった。

手押車にのせたスープを配っていく看護婦たち。ニコルはそのグループの一員である。重い車を力一杯押している華奢な彼女の姿は、妙に肉感をそそった。そして、幅広の白い帯でくびれた腰の上に、意外に豊かな乳房がプリプリとゆれているのをコバヤシは眩しげに見た。

そこへ年輩の看護婦が「医長先生がおよびです」とよびに来た。

ヴァランチーヌ尼は太ったスイスの番兵さながらに直立不動の姿勢で立っていた。

「医長先生が御用だそうでございます」と入ろうとしたコバヤシをうやうやしく止めて囁いた。

「医長先生は、十二時きっかりに御宅にお帰りになります」そして、「あと十七分でございます」と柱時計を指差し、面喰ったコバヤシが小刻みに頷いたとみてとるや、おもむろに扉を開いた。

「どうぞ、ムッシュー・ル・ドクトゥール・コバヤシ」

ドロマールはヴァランチーヌを追出し、モニックを隣室に去らせて、コバヤシに椅子をすすめた。ドロマールの態度は、意外なほど鄭重であった。

「なにか御用ですか」

「あ」ドロマールは、日本式のお辞儀――コバヤシにはそう思えた――をした。「まず、あなたのほうでわたくしに用があれば言って下さい」

「用といってもですね」コバヤシは困惑した。何から話しはじめたものやら……。と、ドロマールが言った。

「どうです、ここは気に入りましたか」

「ええ、まあ」

「それは結構。ところで、あなたにはA一病棟を受持っていただきたいと思っております。A一病棟は今迄ブノワとラガンが共同で受持っていた。しかし、今後、ブノワにはA二病棟、ラガンにはA三病棟を受持ってもらう」

「しかしですね……」

コバヤシは不満だった。A一病棟は新患や重患で多忙だろう。あまり診療活動に時間を食われると、肝腎の古文献調べの暇がなくなる。すると、魔法のようにニコル・デュピペルの顔が目の前に浮び上った。コバヤシは、にっこりした。

「わかりました。A一病棟を受持ちましょう」

「よろしい。それで決った。しっかりやって下さい。A一は一番難しい病棟だが、あなたなら出来るはずだ。実は、東京のH教授に手紙を書いて、あなたの詳細な経歴紹介と推薦文をもらってある」

「え？」

驚いているコバヤシにドロマールは一枚の紙片をみせた。ドイツ語の、確かにＨ教授の署名のある手紙である。してみると、コバヤシが最初の手紙をだしてすぐドロマールはＨ教授に連絡をとったわけだ。

「書いてあることに間違いはありませんね」

「ありません」もちろん、推薦文であるからには誇張もあるが……

「それなら、なおのこと結構、しっかりやって下さい。Ａ一は学問上貴重な患者がいるのでね」

「はあ」

「たとえば、マダム・デュコルネ。今日、あなたもみたように、不可解な珍しい症例だ。いってておくが、あの患者にはいっさい治療をしないでいただきたい」

「治療をしない？」

「そうです」

「なぜですか」

「あ」ドロマールは目を輝かした。「簡単明瞭なことです。あの患者は、実に稀有な症例だ。はじめ人格変化と被害妄想ではじまり、次第に精神錯乱と意識障害をおこし、ついに今のような発熱をともなう昏睡状態になった。梅毒でもないし、脳炎でもないし、腫瘍でもない。要するにいまだに診断がつかない。だから、いっさい治療をせずに、自然の経過を観察して、死亡したら、その脳を研究してみる必要がある。わかりますか。わたくしは、マダム・デュコルネの脳が欲しいのです」

「しかし、ですね……」

コバヤシは、相手の異様に輝く目に気圧されて口籠った。左の瞳はあらぬ方に静止していた。一つの発見――ドロマールは軽い斜視である。そして推測――左の目は多分義眼である。

「心配はいりません。責任は全部わたくしが持ちます。あなたは言われたとおりやっていればよろしい。すでに患者の家族は、病気の回復をあきらめており、死体の解剖に同意していまず」

「ですが……」

「道義的な問題ですか」ドロマールは畳み掛けて言った。

「それも心配はいりません。一人の患者の死が病気の本態を明らかにすれば、他の多くの患者が救われることになる。どうせあの患者は経験上死ぬことはわかっています。いまさら余計な治療をして、今おこなっている貴重な精密検査の結果を狂わせることはないでしょう。治療こそ学問上の損失です」

「ぼくは嫌です」コバヤシはようやくのこと、はっきりと言った。

「それは残念ですね。あの患者をあなたと一緒に研究するのを楽しみにしていたのだが」

ドロマールは別に怒った様子もなかった。いかにも残念そうに首を振っただけである。

「それでは、マダム・デュコルネは、わたくしが一人で受持つことにしましょう。あなたは、その他の患者を診ていただく。それならどうです？」

「そういうことなら、まあ……」

「いいですか。それできまった！」ドロマールは三本指を差出した。去れ、ということらしい。十二時三分前だった。コバヤシは、急いで用件を切り出した。意外になめらかなフランス語が口から滑り出た。

さっそく精神医学史の仕事をしたいので、あなたの蔵書を閲覧させていただきたい。当座のこと、読みたい本のリスト（前に手紙でお知らせしたのと同一だが）はここにある。

「よろしい。わたくしの家にいらっしゃい」

ドロマールは、いともにこやかに頷くと、青外套を肩に羽織って先に立った。


午後の長い時間をどうしたものか。ドロマールは、午後は働かなくてよい、自由にしなさいと言ってくれた。なるほどブノワもラガンもあっさり白衣を脱ぎ捨て、勉強と称してヴリアンの部屋に入りこんでしまった。天気はよいし、村を散歩してみようかとも考えてみた。しかし、これから毎日の午後を散歩ばかりして過すわけにもいくまい。そこでサンタンヌにいたときの習慣に従い、午後は規則的に精神医学史の研究をする時間にしようと思い立った。

ドロマールに借りた数冊の古書、年代別に袋分けしたノート、文献カード、タイプライター。机上の準備は完璧である。目標も定まっている。ビセートル病院やサルペトリエール病院の創設に貢献した十七世紀の司祭、聖ヴァンサン・ド・ポールの事蹟を辿ってみればよいのである。コバヤシは、サン・ラザール病院が癩院から精神病者の収容所に変っていく個所を二頁ほど読んだ。が、駄目なのだ。どうしても目が頁に密着しない。興味が乗ってこないのだ。そして、わずか三日前パリでとった克明なノートの文字が、別人の筆になったもののように煩瑣な努力とみえた。

ついに読書をあきらめたコバヤシは窓から外をのぞいてみた。一本の樅の大木が、視野を覆っている。その太い幹は、はるか下の地面から真直に伸びて来、この三階の屋根の彼方へと抜きん出ている。どのくらいの樹齢を閲したものか。これだけの大きさになるには、おそらく遠い中世の森林時代からこの土地に根づいていたものであろう。その暗緑の《漠然《ヴァーグ》として巨大《ヴァースト》な》葉のひろがり——それを明らかに昨夜は曇天と錯覚したのだった——を、そのすべての葉や枝や幹が今もなお生きていることの気味悪さを、コバヤシは総身で感じ取った。

ブノワが喋り、ヴリアンの低い声がそれに混じった。時々、ラガンの甲高い声が響く。一同が笑う。再び静かになる。ひそひそ声。

彼らは陰謀団さながらに一室に集っている。コバヤシは聞き耳をたて、まるで自分の陰口がたたかれているように、不愉快な気がした。

ドロマールの公宅からの帰途、ベカールに呼び止められた。事務所で仕立屋から白衣と外套の寸法をとられた。内勤医宿舎《アンテルナ》に戻ってみると、彼らはいちはやく昼食をすませ雑談中だった。それが、コバヤシを見ると申し合わせたように食堂を引き払ってしまった。彼らの予定の行動であったといえばそれまでである。が、昨日から、自分をみんなが故意に避けているように思えてならない。

ヴァリアンの部屋をノックすると、どうぞ《アントレ》、とブノワが呶鳴った。

彼らは医長資格試験《メディカ》の練習中であった。ヴァリアンが立ったまま問題の回答を暗誦してみせる。すると、ベッドに寝そべって教科書を開いているブノワが、間違を指摘する。ラガンは、聞き役で、先輩たちの勉強の成果をルーズ・リーフに記録するのである。丁度、「クレランボーの精神自動症《オートマチズム・マンタル》の分類と症状」についてヴァリアンが述べているところであった。そのゆっくりと尾を曳く生彩のないバスに、コバヤシはたちまち退屈した。サンタンヌの潑剌とした秀才たちと比べて、ヴァリアンがいかにも田舎じみた鈍物にみえたのである。六月初旬の《メディカ》まであと二カ月、そんな時に、クレランボーについてこの程度の理解しかないとすれば、ヴァリアンの合格は全く覚束ないことと思えた。

行こうとするとブノワがベッドから起き上った。

「ねえ、ドクトゥール・コバヤシ。あなたはサンタンヌでアンリ・エイの講義に出てたでしょう」

「ええ、まあ……」

「そりゃ素敵だ。じゃ、エイの講義プリントを持ってますか」

「ぼくがパリに来てから、つまり、ここ二年間のは持ってます」

「すごい。ここ二年間のやつを！　そりゃ大変な宝物だ。ねえ、ドミニック」

ヴリアンがそれを受けた。

「そう、それは、その、われわれにとって、大変な宝物ですよ。みんな、つまりフランス中の内勤医がエイのプリントを欲しがっている。なにしろ、その、エイは審査員中の審査員ですからね。でも不公平なことにサンタンヌまで行かないとプリントが手に入らない。ですから、その、われわれにとって、そのプリントをですね、みせていただければ、大変に有難いんですが」

「お安い御用です。どうぞ」

三人はコバヤシの部屋に来、ガリ版刷りのプリントを手に子供じみた歓声をあげた。今迄、このプリントがないばかりに出題の予想がたたず、非常に不安だったという。彼らの喜び様をコバヤシは、半ば滑稽で半ば不可解に見ていた。

アンリ・エイというのは、ピエール・ジャネなきあと、フランスの生んだ最も世界的に高名な精神病理学者の一人である。英国の神経学者ジョン・ヒューリング・ジャクソンの理論を精神医学に導入し、神経学と精神医学の総合を企てた彼の理論体系は、ネオ・ジャクソン主義という名で知られていた。確かに骨太で広範な可能性をもつ体系で、それは、フロイトの精神分析、ジャネの心的緊張論、ビンスワンガーの現存在分析《ダーザインスアナリーゼ》、ミンコフスキーの現象学など、すべての二十世紀的精神病理学を自分の体系の中に併呑してしまった。エイと個人的には仲の悪いドレイ教授すら、《リボーの心理学とジャクソン主義》という論文で暗にエイの学説を讃えている。それもコバヤシのみたところ、無理もないことで、エイとドレイはともに、サンタンヌ病院に根拠を置く、《サンタンヌ学派》なのである。そしてサンタンヌ学派はクレランボーやオイエを中心とする《サルペトリエール学派》と鋭く対立していた。たとえば、ついさっきヴリアンが暗誦していたクレランボーの学説は、エイによって《十九世紀的脳局在論、デカルト的機械論、時代錯誤の分子論《アトミスム》》として激しく論難されていたのである。ヴリアンがクレランボーの精神自動症を丸暗記するかたわら、エイの講義プリントに随喜する、その矛盾した態度が、コバヤシには、半ば滑稽で半ば不可解なものに思えたのである。

ところでちょっと気になることがある。ドロマールの学説は、サンタンヌ学派にも、サルペトリエール学派にも属していない。彼は、《穿った理論》を軽蔑する。彼によれば、エイもクレランボーも、ともに《空想的な整理魔》であり、人間の精神をお手軽に料理しすぎている。どこかで読んだ、そんなドロマールの論文の一節を、ふとコバヤシは思い出した。で、わざと皮肉に言ってみた。

「しかし、みなさん、ドロマールも審査員なんでしょう。彼は、エイを軽蔑してますよ」

この言葉の効果はみるべきものがあった。歓声をあげていた一同は、急に黙りこみ、顔を見合わせ、照れくさそうに手に持ったプリントの束を撫でまわしたのである。

ブノワが逆襲してきた。といっても、変に遠慮がちな、気弱な微笑をつけてである。

「ちがいますね。ドクトゥール・コバヤシ。ドロマールはエイを尊敬してますよ。なぜって、エイを読め、エイを読まなくっちゃメディカは通らんと言ったのは、ドロマールなんですから」

ヴリアンの低音が横から滑りこんだ。

「その、こういうことですね。ドロマールは偉い。が、偉すぎて審査員のなかじゃあ、少数の、ほんとはひとりぼっちの存在である。そこへいくと、エイは、その、折衷派でしょう。エイは、その、試験《コンクール》むきなんですよ。われわれにとっては、すこぶる、まあねえ、便利な存在である」

「ドミニック」ブノワが苛々してヴリアンの発言を押えた。「問題がちがうよ。問題はだね。ドロマールがエイを尊敬してるかどうかってことなんだ」

「軽蔑してますよ。たとえば」コバヤシは不意にドロマールの論文名を思い出した。「《最近の妄想論の妄想について》にちゃんと書いてあります」

「そりゃ書いたかも知れないが、書いたことが本心とはかぎりませんよ」

ブノワはヒステリックに叫んだ。

コバヤシは自分が知識を鼻にかけた嫌らしい発言をしていることを自覚していた。が、なぜかブノワにからんでみたい気持のほうが強かった。そう、昨日《思ったことははっきり口にだすことだ》と誓ったばかりではないか。

「あなたはドロマールの《妄想論の妄想》を読んでませんね」

「読んでませんよ。それがどうしました」

「いいえ、何でもありません」

実におとなげない議論になったものだ。ブノワは追詰められた牡牛のようにコバヤシに肩をいからせた。

「ほっ、ドクトゥール・コバヤシは学者であらせられる。ね、ドミニック。え、アンヌ。すごい学者だよ。妄想論の妄想だとさ。ドロマールが喜ぶはずだ。誰も彼の論文なんか読んでくれないのに、この日本のドクトゥールが読んでくれるとさ。道理でドロマールのお気に入りだ。着任早々、A一病棟の受持で、ぼくとアンヌは、慢性病棟に追放だとさ。ま、仕方がない。なにしろあなたは学者なんだからな。それからよ、あなたはドロマールの家へ招待された。この病院の人間で、彼の家へ入れたのは、あなたが最初でしょうよ。そりゃ大したことだ。ま、当然でしょう。なにしろあなたは学者なんだからな」

ブノワの殊更の早口と巻舌をコバヤシはきょとんとした目付で聴いていた。わからないふりをしたほうが得策だ。この男と喧嘩しても始らない。しかし、そんなコバヤシの態度が、かえってブノワを刺戟したことになったらしい。彼は一層興奮し、巨体から伸びた太い腕をやたらと振回した。

「やめて《アッセ》、イヴ」

アンヌ・ラガンがブノワを傍へ引張った。何かを囁いている。しばらくしてブノワは我に帰った。肩をすぼめ、例の気弱な微笑をつけ、コバヤシに手を差出した。

「仲なおりしましょう。ドクトゥール」

「ぼくは何とも思ってませんよ。ドクトゥール」

コバヤシは、急に軟化したブノワの手を、幾分の不審の念を持って握った。するとどう思ったのかヴリアンもあわてて握手を求めてきた。彼らが、愛想よくアンリ・エイのプリントを持去ったあと、ラガンが一人で戻って来た。

「気を悪くなすって？」

「いいえ」

「ほんとに何でもないことなんですよ。ブノワの言ったこと。あなたが、あの面倒なA一病棟を受持って下さってわたし達感謝しているくらいですの、それに……」

「いいんですよ。マドモワゼル。ぼく彼の言うことが分らなかった……分らなかったことにしといて下さい」

「分らなかった？」

「ええ、まあ、そういうことにしといて下さい」

ラガンはにっと白い歯をみせた。物分りのいい、善良な、美しいほどの顔になった。が、彼女の表情のどこかに、打解けないぎこちない影のあるのをコバヤシは見逃さなかった。

「ね、あなた。何か買物なさりたいなら、わたしの車でベッチュンヌへ行きません？　どうせわたしも買物があるから」

「ありがとう」

「行きますか」

「ええ」

「じゃ、四時に」

和議の軍使の役を果したラガンは、細い体をわざとらしくくねらせて出て行った。二時ちょっと前だった。あと二時間もある。やれやれ……

A一病棟へ行ってみようかと思った。しかし、白衣に着換えている間に面倒になった。行ったところで別に仕事があるわけではない。そう自分に言聞かせていると、本当の理由が見えてきた。ニコル・デュピペルに会うのが気恥ずかしいのである。で、コバヤシは白衣を放り出してしまった。

病院前の国道へ出ると、左手にサンヴナンの村がみえた。教会の鐘楼を中心に、小さな集落を作っている。石畳の道を時々フルスピードでとばしていく車を傍に見ながら、コバヤシは村へ向って歩きだした。

村の構成は簡単だった。教会堂前に中央広場があり、それを数軒のカフェ、食料品屋、雑貨屋、郵便局が取囲んでいる。広場から《パリ街》という細い小路が南北に通い、その両側にフランドル風に黄や白のペンキを塗られた煉瓦造りの民家が並んでいた。アラスから来た国道は、村の西南からS字型に侵入し、広場をかすめ、あっさり北のダンケルクへと走り去る。普通フランドル平野のはじまりとみなされているリス河は、西のエールから流れてきて、村の北端を貫き、東のベルギー国境へと向う。それはきわめて実用的な農村で、大きな建物といっては教会堂しかない。そして正面《ファッサード》には彫刻一つなく、鐘楼はきっかり村全体に時を告げるに必要なだけの高さしか持たないのである。

見開いた目、こそばゆい視線。カフェの窓から、民家の門口から、とくに小学校の校庭から、コバヤシは見詰められた。子供は正直である。青い上っ張の、柵に鈴なりの生徒たちが囁き合った。

「支那人《シノワ》」「ノン、ヴェットナミアン」

コバヤシは柵に近付き、「ノン、ジャポネ!」と言ってやった。子供たちはわっと散り、今度は口々に、「ジャポネ、ジャポネ」と称えながら集って来た。

人々の視線。それは単純に、異質な人種を見たときの驚きの好奇のまなざしである。そこにはいささかの敵意も含まれていない。そう思ってコバヤシは安堵した。彼は見られるにまかせておいた。そのうち、視線も気にならなくなった。といっても、視線は遍在していた。風のように臭気のように彼を包み、頬を撫で、どこからともなく圧力を送ってきた。

《ボット・ド・パイユ》というカフェの扉を押した。暗くて何も見えないのに視線の圧力を感じた。やがて、暗さに目が馴れてみると誰も見てはいなかった。二人の男がスタンドに寄り添って、おそろしく肥満したマダムと声高に話していた。奇妙なことに、コバヤシは会話の圧力を感じたのだった。会話の意味を理解したというわけではない。それはフランス語ではなかった。そして、北方の響き、多分、フラマン語の重々しさがあった。

マダムがこちらを見、ついでコバヤシを認めたとき、巨大な白いもの——腕だった——が男たちの前から消えた。赤葡萄酒を注文した。咽喉が乾きビールが欲しかったのだが、言直すのが面倒だった。赤葡萄酒を飲んでいるうちに、何か雰囲気が変った。彼らはもう声高に話してはいない。年とったベレー帽の男がマダムに囁き、若いほうがコバヤシを盗み見ていた。

「こんにちは、みなさん」フラマン語を知っていれば、そう挨拶してやるところだ。彼らは、醇朴な農夫らしくごく内気に答えるだろう。「こんにちは」と。そして、あの子供たちのように、近寄ってきて、まじまじとぼくを見詰めるだろう……

しかし、コバヤシは目をそらした。壁一杯の貼紙だ。「闘鶏。来る五月×日。ブランパン家の中庭において。入場料二百フラン」「御注意！　新型トラクター展示会。村役場隣、公民館において」—「皆様のシトローエンのアルトワ・バス時刻表」これは重要である！　コバヤシは数字の列を注意深く追った。そしておそるべき事実を発見した。ベッチュンヌ行きのバスは朝七時に広場から出る。しかし、サンヴナンへ帰ってくるためには、夕方五時発の便を利用するしかない。つまり、ベッチュンヌに用達《ようたし》に出掛けるためには、丸一日消費せざるをえないということだ。四時にマドモワゼル・ラガンが車にのせてくれる、その約束が急に実利的な意義を帯びてきた。

3

どうしたものか、病院に来て以来、コバヤシは頻繁に偏頭痛の発作をおこすようになった。以前、ひと月かふた月に一回、それも体が疲労したときか天候の不順なときに限っておこっていた発作が、最近は週に一度のわりで起ってくるのである。ことに数日前からはじまった偏頭痛は、いつになく執拗で、常用の鎮痛剤もあまり役に立たず、頭蓋骨の内側を重苦しく動きまわっては、脳の勝手な場所をきりきりと刺していた。この病気のあるものは誰でも体験せずにはおれない、例の打ちのめされた虚脱感と憂鬱の中で、コバヤシは手当り次第の鎮痛剤を用い、半ばぼんやりとした意識をかきたてながら、どうにか日常生活を続ける有様であった。

はじめコバヤシは、新しい土地の気候のせいにした。しかし、天気は上々であったし、空気はパリなどより段違いに新鮮であった。すると自分の体に何か変調があるとしか思えない。確かに食欲がなく体がだるい。ことに、朝の目覚めがなんとも不愉快で、午前中一杯は、睡気がふっきれない感じが残る。昼食後は、かつてないほど全身の筋肉が弛緩してしまい立っているのが面倒なくらいにへたばってしまう。そのくせ夜はなかなか寝付けない。神経がどうかしている。が、それも鎮痛剤の乱用のせいかも知れない。となると悪循環である。どれがどれの原因やら結果やら、皆目見当もつかないまま、コバヤシは、ぼんやりと――しかし気だけは苛立ちながら――過していた。

或る夜、コバヤシはタイプライターを打っていた。軍用の火薬に用いる硝石《サルペートル》を製造していた王室の造兵廠を、サルペトリエール病院とするルイ十四世の布告を写しとっていたのである。タイプする手を休めると食堂からにぎやかな話声がきこえてきた。

彼らは夕食後も、ずっと坐りこんだままだ。いつもアルマンチェールに帰る習慣のヴリアンが、今夜は当直で、妻子をつれて泊りこんでいるのである。コバヤシはでぶのヴリアン夫人と、もっと太って――おそらくは病的肥満症の――娘のアンネットの姿をちらりと思い浮べた。おそらくブノワが会話をリードしていることだろう。ヴリアンはパイプをくわえ低音で相鎚を打つ。ラガンはアンネットを膝にだいたヴリアン夫人にめくばせする。そこに彼らだけの閉じた世界が作られている。何かの拍子に一同がどっと笑う。彼らの世界が痙攣する。そしてコバヤシは、自分の噂でもされたように侮辱を覚えるのであった。

侮辱された？　いや、そう思う証拠は何もない。コバヤシは慎重に反省し思い返してみた。ここに来てもう四週間になる。どうやら新しい生活にも馴れ、日々がかなり規則正しいリズムで流れだしたところである。

午前中はA一病棟の患者を診る。午後はドロマールのところから持出した古書を相手に調べ物をする。飽きると田園を散歩した。夜は再び古書に読みふける。まあそういったリズムがなんとなく繰返されるようになったのである。

暇はあり余るほどあった。だから、この病院に来た本来の目的である古文献の調査を、やろうと思えばいくらでもできたし、そうすればおおよその見当で半年もすれば帰国できる筈であった。帰国の一応のめどを今年の秋に置く、そんなつもりでコバヤシはせっせと勉強した。自室に閉籠りがちな彼は、自然同僚の内勤医たちとも疎遠になった。それに、ブノワと口論してからというもの彼らのほうでも、何となくよそよそしい様子でコバヤシを敬遠しているふしがあった。

とくに病棟では、その徴候が、ひそやかな暗示的な態度として表現された。

たとえば或る日、一人の患者の診断をめぐって意見が分れたことがあった。ブノワは偏執病《パラノイア》と言い、ラガンは分裂病と言い、コバヤシは慢性幻覚妄想病と言い、議論になったのである。コバヤシは自分の意見に固執する気はなかった。歴史的にみれば、この三つの病気は結局同じもので、議論するだけ無駄なことだった。そこで自説を撤回しようと思っているところへドロマールが来てしまった。

彼は一人一人に診断の根拠を訊ねたうえ、ブノワとラガンを、壁に押付けるような勢で睨みつけ、御説教をはじめた。こういう場合、ドロマールは独特な話術を使った。相手が当然知っているると思われる学者の名前をたくさんあげ、そのあいだにそれとなく相手に未知な学者の名を挿入する。こうして、相手は、自分の知識水準に自信をもたせられながら、いつのまにか自分の無知を悟らされるというわけなのである。

「つまり……コバヤシの診断が正しいというわけで……」

ブノワがおずおずと言った。

「まだ、きみは誤解してるな。そうはいってない。彼の意見のほうが幅広い視野を持っているということだ」

「そうですか。でも、つまりは彼とわれわれとは同じ診断ということなんで……」

「そうだよ。その同じことだということをきみたちは理解していない」

「つまり、わたし達勉強がたりないということですわね」

ラガンが学生のように素直に言った。

「なにしろ、彼は学者ですからね」

ブノワもにこやかに頭を下げた。

表面上は何もなかったかのようである。が内勤医宿舎《アンテルナ》へ帰るやいなや、事情は一変してしまう。さすがブノワはコバヤシを面と向って批難することはしない。ただ、ドロマールの横暴さや衒学趣味を、面白おかしく戯画化してみせるだけである。彼は立上る。ドロマールの真似をして右手で空を切る。そして言うのだ。

「ドクトゥール・ブノワとマドモワゼル・ラガン。あなた方の考察はなかなかよろしい。パラノイアでも分裂病でも確かにこのような病状はみられる。ピネル、エスキロール、ラゼグ……ええとあと何だっけ？　……そう、ファルレ、マニャン、クレペリン、ジルベールバレと受継がれてきた古典的な型だ。それに、ブロイラーも忘れてはいけない。よろしい。ドイツだったら、パラノイアと分裂病とは同じことで、どっちかといえば満点がとれる。しかし、ドクトゥール・コバヤシが、いみじくも指摘したようにだ（ブノワはコバヤシに一礼した）、ここはフランスなのである。われわれは、とくに医長資格試験《メディカ》を志すものは、フランスの歴史に忠実でなくてはならない。我国においては分裂病概念は、きわめて個人的色彩をおびているのである。ブロイラーの分裂病、アンリ・クロードの分裂病、ミンコフスキーの分裂病、はてはまたエイの分裂病、全部ちがうのである。ドクトゥール・コバヤシのように勉強したまえ。彼は学者である。わたくしは彼がフランス人でないことを惜しむものである。えい畜生」

一同は笑った。ヴリアンは禿頭を煙にうずめながら、ラガンは多少コバヤシを心配げに横目で意識しながら。

ブノワの仮面は変幻自在である。ドロマールの前で用いるおひゃらかしの微笑、対内勤医用のあけすけな親密さを現わしたもの、それからとくにコバヤシに向けるための自嘲と無遠慮さを表現したもの。誰でも五つや六つの仮面は用意しているであろう。が、ブノワの仮面は徹底的に演技のための、つまり欺瞞用の仮面なのだ。

そこへいくと、マドモワゼル・ラガンにはいくばくかの真剣さと誠実さが認められた。若い彼女には病室での毎日が立派な実習なのである。例の赤い手帳にドロマールの片言隻句を書留めておくのは決して追従のためではない。事実彼女は何かを学ぼうと懸命なのだ。彼女はモニックに頼んでドロマールの診断書の写しを余分にとってもらい、大切に保存しておく。それというのも、診断書と教科書を比較し、精神医学用語を覚えるためなのだ。リール大学のネイラック教授の症例研究会はもとより、この地方の精神病院――バイユール、アルマンチェール、サンタンドレ――の内勤医の集会には精だして出席する。彼女の勤勉さは勉強だけではない。週に二日は、ベッチュンヌまで買物に行く。なぜか彼女はコバヤシをこの買物に誘うのを義務と心得ている。で、コバヤシは別に買物のあてがなくとも、彼女の御供をしてベッチュンヌへ行く習慣がついてしまった。

さて、ヴリアンだが、このパイプの煙を不断に吐きだしている男に関するかぎり、コバヤシは最初の評価――《田舎じみた鈍物》――を変更せざるをえなかった。彼は《鈍物》なのではない、《曖昧》なのだ。そう、煙の中のヴリアン、いかにも彼に似付かわしい情景である。輪郭がぼけて不透明でつかまえどころがない。彼は何事によらず、明瞭な意志表示をしない。それが必要な場合には《われわれ》という一人称複数の語法を愛用する。しかも一語一語を、鉛の塊でも押出すように、ゆっくり重々しく話すのである。話しているうちに、禿頭に汗が吹き出してくる。あまり発汗がひどいと、発言が中止されてしまう。で、しばしば彼の話は完結せず曖昧のまま消えてしまうのである。

よるとさわると、彼ら三人は陰謀団を形成する。陰謀団、そういってもひどい的はずれではあるまい。コバヤシははじめ、勉強のために集るのかと思っていた。が、どうやら、そのためばかりでなく、無駄話をし、時には他人の噂話をし、もっと稀には簡単な酒宴を開くためにも集っているらしいのである。そして、彼ら三人を結びつけている特別な友情についてもコバヤシは理解できるようになった。

ブノワは、ここからリス河に沿って東へ三十粁ほど行ったアルマンチェール精神病院の会計主任《エコノーム》の息子である。ヴリアンは、同病院の医長の息子で、ブノワとは幼馴染みである。そして、ラガンはブノワの恋人である。この関係を教えてくれたのはほかならぬブノワだった。

或る日、彼はコバヤシに言ったものだ。

「パパの人生は失敗だった。なにしろ、会計主任《エコノーム》じゃつぶしがきかない。ぼくは小さい時からヴリアンの親爺みたいな医長になりたかった。まあ幼時体験ですね。ぼくの情熱をアンヌだけはわかってくれる。彼女だけがね」

結局、彼らの情熱、彼らの目的、彼らの世界はコバヤシとは無縁であった。彼らは額縁の中にある絵のようなものだ。コバヤシは彼らを観賞はするが、彼らとともに生活はできない。六カ月たてば、もう彼らとは何の関係もなくなるだろう。

帰国のことを思うと郷愁が彼を襲った。心が遠くへ飛去り、胸の中が空虚になった。一抹の心残り、それはニコル・デュピペルである。彼女を恋しているのだろうか。それはそうだ。この気持が恋愛以外のものでありえないことをコバヤシは知っていた。けれども恋愛よりもノスタルジィのほうが強いのだ。最上の結論は彼女を連れて帰国することだろう。しかし、ああ……まだ何も始ってはいない。毎日病棟で顔を合わす。医師と看護婦という職業上の関係、それ以上に、まだ何も始っていないのだ。

「マドモワゼル。マダム××のラルガクティルを二百五十ミリグラムにあげて下さい」

「ウイ・ムッシュー」

そんな種類の味気ない会話だけから、何かが始まるというのか。もっともコバヤシはこの職業上の接触を最大限に利用はしていた。ムッシューとすぼまった可愛い唇の奥の白い歯、香水とヘヤスプレーの香り、ほくろに光る一本の生毛。その一瞬に何もかも見、感じ、味わい取ろうとした。そして、立去っていく彼女の後姿をこっそりと貪欲に凝視するのだった。

コバヤシには、ニコルを真正面から見詰めることがどうしてもできない。見たいときには、偶然のように目を光らせるのみで、それでも異常な羞恥を伴うのであった。

いつか、看護婦室の鏡の前で、ニコルが髪を梳いているのを見かけたことがある。付近には誰もいなかった。コバヤシはこのまたとない機会に胸をときめかしながら彼女をむさぼり見た。しかし、鏡の中で自分を見ている彼女の青い目を発見したとき、コバヤシはどんなに狼狽したことだろう。

「マドモワゼル。マダム・デュコルネの今朝の体温は何度でしたっけ」

「三十九度二分です。ムッシュー」

「まだ高いな。良くない徴候だ」

へまな問答である。マダム・デュコルネの体温など、ベッドにさげてある温度表を見れば一目瞭然なのである。コバヤシは、顔をほてらせた。が、そのとき、ニコルの顔がぱっと赧らんだのを、その赤味が金髪の色とあでやかに調和してみえたのを、コバヤシはひそかな喜びとともに見てとった。

少くともニコルはコバヤシを男として意識している。それがわずかな希望であった。だが、まだ何も始ってはいない。全くのところなんにも。

ふと、コバヤシは机上に開いてある十七世紀の部厚い法令集に目を落した。朽葉色のでこぼこな頁の上にドロマールの挿みこんでくれた燻し銀の栞が冷く光っている。その飛翔する鷲をかたどった奇怪な栞をドロマールは筆立の中にたくさん用意していた。コバヤシはそれを見ると何故かぞっとしてしまうのだが、先についている小型のクリップにメモカードをとめることができ、多数の本の中から必要な頁をたちどころに探しだせるので便利もしていた。

あの壁という壁をうずめつくした厖大な書籍のコレクションは、一見ありふれた図書館にもみられる光景ではあるが、もちろん公的な図書館とは本質的に違うのだ。それはドロマールを中心にして、ドロマールのためにのみ形成された純粋に個人的な人工の世界なのだ。彼は自分の蒐集品を、好き勝手に支配し整頓し、知悉し愛している。書物のためなら、彼はすべてを犠牲にするのだ。釘と漆喰でかためた開かずの窓で外気を、厚いカーテンで陽光を遮断し、紫色の緞帳でその世界に仕上げをほどこす。たしかにドロマールという人物と同じように、彼の住んでいる世界も他人には無縁で異様で病的な世界とうつるかもしれない。が、コバヤシはドロマールの世界に同感でき、どこかで讃美の念さえ覚えていた。そして、この病院の職員のうち、自分だけがドロマールの家に自由に（といっても正確に正午から一時の間にかぎられていたが）入りこみ、その世界の恩恵をうけていることを誇りに思った。

この十七世紀の医事法令集を真鍮の梯子にのぼって書棚の高いところから取出してくれながら（目指す本を発見し取出すときのドロマールの嬉々とした身軽さよ）、彼は言った。

「きみはわたくしに似ているね」

「どうしてです」

「つまり、こんな古いものに興味を持つからさ。そうして古いものの値打を知っている」ドロマールは羽刷毛で注意深く埃を払った。

「ほら」

「どうもありがとう」コバヤシはどっしりとした稀覯本を受取った。ドロマールは上機嫌だった。病棟ではめったにお目にかかれない柔和な微笑をみているうち、コバヤシは前々からの疑問を尋ねてみる気になった。

「あなたは、どうして、ぼくに、ぼくだけにこんな大切な本を貸してくれるのですか」

「今、言ったろう。きみがわたくしに似ているからですよ」

「でも……」似ているといわれると反撥したくなる。コバヤシは思切って言ってみた。「ぼくが外国人だからですか」

「ははあ」ドロマールは青年のように元気よく手を打った。「うまいことを言うね。そのとおり。きみが外国人だからですよ。なぜならば、わたくしも比喩的な意味では外国人だから。ここでは誰一人、ほんとうに誰一人わたくしを理解してくれない。あの、愚劣で低能で騒々しい連中」ドロマールは憎々しげに病院の方角に顎をしゃくった。それは、刃物のように酷薄な憎悪の表出であった。

彼らの声が一層かまびすしくなった。コバヤシは眉をひそめ、彼らの声を打消すほどの激しさでタイプライターを打った。心中の雑念が消え、彼は、仕事を進めること、それが、帰国へ一歩一歩近づく道であることのみを意識した。

と、誰かがノックし、遠慮深げに扉が開き、ヴリアンの禿頭が現われた。

「お邪魔かな、勉強中を」

「いいえ、構いません」

「入ってもいいですか」

「どうぞ」

彼は入口の近くに立ち、「あのう……」と口籠った。コバヤシはヴリアンの遅すぎるテンポにむずむずしてきた。

「なにか御用ですか」思わず声に険が立ってしまう。

ヴリアンは肩をびくっとさせ、頼りなげに無防備であった。無防備――つるっとした禿頭と、そう、パイプを持っていないせいだ。

「その、つまり電話が二回あったんですよ。ベルナデットから。御存知でしょう。下の病室の主任の看護尼ですよ」

「はあ？」

ヴリアンは、しばらく躊躇していた。それから、彼なりに決然として言った。

「問題はですね。あなたのタイプの音が、その、下に響くってことです。ベルナデットによれば、この部屋の真下は、強迫神経症の患者だそうです」

「だからタイプをやめろと言ってるんですか」

「そうは言ってなかったようです。ただ、その、二回電話があったんです」

「でもまだ九時前ですよ」

ベルナデットと内勤医との協定で九時の消灯まではタイプライターを使用してよいことになっていた。それに、ラガンもブノワも夜よくタイプを打つ。ぼくだけが抗議されるいわれはない。そんな具合に言おうとしていると、ヴリアンは言訳がましく肩をすぼめた。

「そう、まだ九時前です。ですから……」

「ひとはタイプを打ってよろしい」コバヤシは押被せて言った。

「そうです。われわれはタイプを打ってよろしい」

ヴリアンは汗ばんだ顔をゆがめて同意した。彼は敗北したのだ。が、帰るかと思ったら、むしろ数歩近寄って来た。特有の体臭（あの白衣に染み着いていた臭み）がぷんとした。

「そのう……実は、もう一つ話があるんです。あなたは昨日、ベッチュンヌにマドモワゼル・ラガンと出掛けましたね。その、そのことについて、われわれは話があるんです」

彼は《われわれ》のところに力を入れた。

「われわれは、あなたに、その、怒らないで下さいよ、忠告したいんです。つまり彼女と外出しないほうがいいと……」

言終るとヴリアンは汗を拭くハンカチを求めてあちこちのポケットに手をつっこんだ。ハンカチは見付からなかった。

「わかりませんね。なんだって、あなた方はそんな忠告をするんです」

「それはですね。その……」

ヴリアンの汗がついに広い曖昧な額から流れ落ちた。

「どうぞ」コバヤシは抽出しから自分の新しいハンカチをとって、差出した。

「いいんですよ。大丈夫です」ヴリアンは、男らしく固辞し使者としての体面を保った。それから彼としては比較的早口に言った。「その、ブノワが喜ばないんです。あなたとラガンが一緒に外出することを」

「つまり嫉妬ですか」コバヤシはあきれ返った。「だって、彼女とぼくの間には何もありませんよ。ぼくたちは買物に行くだけです。それも、もともと彼女がぼくを誘ったことです」

「そりゃ分ってます。ただ、われわれとしては……」

「一体ですね」コバヤシは声を荒げた。「あなたのいう《われわれ》とは誰のことです。ブノワでしょう？　あなたはブノワに頼まれたんだ。そうでしょう」

「いや、ちがいます」

「じゃ、あなたの意志ですか」コバヤシは溜っていた不愉快さをヴリアンに向って爆発させた。

「だったら余計な干渉というものです。もしもですよ。もしも、ぼくがラガンを愛していたらどうなんです。嫉妬するならブノワが自分で来ればいい。なにも、あなたが世話をやくことはないでしょう」

「それが……その」ヴリアンは苦しげに低く呻いた。「ラガンなんですよ。ラガンがぼくに頼んだんです」

「え？　ああそうですか」

コバヤシはぐっと言葉に詰った。何と思ったかヴリアンは、コバヤシの手をとり、しきりと握りしめてから立去った。

あんなことはぼくとは関係がない。なぜって、ぼくは彼らとは無縁な存在なんだから。コバヤシは何度も、何度もそう自分に言聞かせた。けれども、胸にとぐろを巻いてくる、痛みに似た不快感はどうしてもとれなかった。仕事を続けようとした。が、全然気が乗ってこない。《ポケット判《リーヴル・ド・ポッシュ》》の小説でも読もうかと努めてみた。が、すぐと投げ出してしまった。

一見独房のように堅固な壁である。しかも鉄格子のような窓である。しかしこの独房はまやかしの孤独しか保障しない。彼らの声、患者たちのざわめき、風の擦過音——外界が暴力的に侵入してくる。コバヤシは不機嫌である。ヴリアンのたった一言でかくも不機嫌である。

観客の目にさらされた檻の中の動物のようにコバヤシは落着きなく歩き回った。クリーム色の壁に黒い点々が貼り付いていた。何気なくそれに目を近付けてみた。それは誰かに敲き潰された蚊の死骸であった。破裂した内臓、銀色の羽、長い脚、それは飛翔した形のまま凝固したミイラである。コバヤシは、この無数のミイラをつくりあげた先住者のおぞましい執念に、なぜか同情した。

いつもよりも、もっと眠れなかった。風が強い。樅の枝葉が窓の外で絶え間なしにきしっていた。広い平野に海の方角から風が吹寄せてくる。今も、昔も、ずうっと昔にも……

夜通し風の音を聞いた。もう明方なのに窓は暗い。遠くで雷が鳴った。雷鳴は次第に真近くなり、雨がざあっと降りだした。オラージュである。夕立という優雅な日本語は、この荒々しい大陸的な朝の雷雨には、どうしても相応しくない。オラージュ、それは寒々とした石畳を千百の槌で打つ雨であり、苔むした煉瓦の壁を狂暴に抉る風である。

眠れないと思いながらコバヤシは眠っていたらしい。何か途方も無く長い悪夢を見ていたようだ。しかし何も思い出せない。頭が重く、まだ寝足りなかった。起きあがってみて気が付いた。着のみきのままでベッドに倒れていたのである。

そのまま又横になった。ひとしきり、雨が小降りになり急にあたりが明るくなった。窓の水滴に朝日が映えている。と思うとすぐ暗くなり、一層激しいオラージュとなった。七時半になると、彼らが起き出してきた。洗面所のあたりが騒がしくなった。やがて風雨の音だけになった。彼らは病棟へ出払ったらしい。

行かなくてはと思う。が、どうにも億劫なのだ。働くこと、患者を診ること、フランス語を話すこと、それが大変な労力として予感された。ブノワとラガンの顔を見るのも嫌だった。いっそのこと病気欠勤するか……

病気……かもしれないのである。トイレに立ったとき、足元がふらつき、自分の体が他人の体のように重たかった。コーヒーポットを前に坐っていたマダム・セネシャルに朝食はいらないと言った。この有難い無愛想な患者は、理由もきかず黙ってコバヤシの分を片付け始めた。食欲が無い。全身が熱っぽい。少し歩くともう疲労しきってしまった。《これは単なる偏頭痛ではないな》彼はそう思った。それでも九時になると、コバヤシは白衣を着け、階段を降りて行った。

階下はマッケンゼンの受持病棟になっている。外に出るには患者たちのたむろしている大部屋を通り抜けねばならなかった。そこで不運にもベルナデット尼につかまってしまった。この神経質で剣突な看護尼のお小言をコバヤシはおとなしくきいた。言返すだけの気力がなかった。勝ち誇った尼さんは、逃げようとするコバヤシに追縋ってきた。

「それからムッシュー。あなたの靴は、ばかに響きます。靴の鋲をとるか、靴をかえていただけないでしょうか。患者たちのために」

「そう。患者たちのために」

「わかっていただけましたか。ムッシュー」

「はい。尼さん《マ・スール》」

やっと釈放された。看護婦や患者たちの面前で痛めつけられたのに、屈辱感すらおこってこない。それどころか相手にもっともな道理があるように思える。コバヤシは自分を責めた。心はみじめに沈みきっていた。何だか臆病で自信のない人間に今朝から急に変貌してしまったようだ。《駄目だ……駄目だ……》騒然と雨脚立っている渡り廊下を行きながら、彼はしきりと日本語で独り言を言った。コバヤシは、意識の片隅で何とはなしに了解していた。この数日来の偏頭痛、あれは何かの前兆に過ぎなかったのだ。ほんとうの病気はどこかほかの場所にある。それが何かは彼にも判然としなかった。彼は右の拳で胸をさすった。《心のどこかに開けては

いけない扉がある。怖い。が、気にすまいと思っても気になる。息苦しい。全く落着けない》

医長室には誰もいなかった。いつもと何か様子が違っていた。廻診にはまだ早すぎる時刻なのに誰もいない。秘書室でタイプライターを敲いているモニックにコバヤシは尋ねた。

「みんなは?」

「手術室です」モニックは鼻声で答えた。

「はて、誰の手術かね」

「解剖です。マダム・デュコルネが亡くなりましたので」

ドロマールは自己の科学精神に忠実であった。患者の治療を全くせずに、尿と血液と脊髄液の生化学的検査のみを無慈悲な熱心さで続行したのである。患者は急速に衰弱し、とどのつまり《自然死》してしまったというわけだ。今頃、ドロマールは患者の皮を剝ぎ、頭蓋骨に鋸を入れ、ブノワとラガンがうわべだけは神妙にそれを覗きこんでいることだろう。

「なにか、ぼくに伝言でも?」

「いいえ、何もありません」

「手術室に来いとでも……」

「いいえ、何もおっしゃってませんでした」

モニックはうるさそうに首を振った。そしてコバヤシを無視してタイプを打ち始めた。割合整った顔をしているくせに、フランスの若い女によくある現象として鼻の下に濃い髭が生えている。下半身の女らしい曲線に比べると、男じみた角張った肩と太い腕が際立ち、畸形のように嫌悪を誘った。そんなふうに彼女を細かく観察すること自体がコバヤシには不思議だった。今迄、ドロマールの秘書として見る以外彼女の肉体など意識してはいなかったからである。

何か異常な変質が世界におこっていた。病棟内の雰囲気がただならぬものに感じられるのである。《疲れているせいだ。不眠のせいだ》とコバヤシは理由を自分の心や体の中に無理に探し求めた。が、それらの理由を越えた何かの変化が外界そのものから醱酵してきた。そのことに気がついたのは病棟内を巡回しているときだった。

コバヤシを驚かしたのは外界の景色ではなかった。病棟はいつものようにそこにあった。彼はそれを微細に描写することができる。看護婦たち、ヴァランチーヌ尼の服装や動作。クレゾール石鹼水とシーツの糊の匂い。ことにも雨にたたかれている新緑の庭。コバヤシはヴェランダの端に立って、注意深く庭を眺めてみた。梨の花は散ったが、花々は今盛りであった。マロニエの蠟燭型の白い花、薄紫のリラの花、浅緑の葉に隠れるような菩提樹の花、それらの背景にトネリコの赤い葉が見えた。それらの花々や緑の木々は、雨の中で一際冴え、何か——例えば春——を表現していることは疑いなかった。けれども、コバヤシを驚かしたのは、その景色が自分の心を、もはや少しも動かさないということだった。美しいはずの景色が美しくなかった。といって醜いのでもない。強いていえば、それは嫌らしく《死滅》していた。色も形もそっくりそのままそこに見えていたが、もはやコバヤシとは無関係な、興味のない画のような、別世界なのであった。コバヤシは何かを見ているのに、何も見ていなかった。

「どうかなさいまして？」

ニコルである。相変らず美しい。いや、美しい形だけがそこにあった。その存在を意識するたびに覚えるあの喜ばしい感情が消えて無い。それは人形のように無感動な物体として立っていた。すべて人間らしいもの、女らしいもの、亜麻色の髪の香、よく動くいぶかしげな目、そんなものが余計なもの、嫌わしいものに思えた。モニックに感じたと同質の嫌悪をニコルに対しても感じるとは！

「どうかなさいまして？」

ニコルは、茫然と自分を見詰めている（コバヤシは彼女をこんなふうに凝視することがなかったのである）コバヤシに再び問いかけた。

「いや、何でもない」

コバヤシは額に手をやった。ねっとりと汗をかいていた。

「御気持が悪いようです。帰ってお休みになったら」

「ありがとう」

「ドクトゥール・コバヤシ。あとは、わたしがよろしくやっときます。ね、どうぞお休み下さい」

「ありがとう。本当に有難う」

コバヤシは彼女の親切に心から感謝した。一瞬、何かが破れ、ニコルの嫌な感じがとれた。画面から彼女一人がぽろりとこちら側の世界に抜け出たようだ。コバヤシは自分の今の悩みをニコルに打明けようかと思った。が、彼女に何が分ろう。何が理解できよう。誰か他人に、とくにフランス人に、自分の心を告白し説明することの難しさをコバヤシは感じた。で、黙って彼女の言うなりに病棟を去った。

事態は内勤医宿舎《アンテルナ》でも同じことだった。高い天井も鉄格子のような窓も、あの威圧感を失っていた。食堂のあの奇怪な（はずの）壁画も、単なる色と形の配列にすぎなかった。そして、これが唯一の救いであったが、この建物にいるといつも感ぜずにはおれない、例の刑務所に拘禁されたような窒息感と陰鬱さからは、コバヤシは解放されていた。すべてのものは自分とは別世界にある。無理に理窟でいえば、自分は自分でないのだから、何ものも自分をとらえることができないとでもいえようか。

とにかく横になってみた。しかし、全然眠くないことを悟った。むしろ気は苛立ち、意識がうずうずとした熱気を帯びていた。すべてのことが鮮明に知覚される。壁の蚊の死骸も、昨夜コピイを中絶した本の頁も、樅の木も光っている無数の水滴も、雨あがりの灰色の空も。何かをしてみたい。伸びをし歩いてみる。体にも疲労はかけらもない。それなのに、自分を取囲むすべての事象に意味がなかった。

昼食の用意ができた合図でマダム・セネシャルがドアをたたいた。何もすることのないコバヤシは彼らに会いたくないと思いながらも、食堂へ出向いた。

ヴリアンが昨夜の無礼をわびたとき、コバヤシははじめて理解した。ヴリアンには何の責任もないのだ。コバヤシ自身、ヴリアンが何かを言ったということをその時思い出しただけなのである。それならば、ブノワの理不尽な嫉妬のせいであろうか。そう、そのことは不快な記憶となって胸の底に重く沈澱してはいた。しかし、ブノワとラガンが現われたとき、この不快な記憶がそれほど本質的なものだとは思えなくなってきた。ブノワは明かにコバヤシに気兼ねする風をし、いつもよりもわざとらしい微笑の仮面をつけ、一層大声で芝居じみていた。が、そんなブノワをコバヤシは滑稽だと感じるのである。ブノワの嫉妬はコバヤシに本質的な蔭を落していないのである。ラガンは全く常と変りはなかった。生まじめで落着きはらった彼女の態度は、彼女がヴリアンを通じてコバヤシに昨夜の伝言を伝えたということが信ぜられないほどであった。

スープを一匙口に入れたとき、常ならぬ味と匂いがした。苦くて石油くさく、毒物でも混入してあるのかと思われた。二匙目を流しこんで慎重に味わってみた。それは、ごくありふれた豆入りポタージュの味だった。肝腎なことは、それがおいしい豆入りポタージュの味であるという完全な資格——青くささと食塩とバターのふっくらとした厚みのある味——を持っていなかったことである。それは単なる豆入りポタージュの味で、それだけだった。コバヤシの舌は、正確に味を分析しながら、石油や毒物のもつ《味気なさ》や《胸のむかつく感じ》を知覚していた。

けれども誰もそんなことに拘泥していなかった。一同の平気な顔で、コバヤシは自分の味覚だけが異常なのだと思い知らされた。

すべての料理が同じように味があって味がなかった。空腹であるということが彼をかりたてなかったら、コバヤシは中途で食事を放棄するところであった。

彼らはマダム・デュコルネの診断を話題にした。食卓の会話であるし、病理解剖の結果には触れなかったが、一致してドロマールの気違いじみた態度を批難するのであった。ブノワはフォークをせわしく動かし、のべつに大口から咀嚼音を漏らしつつ、喋っていた。ラガンは真面目な一本調子で、ヴリアンは低く曖昧に。この話題はコバヤシの興味をひくはずであった。が、彼らの言葉の意味を理解できるのに、何一つ心に迫ってこず、口を出す気もしなかった。コバヤシは彼らの会話を聞いていて聞いていなかった。

もう疑う余地はなかった。コバヤシは自分が、自分のみが異常であることを自覚した。してみると世界が変質したのではない。変質したのはこの自分なのだ。コバヤシの心配は今や一点に凝縮した——自分の異常を彼らに悟られはしないか。

すると偶然、彼らが声をひそめた。私語と目くばせ。コバヤシはどきりとした。が、そうではなかった。彼らはクルトンという内勤医の噂話を始めたのであった。ブノワが今朝、マダム・マッケンゼンのところで、アルジェリアから復員したばかりのクルトンに会ったという。

「病的に痩せたよ。あの男は。それにまるでセネガルの黒人兵みたいに日焼けしている」ブノワはコーヒーをごくりと呑込んだ。「だからさ、一分間ばかりの間、こいつは誰だろうと考えたほどさ」

「われわれの知っている彼は」ヴリアンが口を出した。「その、何というかな、やっぱり、病的に痩せていたな」彼は気のきいた表現が発見できずブノワの口真似をした。

「それが前より、もっと痩せちまったんだ。何でもアルジェだかコンスタンチンだかの病院にながいこといたらしいんだがね」

「結核かな」

「そいつはわからない。あいつのことだから、梅毒かもしれんがね。今朝、ドロマールに書類を頼まれてね。行ってみると、あの痩せっぽちのマッケンゼンの前に彼がいるじゃないか。彼が結核ならマッケンゼンといい取合わせさ。医長と内勤医はお二人ともTBであらせらるる」

「じゃ、彼はマッケンゼンの配下に復帰するつもりかな」

「さあその事だ。そりゃマッケンゼンは誰かに来てもらいたがっている。しかし相手がクルトンではね。来てもらっても、かえって世話が焼けるだろうさ」

「マッケンゼンが引受けないとすると、エニヨンということになるが、エニヨンはきっぱり断るだろう。彼は、その、エニヨン夫人の信用がまるでないから」ヴリアンはエニヨンの内勤医として予防線を張った。

「よせよ。ドロマールのとこは駄目だぜ。ね、アンヌ。もう三人も内勤医がいる。多過ぎるくらいだ」

ブノワはちらりとコバヤシへ視線を送った。こちらは聞えぬふりをした。

「どうして、あなた方はクルトンを嫌うの。あなた方の身代りに戦争へ行ってくれた人じゃないの」アンヌは目鏡を光らせた。

「ああ、アンヌ」ブノワは肩をすくめた。

「きみは、クルトンを知らないからさ。たしかに彼自身はそう悪い男じゃない。だが、彼は一人じゃない。結婚してるんだ。家庭訪問員《アシスタント・ソシアル》のカミーユ・タレと」

「そう。それがどうしたの」ラガンは、かまととらしく首を傾げた。

「きみは、カミーユが大嫌いじゃないか。そこに問題があるんだ」

「つまりだね」ヴリアンが嬉しげに言った。

「クルトンとカミーユは内勤医宿舎《アンテルナ》に住むってことですよ。われわれと一緒にね」

「あら」ラガンは急に落着かなくなった。

しかし、彼女はこの問題が出ることをあらかじめ充分予測していた証拠に、クルトン夫妻の部屋をきめる段になって、彼女はコバヤシの隣の空部屋をそれにすることを頑固に主張したのだった。

「いいだろうね」とブノワが気の毒そうに念を押した。

「いいとも」とコバヤシは答えた。どうでもいいことだった。こんな小さなことに何故彼らはこだわるのか。

「それじゃきまった」ブノワは、不意に陽気になり、今度は自分の軍隊時代の話をはじめた。彼らは全く、クルトン夫妻の部屋をコバヤシの隣室にきめるためにのみ、この話を始めたのだ。少くともそうだとしかコバヤシには思えなかった。

どうでもいい会話、どうでもいい人間ども、自分とは無縁だと思っていた彼らを、六カ月後にはすっかり忘れてしまうはずの彼らを、どうしてこうもうるさい嫌な存在として、時には今のようにくだらない迫害者として意識しなくてはならないのか。今、自分が異常であることを彼らに知られることを、どうして自分は怖れるのだろうか。

その時、あの奇怪な壁画が、切断された裸女と無数の目が、何か親しい、よく見知っている世界としてコバヤシの目に迫ってきた。あれほど醜悪で病的だと思っていた画が、今や彼の側にあるのだった。何もかもよく理解できる。この無数の目は人々の、他人の、彼らの目であり、この若い女患者は、見詰められ、さいなまれ、ついには視線の刃物で体のあらゆる部分まで切断され、解剖しつくされたのである。この完全な被害妄想の世界には、この世と同じ温和な中間色はありえない。徹頭徹尾、原色で塗りつぶされた非現実の世界でなくてはならない。彼女は、もはや彼女であること、人間であることをやめたのである。彼女は《切断される存在》に変身しきってしまったのだ。《ぼくは狂ってしまったのだろうか》コバヤシは呟き、必死で強靭な画の魔力から逃げだそうと焦った。目をつぶり、又開いてみる。こんなことを何度か繰返した末、ようやく壁画が以前の醜悪な病的な世界にみえてきた。

コバヤシはほっとした。《ぼくはまだ狂っていない》それとともに慄然とした思いがこみあげてきた。《自分が自分でなくなることを怖れている今の状態、こいつはひょっとすると自分が自分で全然なくなってしまった狂者の世界の一歩手前なのだ。そして、おそろしいことにぼくは、その世界に逃げだそうとしていた。ちょうど便器の中に排泄されたものが、一瞬前まで自分のものであったものが、もはや自分のものでなくなる——あの快感、そいつをぼくは望んでいたのだ。排泄すること、つまり変身が完全ならば、ぼくは爽快なのだ。ぼくの不幸はぼくの不快は不徹底な変身のせいだ。だがなぜだろう。なぜ?》

「ねえ、ドクトゥール・コバヤシ」ブノワが馴々しく近付いて来た。「ばかに深刻に考えこんでいますね。何か悩みでもおありですか」

「およしなさいな」ラガンがとめたが、ブノワはかまわず高笑し、テーブルをどんとたたいた。「ねえ。ドクトゥール・コバヤシ。くよくよしなさんな。それよりもさ。日本の軍隊の敬礼はどうやるんだか教えて下さいよ」

ブノワはフランス式とアメリカ式の敬礼をやってのけた。それからナチ・ドイツの敬礼をごく剽軽に真似してみせた。

「よし」コバヤシは立上ると、殊更に誇張した身振りで敬礼を行った。これが陸軍式、これが海軍式。それから日本語で喚いた。

「キオツケ！　前エエ進メ！　歩調トレエ！」

そうして歩きまわっていると、彼らが笑出した。コバヤシも笑ってみせた。しかし内心では絶望しきっていた。例の疑問《なぜだろう。なぜ？》が絶えず胸を重苦しく圧迫していた。思わず、彼は日本語で号令のように叫んだ。

「ナゼエ、ナゼナンダア」

彼らは笑っていた。コバヤシの意外な特技に、すっかり釣込まれて……


人通りの絶えた《パリ街》を強風がうなりをあげて吹抜けて行った。それはただもう吹抜けて行くのであり、何物をも動かさないのである。煉瓦の壁も鎧戸も石畳も、雨に濡れそぼったまま、埃一つ紙屑一つ剝ぎとられることもなく、清潔そのものの重々しい容相で風圧に耐えていた。低い屋並の上に鐘楼が抜きんで、それを指標として淡墨色の雲が黒ともつれながら不安に流されていく。

うなじを雨にうたれ、コバヤシは歩いていた。彼らと大笑いしたあと、不意に散歩してみようと思い立った。で、傘も持たずに出掛けたのである。

何か心に迫ってくるもの、自分を感動させてくれるものを彼は求めていた。しかし、村は狭かった。それはあっけないほどに狭く凡庸で、彼を満足させなかった。

リス河の岸辺に森があった。その、立騒ぐ黝ずんだ常緑樹の集団をみたとき、コバヤシは何故か《あそこだ》と心に決めた。赤い諸車通行止の標識のうしろに草深い小道が細々と続いていた。たちまち柔い泥土に靴がめりこみズボンがびしょ濡れになった。が、そうした抵抗が彼にはむしろ嬉しかった。

風は大粒の水滴や厚紙のような葉を梢から薙落して来た。雨が無数の白い傷を河面に開いていた。そして向う岸の麦畑は水に漬り青黒い沼地のようだった。道を見失い、下草と苔に滑りつつ、コバヤシの心は少し晴れてきた。《これでいいのだ。もっと歩け。もっと歩け》

森の端の、明るく開けた草叢に一人の男が立っていた。日焼けした腕をひろげ、濡れて光りながら気味悪くこちらを見詰めている。近付くにしたがって、男は案山子のように静物化し、ついに赤茶けた等身大のキリストの磔刑像《カルヴエール》になった。神を信じないコバヤシにとってその像は、単なる幼稚な彫刻に過ぎなかった。事実、棘の冠や脇腹の創からほとばしり出た真赤な血痕や苦しみと恍惚の混った被虐的な表情にコバヤシは嫌悪をさえ覚えたのである。いつもだったら冷笑して通り過ぎてしまうはずの像の前で、しかし、彼は立停り、妙に心和んだ。それが何故かは、彼自身にもはきと解釈はできなかった。彼はただ心の中でつぶやいた。《この風雨と森のせいだ。いや、この像がひとりぽっちでここに立っているせいだ》

森から出てみると雨は降り止んでいた。低い暗い雲は北のほうからめくられ、真から澄んで青い——その青さはすぐとニコルの瞳の色を連想させた——空が輝きだした。青空には小羊の群のようなちぎれ雲が浮んでいる。《大した自然の演出じゃあないか。どうだ、美しいだろう。美しいと感じろ》コバヤシは独りごちた。が、彼の心のどこかで動かぬ部分が沈澱していた。彼は自分が異国にいることを強く意識した。それは美しいけれども、異国の空の美しさなのである。美しさを所有しそれに我を忘れる、あの純粋な美的感動がどうしてもおこってこなかった。

コバヤシは美しい《はずの》光景を凝視していた。するとあの病気がおこってきた。目前の世界に何かの異変が急に生じたのである。それは、普通の電灯の光のもとから螢光灯に照らされた場所に来たときのような、天然色の映画が不意に黒白の画面に変ったような、また陽光に鮮かに光輝いていた事物が唐突に曇天の下の色褪せた景色にしぼんでいったような不思議な変化であった。森も河も青空も雲も、知覚それ自体としては何も妙なところはない。しかし、森の緑は枝から膨れあがり今にもこぼれ落ちそうに見え、森全体がまるで根を引抜かれたように地面の上に頼りなく浮き上って、そのまま前方の河の中にのめりこみそうな不安につつまれていた。そして雲と青空は、コントラストの強いテレビの画面のように、不必要に明るい白と暗い青を意識させるのであった。この世界全体——世界の中にはコバヤシ自身も入っている——の異変は、つい先刻感じたような《異国の印象》などより、はるかに強烈ではるかに非現実的であった。もはや、コバヤシは硬化したように立尽し、彼に出来ることといえばただ無力な目のしばたきを繰返すことだけであった。

どのくらい経ったか（多分数秒後であろう）、異変がおさまった。世界は再び、あの無感動で平板な異国の印象に戻った。呪縛を解かれたコバヤシは深い溜息とともに、打ちひしがれた気持で歩きはじめた。ふと誰かに嗤われたように思った彼は、磔刑像《カルヴエール》を振返った。すると天を仰いだキリストの目が笑っているように思えた。《あの目は笑っているわけがない。あの男は苦しみ悲しんでいるはずじゃないか》そう思いかえした。しかし、キリストは明らかに笑っていた。どうしてもそう思えてくるのである。《みろ、下手くそな作品だ。苦しみの表現すら、彫りあげられない凡手の作だ。それにこれはキリストじゃない。単なる被虐的な姿態の表現じゃないか》彼は諸々の想念を必死になって放出してみた。どの想念も空虚な無意味な言葉となって磔刑像《カルヴエール》にはねかえされてしまった。《ぼくは神を信じない。それなのに……》その先は何も考えられなかった。

磔刑像《カルヴエール》から少し行くと墓地に出た。鉄柵の破れた箇処から中へ入った。古びた石の十字架の列の所々に小さな礼拝堂を模した墓標もある。新鮮な白木の十字架のもあり、その下の盛土にはまだ生暖い腐敗の進行が感じられた。焼物の板の読みにくい花文字をコバヤシは解読した。

Les Années Passent Le Souvenir Reste

年月はうつろいゆけど思い出はとこしえに。

《ルールドみやげ》《わが愛する母に》……

墓地の隣は広い野原になっていた。ふとコバヤシは墓地を支配している奇妙な法則に気が付いた。入口に近いほど墓は古く、野原に近いほど新しい。この墓地はあの軍隊墓地のように完成したものではないのである。それはずっと昔に造り始められ、今も徐々に増殖しつつあるのだ。そしてこの土地に人がいるかぎり広い野原の方角へと成長し続けるだろう。

日が射した。コバヤシは濡れた背広を乾かそうと思い、噴水盤の蔭に風をよけて腰をおろした。そうしていると、ひょっこり、この前読んだこの地方の伝説を思い出した。

十二世紀の末にも、風はフランドル平野を吹き荒れていた。黒々とした平野を見下すベッチュンヌの城壁の上で、突然巡邏中の兵士が一人、戦慄し、よろめき、矢狭間に嘔吐した。助けおこした同僚の腕の中で、兵士の目は、暗闇と風を怖れるかのように見開いていた。三日後にその兵士は死んだ。その直後、森や沼地から忽然と黒い雲のような野鼠の大群が現われ、人々の驚きをよそに、城門に殺到し、あっという間に街のいずれかへ消えて行った。

それは不吉な前兆であった。一刻、風が治まった。低い空のもとで青ずんだ広場や家々が鎮まり返っていた。古い言伝えによれば、《永遠の死》が町を制圧するはずであった。そして、その言伝えが実現したのである。

数日後、再び鼠どもが姿を現わした。彼らは、溝から石畳へと溢れ出し、灰色の茸のように折重なって死んでいた。死骸の破れた皮から赤い潰瘍が流れ、耐えられぬ腐敗臭が町に淀んだ。

黒死病だ！　今迄なりをひそめていた人々は恐慌に陥った。荷物を纏め、町を捨てて逃げようとした。しかし、時すでに遅し。あの兵士と同じように、人々は、まず戦慄し嘔吐し、やがて蒼白の屍へと変っていった。広場も道も、うつろな目と硬直した手足に覆われた。暗合のように寒風が勢を盛返してきた。生残った者たちが、息を殺し鎧戸を固く閉した家々を、風は嘲笑しゆさぶり続けた。

そんな夜に、金物細工人のゴーチェと蹄鉄工のジェルモンが囁き合った。死者たちを葬るため慈善協会《シャリターブル》を結成しようというのである。呼びかけに応じて職人や小商人が協会に加入した。靴屋、豚肉屋、乾物屋、大工などが葬列を組んだ。二角帽《ビコルヌ》をかぶり、空色の胸飾をつけた上着と襞襟のケープ姿の四人の男が黙々と死者を運んだ。それは死と闘う行為ではなく、死の残酷さに対する無言のささやかな抗議であった。

春までに死臭は払われ、町は清潔で平和な外観を取戻していた。

ベッチュンヌ地方では、今でも車で死者を送らない。中世の服装をした四人の協会員が、自分たちの手で、死者を墓地まで運んで行くのである。

墓地の構造についてのもう一つの事実がコバヤシに見えてきた。《墓地がこんな奥まった場所にあり、しかも車も通えぬほど細い道の果にあるのは、十二世紀以来の奇妙な葬式の習慣によるのである》そう思うと、入口から野原へ向っての墓標の空間的な連なりが、七百年の時間的な連なりとして眺められた。七百年の間、人々は秩序正しく死に、今も死につつある。その秩序は、人間の意志というより、共同体の意志、この土地の意志なのである。そしてその秩序・習慣・意志に対して、コバヤシは全くの無縁な存在、単なる一人の傍観者・異邦人に過ぎなかった。《そうなのだ。ぼくはこの土地では死なないだろう》コバヤシは立上った。すると誰かに笑われたように思えた。例の《なぜだろう。なぜ?》という内面の声が、その笑に答えていた。

さっきから頭上の梢でかしましく囀っていた小鳥の群にコバヤシは目を止めた。高い枝葉の塊の中から一斉に吐き出された無数の汚点が、青空を流れ、隣の樹に吸収されていった。そして梢は不気味に大きな首をふり、刃物のようにきらめく葉をぶるぶるとふるわせながら、コバヤシを嘲笑していた。彼は聞いた。小鳥たちの囀りを。彼らのフランス語を。

…tu ne partira pas, tu ne partira pas, tu…

お前は旅立ちはしないだろう……

「莫迦な」とコバヤシは叫び、湿った下着を透して浸みこんできた寒さを振い落すように腕を動かし胸を張った。《ぼくは旅立つんだ。この土地では死なないんだ》

彼は森の下道を村の方へ向って戻りだした。すると小鳥たちが追いかけてきた。いや、いたるところの梢で彼らが目を覚したのだった。そうして、同じフランス語が、騒然とあたりに氾濫し彼をあざけり笑った。

……チュ・ヌ・パラチラ・パ、チュ・ヌ・パラチラ・パ……

あれだけの荒療治をしたのにコバヤシの病気はまだなおってはいなかった。その事を自覚したのは、村の広場に差掛ったときである。日に暖められた教会堂も鐘楼も家々も、そっくりそのままそこにあった。が、それだけなのである。それらは無意味な《別世界》に過ぎなかった。そうはいっても、《変化の徴候》はあった。広場にもパリ街にも黒っぽい人々がうごめいていたのである。

小学校の引け時なのであろう。母親たちが、後にくくりつけた木箱に子供たちを乗せて自転車をこいでいく。広場の食料品屋も店を開き、籠を手にした女たちが群がっている。子供たちは一様に青い上っ張、女たちは（これまたどういうわけか）一様に喪服のような黒い服を着ていた。その単調で質素な風物の中から、子供と女の生命であるお喋りが、陽気に騒々しく発散していた。そして、コバヤシは、彼らの生命を《感じることができた》。これこそ《変化の徴候》なのである。少くとも、村は、全く無意味にそこにあるのではなかった。それは何らかの関係を彼との間に復活していた。そして、関係をもつこと――いいかえると病気から回復すること――が彼に、喜びとともに不安を、不思議な苛立ちを感じさせるのであった。

彼は落着きなく歩き回った末、ふと《ボット・ド・パイユ》の看板に誘われ、中に入った。もう馴染みになったマダムが化物じみた巨体をスタンドの内側でゆらゆらさせている。マダムはちらりとコバヤシに目をくれたが、いつものようにすぐと愛想よく注文を聞きに来ることもなく、前に並んだ数人の男たちと何やら話しこんでいた。あいにく、テーブルはどれも塞がっていた。風雨を避けてしけこみそのまま居坐った農夫たち、運転手たち。常連の郵便局員と貨物駅長もいた。やっと椅子を一つ見付け、若い男女の隣に割りこんだ。彼らは露骨に嫌な顔をして黙りこみ、それからコバヤシを無視して話を続けた。

「で、ジョゼットは何と言ったい？」

「いやですって、あんたと一緒にいるのはいやですって」

「で、彼はどうしたんだい？」

「それでもね、あれしようとしたの。そしたら彼女がひっぱたいたのよ。いきなり」

「はは、そいつはすげえや。いきなりか。ジョゼットならやるね。あん畜生、ちったあひっぱたかれたらいいんだ」

「ジョゼットが言ってやったんですって、あんたみたいな混血と一緒になったら、シナ人みたいな子供がうまれちまうって」

「は、は、は、シナ人の子か。いい気味だってんだ。あん畜生は……」

さすが二人はコバヤシの存在を意識したらしい。急に口を噤むと顔を見合せ、話題を変えた。彼らにとっては日常的な会話を中断されたいまいましさのせいで、どこか上擦った声になって。

コバヤシは向いの女を見た。顎が鰓のように張出した田舎娘である。どぎまぎとして目を伏せる。それから男のほうを訴えるように見上げた。

「出ましょうか」「うん」

彼らは出て行った。テーブルに残された小銭をはちきれそうな白い手が、見事な熟練で掻き集めた。マダムだ。

「何にします」

「赤葡萄酒、いつものように……」言いかけて訂正した。「一リットル瓶をもらおう。何か辛口《セック》のやつ。ボルドオ酒？　いや葡萄酒はやめた。もっと強いの、コニャックだ」

「コニャックは何にします」

「クールボワジエ」これが彼の知っている唯一の名前だった。

「クールボワジエは置いてないんです」

「弱ったな……何があるの？」

「ヘネシー、マルテル、レミ・マルタン」

「じゃそのレミ・マルタンだ」

「グラス一杯ですか」

「いや、それじゃ足りない。一瓶だ。一瓶全部」

物憂げな応答をしていたマダムの態度が変った。急に卑屈な鄭重な――或る意味では馬鹿叮嚀な――物腰になってゆらゆらと尻を振り去っていった。黒い大瓶を前にして、コバヤシは二杯ほどたて続けに飲んだ。彼はコニャック一杯でもかなり酔うほうだった。二杯以上は飲んだことがない。自分が突拍子もないことをはじめ、それを人々が驚きの目で見ているという自覚が、かえってコバヤシを闇雲に駆り立てた。彼は三杯目をついだ。

「おさかんですな」

「ええ?」

頑丈な体格の男が前に坐っていた。白い革帯で黒服を破れるほどに締付けている。コバヤシは相手の顔を見ず、てかてか光る革帯と鈹鐙金を物珍しげに見詰めた。革と金の臭がしたように思った。

「おさかんですな」

「ええ、ありがとう」

「失礼ですが、コニャックはそんなふうに飲むものじゃありません。こうやって……」

「ええ、そんなこと知っています」コバヤシは、うるさそうに相手の手を払いのけた。このヨッパライめ。

「ちょっと、ムッシュー」男はコバヤシの手首を痛いほどの力でつかんだ。「こっちをおむきなさい」

「ええ?」

男は円筒型の制帽をかぶっていた。

「痛いですよ。手をはなしてくれ」コバヤシは、この革と金具と腕力の塊のような男の手から逃げようともがいた。しかし、肘でレミ・マルタンの瓶を倒しそうになったのであらがうのをやめた。

「そうです。ムッシュー、おとなしくなさい。でないと……ほらみんなが見ている」

コバヤシの酔眼に灰色の人々が映った。それは多勢の制服制帽の警官が待機しているように威嚇的な光景であった。

「いったい、どうしようってんです。あ、痛い」

「おとなしくしますか」

「しますよ。逃げやしません」

男は力をゆるめ、小さいけれど鋭い声で言った。

「証明書をみせなさい」

「何の?」

「身分証明書。外国人は常時携帯すべきことになっています。持っていない? それはよろしくないな」

「パスポートなら病院においてあります。ぼくは病院の内勤医なんです」

「ほう、内勤医? いつから?」

「ひとつき前からです。嘘だと思ったら、病院に電話してきいて下さい。誰でもいい、そう、あのマダムにきいてごらんなさい」

男は革靴をきゅっきゅっとさせ、スタンドへ行き、マダムに何やら尋ねた。それから又、きゅっきゅっと戻って来た。

「今回は勘弁しましょう。ただし……」外国人は身分証明書、なかんずく、滞在証明書《カルト・ド・セジュール》を携帯する義務がある。もしほんとにあなたが内勤医ならば労働手帳《カルト・ド・トラバイユ》を持っているだろうから、それでもよろしい。ところで、参考のためきいておくが、あなたは本当の医者で本当の日本人でしょうな。

「もちろんです」コバヤシは相手の疑わしげな表情に向って、苦々しく言った。「あなたはいったい誰です。何の権利でぼくに尋問するのか」

「憲兵《ジャンダルム》です」男はそう言えば何もかも当然だというふうに立っていた。コバヤシの内側で何かが弾けた。

「それがどうしました。憲兵だと、どうしてぼくを尋問する権利があるんです」

「それは……ですね」男はまごついた。まだ若い男だ。鼻が拳闘選手のようにつぶれている。曇っていたコバヤシの頭が、ふっとはっきりした。

「法律でそうなってます」男はようやく答えた。

「いいですか。ぼくは外国人です。この国の法律なんか、知りゃしません。どこの何という法律かはっきりと説明していただきましょう」

「それは……」

「それにだ。あなたが憲兵だっていう証拠も何もありやしない。なんですか。その洋服が憲兵の制服ですか」

「そうですよ」男は自分の革帯のあたりの上着の皺を自信なさそうに眺めた。

病気がなおったのだ。憲兵が照れくさそうにきゅっきゅっと足をならして出て行ったときコバヤシは勝利の快感とともにそう感じた。どこかの非現実的な別世界から、すぽっと現実世界に抜け落ちてきた、そんな喜びを味わった。簡単なことなのだ。自分が異邦人であるということを全的に認めればよい。そうだと認めたくない気持、それを回避しようとする気持、それが、あの非現実の世界を現出させる。精神医でありながら、こんな簡単な精神の魔術に気付かなかったとは。この点で、あの憲兵に感謝すべきだろう。そう、あの若い男女にも、森にも、墓場にも、オラージュにも、ヴリアンやブノワやラガンにも。《なぜ。なぜなんだ?》という疑問がこれで氷解した。酔った頭でコバヤシはそんなふうに考えた。その思考は、あまりに早く、あまりに表面的に彼の大脳皮質をかすめていったので、なんだか心許なかったが。

コバヤシは酔っていた。コニャックの味と匂い、自分が自分であること、病気がなおった(らしい)こと、入代り立代り出入している人々、《ボット・ド・パイユ》の壁紙……それらの切れ切れの思いを単調に反芻していた。

4

鐘が鳴った。それは遠くで響いているようでもあり、頭の中の鼓動のようでもあった。何時だろう? ぼやけていた腕時計が次第に明瞭にみえてきた。針が一本しかない。いや、四時二十分だ。停っている。秒針が停っている。晴れだ。樅の枝葉ごしに目に染みるほど鮮やかなコバルトブルーの空が見えた。口の中が臭い。コニャックの余燼だ。ひどい頭痛が鐘の音に呼応してリズムを打つ。完全な二日酔であった。

嵐の甲板のように前後左右に沈んでしまう廊下をコバヤシは歩いた。食堂の時計は十時を指していた。鐘が鳴りやんだ。誰もいない。マダム・セネシャルすらいない。小便をしながら、体中がねばついた膜に包まれたように不快だった。とにかく風呂に入ることだ。無茶なことをやったものだ。夜道を歩き、どうにか帰っては来た。あとは覚えていない。背広もズボンも泥まみれだった。ワイシャツも下着も見る影もなく汚れている。熱めの湯の中で足を伸ばすとはじめて人心地がついた。皮膚にこびりついていた脂と汗を洗い流し、さてひげでも剃ろうかと鏡を覗いてみて驚いた。とても常人の顔ではない。化物なのである。黒い密林のように錯綜して垂れた髪と、びっしりとまった蝿のようなひげの間に、病的に黄色い肌が、雨後の濁った沼のように見えかくれしていた。思えば、一昨夜から髪もひげも全く手入れせずに過したのである。こんな風貌で歩いたら、あの憲兵ならずとも怪しむにちがいないと思われた。

何もかもさっぱりし、体を伸ばして湯に漬っているうち頭痛が段々とおさまってきた。体中に健康感が蘇ってくるようだ。彼は、高い天井に消えていく湯気を目を細めて嬉しげに眺めた。口笛がする。誰かが浴場の扉を少し開けた。鍵をかけ忘れていたことにコバヤシは気が付いた。

「誰だ?」

「おっと失礼」扉が乱暴に閉められた。再び口笛が始った。水を流す音がきこえる。浴室と隣の化粧室とは低い仕切があるだけで天井との間は素通しなのである。ヴリアンの声ではない。ブノワらしい。まだ病棟へ出ていなかったのか。そう思ってコバヤシは吃驚した。自分自身もとっくに出勤すべき時刻ではないか。

「ブノワ?」

「ちがう」

「じゃ誰だ」

「クルトン。そういう君は誰だ」

「コバヤシ」

「ああ、日本人だね。ぼくはクルトン。ミッシェル・クルトンだ。どうぞよろしく。昨夜から君の隣へ引越してきた。ところで、コバヤシ、ぼくは君のために土産物を持ってきたよ」

「みやげもの?」

「そうミヤゲモノだ。何だか分るかい」

「わからんな。会ったこともないぼくにミヤゲモノだって?」

「はは、ここらで種明しするか。レミ・マルタンの瓶さ。君が《ボット・ド・パイユ》に忘れていったやつ。まだ三分の二ほど残っていた。もっとも、三分の一はぼくが飲んじまったから、今残ってるのは三分の一だがね」

「なあんだ」

　コバヤシは湯船をつかんで笑いだした。軽やかに体が浮いた。気持まで軽い。

「君は、なにかい、《ボット・ド・パイユ》に行ったのかい」

「行ったともさ。君がのんだくれの憲兵をやっつけたとき隣の席にいた。あれは痛快だった」

「全然、知らなかった。話しかけてくれればよかったのに」

「君の孤独を尊重したまでさ。ぼくも孤独に不機嫌に焼糞に飲んでいたからね、君の孤独がよくわかったんだ」

　孤独に不機嫌に焼糞にか、そのとおりだ。コバヤシは顔も知らぬ未知の友に親密な感じを覚えた。友――そう、二人は最初からごく自然にきみーぼく《チュトワイエ》していた。彼は一月も共同生活しながら他の内勤医たちとは相変らずあなたーわたし《ヴーヴォワイエ》で話していたのである。

　湯船からおりてみると足元がふらついた。まだ酔いが抜け切ってはいない。しかし、頭痛はほとんどなかった。少し頭の芯が重いだけである。素裸のまま鏡の前で軽い体操をしながら、コバヤシは自分の若い肉体の柔軟な動きに満足した。貧弱な胴体の上の大きすぎる頭も――頭が大きいということは彼の肉体的特徴の中でももっとも目立つ点なのである。東京でもパリでも出来合の帽子で彼の頭に合うものはなく、そのことを彼は誇りにも引目にも思っていた――黄色い皮膚の色も、気にならなかった。そこで、初めてみたクルトンの皮膚がフランス人としては異常な土気色で、図抜けて背が高いくせに体が不釣合に痩細っていることも、この男の肉体的特徴とみなしただけで欠点とは思わなかったのである。

クルトンはひげを剃り終ったところだった。

「さあ、ぼくの腕をつまみたまえ。握手のかわりだ」彼は石鹸だらけの手を洗いながら腕を顎でさした。コバヤシは固い骨をじかにつまんだ。彼の腕には脂肪も筋肉もなかった。

「実は二日酔いでね。もう大分いいが」コバヤシは自分の頭を拳でたたいてみせた。

「君もか。ぼくもだ。じゃ丁度いい。二人でむかい酒といくか」

「でも、君……」十一時過ぎだった。廻診はとっくに終ってしまった。受持の患者だけでも診てやる必要がある。それにニコルにも会いたい。「ぼくは病棟に行かなくちゃ。このままじゃ無断欠勤だ」

クルトンは奇妙な目付でコバヤシを見、ついで失笑した。

「本気かね、君。今日は日曜日だぜ」

「ああそうか」コバヤシも笑いだした。

「ぼくはてっきり月曜日のような気がしていたよ」

二人は食堂で飲み始めた。例のいわくつきのレミ・マルタンをである。少し酒が入ると腹が空いてきた。そこで折よく顔をだしたマダム・セネシャルに命じて昼食用のビフテキを早目に作らせ、冷蔵庫に残っていたカマンベールとグールネイを持ってこさせた。

昨日の酒は孤独のためにあった。が、今日の酒は友のためにあるのである。コバヤシは軽くなった舌で、ドロマールとのいきさつを手短かに物語った。大体この話すら、まだ誰にも喋っていないことだった。クルトンはアルジェリア戦争のこと、負傷して陸軍病院に入院していたことを言葉少なに語った。彼は自分の事をあまり表に出さなかった。といって匿すわけではない。質問されたことにはあけすけな——露骨すぎるほどの——率直さで答えるのである。

「君の奥さんはどうした」

「奥さん？」

「そう、君は結婚しているときいたが」

「いやどうも……ぼくらはまだよく理解しあってないようだ」

「なぜ」

「まず、ぼくは結婚していない。結婚なんて制度を認めないんだ。したがって、奥さんなどいない」

「でも……」

「分ってるよ。カミーユのことだろう。彼女はマダム・クルトンじゃない。マドモワゼル・タレだ。彼女はぼくの情人《アミ》だ」

「なるほど、じゃ、君のアミはどうした？」

「アラスの養育院へ子供に会うため出掛けたよ。もっともぼくの子供じゃない。ぼくらは子供を持たない主義なんだ」

「なぜさ。子供が嫌いなのか」

「冗談じゃない。子供は大好きだよ。そこらの大人ども、表裏のある分別くさい嫌らしい大人どもより、一人の子供のほうがどれだけましか知れん。ぼくが子供を持たないのはね（黒い目が光り厳粛な表情）、ぼくが子供を持つだけの資格、子供に対して全責任をとれるだけの立派な大人としての資格がないからだ」

「世の大人どもは無責任に子供をつくっているというわけか」

「そのとおり。ただ情慾のため、習慣のため、世間並になるためにね。フランスではもう一つ、政府から補助金を貰うために子供をつくる下劣なやからがうようよいる」

「男としてはそれでもいいだろうが、女にとってはどうかな。女というのは子供をつくることに本能的な情熱を持っているだろう」

「カミーユはそんな女じゃない」クルトンの小さな目が怒気を含んで輝きだした。

「ごめんよ。彼女のことを言ってるんじゃない。第一、ぼくはマドモワゼル・タレをよく知らない」

「いいかね」クルトンはきつい表情をくずさずに言った。「もし、カミーユが子供を作りたいと少しでも思えば、ぼくは彼女と別れる」

「彼女のことじゃなく、女一般の話だと言ってるだろう」そう言いさして、コバヤシはふと疑問がおこった。「一つ分らないことがある。もし、君がだ、間違って子供をつくっちまったらどうするんだ。そういうこともありうるだろう」

「その場合は……」クルトンは柔和な顔に帰った。「解決はただ一つしかない。ぼくが自殺するんだ。そしてその子は養育院にあずけ、女は自由になる」

「冗談じゃないよ」コバヤシは相手の論理の乱れを嗅ぎつけて笑った。

「冗談だと思うかね。いや冗談じゃない」

「そんな事をすれば君は卑劣漢になるじゃないか」

「ヒレツカン？　奇妙な言葉だな。だが、いい言葉だ。ところで、どうしてぼくが卑劣漢になるのかね？」

「女の人が傷つくじゃないか。君は死ねばいいが、女は子供という重荷とともに生残る。たとえ養育院にあずけたところで自分の子供とのきずなは切れない」

「なるほどね。だが、ぼくは、子供を養育院にあずけても平気な女、ぼくが死んでも悲しまない女、そして自由であることを喜ぶような女、そんな女としか一緒にならないんだ」

「君のアミがそうだというわけだね」

「ぼくはカミーユがそうであることを望んでいる。もし、そうでなければ……」

「別れる……」

そう言ってしまってコバヤシはひやりとした。相手のなめらかな会話につい誘われてそう言ってしまったものの、これは相手の私生活にあまりにも深入りしすぎた発言だった。けれどもクルトンは柔和な――皺だらけの顔に小さな象のような目が光っている――表情をくずさなかった。

「そのとおりだ。ぼくとカミーユは、はじめから別れる自由を保証し合った関係なんだ」

「ところで、君は」クルトンは続け様に杯をあおった末話を継いだ。「よき女性を見付けたかね。このサンヴナンで」

「まだ来てからひと月だぜ」コバヤシは用心深く答えた。彼はむかい酒などやったことがない。なるほど頭の芯の重みはとれ気分は爽快になった。しかし飲み過ぎないようにしないと又ひどいめに会う。頻繁に杯に手をだしながらも、彼は慎重にちびりちびりと飲むことにしていた。

「そう、ひとつき。一人の女を愛するには十分な期間だ」

「そう思うかね」

コバヤシは苦笑した。すると、心の底の底で鬱積していた不安がうごめきだした。昨日の朝からこのかた、まるで熱い火のまわりを滅多矢鱈に飛び回るばかりで、すぐ傍に開いた窓から逃げることを知らない蛾のように行動していた。何故か冷静に窓を見なかった。むしろ熱い火を吹き消そうとばかりしていたのである。酔ったあげくに憲兵を言負かしたところで、火は消えやしないのである。たしかに、開いた窓――ニコル――を思い出しはした。が、ニコルを思うたびに、不可解な霧がその想念を押隠してしまった。異邦人になりきれなかったから病気になっただと！　そうかも知れないが、それだけでは皮相な解釈だ。凡百の解釈、蛾のようにばたばたした暴発反応の底に一つの単純な窓が開いていた。ぼくはニコルを愛している。全く単純に《トウー・サンプルマン》！　ぼくの不安の解決は、窓を見ること、窓から飛びだすことだ。

コバヤシは、苦笑しながら一挙に、張りつめた殻が割れるように、その事を了解した。実は何も考えず、ただそう感じたのである。

「君は誰かを愛しているね。昨日の《ボット・ド・パイユ》での行状は普通じゃない。びしょ濡れの泥まみれで、レミ・マルタン一瓶を一人で飲んじまうってんだからな」

「ああ」コバヤシは、他人の目で自分を見た。何もかも彼方の別世界——たとえば夢の世界——のように思える。しかも現に目の前に夢の世界の証人がいる。それは恥ずかしいことだ。ああ、ほんとに恥ずかしいことだ。

「そうなんだ。本当をいうとそうなんだ。或るひとを愛している」コバヤシは赧くなった。

「本当かね！」今度はクルトンが吃驚した。彼は自分の常識的判断をほんの冷やかしのつもりで言ったものらしい。

「看護婦なんだ」コバヤシは救いを求めるように言った。「ニコル・デュピペルという」

「誰だって？」クルトンの顔が一瞬硬張ったように思えた。

「ニコル・デュピペル」

「ああ、ニコル・デュピペルか」クルトンは頷いた。細長い手で杯をぐいっと飲み干した。相変らず土気色の肌である。酔っているのかどうか分らない。瓶にはもうわずかしか残っていない。大した酒量である。

「知ってるのかい？」

「知ってる」クルトンはビフテキを口に入れた。「この病院第一の美人だもの。それにしっかりした立派な女だ。少くとも二年前はそうだった。つまりぼくが軍隊に行く前はそうだった」

「で、で、どうなんだ？」

コバヤシはニコルについての全情報を貪欲に吸取ろうとした。

残念ながら、その時、ブノワとラガンが姿を現わした。彼らは日曜の礼拝帰りらしく、正装していた。デパートのマネキン人形のようにめかしこんでいた。いつだってそうだったに違いない。よく見れば、ごく普通の彼らの服装なのである。が、今、髪を乱し、摩切れた皮ジャンパーとつぎはぎだらけのズボンというクルトンとガウン姿のコバヤシの前では、対照の妙で彼らの福々しい正装が歴然と映るのであった。

「やあ、やってるねえ」ブノワは、テーブル上の狼藉ぶりに目を丸くした。

「どうだね。君も一杯」クルトンは瓶を逆さにして最後の数滴を自分の盃にそそいだ。「といいたいところだが、これでおわりだ」

ラガンがブノワに目くばせした。神聖なるべき日曜日の朝っぱらから飲酒するなんて穢らわしい。彼女の目はそう語っていた。

「もうすぐ昼食だろう。いまここを片付けさせるから。それとも……」クルトンはそう言いさして、ブノワのポマードの光り櫛目立った褐色の髪へ向って鼻をうごめかした。「君たちは出掛けるのかい」

「いいや、アンヌが当直だから、ぼくらはここに縛りつけだよ」

「ああそうか。じゃぼくらが出掛けるさ。ね、コバヤシ」

コバヤシは思わず頷いた。そうだとも、彼らと終日一緒に居るわけにはいかない。

「いいんだよ。ぼくらはまだメシを食いたくない」

ブノワは気さくに微笑した。それは二つのことを意味していた。《ぼくは猛烈に腹が減ってる》《君たち、早く食堂を空けてくれないか》

「マダム・セネシャル」クルトンが呼んだ。機械仕掛の老婆がテーブルの上を片付けだした。

案の定、ブノワとラガンは、立去らずにソファに腰かけ、老婆の手先を待遠しげに追っていた。

老婆がキッチンでビフテキを焼く音をたて始めたとき、ブノワは、コバヤシを刺すように見た。

それから、クルトンとコバヤシを等分に見る方角に視線を固定させた。

「いい話なんだ。ぼくとアンヌは、今朝婚約したよ」ブノワはアンヌの肩を抱いた。

「ほう?」とクルトン。

「そりゃ、お目出とう」とコバヤシ。

「ありがとう」ブノワはコバヤシに会釈した。

「ぼくが医長になったら結婚する。そういう約束だ」

今度はクルトンは黙っていた。

コバヤシは再び、「お目出とう」と言った。

マロニエの並木道で遊んでいた数人の子供たちが、駈寄って来た。

「エニヨンの子供たちだ」クルトンは立停って手を振った。「先頭がベルナール、フランソワ、カッチ、おや、あの子はキキだ。大きくなったなあ」

「ク、クルトン。いつ帰ったの？　ねえいつか、か……」

先頭を駈けてきた、九つか十ぐらいの少年が、せきこんで喋り、言葉に詰り、それが自分でおかしくて笑い出した。ほかの子もはあはあ肩で息をしながら陽気に笑った。いかにも身綺麗な美しい子供たちである。

コバヤシも微笑した。実際、フランスの子供たちというのは、どうしてこう可愛いのだろう。色が白いばかりではない。いかにも整った幼い顔立と均斉のとれた姿態が、まさしく理想的な子供の肉体となっている。

子供たちは口々にクルトンに向って話しかけた。ベルナールはせわしなく、フランソワははにかみ、キキはカッチの真似をして。

「そうか、そうか。みんな元気だな。これがキキか。あの赤ちゃんがこんなに大きくなったか」

クルトンは末娘のキキを抱こうとした。キキはその手を払い除け、姉のカッチの後に隠れた。

「気をつけなさい。嚙みつかれるわよ」

カッチが注意した。カッチの真剣な小さな顔をクルトンは面白そうに見下した。（彼は猫背で下を見るのに都合のよい体をしていた。）やがて、どういう手管を使ったものか、彼はキキを抱きあげることに成功し、丸々としたお尻を目を細めて撫でていた。

今迄、大人のフランス人としか付合ったことのないコバヤシは、クルトンと子供たちのこの和やかな自然な交歓を感心して眺めた。彼は子供が嫌いではない。が、会話をすすめる初歩的なテクニックを知らないので、一人取残された形であった。するとクルトンが振返った。

「ねえ、きみ、ベルナールが何か日本のドクトゥールに用があるんだってさ」

「きみ、何か用？」コバヤシはクルトンの真似をしてきみ―ぼく《チュトワイエ》で話しかけてみた。これが成功したらしい。ベルナールは急に親密な態度で答えてきた。

「何か用って、あのね、ぼくたちね、日本のお話きいたの。幻灯も見たよ」

「ほう。誰から？」

「誰かって、ド、ドラボルド神父様から」

クルトンが説明した。ドラボルド神父というのは、ブーローニュ（カレーの近くにある海岸町）の出身で、日本へ伝道に行き、最近休暇で帰国した。で、この付近の小学校で日本についての巡回講演をしているものらしい。

「その神父様に会ってみたいな」

「ほんとう?」

「ほんとうだとも」

ベルナールは困った顔になった。神父に連絡する方法が思い付かなかったのである。兄のフランソワが助け船を出した。

「エスナール神父様に頼めばいい」

「そうだ」ベルナールは目をくりくりさせた。「ぼく、エスナール神父様に頼んであげる」

子供たちは、もう何の遠慮もなしに、柔い澄んだ声を張上げていた。アンニイはママとピクニックのオヤツをつくっている。パパはジュール叔父さんとお話中でゴキゲンだ。ピクニックにジャンマリーを連れていきたいがママが承知しない。車に乗る場所がないからだって……ところでジャンマリーは、あれ? どこに行ったんだ。さっきまで一緒にいたのに。子供たちは、芝生の果ての花壇のあたりに向って口を揃えて呼んだ。

「ジャンマリー。ジャンマアアアリイイ」

ベルナールが、力んで薔薇色に染った頰に愛敬のある雀斑を浮べ、分別くさく言った。

「またとうぼうした。なあに、そのうち出てくるよ。ジャンマリーはね、かれはね、うちきでね。ふひつようにうちきでね」

しばらくするとベルナールは目敏く噴水のほうを指差した。

「いた！」少年は力一杯走りだした。

「ジャンマリーよ」カッチが嬉しげにクルトンに頷いた。「ベルナールがジャンマリーをつかまえるわ」

「だめだい。ジャンマリーのほうが足が早いもん」

フランソワが兄らしく抗議した。この少年は、そういうとクルトンを見上げ、ぽっと顔を赤くした。白い薄い皮膚が今にも破れてしまうかと心配なほどの赤さである。

が、カッチはしきりと頷きながら前方に目を凝らしていた。長い睫毛の下で黒い沈んだ瞳がキラキラと光った。

「ほうらね」

そういうと、カッチはクルトンに大きく頷いてみせた。

五十メートルほど先のマロニエの幹の間からベルナールが一人の大柄な少年の手をひっぱり、道に現われた。大柄な少年はこちらに来るのが嫌らしく、何とか手を振切ろうともがいた。が、そのたんびにベルナールにきつく引摺り戻された。

「こんにちは、ジャンマリー」

クルトンが手を伸ばした。少年は脅えて飛退き、ベルナールにつかまれた手をくねらせた。

しかし、どうしても逃げだせないとわかると、軛につながれた従順な動物のように俯いて足先で地面を擦り砂利を転がした。

「かれは、とてもうちきなの。ふひつように」

ベルナールが笑った。フランソワとカッチも笑った。すると少年もつられて笑いだした。まあ何という美しい少年だろう。小さすぎる上っ張は汚れているし、破れて貧弱なズック靴をはいている。けれども、白い肉付のよい若々しい肉体は、いかにも形よく柔く弾力に充ちている。この少年のそばでは、さっき美しいと思ったエニヨン家の子供たちさえも、まだどこか温室育ちのひよわな未熟さを感じさせるほどだ。

「こんにちは、ジャンマリー」

コバヤシが言うと、少年はやっとのこと小さな声で「こんにちは」と答えた。

クルトンが耳元で囁いた。

「君、この子はね、君のニコルの弟だよ」

それから少年に言った。

「姉さんはどうしてる。家にいるかい」

「いるよ」

少年は俯いたまま答えた。しかし、ベルナールが手を放すや、ぱっと駈け出し、十数メートル先の木蔭に消えてしまった。

「だめだなあ」とベルナールは落胆して首を振った。そして、大人びた様子で「失礼ですよねえ」とコバヤシに言った。

アンニイが、ピクニックの用意が出来、両親とジュール叔父が車の中で待っていると知らせに来、子供たちが姿を消し、マロニエの葉蔭と無数の光の輪が砂利道の上で混り合い、生暖ったかな風が吹き……コバヤシは、それらの場面が眼前になめらかに転換していくのを感じていた。

「どうしたね。急に考えこんじまったじゃないか」

クルトンが肩をたたいた。

「そう。ちょっと酔ってね。ふらふらする」

「大丈夫。散歩しているうちにさめるさ」

クルトンは赤黒い皮膚の中央で白い歯を光らせた。そして風になびくように体をのけぞらした。彼も酔っていた。二人はわざと誇張した千鳥足で歩きだした。

病院の門前から麦畑の中の小道に入った。両側に色とりどりの花に飾られた藪が続き、やがてポプラ並木に隈取られた牧場が現われた。

クルトンは哀調のある曲を口笛で吹き、小声で唱い、ついに大声で唱った。少し嗄れた、しかし、さびのある声が曲の感じによく似合った。唱いおわると「カビリア地方の民謡だ」と言った。彼が戦場を思い出していること、彼地の荒れた風景と目前の美しい故国の田園とを比較していること、その感無量といった気持を、コバヤシは了解した。

「どうして君は負傷したんだい」

「戦争だよ」クルトンは肩をすくめた。

「つまり、どんな状況で負傷したんだい」

「FLN（民族解放戦線）の爆弾さ」

「で……」

「それでおわりだ。デカルト流にいえば明晰判明《クレール・エ・ディスタンクト》な因果関係だ」

「でも……」クルトンはそれ以上を語りたがらないとみたコバヤシは、側面から質問を試みた。

「FLNを憎んでいるかね」

「憎む？」クルトンは考えこんだ。コバヤシは、この問題が相手にとって重大な意味を持っていることを予感した。クルトンは、小川から飛び立った鳥を指差した。

「あれを見たまえ」

「燕か」

「いや雨燕《マルチネ》だ。くちばしが赤いだろう。ぼくがあいつを鉄砲でうつ。あいつは傷ついて水に落ちる。けれども、あいつはただ落ちるだけだ。何にも理解しないでね。ぼくを憎むことなんか金輪際なしに死んでしまう」

「でも、あれは雨燕《マルチネ》だよ。人間じゃない」

「同じことさ。軍隊では人間は兵士に、動物になる。ぼくは雨燕《マルチネ》だったのさ」

コバヤシは自分のききたい点が、そらされたと思った。元来彼は時事に疎いほうで、新聞をにぎわしているアルジェリア戦争も、コロンの陰謀も、FLNのテロ活動も、ドゴールの登場も、日常の殺人事件や交通事故ほどの重みをもってしか考えられなかった。戦争という殺伐な現象に本能的な嫌悪を覚えはしていたが、その理由もそれが彼の理解を越えた巨大で複雑すぎるものであるためであった。ただ彼は、闘う兵士、負傷者、死んでいく人間の《心理》には並々ならぬ関心を寄せていた。そうしてこういった個人的出来事は新聞には稀にしか記述されず、まして、それを経験した当事者に会うことはもっと稀なのであった。彼は、今、クルトンを《生還した兵士》として特別に意識していた。

「君は重傷を負ったんだろう」

「そうだ」

「そのう、ぼくのききたかったのは、重傷を負った君が、何か特殊な決定的な変化をこうむらなかったかということだ」

「それは変化したさ。しかし、君、変化しない人間なんていやしない。早い話が、人間の肉体だ。一瞬たりとも変化をやめない。皮膚のたるみ、脱毛、染み、内臓の疲労と老化……」

コバヤシは再び焦点がぼかされたと感じた。彼は相手を中途で遮った。

「でも、君の場合、その肉体的変化が急激に一時におこったんだろう。少くとも、もう前のようには世界がみえないということがありえないだろうか」

「ははあ、君が何をききたがっているか分ったぞ」クルトンはびっしり並んだ白い歯をみせた。

彼の体のうち、この歯だけが、健康で正常で、それ故にかえって無気味にみえた。

「みんながぼくを変ったという。ぼくを病気じゃないかと疑っている。ぼくはこれからも病人としてしか意識されないだろう。それは、もちろん、あの莫迦げた戦争のせいさ。そこには明晰判明な因果関係がある。しかしだ。ええと何だっけ。酔っぱらってるんで頭が働かない。そうだ。世界がどう見えるかってこと、精神の問題だね。これは正直なところ、変っていない。ぼくは以前と同じように、病的な目でしか世界を見ない。こういってよければ、ぼくの病的な精神は、ぼくの病的な肉体の中に、今、すこぶる具合よく住んでいるのさ。実に具合がいい。実に快適だよ」

「だとしたら……」そう言いかけて、コバヤシは牧場が終り、サンヴナンの村の裏側が、うずくまった猫のような教会堂の後陣が、ゆっくりと近付いて来るのを眺めた。村の墓地、あの七百年もの間、整然と繁殖してきた墓石の集団、そのまざまざとした情景が不意に彼の脳裡に浮び上ってきた。それは、この土地に来た最初の日、夕日に映えた村や病院を見たとき覚えた、あの青黒い沼地の底で醱酵しては消えていく微生物の感覚に直接つながっていた。この世には二種類の人間がいる。墓地や沼地を作るために存在し、静かに消えていく人と、それらから、はじきだされて存在しながら、しかも墓地や沼地と関係を絶つことの出来ない人、それらから目をそむけることが不可能な人と。例によってコバヤシは、その事を了解しただけで、考えてはいなかった。彼はただ、《われわれの世界にいる人》と《彼らの世界にいる人》の区別を漠然と感じたまでである。コバヤシは、われわれの世界にいた。そして、おそらくはクルトンも。それから……そう……ドロマールも。「だとしたらだね。君は……」適切な言葉が見当らなかった。そこでこの間から乱用している言葉を使ってみた。「異邦人だね。ぼくのように」

「異邦人？」クルトンは嬉しげに手を打った。「うまいこと言うね。そうだ。ぼくは異邦人だ」

「だから、戦争に行って負傷したことは本質的な問題ではない」

「うむ、またうまいことを言ったね。そうだ。その通りだ。ぼくが戦傷者であるということ、それは一つの象徴にすぎない。ただし、十九世紀風の心理主義を乱用するやつら、ぼくが戦争でひねくれたなんて思っているやつらには便利な説明用の道具なんだ」

「わかるよ。よく分る」コバヤシは、さっきから自分の尋ねたい点に、ついに到達したことを感じた。

「へえ、ほんとうにわかったのかね」クルトンは陽光に白い歯をきらめかせた。

「分ったとも。ぼくも異邦人なんだから」

「あ、そうか。君は日本人だったな。いやすっかり忘れていた」

二人は、教会堂裏の脇道から広場に出た。クルトンは歩度を早めた。酔っていると自称するわりにはしっかりした足取であった。

「どこへ行くんだね」コバヤシはクルトンの長い脚を追いかけるのに息切れがしてきた。

「まあ黙ってついて来たまえ」

ダンケルクへ向う国道は、村の北端でリス河にかかった鉄橋を越え、そこからまっすぐニエップの森を貫いている。その橋のたもとに自動車の修理工場を兼ねたガソリンスタンドがあった。クルトンは、シャッターを降した建物を横目に見、人気のない小路へ入った。蒼く湿った蔭の中で、窓枠につるされたチューリップの赤だけが奇妙に目立った。

「どこへ行くんだね」

「実は中古車を買おうと思ってね」

「だって今日は日曜日だぜ」

「だからこそ、ぼくのほうでは都合がいいというわけだ。まてよ、ここだ」

クルトンは、《ルノー代理店》の銅看板をみつけ、扉を押した。中は薄暗く、ぬるぬるした床に染みこんだ機械油の臭がぷんと鼻をついた。解体された車体と古タイヤの間から作業服姿の若い男が顔を出した。

「何です。あなたがたは?」

「車を買いたいんだ」

「休みですよ。今日は駄目です」

クルトンは笑いだした。「しかし、きみは働いてるじゃないかね。取次いでくれ」

男はスパナを片手に、二人の横柄な来訪者をじろじろ見た。逞しい大男だ。小さな目は白眼を露出した三白眼で鼻が大きい。見上げると漫画の悪漢の面のようだ。

「駄目だといったら駄目です」

「ま、そう言わないでパトロンに取次いでくれ。ドクトゥール・クルトンとドクトゥール・コバヤシが車を買いに来てるって」

「お医者さんですか」男は疑わしげに二人の貧弱な服装を吟味した。が、クルトンが重ねて押すと、渋々電話をかけた。そして「パトロンが会うそうです」といまいましげに言った。

案内に立とうとした男をクルトンが制止した。「いいよ。道はよく知っている」

工場は割合に広く、数台の車を同時に修理できる設備をそなえていた。隣はガラス張りの明るい陳列室で二十台ほどの新車や中古車がピカピカに磨かれて並べてあった。クルトンは物馴れた様子で、ワイパーに挿まれた貼紙と車とを見較べた。

「君も車を買わないかね」

「いや、車なんかいらないよ」コバヤシは部屋に充満している刺戟的なワックスの臭に閉口しながら答えた。「どうせ、ぼくはこの秋には帰国しようと思っている。それまでに仕事をまとめてね」

「そうだったな。君はそのために来たんだっけ。その仕事というのはいつ終るんだ」

「秋だ。十月頃の予定だ」そう言ってみて、コバヤシは、一昨夜まであれほど重大事とみなしていたフランス精神医学史に対する興味を全く喪失している自分に驚いた。《そんなことはありえない。まだ酔ってるんだ。否、酔はさめている。また偏頭痛だ。二日酔のぶりかえしだ》

と、同時に、病気が再発するのではないかという恐怖が胸をしめつけてきた。彼はこわごわ周囲を見渡した。何事もおこってはいない。クルトンは一台の車の運転席におさまっていた。

「なかなか、いい車だよ。値も手頃だ。どうだろうね、きみ」クルトンは、クラッチレバーをコトコト動かした。

「ぼくは車のことはわからんよ」コバヤシは興味なさそうに言った。

「免許は持ってるんだろう」

「持ってるけど、使ったことはない」フランス留学がきまったとき、友人のすすめで泥縄式に教習場に通った。が、それっきり車に乗ったことはない。パリでは車に乗るだけの暇も金もなかった。

「やあパトロンだ」クルトンは身軽に車から飛びおり、老人と握手した。頬と鼻が血で染めたように赤い、太った人物である。彼らは旧知の間柄らしい。老人は事務所でお待ちしていたと詫びをいい、アルジェリアからの無事生還を祝した。それからコバヤシに酒臭い息——察するところペルノー酒の匂いだった——を吐きかけた。

「日本のドクトゥールですな。まあサンヴナン中、あなたの噂でもちきりでしてな。大したことで、外国人のあなたがドクトゥールで、なにしろすげえもんで」

コバヤシは嫌々ながら握手した。彼は科学者と芸術家以外の人、ことに商人というのが本能的に嫌いだった。それにこのワックスとペルノーの混合臭。なにが《すげえもんだ》だ。この

《すげえもんだ《セ・テパタン》》はかつてサンタンヌでスペイン人が言った言葉だ。お世辞はまっぴらだ。《すげえ》なんかは、ドロマールの形容詞としてとっておいてもらいたい。

ペルノー酒の老人は、コバヤシの予想したとおりのこと、つまり全く意外さのない常套句で、中古車の効能をのべたてた。これなら掘出物ですよ。お安くしておきます。お買得ですな……クルトンが値段をきくと、老人は《アルギュス》とかいう中古車専門誌をひろげ、その売価は私の意志できまったのではないというようにすまなそうに答えるのだった。もちろん、一割引にはいたします。詐欺師め！

「ぼくは帰るよ」コバヤシは出口に向って歩いた。

「待てよ！」クルトンが追って来た。「何を怒ってるんだね」

「あんな、あんな……」コバヤシは詐欺師というフランス語が思い付かずに「飲んだくれなんかまっぴらだ」と言った。

　クルトンはコバヤシに囁いた。

「いや、悪かった。もっと早く言うべきだった。あの飲んだくれはね、君のニコルの父親だぜ」

「それがどうしたの？」コバヤシは何も分らずに、悪魔のように薄くとんがったクルトンの耳朶を見ていた。

「だからさ、ムッシュ・デュピペルは、ニコル・デュピペルのパパだといったんだ」

「あ、そう。だからさ。ぼくは頭が痛い。え、なんだって？　きみ」

「やっと目が覚めたね。そうなんだ。だからさ……」

クルトンの奥深い病的な黒い目と健康すぎる白い歯が笑っていた。それは奇妙にちぐはぐな笑であり、悪意と善良さ、いたずらっぽさと真剣さを混合して——といってわるければ、その両面を同時に照明して——いた。コバヤシは、その一刻、クルトンの笑をまじまじと見詰めながら、突如として迷路に突落されたような戸惑いを覚えた。

「そんな吃驚したような顔をせずに、ぼくと付合えよ。いいだろう」

クルトンはコバヤシの腕をひっぱって、ムッシュ・デュピペルの前へ連れていった。

一時間ぐらい、あれこれ選んだり、試乗したりした末、クルトンは黒塗りの《ドーフィンヌ》の中古を買うことにした。彼の条件は二つあった。値段が格安なこと、エンジンがしっかりしておりスピードが出ること。そのドーフィンヌは、いかにも古ぼけて塗りがはげており、しかも事故車だということだったが、クルトンはそんなことに頓着しなかった。ニエップの森を百二十粁の高速でとばしながら、彼は「とにかくスピードが出る。気に入った。これにしよう」と決めてしまったのである。そこから引返すのかと思ったら、彼はそのまま北へ北へと車を進めた。

「デュピペルが待ってるだろうよ」

「いいや構わん。もう少し乗回してみよう」

村の入口に村名が大きく表示されてある。ステーンヴォールド、オートケルク、オンショート……多分フラマン語の地名なのだろう、読みにくい聞きなれぬ名前ばかりだった。そして、コバヤシの知っているサンヴナン近辺のくすんだ実用一点張りの外観と異なり、いかにも軽快で明朗な田園の風光が展開して来た。さかさまの箒形のポプラ並木の間から、それよりももっと緑の鮮かな麦畑が波うち、その爽かな緑の相間に赤い屋根で白壁の小ぎれいな農家が点在している。と、黄色い菜の花畑、葡萄のように蔓をコンクリートの棚にまきつけたホップ畑、縦横に平地をくぎった運河とその岸辺で船を曳いていく古風な小型電車……ついに、オランダの絵葉書でおなじみの風車がゆるやかな丘の上に現われたとき、コバヤシは思わずオオと喜びの溜息をついた。

「どうしたね」

「ねえ、きれいだ。とても」

「うん、きれいだな」

クルトンは車を停め、草の上で伸びをした。

「あと三粁でブレ・デュンヌだ。フランスの最北端だよ。それから先は、海だ。さて、帰るとするか。デュピペルの親爺さんが待ちくたびれているだろう」

帰途クルトンは、デュピペルの家庭について物語った。デュピペルの工場は村で唯一のルノー代理店として繁昌している。デュピペルの親爺さんは、腕ききの商人ではあるが、大酒飲みで娘のニコルとは仲が悪い。経済的には豊かで、行こうと思えば大学にも行けた彼女がああやって看護婦をやっているのも父親への当てつけのためらしい。弟のジャンマリーは、幼児期に、何か熱病を患って以来、頭の発育がおくれている。あれで、少くとも三回ぐらいは落第しているだろう。ニコルとジャンマリーが美しいのは母親の遺伝らしい。彼女はもう十年も前になくなってしまった。

何だか枠組だけの味気ない話ぶりであったが、それでもコバヤシは熱心に耳を傾けた。

「ニコルとデュピペルの仲が悪いってどうゆうふうに？」

「そりゃ一口じゃ言えないな。父親のほうでは娘を度の過ぎるほどかわいがっているし、娘のほうではそれをうるさがってる。そんな関係かな」

「それじゃ大したことはないね」

「まあ、そうかも知れん」

ニエップの森へ来た。クルトンはスピードをあげた。ピシッ、ピシッと虻や蜂がフロントグラスに潰れて貼り付いた。クルトンは高速に満足しきって急調子のマーチを口笛で吹きだした。

ふと、コバヤシは、クルトンがニコル一家の内情に詳し過ぎるような気がしてきた。もしや……考えてもいなかった疑惑が重苦しく胸の底でくすぶりだした。しかしよく反省してみると、すでに内勤医宿舎《アンテルナ》でニコルの話をしたときから、いやジャンマリーに会ったとき、あるいはデュピペル老人がニコルの父だと知ったときから、つまりずうっとそんな疑惑がくすぶっていたようにも思えるのである。

「どうして君は……」コバヤシは言澱んだ。「君はぼくをデュピペルの親爺さんに紹介したのかね」

「車を買うためさ。いや、君に車を買わせるためさ」

「なぜ？」

「簡単なことさ。彼は君のニコルの父親じゃないか」

「なるほど……」

クルトンの例のちぐはぐな微笑をコバヤシは善意に解することにした。賭だ。変な疑惑はどこかへしまいこんでおけ。リス河の鉄橋の上で車が大きくバウンドした瞬間、コバヤシは、快活に叫んだ。

「よろしい。ぼくも車を買うことにする」

第三章

1

コバヤシは中古のルノーを買った。ということは彼には特殊な意味をもっていた。

第一は、帰国の時期が伸びるということである。彼は大切に保存してあった日本までの帰国旅費を車の代金で使い果してしまった。病院内に住みこんでいるかぎり一切の生活費はただであったから、月々の給料を溜めればよいものの、そうしたところで帰国できる日は予定よりも六カ月ほど先へ伸びることになるのであった。

第二は、車輛整備やらガソリンやオイルの補給やらで、繁々とニコルの家に近付くことができるようになったことである。といっても、それは文字通り近付いただけであって、当のニコルはガソリンスタンドや工場にはめったに顔をみせず、たまに顔をみせてもデュピペル氏や雇人たちの前で何か特別なことを話すこともできなかったから、はじめの思惑とは大分ちがった結果となった。

ニコルとは毎日、病棟で顔を合わせた。が、それは飽くまで職業上の接触であって、それ以上の何の進展もみられなかった。午後になると極度に心ぜわしくなり、コバヤシはじっと机に向うこともできないまま、車を駆って付近の田園を巡った。そんな有様の中で、一つの確固とした信念が次第に自覚されてきた。《ぼくはニコルを愛している。彼女なしには何もかも無意味だ》そして夜になると、荒々しい《欲望の発作》に苦しめられた。コバヤシは、ベッドのスプリングを軋ませ、枕を抱いて、何か叫び出したいような急迫した気持で、悩ましい時間を過すのであった。

隣室にはクルトンとカミーユがいた。が、何と奇妙な男女であったろう。同じ部屋に住みながら、まるで他人同士のように暮しているのだ。朝だけ二人は一緒に出勤する。クルトンはマッケンゼンの病棟へ、カミーユは車に乗って患者の家庭を訪問しに……午後、大抵カミーユが先に帰ってくる。クルトンは正規の勤務時間ぎりぎりまで――つまり午後五時まで――病棟で働いている。帰ってくると、白衣を着換えてさっさと外出してしまう。そして、夜半か明け方、酔って乱れた足音高く帰院する。しかも、日曜日になると今度はカミーユが一人で終日外出し、クルトンが居残るのである。

彼らには、フランス人らしい、率直な愛情の表現が全然みられなかった。ブノワはラガンを誰彼の前で平気で抱擁するし、時には濃厚な愛撫さえやってのける。ヴリアンは当直の夜、夫人と部屋に入った直後、廊下にまではっきりそれとわかる物音——ベッドのはずむ音、時には急迫した喘ぎ声——をたてる。ところが、クルトンとカミーユはお互に手を触れるのさえ嫌がっているかのようなのだ。話題を喪失した老夫婦のように、彼らはひっそりと——否、相互に無関係に——生活していた。

クルトンがいないので、夕食の席へは、カミーユ一人だけが現われる。ほとんど一同の会話には加わらない。で、どうしても彼女のまわりに、淋しい陰気な気配が漂ってしまう。それは、彼女の境遇や寡黙な態度のみならず、その黒っぽい外観にもよるのだ。黒褐色の、油に濡れたような髪がぴったりと角張った頭に貼付き、どちらかというと浅黒い顔の両側に垂れている。この地方の女たちが常用する黒い喪服さながらのワンピースは、清潔ではあるがいかにもやぼったい。顔は美しいし、笑ったときは、娘々した柔い線が唇から頬に走り、艶やかで魅力的な輝やきをみせる。が、それも一瞬で、口をむすぶやいなや、何か人を寄せつけない挑戦的ないかつい感じが、表情のどこかに薄日のような影をつくってしまうのだ。コバヤシは、カミーユを見るとよくダ・ヴィンチのモナ・リザを連想した。

この頃、あらゆる女性をニコルと比較せずにはおれないコバヤシにとって、カミーユは、異性ということを意識せずに眺められる珍しい若い女であった。で、食卓では努めて彼女のそばに坐ることにしていた。二人とも何も喋りはしない。が、彼女と自分が何となく、彼らとは異質な存在であることが、コバヤシの心をくつろがせるのであった。

い、彼らは相変らず騒々しい《陰謀団》を形成していた。六月中旬に行われる《メディカ》がもっぱら関心の的なのである。ラガンはまだ若すぎ、ブノワは自信がない。そこで今年運試しをするヴリアンの勉強を助けるという名目で寄集っていた。或る日、ドロマールの発案でコンクールの模擬が行われた。もちろん、ヴリアンが受験者で、医長連が審査委員になった。

その日の午後、会場の閲覧室に、病院の全医師が集った。正面にドロマール、エニヨン、マッケンゼンの三医長、その前にヴリアン、傍聴席には、ブノワ、ラガン、クルトン、エニヨン夫人、コバヤシの内勤医全員が坐った。

面々の顔ぶれが揃ったところでドロマールが右手をあげパチリと指をならした。それを相図に、ヴァランチーヌとニコルに前後をはさまれた患者が入室した。ドロマールがストップウォッチを押し、診察が始った。

ヴリアンはさすが緊張し、すでに汗ばみながら、患者に向ってとってつけたような微笑をつくり、老練な精神医らしい形を演じていた。

「あなたのお名前は？　その、ここに居るのはみんなお医者さんですから、別に心配しなくてもいい。で、あなたのお名前は？」

「マドモワゼル・リフラール」

「おとしは？……」

「………」

「これは失礼。それでは、その、あなたはいつ入院しましたか」

「…………」

「それでは、なぜ入院したか、わかりますか」

「…………」

「なにかあったからでしょう。それでは、うかがいますが、あなたは病気ですか。つまりどこか悪い？」

マドモワゼル・リフラールは沈黙した。ヴリアンは何とか喋らせようと患者の横に椅子を移動させ、その顔をのぞきこんだ。患者は化石したように動かない。まばたきだけが彼女が生きていることを証拠だてていた。

リフラールはコバヤシの患者である。いわゆる慢性妄想病者《デリラン・クロニック》で、病室内では模範的な——つまり従順で物静かで、昔お針子だった技術を生かして他の患者の作業を指導する立場の——患者であった。模擬コンクール用の患者として彼女が選ばれたのは、ヴリアンが患者を知らないという理由のほかに、彼女がきわめて人当りよく、《よく話す》患者であったからだ。一見正常人と変らない彼女の内側に匿れた病的な被害妄想をききだすこと、それがヴリアンに課せられた使命なのである。

しかし、ヴリアンは最初からつまずいたようだ。彼の禿頭に吹出した吹出物のような汗と、憐れな切ぎれの低音と、沈黙を続けるリフラールの硬い姿勢がそれを物語っていた。

ドロマールは無表情にストップウォッチに見入っている。エニヨンは自分の内勤医の不手際に不満なのかしきりと尻の位置を変えて椅子をミシミシさせ、マッケンゼンは眠ったように目を閉じた。そしてコバヤシは患者の後に立っているニコルを食入るように見詰めていた。どうしても返答をえられないので焦ったヴリアンは、意を決して患者の肩をたたいてみた。

「ねえ、マドモワゼル。ぼくの質問が……」患者は、やにわに肩を引き、のけぞりながら立上った。ニコルがそれを椅子に連戻した。

「さあ、こわがらないで、ルイーズ。この方はドクトゥールなのよ。いつも私にお話しするつもりで、答えてごらんなさい」

するとエニヨンが鋭く叱責した。

「看護婦は黙って！　今は、ドクトゥール・ヴリアンだけに発言の権利がある」

ニコルはさっと赤くなった。コバヤシは自分自身が叱られたように顔に血がのぼるのを感じた。その一刹那、リフラールが椅子を倒してとびあがり叫びだした。

「もうたくさん！　なんだって皆さんは、わたしを見世物にするんです。おんなじ質問をばっかみたいに繰返してさ」

亢奮した患者は、支離滅裂に喋りまくり、ニコルを突除け、出口に駈けだそうとした。すると今迄スイスの番兵式に直立不動の姿勢でいたヴァランチーヌがひょいと振子のように手を伸ばして患者の腕首をつかみ、部屋の中にぐいっと引戻した。その、あまりに鮮かな早技に患者も驚いたらしい。急に喋りやめ、当惑したように周囲を見回した。中腰になったヴリアンは安心して腰を降し急いで記録をとりだした。今の突発的亢奮は明らかに彼に有利だった。少くとも錯乱状態と思考障害と被害妄想の要点はつかみえたはずだ。

意外にもマドモワゼル・リフラールの目はコバヤシのところで止った。生気のない曇った目に不穏な光がさしこむ――コバヤシは自分の受持患者の目についぞ見たことのない激しい敵意を見てとった。

「お前だ。お前みたいなきたならしい黄色人種がわたしを駄目にする。お前が医者だって？なにさ、女みたいに毛のないくせに。知ってるよ。お前は男じゃないんだ。くやしかったら黄色い子供でも生ませてみりゃいい」

彼女は後からあとから淫猥な侮蔑の言葉をコバヤシになげつづけた。が、コバヤシは努めて平静を装い、その努力のため、もう何もきいていなかった。《たかが狂った患者の言葉じゃないか。誰も本気にとりはしない》そう自分に言聞かせると同時に、《精神病者というものは、正常人のひそかにいだく観念を異常に拡大するものだ》という知識が彼を苦しめた。火のないところに煙は立たないのである。《ニコルがきいている。みんなどうしてやめさせないんだ。みんなどうして黙ってるんだ。あのヴリアンの奴はどうして落着き払って速記してるんだ。あ、やめさせてくれ……》その時リフラールの声が耳に入った。「みんな言ってるよ。マドモワゼル・ラガンの時は良かったって。その時は良かったって。お前の患者じゃ恥ずかしくってとってもやりきれないとさ。本当だよ……」

その一分か二分のあいだ、コバヤシは人々みんなの視線が自分に注がれていると感じ、その場にいたたまれぬ思いをした。けれども、リフラールが鋒先を変え、今度はブノワを攻撃しだしたこと、彼女の言葉が彼が聞き取ったよりも存外にまとまりを欠き到底一貫した意味を持たないことを悟ると、自分が平然とした態度をとり、医師の高みから患者の病気を見下しえたことに満足した。そうして自分の心の中に弱点が――医学でいうLocus minoris resistentiae――があり、その点に触れられることに極端に敏感に反応しすぎることを反省した。

何事もおこらなかった。ニコルも顔色一つ変えなかった。彼女は、患者の混乱した言語を聞いただけで意味などわかりはしなかった。《そうだ。これが例の病気なのだ。ぼくだけが、ぼく一人だけが何かを怖れている》

患者の亢奮はますます激しくなった。もうヴァランチーヌとニコルの力だけでは及ばず、数人の看護婦が総掛りで患者の腕を押えつけねばならなかった。その前でヴリアンは、なすすべもなく、しかしうわべは冷静を装って記録をとっている。それはいかにも見世物めいた醜悪な情景となってきた。

ドロマールが顔をあげ、右手で合図した。

「あと五分だ。ヴリアン。それから別室でリポートを作成したまえ」

ヴリアンは会釈した。彼は実は困惑しきっていたのだ。なるほど患者の錯乱状態は十二分に観察しえた。だが、この種の妄想患者においてもっとも重要な症状——過去から現在までの経過——については何一つききだしていなかったのである。

「マドモワゼル・リフラール。もう一度おたずねしますが、その、あなたが入院した理由はなんですか」

またしても型通りの質問である。亢奮患者には立上って大声で話しかけるべきなのに、彼は坐ったまま、間のびのした低音で訊ねたのである。患者は質問を無視し歯をむきだした。そして看護婦たちの隙をみると、机上からヴリアンのノートをひったくり投げ捨てた。看護婦たちが一団となって机に倒れこみ、インク瓶が転がり落ち、インクまみれの憐れなヴリアンが悲鳴をあげた。ドロマールが苦々しげに叫んだ。

「患者をつれて行きたまえ。何ということだ」

それからどうなったかコバヤシは知らない。彼は、看護婦たちのあとを追って病棟へ急いだ。ヴァランチーヌの指示で看護婦二人が躍起となって患者に拘束衣《カミソール》を着せようとしていた。患者は抵抗し、唾を吐き、悲鳴をあげて荒れ狂っていた。丁度そんな騒ぎの最中にコバヤシは来合わせたのである。

《あの、おとなしい患者が、どうしたことだ》一歩、近付いてみた。すると患者は煮湯でもかけられたように一層激しく暴れ、危く、ベッドの鉄枠に頭をぶつけそうになった。

「どいて下さい。ドクトゥール」

ヴァランチーヌは、いかにも邪魔だというようにコバヤシを肘で押し、拘束衣《カミソール》を持って待機していたニコルに「ラルガクティルの五十ミリグラムを筋注、いそいで」と命じた。そして、ニコルが注射器と薬をとりに去ると、言訳がましく「医長先生の指示です。亢奮したときはラルガクティルを注射するように」と言った。

とっさに、自分でも思いがけない強い言葉がコバヤシの口から飛出した。

「さあ、手を放して。みんな部屋から出てもらいたい」

看護婦たちはすぐにはコバヤシの命令に従わず、ヴァランチーヌの顔色をうかがった。それがコバヤシの癇に触った。

「放せといったら、放すんだ。そしてみんな出て行きたまえ」

「しかし、ドクトゥール」ヴァランチーヌが批難の目付で睨んだ。「医長先生が……」

「かまわん。とにかく、ぼくとマドモワゼル・リフラールの二人だけにしてくれ」

ふと、あの感覚、憲兵を言含めたときの、昂揚した気分が復活した。どこかの半透明な別世界から、すぽっと明確な現実世界に落ちて来た、あの気持である。彼は、自尊心を傷つけられた尼さんの手負猪のような身のこなし、看護婦たちの驚きの表情、そして——これが最も重要なことだったが——不意に身じろぎをやめたリフラールの好奇のまなざしを、ありありと意識した。

「出て行きたまえ、みんな。あとはぼくがやる」

二人きりになると患者は顔をそむけた。が、暴れ出そうとはしなかった。コバヤシは力を得て、話しかけてみた。

「マドモワゼル・リフラール。ぼくは後悔してますよ、あなたを、あんな場所に連れだしたことを」

患者はちらっと視線を走らせたがすぐ傍を向いてしまった。天井をにらんでいる頑なな横顔が枕の上にあった。しかし、その顔の中には、もう荒々しい狂乱のきざしは見られなかった。コバヤシは辛抱強く待った。《彼女は迷っている。こういうとき何かを尋ねてはならぬ。待つんだ……》

三十分ほどした頃、リフラールはにんまりと笑い、上目遣いにこちらを見た。

「どうして、あなたはそこにばっかかみたいに立ってるんですの?」

「あなたと話がしたいからですよ」

「おかしなひと」

彼女は枕に顔をうずめてくっくと笑いこけた。笑いやめると、今度は身を起して真正面からコバヤシを見詰めた。そして唐突に「ジュールは来るかしら?」と言った。

「来ますよ。安心しなさい。ジャックが連れてきてくれますよ」

彼女はマドモワゼル——つまり公的には独身者——だが、ダンケルクに二人の息子がいて日曜日ごとに面会に来た。長男のジャックは、頰髯と日焼けした皺だらけの肌のため三十ぐらいにみえたけれど、まだ十九歳の漁師であった。弟のジュールは十ぐらいの子供で、母と兄のまわりを無邪気に走り回っていた。彼女は、子供たちの来院が唯一の楽しみで、子供たちのために靴下やセーターを編み、縫包み人形や布細工の財布をつくったりして日を過していた。

「わたし、すぐ働かないと。ジュールのセーターがまだできてないわ」

「心配しなくてもいい。間に合います。次の日曜日までには、あなたの腕なら……」

「そうね」

リフラールは枕に頭を落し、すっかり安堵して目を閉じた。そのセーターというのは冬向きの厚手のもので、これから夏に向う今の季節に急いで仕上げる必要は毛頭なかったのではあるが。

次第に頬の病的な赤らみが消え、怒張して不自然な笑をつくっていた顔面筋が和み、彼女が目を開くまでの数十分、コバヤシは立ったまま待った。何も考えなかった。ただそうしなければならぬという義務感だけが彼を駆立てていた。

彼女は彼を認めた。そこには気持のよい驚きの表情があった。

「気がつきましたね」

「ああ、ドクトゥール・コバヤシ。わたしどうしたんでしょう」

「何が起ったか、思い出してごらんなさい」

「いいえ、何もおぼえてません。何も……」

「それでいいのです」

コバヤシは微笑した。彼は彼女を、フランス人でも白人でも、まして彼らの一員でもなく、単純に患者と、といって悪ければ《病める人間》として見ていた。そして自分は日本人でも異邦人でもなく、ごく単純に医者であった。今迄そうでなかったということで彼は自分を責めた。と同時に、この単純な関係の発見は非常な喜びを彼の心に湧出させた。

「ちょっと、誰か！」彼はドアを開け看護婦を呼んだ。偶然のようにニコルがそこにいた。

「ああ、きみ、マドモワゼルの体を拭いて着物とシーツを取替えてやりたまえ」

「はい。ドクトゥール」

数分して戻ってみると、すっかり身ぎれいになったリフラールの乱れた髪をニコルが熱心に解いていた。

「そう、それでいい。大変具合がいい」

ニコルは仕事を終え、《その次は何をしましょう？》と言うようにコバヤシの顔色を窺った。

「今日は少し休ませたほうがいい。明日からは作業をやらせても大丈夫でしょう」

「はい」

やがて、寝息を立てはじめたリフラールを残して、二人は忍び足で病室を出た。

廊下には誰もいない。コバヤシは何かを言おうとして言出せないでいた。するとニコルのほうから話しかけて来た。

「どうやってあの患者を鎮めましたの」

「ただ待っていただけだ」

「なにを？」

「あの患者が鎮るのをさ」

「不思議ですわ」

「なにが？」

「あなたっていうお医者さんがです」

「ねえ、ニコル」

そう呼びかけておいて、コバヤシは何を言っていいか分らず顔を赧らめた。そして、《マドモワゼル》を付けずに彼女を呼んだことに気付き、増々赤くなった。具合の悪いことに、彼女はそんな彼をじっと見上げていた。

「その、あなたは不思議な看護婦です」彼はやっとふるえ声で言った。

ニコルは笑いだした。

「なぜ、なぜ笑うのです？」

コバヤシはどぎまぎした。

「だって……」ニコルは笑を押殺した。「だって、おかしいんですもの」そして又笑った。その可愛い、朗かな笑をきいているうち、コバヤシもつい吹出してしまった。ヴァランチーヌが廊下の端から訝しげな顔を突出した。

「御免なさい。ドクトゥール、笑ったりして。あなたは立派なお医者様です。それなのに、あんまり遠慮深いから……つい……」

「遠慮深いのはぼくの性質です。でも、それは悪い性質です。これから直さなくっちゃなりません」

「なぜですの?」

「だって、あなたが笑ったように、それは滑稽な性質だからですよ」

「あなたは、もう遠慮深くはありませんわ」ニコルはヴァランチーヌが近付いて来たので声をひそめた。「さっき、あの尼さんを勇敢にやりこめたじゃありませんか」

「それはそうだ」

二人は、太った看護尼に目礼し、それからちらりといたずらっぽく目を合わせた。

ニコルと別れ、コバヤシは軽快な足取りで渡り廊下を歩いた。患者たちが三々五々散歩している。自分が医者でニコルが看護婦であるということ、この職業的関係を何かの障碍のように考えていた……いやそれはとんでもない間違いなのだ。障碍はむしろ自分が医者になりきっていず、従って看護婦としてのニコルを何か余計なもの、不都合なものと考えていたことにある。《ニコルが看護婦になったのは大酒飲みの親父さんへの当てつけのためさ》と、クルトンは言った。しかし、彼女が当てつけのため看護婦をやっているなんて、どうして証明できよう。彼女は看護婦として美しい。そして、このぼくも医者になりきったとき男らしくなるだろう。コバヤシは患者たちに微笑みかけた。すると思いがけなく、彼女たちが口々に「ボンジュール・ドクトゥール」と挨拶してきた。

車椅子につかまって、よろめき歩いていた中年の患者にコバヤシは声をかけた。

「大分、歩けるようになったな。なかなかうまい」

「メルシー、ドクトゥール」

彼女はアルコール中毒である。夫の死後、朝昼白葡萄酒に耽溺し、ついにアルコール性多発神経炎で足腰が立たなくなった。入院してからは、神経炎は回復しつつある。問題は、彼女の精神的立直りである。子供のない女にとって、夫の死の傷手から抜け出る道は、何かの希望を持つこと以外にない。その希望を与えるのは医者の仕事なのである。これは難問である。しかし解決してやらねば、彼女は退院できない。《リールにいる親戚というのを、マドモワゼル・タレに調査してもらう。そこから手掛りがえられるかもしれない》

「しかし、あなたは良くなったな」

コバヤシは、彼女が入院直後、アルコール禁断のため急激におこした振戦譫妄《しんせんせんもう》の発作を思い出した。その夜、彼女は無数の小動物の幻覚を見、大量の汗をふきだし、熱病やみのようにふるえたのである。彼女の命は危かった。振戦譫妄の発作中にショック死する患者が多いのである。彼女の命を救ったのは、ヴィアドリールという新薬と、一晩中つきっきりだったコバヤシの慎重な看護のおかげである。

「メルシー、ドクトゥール」

彼女は、一歩一歩を確かめるようなあやふやな足取で車椅子を押していった。

大広間では、《作業療法》の最中だった。テーブルに輪になった患者たちが、十組ほどのグループにわかれて、レース編み、裁縫、刺繍、紙細工、アイロンかけなどをやっている。点々と白いのは指導員の看護婦である。時ならぬ医師の出現に気付いた患者たちは習慣に従って起立しようとした。コバヤシはあわてて「そのまま、そのまま」と制した。急に雰囲気が変った。医師の存在を意識するということで、患者たちの間に、《見て下さい》というような緊張が生れたのである。テーブルからテーブルへと移動しながら、コバヤシは、その引締まった空気をむしろ快いものとして味わった。考えてみれば、午後の病室を見たのははじめてなのである。ドロマールの廻診で大ざっぱな治療方針が出される。あとはコバヤシが具体的な指示を与える。むろん回復期の患者には《作業処方箋》を切る。しかし、実際の作業は看護婦にまかせっきりで、作業療法の効果は看護日誌から推測するのみであった。《いままでぼくは怠惰な医者だった。それはよくないことだ。大変によくないことだ》コバヤシは、このところ午後の時間を退屈と焦躁とで、結局無駄に過して来たことを恥じた。《日本にいたとき、ぼくはこんなではなかった。終日、病室に籠ったものだ。エニヨンやクルトンのように。留学生——見物人——として暮したこの二年間に、ぼくの感覚はなまってしまったのだ。いや、それはよくないこと

だ》
ふと彼は、片隅のテーブルで布切に力一杯木版を押している患者の動作に興味を持った。それはカーテンの絵模様のプリントなのである。患者の手の下から現われた模様は、どうみても《林小》と読めた。指導看護婦が口をすぼめ肩をすくめた。彼女は、あの最初の日、漢字で姓名を書いてやった看護婦の一人であった。彼女はおどけた手付で大広間のカーテンを指差した。赤白縞の白の部分に、自分の名前がさかさまに黒く連なっているのを見て、コバヤシは思わず笑いだした。

「上出来だ。ほんとにきれいだよ」

隣のサンルームは、天井が傘型のガラス張りとなっている八角形の部屋だった。ここは、作業療法にまだ出せない新入の亢奮患者や、どうしても病状の改善がみられなかった末期の分裂病者を収容してあった。患者たちは生簀に群居る魚のように室内を歩き回り、あるいは貝のようにうずくまり（終日、同じ姿勢で動かない患者もいる）、いかにも雑然とした有様である。

年輩の看護婦が腰の鍵束を鳴らしながら駈寄って来た。

「ドクトゥール。何か御用で？」

「そう。何か変ったことはないかね」

コバヤシは目の前で、しきりと足踏みしているイタリー人の老婆のよく動く口に目を止めた。老婆は浅黒い顔をゆがめ、舌を出したり引っこめたりし、何かを咀嚼している。それは、高単位のフェノチアジン系薬物を長期間使用したときにおこる舞踏病様の副作用なのである。老婆の腕を曲げてみると、蠟のように硬く、全身がおこりのようにふるえている。《薬の使い過ぎだ。ところで、この老婆の名前は？　いや、いったい何の病気だったかな？》

「この人の名前は」

「マダム・ガボリオです」

「ああ、そう、ガボリオだったな」

「ね、きみ、ちょっとマダム・ガボリオの病歴をとってきてくれたまえ」

「はい。ドクトゥール」

看護婦が戻ってくるあいだ、彼はサンルームの周囲の各辺に一つずつある八つの《保護室》をのぞいてみた。最近マルチニック島から来たばかりの躁病の黒人が小窓から顔を出した。

「ドクトゥール。ここから出してよ」

「あれ？　きみはまだ入ってたのかね」

「ひどいわ。わたし好きで入ってるんじゃありません。先生が入れたんじゃないの」

「そりゃそうだ」コバヤシは苦笑した。

この黒人は、入院したとき陽気に歌ったり踊ったりし通しで、他の患者の迷惑になるため、とりあえず保護室に隔離しておいたまま忘れていたのである。

「大分おとなしくなったね」

「ええ、わたしもう正気です。ここから出してよ」

「入院したときのこと、覚えているかね」

「あのときのこと？　いやだわ。恥ずかしい。わたし酔っぱらってたみたい」

「あれが、きみの病気だよ」

帰ってきた看護婦に命じて、マルチニック島の黒人を解放してやると、コバヤシはマダム・ガボリオを診察室に呼んだ。それから続けさまに数人を診察した。その日、彼は珍しく夕方まで病室で働いた。

翌日からコバヤシは午前中の《義務》を済ませたあと、彼らがコーヒーをのんで雑談しているうちに、再び病室へとって返すことにした。夕方まで、時には夜も診療する。あれほど閑で退屈だった時間が急にぎっしりとした日程でつまってしまい、いくら時間があっても足りないように思えてきた。

Ａ一病棟には百人ほどの患者がいた。週六日働くとして、一日に七、八人を診ても一人の患者を二週間に一度診れるだけである。精神科の診察というのは、問診が主であるから、一人の患者を詳しく診ると最低三十分はかかる。新入患者だと二時間も三時間もかかってしまう。従って良心的な《濃厚診療》をすれば、たとえ勤務時間が倍あったとしても足りないのである。コバヤシは、今迄の自分を棚にあげて、彼らが午前中しか働かないのを奇怪なことと思った。それとともに、エニヨンやクルトンが一日中病室にいるわけも理解できるようになった。エニヨンのB診療部はヴリアンが試験勉強で忙しく、夫人のスザンヌは子供の世話にかまけて申し訳程度しか病室に顔をだせない。エニヨンは自分一人で仕事を進める以外に手はないのである。マッケンゼンのC診療部はもっと事情が悪かった。この病身の女医長は、気がむくと一時間ほど病室にでむき、必要最小限の仕事をすると、自分の公舎に《絶対安静》と称して閉籠ってしまう。クルトンは三百人の患者を一人で引受けているようなものである。そして、コバヤシの感心するのは、この過重労働に対して、エニヨンもクルトンも不平一つ言わず、むしろ喜んで働いている様子がみえたことである。コバヤシは、自分がこの国に来てからの勉強方針が、全くの誤謬だったとはいえないにしても、何かあまりに一面的すぎていたことに気が付いた。《精神医学史も結構、精神薬理学も結構、でも、それが医学である以上、病気を癒すという点に力点があるのだ。そして、医学をつくるのは医者の仕事だ。もっともっとこの国の医者について学ばねばならない》そう考えて、彼は医者としてのエニヨンとクルトンに興味を持った。

ロベール・エニヨンは、ドロマールとまたちがった意味で、学者であり医者であった。大の勉強家で最近の精神医学、ことに治療法や病院管理法の文献には精通している。コバヤシは、エニヨンの病棟を見学に行き、その明るい整然とした病室と活気に充ちた雰囲気と高価な治療器具が所狭しと並べてある壮観に圧倒された。サンタンヌの病室などより、よほど近代化されている。

「どうだね」案内を終えたエニヨンは誇らしげに肉付のよい肩をそらした。

「大変、近代的《モデルヌ》だと思います」

ところがエニヨンは不満げにこちらを睨みつけた。

「いいや、きみ、近代的《モデルヌ》じゃあない。現代的《アクチユエル》だと言ってほしいね」

「なるほど、大変に現代的《アクチユエル》ですな」

エニヨンは、ヒッヒと鋭く空気を切断するように笑った。それはつい、こちらも誘いこまれるような、あけすけに快活な笑い方であった。

エニヨンは白衣を嫌い、ペンキ職人のようなジャンパー姿で病室内をぶらつく。それは、医者という権威を捨て、一個の人間として患者と平等な立場で話合うためである。彼が、家庭で大勢の子供たちに囲まれているように、嬉しげに近寄ってくる患者たちの中央で目を細めている。そんな姿をコバヤシは何度もみかけた。

エニヨンの現代的治療法は、確かに目覚しい成果をあげていた。院内で彼のところが一番退院患者が多く、従って入院患者も多く、ベッドの回転率が高いのである。このことは、彼をはじめ看護婦たちをいやがうえにも多忙にし、他方では病室内に生き生きとした熱気をかもしだしていた。退院患者のアフター・ケアー、入院患者の環境調査で、家庭訪問員《アシスタント・ソシアル》のカミーユ・タレは、ほとんどエニヨンの患者のためにとびまわっていた。コバヤシは、あの陰鬱なカミーユが、エニヨンのところでは、別人のように明朗でお喋りなのにも一驚した。エニヨンの強力な影響は、看護婦たちにも明白に及んでいた。彼女たちは、電気をかけられたようにきびきびと立回り、しかも陽気であった。

あらゆる科学と同じく、医学にも不能の領域がある。そのことをエニヨンとて知らぬわけではあるまい。しかし、彼は好んで光の当った明るい部分に目を向けていた。それだけでも為すべきことが山積されているのだ。ところで、クルトンは、逆に、暗い翳の部分に一層の関心を示していたといえよう。

或る日、コバヤシが診察に熱中しているところへ電話がかかってきた。精神薄弱者病棟の患者が一人食事をせず衰弱しているからどうしたらよいかと当直医としての彼に問合わせてきたのである。いつものように電話で指示するだけで厄介払いしようとしているうち、相手の声が急にクルトンの声に変った。

「なあんだ君か。声色を使っていたな」

「まあそう怒るな。ところでこんな場合、当直医としてはどうするね」

「いったい君は今どこに居るんだ」

「不潔病棟だ」

「そんなら、君が診てくれればいいじゃないか」

「そうはいかない。急患は当直医の仕事でね」

「わかったよ。今行く」

そしてコバヤシは、例の素裸の白痴を収容した保護室や、廊下と壁に浸みこんだ糞臭のほかに、大部屋につめこまれた《軽症》の精薄者たちの集団を見たのだった。それはまさしく見たのであり、それ以上の何かをしたいと思ったわけではなかった。医者というものは、重い病者をみると、それをどうにかして癒さねばならぬ義務感を覚えるものである。ところが、不潔病棟では、一目見たときから、あきらめを、まるで一般の人々が重病人に感じるような、重苦しい当惑感を覚えるだけだった。

　薄汚れた制服の彼らは、仄暗い室内で、青い虫のように無秩序にうごめいていた。ガラス玉をはめこんだように冷い不動の目、古ゴムのように弾力を失って開きっぱなしの唇、蝕まれた黄色い歯から石鹸水のような唾液が胸のあたりまで垂れている。そんな彼らの間から、意味のわからぬ動物の吠声に似た奇声が起っては消えた。

　壁側には木製の奇妙な椅子に患者たちが縛りつけられていた。この椅子というのは、尻の当るところに大きな穴があり、下に便器を挿入できるようになっている。腰から上は、袖の閉じられた拘束衣を着せられ、下半身は裸の患者たちが、椅子に腰かけて一列に並んでいる光景を、コバヤシは無感動に眺めた。彼は、わずか一、二分でこの場の異様さに馴れてしまった。《これはどうにも仕方がない。そうするのが当然なのだ》と、そんな気になってしまったのである。

「やあ来たね。当直医殿」

　隣室からクルトンが現われた。彼はコバヤシを、ユースホステルめいた二段ベッドの立並ぶ寝室にひっぱって行った。ベッドには一人の痩せ細った真白な少女が横になっていた。

「ジョゼットだ。病状を説明しよう」「いや、ぼくはいい。大体覚えている」

病棟づきの老いた看護尼が差出した病歴をクルトンは、コバヤシに手渡した。ジョゼットは脳性小児麻痺だった。以前からあった痙攣発作が三日前から頻発するようになり、今朝からはのべつに発作をおこし続けている。

「つまり、てんかん発作の重積状態だね」コバヤシは自信なげに、眠っている少女の白い顔を見た。

「そうだ。抗痙攣剤を大量に使ったが、効き目がない。これ以上は危険だ。心臓がもたないだろう。あっ、またおこった」

少女のほっそりとした美しい顔が、醜く痛ましくゆがんだ。歯をくいしばって叫び、ベッドからころげ落ちようとする。コバヤシとクルトンはベッドの両側から少女を押えつけた。発作は数分続いたのち一度鎮ったかにみえたが、すぐ再発してきた。少女の血の気のない皮膚は、これだけ暴れているのに汗さえかかず乾燥してざら紙のようだった。水分の不足なのである。三度目の発作の嵐が去ったとき、コバヤシはクルトンに言った。

「どうだろう。まず水分の補給だ。葡萄糖とビタミン剤を注射しておいて、脊髄液を抜いてみたら?」

「しかし、どうやって注射するね。こう絶え間のない発作じゃあねえ。ほら、またおこった」

「君が押えていてくれたまえ。ぼくがやってみる」

ところでこの不潔病棟には、十分な薬も脊髄穿刺針も備えられてなかった。それどころか看護婦すらいない。誰もこんなところで働こうという者がいなかったのである。篤志の老看護尼が三人夜昼泊りこんでいるだけでは、収容者の身のまわりの世話で手一杯で到底医療にまで手がまわらない。誰かが病気になると一応当直医の指示をあおぐものの、それは形式であって、実際には病人は放置され自然にまかされるだけであった。驚きあきれているコバヤシにクルトンが言った。

「そうなんだよ、君、これが現実だ」

看護尼の控室まで行き、電話でA一病棟の看護婦に必要な薬と器具を持って来るよう言付け、戻ってみると患者の容態はさらに悪化していた。といって、ただもう押えつけている以外に為すすべがない。ふとコバヤシの心に疑念が浮んだ。

「クルトン。君はずっとここにいたのかね」

「一時間前からだ。この病棟付の看護尼にとっちゃ、君よりまずぼくのほうが呼びやすかったんだろうね。ぼくは時々、この病棟に来てやるから」

「その一時間のあいだ、君は何もしなかったのかね。つまり何か処置をしようと……」

「したさ。抗痙攣剤を大量にうってみたと言ったろう」

「でもそれだけじゃ……」

「不足かね」クルトンは窪んだ小さな目をしばたいた。「たしかに不足だ。医者としては怠慢だ。ぼくは自分の受持病棟から看護婦を呼びよせることだって出来たわけだから。わかってるよ、君の疑問は。君は、ぼくがなぜ君を呼んだか知りたがってるんだ」

「そうだ。なぜだ?」

「それはだね」クルトンはぐったり仰向いている少女の髪を撫でた。「君の助けをかりたかったから、と言うと半分以上は嘘になる。君にこの病棟を見てもらいたかったというと、真実により近いが、それでも半分ほどは嘘だ。ぼくはね、ただ、君に来てもらいたかったのさ。そう、それだけだ」

クルトンは疲れたように言葉を切った。コバヤシは、それを弁解ととった。《要するにこの男は何もしなかったのだ。しようとする気力もなかったのだ。そして、面倒なことは当直医に押付けようとしている》

「できるだけのことは、やるべきじゃないか」コバヤシの言葉には強い憤慨がこめられていた。クルトンは首を傾げ肩をすくめた。このフランス人特有の曖昧な動作をコバヤシは腹立たしげににらみつけた。

看護婦が必要なものを持ってくると、コバヤシは、クルトンと看護婦に少女を押えさせ、注意深く、細い透き徹るような静脈に高調葡萄糖を注射した。小止みのない痙攣に邪魔されながら、ともかくも注射は成功した。心なしか発作が弱まり、蒼白い皮膚に血の気がもどってきた。

血圧と心臓の鼓動に注意し、少女が安らかな寝息をたてているのを見て、コバヤシは思い切って脊髄液を抜きにかかった。太い針を背中に刺し、脊椎と脊椎との狭い柔い部分の奥に針が到達するとすぐ、ポタポタと生暖い水が流れだした。この脊髄穿刺は、精神医となってから何百回も実施し、コバヤシの手技は完全な熟練の域に達していた。みていた老看護尼が「ほう！」と感嘆したほど、コバヤシの手並は正確で堂に入ったものであった。

この治療が効いたのか、少女の発作は消え、やがて目を開いて不思議そうにあたりを見回した。コバヤシは、老看護尼や看護婦の前で、医師としての自分の手腕を誇ることができた。そして、その看護婦がニコルでないことを残念に思った。

ところが、翌早朝に不潔病棟から電話があり、患者が死んだと知らせてきた。仰天したコバヤシは、隣室のクルトンをたたき起した。

「すぐ行こう。そんな筈はないんだ」

「何をそんなに、じたばたしてるんだ」

「患者が死んだんだよ」

「だから、死んだものを今さら診に行ったって仕方がなかろう」

「それはそうだが、何故死んだか知る必要がある」

「ジョゼットは死ぬべき運命にあったんだよ。あそこじゃ、こんなふうにしてたくさんの患者が死んだのさ」

「何だと」

コバヤシは、クルトンの落着き払った微笑みをにらんでいるうち睡気がとれ頭がはっきりしてきた。《ぼくも、あの少女が助からないことを何となく知っていた。それを強いて治療してみせただけなのだ。昨日、ぼくのやったことは全くのお芝居だった》そう思うと、吐気のような自己嫌悪がおこってきた。

「知ってたんだな、君は。彼女が助からないってことを……」

「まあいいじゃないか。もう一度ゆっくり寝たまえ。死んだものは仕方がない」

クルトンは、美しい歯をみせて欠伸した。そして、扉から顔を出したカミーユに手をふった。

「何でもない。死ぬべき患者が、死んだだけなんだ」

2

五月最後の日曜日だった。《母の日》の聖体行列《プロセッシヨン》が始まるところで、村の教会堂からは黒々とした正装の人々が流れだしていた。広場の中央では聖体拝受用の白装束をした少女と、左腕に揃いの白リボンを巻き半ズボン姿の少年の集団が、列を乱しうごめきながらも、一応の秩序を保っている。少年少女たちを黒白の昆虫の一団とすれば、片隅にひっそり並んでいる看護尼たちは黒い生籬であった。先頭のヴァランチーヌが、一際堂々とした恰幅で目立ったほかは、誰彼の区別がつかないほど同じ恰好同じ姿勢なのであった。

拍手がおこった。二列に並んだ幼稚園の幼児たちが登場したのである。男女とも、純白の短白衣を着け、造花のばらの花輪を頭に巻き、赤い帯をしていた。小さな両手で花びらを入れた籠を大切そうにかかえている。子供たちは、大人どもが身を開いて作った道を、緊張して歩きながら、きょろきょろと母親の姿を探し、見付けると安心してにっこりし、再び緊張した面持で歩いて行った。

大勢の村人に混って病院職員の姿がみえる。フージュロン院長夫妻、エニヨン夫妻、ベカール夫妻、ブノワとラガン、ヴリアン夫妻。この場にいない人々を発見するほうが容易なほどだ。ドロマールとマッケンゼン、それにクルトンとカミーユ、この四人はまずこういうお祭めいた場面に来る筈もないし、見当りもしなかった。方々から挨拶されて、それが看護婦たちであり、白衣を脱いで普通の服装になるとこうも彼女たちが美しくなるものかとコバヤシは感心した。彼は、誰彼に挨拶し、手を握りながら、目だけはそれとなく彼女を、ニコルを探し求めていた。

コバヤシが終日、病棟に籠るようになってから、もちろん彼はニコルと顔を合わす機会も多くなっていた。二人の関係は依然として職業上の接触を越えることはなかったにしろ、それは以前のようなぎこちないものではなく、どこか馴合のふざけたような調子が混入してきた。コバヤシは彼女をやんちゃな妹のように、ニコルは彼を世事にうとい兄のようにからかうのであった。自分が故意に求めてそんな状態になったのではない（少くとも病棟で終日過すということとは彼にとって真剣な別な目標があった）だけに、コバヤシは彼女とのこうした接近を快く思った。

昨日、何かの拍子に話がコバヤシの車のことになった。最近さっぱり乗回さず放置しておいたところタイヤがパンクしたということから、ニコルが如何にも修理屋の娘らしい聞きかじりの忠告をしたのである。

「車っての、使わないとすぐ駄目になりますよ。人間の体と同じですわ」

「ニコル（彼は最近平気で彼女を呼び捨てにしていた）、じゃ御忠告に従ってさっそく使うとしよう。明日、二人でドライヴしないかね」

ニコルはふと真顔になった。

「明日は駄目です」

「どうして」コバヤシはからかうような調子を続けた。

「プロセッションなんです」

「プロセッション？」

「ええ、母の日で村中が行列するんです」

「あなたも参加するの」

「ええ」

「じゃ、ぼく見に行こう。面白そうだ」

「あんなもの面白くありませんよ。子供だましです。わたしも嫌だけど、父が……」

「プロセッションを見たいんじゃない。その嫌々ながら参加しているあなたを見るのが面白いんだ」

「あら」ニコルは何故か赧くなった。

色素の少いニコルの体質は、何かというとすぐ赤くなった。そんな時、皮膚の赤さが、赤味を帯びた亜麻色の髪とよく調和して、いかにも蠱惑的な美しさとなる。コバヤシは思わず微笑した。

「ドクトゥール・コバヤシ。楽しそうですね」

ボット・ド・パイユのマダムが、でっぷりした体を豊富なだぶだぶの黒衣でつつんで、常よりも更に巨大になってゆらめいていた。

「ドクトゥール・クルトンは？」

「彼は来ません」コバヤシはあまりにも素気なさすぎた答だと思い直し追加した。「彼は当直なんです」

「それは可哀相に。いい日和ですのにねえ」

実際素晴しい晴天なのである。それに、肺の底まで沁みる朝の微風が爽やかに渡って来る。

誰も彼も愛想がよく、善良で、親切で、この春の祭典を心から祝おうという様子がみえた。

人々のざわめきの中に鮮明な会話が浮びあがってきこえた。

「まあ、ベルナール。勝手に列を離れちゃだめでしょう」

「だってママ。ぼくコバヤシに用があるんだもの」

「ベルナール」とエニヨンの鋭いバリトン。

コバヤシが振向こうとしているとベルナールはもう傍にいた。赤い長衣の上にエプロンのような白の短衣《スペルペリチウム》を着ている。

「あのね。エスナール神父様がね。ちょっときてくれって」

「何の用かな」

「来ればわかるよ。さあ」

コバヤシは、エニヨン夫妻にいたずらをする子供のような会釈をすると、少年に二本指を握られて曳かれて行った。

教会堂の前に、三人の司祭服《スータン》が、病院司祭のエスナール神父と村の司祭と若い神父とがいた。エスナール神父の老人じみた乾涸びた痩身と村の司祭の何もかも丸っこい脂ぎった体格が極端な対照をみせている。

エスナール神父が嗄れ声で何かを叫んだ。コバヤシには全然聴きとれない。すると村の司祭が註釈してくれた。

「神父はドラボルド神父を紹介しようと言っておられるのです」

若い童顔の神父が手を差出した。

「イイテンキデスネ」

日本語である。コバヤシは、ベルナールがぐいっと指をひいて合図したので、この若い神父が日本から最近帰休した宣教師であることに気がついた。

「マッタク、イイテンキデスネ」

コバヤシは、相槌を打った。

「イツカラココニオラレマス?」

「二カ月前カラデス」

「ホウ大変デスネ。ボクはコノ春、帰国シマシタ。半年ゴニハマタ日本ヘイキマス」

「日本ニハドノクライオラレタノデスカ」

「十年。コレカラ先、マタ十年滞在スル予定デス」

若い神父の日本語は妙ななまりがあったが流暢であった。コバヤシはそれに力を得て、堰を切ったように喋りだした。ドラボルド神父は九州の或る炭坑町の教会にいた。しかし最初の三年間は東京で日本語の勉強をした。当然のことながら二人の話題は、この共通の都市のことに集中した。母国語で考え、話をするということは新鮮な空気を吸うように簡単で喜ばしいことだった。で、周囲のフランス語の会話がコバヤシには何か不自然で人工的な出来事と映ったほどである。

「ア、モウ行カナイト」と神父が言った。

気がつくと、あたりにはエスナール神父も村の司祭もベルナールもいなかった。人々は広場の一方の端、パリ街への出口に集っていた。行進がはじまったのである。

ドラボルド神父は、人垣を敏捷にすり抜け前へ前へと出た。そしてコバヤシにひとなつっこい童顔をみせ「マタアトデオ話シシマショウ。午後一時ニあべりー神父ノトコロデオ会イシマショウ」と言った。

「あべりー神父？」

「エエ、サッキノデブノ神父様デス。アナタニ御馳走シタイソウデス。えすなーる神父モ来ラレマスヨ」

「ワカリマシタ。ジャ、マタアトデ」

若い神父は群衆のなかに巧みに姿を消した。

コバヤシはほくそえんだ。アベリー神父のところで、ドラボルド神父と日本語で喋り合えるということが素直に嬉しかったのである。

行列の先頭は聖歌隊の少年たちであった。金色の十字架を捧げて隊列の中心を歩いている可愛い少年がベルナールだった。聖歌隊の後を、緋の地に金糸で刺繍したキリスト像の幟《のぼり》が進んだ。道端に列なっていた人々はいっせいに跪き十字を切った。色とりどりの団旗を押立てて幼い少年少女の長い行列が続く。その最後尾に、ほかの少年より頭だけ高い少年、ジャンマリーがしおらしく頭をたれて歩いていた。《ニコルはどこにいるんだろう？》コバヤシはあたりを見回し、黒いヴェールをかぶった老婆ばかりなのに失望して、再び行列に見入った。
十六、七歳の少年少女の一行が歩いていた。先導しているのはキリストの扮装をして張子の十字架を背負った少女である。AVEMARIAの文字板を一つ一つかかえた白衣の少女たち、紅白の十字架をかかげた赤衣の少年たち、聖母マリア像の幟から伸びた紐を持っている天使の服装をした二人の少女はカッチとキキだ。キキがコバヤシに気付いてぺろりと舌を出した。それから気取った様子で前を向いた。
煙をたてている釣香炉を振る美しい少年が目についた。フランソワ・エニヨンである。その後から幼稚園の子供たちが籠の中の花びらを道にまいて行く。子供たちは、小さな足でフランソワの一歩一歩踏みしめるような歩き方を真似ようとし、かえって歩度が乱れ跼足になったりした。

四人の男が支え持つ天蓋が通った。その横をアベリー神父、エスナール神父、ドラボルド神父が並び、荘重に歩いていた。と、アベリー神父が右手をあげ何やら大声に叫んだ。祈禱の文句らしい。続く看護尼の一団が高く復誦する。すると長い行列全体に反響が伝わり、女と子供と男の高低様々な声がいっせいに和するのであった。

ふとコバヤシは、たった一人で広場に取残されている自分を見出した。さっき周囲にいた人々はいつのまにか整然とした列をつくり行列に加わる用意をしていた。列の中ほどにデュピペル氏の赤ら顔と例の漫画の悪漢づらの男を発見した。が、ニコルは見当らなかった。

行列がパリ街に去ったあとの空虚な広場を横切り、ダンケルクへ向う国道を歩いた。《ニコルはひとりで家にいる》そんな漠然とした予感があった。修理工場のシャッターは降り、小路の家々はカーテンを垂れて人気もない。長いこと呼鈴を押してからコバヤシはあきらめて帰りかけた。すると、小路の奥の壁に水のきらめきのような明るいものが、ちらちらと流れた。そこにはリス河の支流らしい、幅三メートルほどの小川があった。

向岸の木蔭のベンチにニコルがいた。コバヤシは、廻転式の水門の上を、あぶなっかしい足取で渡り、おどけて水に落ちそうな恰好をし、声高く笑いながら一気に柔い草の上に走りおりた。

ニコルは先に立って軽快に歩いて行った。小川は国道の橋の下でリス河に合し、岸沿いの道は、いつかオラージュのさなかにコバヤシがひとり歩いた森に入った。薄暗く湿った苔や下草にちらちらと無数の光の輪が映え、黄色いワンピースの下からすらりと伸びた白い脚が素早く動いた。

「どこへ行くの」

コバヤシは、しばらくすると喘ぎはじめ、遠く離れてしまった女を呼んだ。けさがた肌寒かったのでセーターを着こみ、そのため蒸れた不快な汗が流れていた。それに、彼は最近坐ったきりで仕事をすることが多く運動不足気味でもあった。胸の動悸を鎮めているところへ女が駈戻って来た。

「どうしました」

「いや、あなたがあんまり速く歩くもんだから……」

彼は、ニコルの顔にいつか自分が病気になったとき認めたいぶかしげな表情が泛ぶのを見た。彼女は若く健康であった。あれほど駈けるように歩きながら、汗一つかいていなかったのである。

背広とセーターをぬぎ、身軽になると、彼は女と並んでゆっくり歩いた。そうすると何故かわだかまりがとれ、口が自由になった。さっき会ったドラボルド神父のこと、アベリー神父の招待など、次から次へと彼は話し続けた。そして、行列の中にニコルがいないので、家まで探しに来たことも告白してしまった。

そこは村の墓地に隣接する広々とした野原だった。彼は女が黙って、例のいぶかしげな表情で自分を見詰めているのに気付いた。それは憐憫とも信頼ともとれる奇妙な表情であった。

「あなたは」綺麗だと言おうとして彼は赤くなった。「行列《プロセッション》に参加しませんでしたね」

「あんなもの」ニコルは首を振った。「子供だましですわ」

「でも、とても綺麗だった」

そう言うと彼は増々赤くなった。

「あなたは……」ニコルは何かを言掛けて紅く濡れた口を《あなた《ヴー》》とすぼめた。

なじるような空色の目付、頰のほくろの生毛がキラリと風に吹かれた。黄色い衣の下に裸の女を感じた。背中の窪みから首へのすべすべする皮膚をコバヤシは撫でた。唇を吸ったとき、女が目をつぶり、体の力を脱いていくのがわかった。女はコバヤシの首に腕を巻きつけ草の上に倒れた。そのあまりにあっけなく、或る意味では芝居じみた所作がコバヤシを吃驚させた。で、彼は思わず唇を離してしまった。

「だめよ。あなた」

閉じていた瞼を薄く開くと女は激しく彼を引寄せた。女のあなた《チュ》（つまりきみ－ぼく《チュトワイエ》で話したのである）という言葉が彼を歓喜で貫いた。不意に相手がこの上もなくいとしい存在になった。《何もかもこれでいいのだ。ああ》彼は、あたりの野放図な明るさのなかで肉付のよいむきだしの白い丸い肩を、乳房を荒々しく撫でた。暖く息衝いている肉体と強い女の香り。そうして一刻が過ぎ、残り惜しげに顔をあげると、ごく自然な調子で、Je t'aime　と言った。それは彼がはじめて口にするフランス語であった。

司祭館は教会堂の北側、広場の石畳から蔦からむ石手摺のある階段を登ったところにある古風な造りである。ニコルが勝手知った様子で丸太組の扉を押した。鍵もかかっておらず呼鈴もなかった。

「やあニコル。こんにちは。これは、ええと、何だっけ、ドラボルド神父、名前を忘れた。こんにちは若者君《ジュノンム》」

何もかも丸っこいアベリー神父は脂切った口から脂切った声をたてた。自分一人が招待されたのだと思ったコバヤシは、そこに十人ばかりの村人たち——中には見覚えのある駅長や製糖工場主もいた——を見出して意外に思った。一同に握手して名前を教えられたが、とても覚えきれるものではない。この人々全部と面識があるらしいニコルは、一人一人と会釈し一言二言そつなく挨拶をしてのけた。はじめ招待ということを何か重大なことに考えていたコバヤシをニコルはたしなめた。「ああまた例の会合よ。あの神父さんたら日曜のお昼にはきまってどんちゃんさわぎをするのよ」そして、自分も行ってみると言い、背広を着換えて出掛けたものかどうかと迷っていたコバヤシをそのままひっぱって来たのである。

高齢のエスナール神父と二人の年寄がソファに坐り、他の人々は立ったまま食前酒《アペリチフ》を飲んでいた。ドラボルド神父が酒瓶を並べた盆を持って近寄ってきた。

「何ニシマス。さんざの、まるちいに、のいい・ぷらっと?」

コバヤシはニコルに倣ってマルチイニを注文した。

「タバコハドウデスカ」

ニコルはためらわずゴーロワーズを一本とった。

「イイエ、ボク喫マナインデス」

コバヤシは首を振った。

ドラボルド神父は、自分も一本くわえ、ニコルと自分のにライターで火をつけた。それからライターをコバヤシに手渡し「ニホンセイデス」と言い、同じ事をフランス語でニコルに繰返した。

「ワタクシハコノごーろわーずガ大好キデネ。コレシカ喫メナインデス」神父は思いきり煙を吸い、残り惜しそうに口をすぼめて吐き出した。「ニホンノニハヴぁーじにあ煙草ガ入ッテマスネ。アレハイケマセン。ごーろわーずノヨウナ黒煙草ガ本当ノ味デス。シカタガナイカラ横浜デ……」

神父はニコルにもわかるようにフランス語で話始めた。横浜にフランス船が来るとゴーロワーズを買いに行き、税関の目をくらますため、司祭服《スータン》の下につめこめるだけつめこんで、なにくわぬ顔で出てしまう。さすがのあの目の肥えた税関吏（何しろ日本の税関吏はこの点じゃ悪名高いですからね）も、まさかカトリックの神父が密輸犯だとは考えないから、「はて、この神父さん馬鹿に肥ってるな」と思うだけで通してくれるというのだ。

ニコルが笑ったのでコバヤシも笑ったが、その笑はふと心の中に穴のような気分をつくった。《つまり、この神父は密輸犯人じゃないか。神父のくせにどうして平気でこんな反道徳的な話ができるだろう》ほんの一刻彼は日本の税関吏の目で相手を見ていた。《クルトンとぼくは異邦人であることで、一致している。しかし、それは、ぼくがこの異国にいるからではないのか。もし、日本に帰国したら、ぼくは平凡で滑稽な犬に、つまり税関吏に逆もどりするのではないか。そしてドラボルド神父のような異邦人から嘲笑されるのではないか……》

ニコルが笑っている。この女は誰にだって笑うのだ。彼女は草の上に倒れた。あまりにあっけなく単純に……芝居じみた様子で……

二、三度呼ばれてコバヤシは、我に帰った。ドラボルド神父が、しきりと話しかけていた。彼は、それが日本語であるということが不思議に思えた。いつとはなしに彼はフランス語で物を考えていたのである。

「ネエ、アナタ。ココニハイツマデイルノデスカ」

「ワカリマセン」コバヤシはニコルの物見高い目が自分と神父を見較べているのを視野の外郭に意識した。彼は恥ずかしげに小声で言った。「ソノ、彼女次第デス。彼女ニキイテクダサイ」

「ナルホド」神父は彼女に気取られぬよう如才なく頷いた。

「アナタハ彼女ガスキナンデスネ」

その物分りのよい態度がコバヤシの気にさわった。

「彼女トボクノアイダニ秘密ハアリマセン。彼女ハボクノコイビトナンデス」コイビトと言ったとき彼はニコルを正面から見た。その怒気のこもった顔を神父は真剣な表情ととったらしい。

「アア、アナタハ幸福ナンデスネ」とやさしく言った。

「コーフク？　アア、ソウデス。ボクハコーフクデス」

「モシカシタラ」神父は明らかに冗談のつもりらしく、目尻に笑を浮べながら言った。「アナタハモウ日本ニ帰ラナイツモリカモ知レマセンネ」

「ソウデス。モシカシタラ」

不意に村の墓地の鮮明な見取図がよみがえった。彼がさっきニコルに接吻した野原は、あの墓場の未来の予定地なのである。それは何という象徴的な行為であったことか。あの小鳥たちの予言、Tu ne partira pas…がついに実現したのだ。二人が草の上に倒れたとき、彼の感じた《お芝居》とはそのことだった。そうでなければ、こんなにきみを愛している今、きみの行為に嫌悪をいだくはずがないではないか。

「ニコル」コバヤシは、うってかわった浮々した調子で女に言った。「今の話がわかった？」するると神父も善良な微笑をニコルに向けた。

「いいえ。でも大体は。多分わたしのことでしょう」

「そのとおり。ドクトゥールは、いま、幸福なんだそうです」と神父が言った。

ニコルは、コバヤシの好きな赭ら顔になった。《この女を憎むことはできない。この女とならこの土地で死んでもいい》

「何の話だって？　いや、わしもきいていたが日本語というのは実にきれいな言葉だね」

アベリー神父がニコルの後から丸い禿頭をつきだした。

「ねえ若者君《ジュノンム》。きみは幸福でしょう。こんな片田舎で母国語の会話ができるなんてね。きみは、エスナール神父に感謝しなくちゃならん。神父《モンペール》は、今日の行列《プロセッション》に、わざわざ、休暇中のドラボルド君を呼出して下さった。サンヴナンに日本人がいるとわかったら、このドラボルドは、とんで来たんだな。この男は、フランス語を忘れてね、日本語のほうが喋りやすいとぬかす。

どうです。彼の日本語が少しは通じたかな。通じたと。こりゃ驚いた。みなさん！」アベリー神父は両手をぱちっとならし声を大にした。もっともそうする必要はなかったのである。神父がコバヤシに話しかけたとき、不意に人々の話声が鎮まったので、神父の声は広間の人々に筒抜けであったから。「今日はだ。ドラボルド君に日本の話をしてもらう。ここにいる……その……名前を忘れた、日本人の若者君に証人《ジュノンム》になってもらう。よろしいな。では、みなさん食卓につきたまえ。なに？　ジャックリーヌ。スープがまだ暖まってない。かまわん。さあ始めた。始めた」

アベリー神父は、テーブルの上から首だけ出すようにして現われ耳打ちしたせむしの女（これが料理人らしい）に大声で言った。せむし女は、めりこんだ首を不満げに振り、しかし愉快そうに笑いながら引込んだ。

まるで偶然道で遭った人を寄せ集めたような雑多な人々の会合であった。女性としてはニコルともう一人、小学校長のギョームというしなびたような老婆。若い男としては、コバヤシとドラボルド神父のほかに日焼けした農夫らしい皮のジャンパー姿の若者。あとは、エスナール神父を長老といただく老人連だが、これがまた製糖工場主のように上等のダブルを着た充足りた紳士から、皺くちゃの制服姿の貨物駅長、トレアドル型の細いズボンをはいたカフェの老給仕までとりまぜてある。

席につくや否や人々はかしましく雑談をはじめた。万事格式ばらない主人公の気風さながらの無礼講であった。

ドラボルド神父とともに主賓ということで、中央に坐らされたためコバヤシはニコルと離れてしまった。ひっきりなしに四方から誰かが話しかけてきた。答えきれないほど盛だくさんの質問攻めである。誰もかもが、遠い日本という国に関心を示し、その国の事情を知ることが重大事なのだというふりをしていた。適当に愛想よく応接していた彼は、次第に疲れて答えるのが面倒になった。その上、酒が頭にまわってフランス語が話しづらくなってきた。そのとき、今までドラボルド神父と小声で話しこんでいた隣席のギョーム女史が、とがった顎をぐいっとこちらに向けた。

「あれをご存知ですか」

「あれ？　あれって何のことです？」コバヤシは首を傾げた。

「あれですよ」老婆はじれったそうにハイヒールの踵で床を打ち、顎先を突出した。その方向でニコルがアベリー神父と笑っていた。

「彼女のことですか」

「そう。あの看護婦。あなたとさっき一緒に入ってきたでしょう」

「もちろん知っています。だって彼女はぼくの病棟の看護婦ですからね」

「それだけの関係ですか」

「そう。それだけの関係です」コバヤシは老婆の真意を測りかねて用心深く言った。ギョーム女史は、皺だらけの口をもぐもぐと伸縮させながら、左右の人々を盗み見、さらに小声で話掛けてきた。

「で、どうなんです。あれは？　いい看護婦ですか」

「だと思いますね。優秀です」コバヤシは看護婦としてのニコルを、思いつくだけの言葉を並べて褒めあげてみた。「ふふん」女史はこれまた尖った鼻で答え、ヴィシイ水を飲んだ。それから焼肉の脂肪を几帳面な手つきで取除き、小さい正方形に切っては口に入れた。もう話は終ったものと思ったコバヤシが、斜め向いの駅長と東京の地下鉄の発達状況について論じていると、再び女史が彼のほうにぐいっと顎をむけ唐突に言った。

「だけど、あれの弟は白痴ですよ」

コバヤシは駅長に一揖して女史のほうを向いた。

「はあ？」

「あれの弟のことです。ジャンマリーです。わたくしの学校の生徒で、それが白痴だと言ったんですよ」

コバヤシは老婆が小学校長であることと、クルトンがジャンマリーについて漏らした情報とを思い出した。

「白痴《イディオ》じゃありません」彼は努めて礼を失しないよう控え目に言った。「医学的にはせいぜい魯鈍級《デビリテ》の知能でしょう。白痴というのは知能指数が……」

「そんなことは知ってます。わたくし自身、あの子にビネー式テストを何度もやってるんですから」

「失礼しました」

「なにあやまることはありません。それよりもあなた」ギョーム先生は鋭い鼻先でその場の人々を払い除けるかのように首を振った。「あれの家系にはバカの遺伝があるのですよ。弟があだから姉のほうだってあやしいもんです」

「お言葉ですが」コバヤシは相手の無知をたしなめた。「ジャンマリーの知恵がおくれたのは幼年時代の熱病によるもので遺伝のためじゃないということですが……」

「同じことですよ、あなた。同じことです。どっちみち姉のほうもバカなんですから。証拠がありますが」ギョーム先生は威厳をもってそう言放つとヴィシイ水をごくりと飲んだ。

「証拠が？　どんな証拠です」

「それを言うとあれを傷つけることになりますよ。構いませんか。あなたはあれの……」

「ああ御心配なく。あれはぼくの看護婦に過ぎません」

コバヤシは、ニコルを軽蔑するふりをした。

「それじゃ教えてあげましょう。第一にあれは尻軽です。つまりたくさんの男と関係がありまず。第二にあれは無神論者です。つまり教会へ行きません。何もかもあのだらしない大酒飲みのおとっさんのせいです」

「なるほど」第二の点は別に問題ではない。しかし、第一の点は聞捨てならなかった。彼はブノワ流の演技を続けた。《そんなことは自分と無関係だが、ちょっと興味がある》といった態度をとったのである。

「わかんないもんですねえ。あれはぼくの前じゃ真面目で優秀な看護婦なんだが」

「それがくせものなんですよ」ギョーム女史は、あたりの賑やかな会話の渦に顔をしかめながら、コバヤシの耳元で早口に囁いた。

ニコルは何人かの男と関係がある。最近は、医長のドロマールと関係があるらしい。嘘だと思うなら、ドロマールのところへジャンマリーとでかけていく現場をみればよい。弟の精神薄弱をなおしてもらうという名目で、あの女は、医長の家にこっそり通っているのだから。

「ほんとうでしょうか」

コバヤシの驚きをどうとったのか、ギョーム女史は保護者めいた微笑で答えると耳元から離れた。

「ほんとうですとも、あなた」

テーブルの端からアベリー神父の酒にうるんだような声がした。

「ギョーム先生、その若者君《ジュノンム》をたぶらかしちゃいけませんよ」

「何の内緒話ですか」ほかからも声がかかった。

「とってもいいお話。この若者君は、大した学者ですよ。精神病の最新療法について講義してくれました」ギョーム先生は面白そうに叫んだ。

「あやしいもんだぞ」

「そうだ。あんまり仲が好すぎるよ」

「まあ、ホッホッホ」老婆は四方から飛んで来る弥次をいなすように、若い少女の媚態を模して身をくねらせた。

コバヤシは、人々の注目に困惑したという様子で苦笑した。それは老婆の不愉快な笑を打消すような硬く凝固した笑であった。ふと、彼の目がニコルの不安げな表情に落ちた。そのとたん彼はもはや老婆を嫌悪の目でしか見ることができなくなっていた。で、食後酒《デイジエスチフ》の時になって一同が席を立つと、真先に、しかし何気ない風で、ニコルの傍に行った。

座興としてドラボルド神父の持帰ったスライドが壁に写されることになった。暗幕がないため、明るい部屋のなかで薄ぼけた日本の風景を神父が説明する。説明につまると神父はコバヤシに加勢をたのんだ。表面上嬉しげにその任を果していたものの、彼は日本の風景も人々の関心も、すべてが嫌わしかった。《彼らは善良で親切だ。が、なんだってああ騒ぐのだ。何だってニコルと二人きりにしてくれないのだ》彼は、日本の小学校の写真に対して専門家ぶった質問をしているギョーム婆さんをそれとなく睨みつけた。《何だってこの人はあんな妙なことを言ったんだ。ニコルは潔白だ。それを尻軽だなんて。ああ》

ようやく散会になって帰ろうとするところをドラボルド神父に呼止められた。

「アナタトアンマリ話ガデキズニゴメンナサイ」

「ドウイタシマシテ」

「ヨカッタラボクノウチニ来マセンカ。ココカラスグソバノぶーろーにゅナンデスガ」

まだ日は高かった。コバヤシはニコルと二人になりたいと思ったが、神父の人の良い顔を見ているうちに、むげにことわることもできないような気もした。《この人には何の罪もないのだ。それに、ニコルとぼくの関係を知っているのは、この人だけなのだ》彼は彼女次第だということを示すためちらりとニコルに目を走らせた。神父は彼女にもフランス語で同じことを繰返した。

「行きましょうよ。ミキオ」

ニコルは、まだ数回しか使用してないコバヤシの名《プレノン》を使った。その舌足らずの可愛らしい調子がコバヤシを決心させた。《不愉快なことは先へのばしたがいい。誰か気心の知れた第三者がいたほうが楽だ》と思った。彼は、ニコルと二人きりになったら、ギョーム女史の讒言をそれとなく話題にしてみよう、疑惑をそのまま放置しておくことは耐えられぬと考えていたのだった。その時、全く思いがけなくクルトンに対する疑惑が、あのニエップの森を高速で走っているとき湧いた疑惑がくすぶりだした。《あの時も晴れていた。あの時も酔っていた。何人かの男の一人が、もし、クルトンだったら……》と、もう一方の片隅でドロマールの、あの最初の日ニコルの前で「弱りましたね」と言いながら両手をすり合わせた妙な気弱な動作がありありと思い出された。一瞬の間にまき起ったそれらの不快な記憶を圧殺するようにコバヤシは元気よく言った。

「神父《モンペール》。行きましょう。あなたのうちへ。ね、ニコル、行ってみようよ」

まあ何という旧式の車だろう。

それは、よく自動車雑誌の懐古欄に写真入りで紹介されるたぐいの骨董的箱車なのである。第一扉がない。市内電車さながらの武骨なステップをのぼると、馬車の駁者台のように高く突出た運転席に到達する。そこには速度計も方向指示器もなく、ただハンドルにゴム風船のような警報器がついているだけである。ドラボルド神父は駁者台の上から、板敷の客席に坐って目を丸くしている二人を見下した。

「高級車ですが、ちょっと古いですね。さあ出ますよ。御用心《アツタンシイヨン》を！　はて、おかしいな」

車はブリキ罐をたたくような音をたて、身振いし、静止した。何回か同じことを反復したあげく、ついにこそとも動かなくなった。

「動きませんか」コバヤシは運転台をのぞきこんだ。

「いや、なに、動きますとも。いつもこうなんです」

神父は身軽にとびおり、クランク棒を使いだした。やがて何やら希望をささそう反応があり、下から神父が叫んだ。

「御用心《アツタンシイヨン》を！」

神父がとびのくと同時に、ズドンと大砲をうったような音がし、車体の中で何かが鉄玉でも弾けたように振動した。エンジンがかかったのである。

「動くでしょう。ねえ、動くでしょう」

得意げに神父が笑った。教会堂が岸を放れていく船のようにゆっくり後へ去って行く。時折ズドンと轟音をたてて急に速力が増すほかは、まずは順調な滑りだしである。車は古典的な速度で村を横切り、病院の前に着いた。

さて西の海岸にあるブーローニュまでは九十粁あった。この緩速で行くとすると四時間余はかかるだろう。そこで帰りをおもんぱかり、コバヤシが自分の車へニコルと乗りこみ、神父のあとをつけることにした。こうして二台の車はのんびりした行列をつくって街道を行くことになった。

青々と豊かな穂波をうっている麦畑、小綺麗な農家、森、運河、古風なはね橋、青空と雲、そして珍妙な車の上で威風堂々と司祭服《スータン》をなびかせている神父の姿。出会った人々はあきれたようにこちらを見、子供たちははやしたてた。あとからあとから車が追越し、追越しざまにクラクソンでからかった。すると神父は、パコー！　と牧歌的な警笛で答えるのだった。

はじめのうちコバヤシは、滑稽な冒険に参加しているという浮々した意識で、すべてが笑で充実してみえた。が、だんだんに例の黒い重苦しい疑惑が心の空隙にしのびこんで来るのを覚えた。彼は、何もかも忘れて対象に没頭できない、意識の片隅で必ず何かが目覚めていないと気がすまない、自分のしようこともない性癖をのろった。

幸い、ここにちょっとした事故がおきた。登坂にかかったとき、神父の車の速力が落ち、ついにエンストしてしまったのである。神父は肩をすくめ、ひらりと飛下り、手廻しクランクをまわした。エンジンはすぐかかったが、さて出発してみると、車は悲鳴のようにアクセルをふかすものの進むどころかかえって後退した。要するに、坂の傾斜度の要求するだけの力がエンジンに備わっていないのである。「弱りましたね」コバヤシは嘆息した。

「ひっぱらなくちゃだめね。あなたの車でひっぱってあげればいい」ニコルが提案した。

「でも、どうやって?」鎖か丈夫な麻縄が必要だが何も用意がない。ここは、人里離れた丘陵地帯なのである。

「あのね。いい考えがありますよ。あなた」

頭をかかえ、しょげかえって二人の議論をきいていた神父が、真面目くさった顔で座席の下から、立派な牽引用の鎖を引出した。

「これ何かの役に立つでしょうかね」

「なあんだ。それがあれば大丈夫ですよ」

神父は頭をかいて告白した。実は、度々同じ事故に遭ったので、鎖を準備しておき、通りがかりの車に牽引してもらうことにしたのだと。

「全く、人のわるい神父さんだ。余計な心配をかけてさ」コバヤシがいまいましげに言った。

「でもね。ぼくでもプライドてえものがありますからね」

三人は心より笑った。若い幸福な笑いである。コバヤシは、急にはしゃぎだし、口笛をふきながら車を連結する作業にかかった。

コバヤシの車が先に立ち、神父の車に神父とニコルが乗りこみ出発した。三時間後、海岸の鄙びた町に到着した。町はずれの背の低いくすんだ家々の並ぶなかに神父の生家があった。

壁をくりぬいた狭いアーチをくぐると中庭に出た。日が当って明るいのに、何か陰気で疲労した空気がそこにあった。食物の饐えた臭、古い木の黴びた臭、錆びた鉄の色、器具の毀れた形、いってみればなげやりな生活の雰囲気が澱んでいた。愉快なドライヴで浮立っていた若い人々特有の気分が、不意に醒め、気詰りな沈黙のまま、コバヤシとニコルは立止った。ドラボルド神父もそれを察したのだろう、申し訳なさそうに顔をしかめると二人に両親を紹介した。

父親は白髪の小さな老人で、庭先の粗末な木のテーブルに向い、アルミのコップで生葡萄酒を飲んでいた。老人は客人に手をだそうと立上り酒瓶を倒しそうになった。神父が素早く瓶をおさえた。

「いいよ、パパ、坐ったままで」

「どうぞ、坐ったままで」二人が言った。

皺くちゃの赤い皮膚に乱生した白いひげ、きたない爪の伸びた酒で濡れた手、そして饐えた口臭、それらから離れると石段にうずくまった母親へ近付かねばならない。これは瘦せた蒼白い老婆だった。老婆は息子の友人を見ても全く無表情で手さえ動かそうとしなかった。

「母は心臓がわるいのです。ですから動かないほうがいい」神父が弁解した。

コバヤシは老婆のかかえている足が浮腫で氷嚢に水をいれたように脹れているのを認めた。家の中は薄汚れて暗かった。閉めきった埃まみれの窓から、灰色の砂浜と海がみえた。太陽に光り輝やいているはずの光景は、まるでニスで塗られた古ぼけた絵のようにみえた。

「ひどいでしょう」神父は溜息をついた。「両親は生活を変えたがらないのです。一度全部片付けて掃除しようとしたら大喧嘩になりました。以来このざまです」

両親のことを話すとき神父の日焼けした童顔に意外に年寄じみた皺ができた。それは愛情に充ちた表情とも困惑しきった仏頂面とも思えた。

神父の父は働きものの漁師で一人息子がリールの神学校を出たのが自慢の種だった。けれども息子が卒業して、すぐパリ外国宣教会にはいり、しばらくすると遠い日本へ宣教師として去ってしまったあと、酒びたりになった。数年前からは、ほとんど漁にもでず、終日酒瓶をはなさない。気丈な母が得意のレース編みで家計を支えた。が、その母も去年狭心症の発作で倒れてからは気抜けして生ける屍のようになってしまった。今回神父が帰国したのも両親を何とか日本へ連れていくためである。そのための醵金も日本の友人たちがしてくれた。家屋敷とわずかな財産を整理すれば旅費には十分である。

「ところがですね。いざとなると両親ともどうしても日本へ行くのがいやだという。それで困っているんです。手紙ではすぐにでも行くというふうに納得してたんですがねえ。その話をすると二人とも不機嫌になる。で、今のところ触れないようにしているんです。さっき、あなたを日本人だと言ったら二人とも不愛想だったでしょう。二人とも勘違いしている。日本人が息子をとりに来たのだと思ってね」

神父は笑った。それは暗い部屋の中をうつろに響いた。

「どうしてかな？　ここの生活よりは……」コバヤシは中庭に凝固した二つのわびしい影をちらと見た。

「そうなんです。むこうに行けば、何もかも良くなるんですがねえ」

「ばかばかしい」ガラスケースに並べたこけし人形を眺めていたニコルが、だしぬけに言った。

「ニコル」「マドモワゼル」コバヤシと神父は同時に振返った。二人の声には批難と狼狽の調子が混っていた。

ニコルは、いつかドロマールの前で示したのと同じいどむような態度で神父に向った。

「なんてばかばかしい、あなたの話」

「なぜですか」神父はおびえたように肩をすぼめた。それは小さな子供の攻撃を茶化してしまおうとする大人の仕種ともとれた。

「ニコル。お願いだから……」コバヤシは彼女の言わんとすることがなぜか半分わかったように思い、止めようとした。が、すでに彼女は口を開いていた。

「神父《モン・ペール》、あなたは間違っています。決定的に」

「おや、なぜでしょうねえ」神父は肩をすぼめたまま両手をきちんと膝の上に揃えた。

「つまり、すべて悪いのはあなたです。お父さんのお酒も、お母さんの心臓病も、あなたがいないためにおこったこと。それを今更、日本へ行こうだの、行けば何もかも良くなるだの、あんまりの身勝手です」

「そう、その点はぼくも悩みました」神父は安心したように肩を落した。「けれども、ねえ、マドモワゼル。ぼくには使命があるのですよ。人もし我に来りて、その父母・妻子・兄弟・姉妹・己が生命までも憎まずば、我弟子となるを得ず」

「それはそうでしょう。でもそれは御自分のためでしょう。父や母を捨てるものは数倍を受け、また永遠《とこしえ》の生命を嗣がん、でしょう。あなたはとこしえの生命がほしいのです」

「弱りましたねえ」神父は助けを求めるようにコバヤシを見た。

「ぼくは神を信じません」コバヤシはニコルの乳房のあたりを凝視しながら神父に言った。

「けれど、あなたの気持はわかります。なぜって、それは男の問題ですから」彼はキリストの使徒がすべて男であったことを思った。

「どうせ女にはわからないでしょうよ」ニコルはむきになった。「でも、女だけにわかることがあります。あなたの御両親がこの国を去りたくないとおっしゃること、それがよくわかります。わたしだって……いいえ、日本などに行きたくない」

「ニコル」コバヤシは不安になった。《そうだ。君はこれが言いたかったのだ》

「わが娘《マ・フィーユ》よ」神父はニコルの肩に手を置いた。「この話はもうやめましょう。それより、ぼくが素敵な御馳走をつくりますからねえ。このあたりは魚だけはいいのがあるんですよ」

ニコルは機嫌を直した。というより、不自然なほどの快活さで神父の申し出に応じた。彼女は神父の手から前掛をもぎとり、自分で料理をすると言い張った。

「マドモワゼル。調味料は右の棚の奥です。油と酢は流しの下。チーズと野菜は冷蔵庫。魚は今買ってきます」

「ええ、わかってますよ。男は黙っててください」

神父は肩をすくめ、コバヤシを誘って近所まで魚を買いに行った。網にいれた大きな舌鮃をさげながら、二人は海岸を歩いた。

「アノ娘サンハカワッテマスネ」と神父。

「エエ、癇ガツヨインデス」

「デモ、ナカナカカワイイ、イイ娘サンダ。ドウデス。アナタハ彼女トケッコンスルツモリ？」

コバヤシは神父が、日本語を喋るときの癖らしく、真面目な表情でいるのをみてとった。

「マダワカリマセン。マダソコマデイッテナインデス」

「モシ、ケッコンシタラ、アナタハ日本ニカエレソウモアリマセンネ」

「ドウモソウラシイデス」

コバヤシは苦笑した。ニコルと共通の未来、それを本気で考えたことがない。彼女を前にすると、このままーいつまでもーここにーこうしていたい、そんな気になる。ところが彼女と離れると祖国への郷愁が湧きあがり、帰国の日取りや旅費のことを思うのであった。

一緒に食事をしてみると神父の両親は気持のいい人であることがわかった。久し振の客人に元気づいたのである。それにはニコルの料理の手並がよかったことと、コバヤシが用心して日本の話を持出さなかったこともあずかって力があった。

神父は剽軽に会話をリードし（実際フランス語で話すとき神父はうって変って駄洒落を使い、方言を混ぜ、能弁であった）、ニコルとコバヤシはよく笑った。

話題が今日の行列《プロセッシヨン》のことから、エスナールとアベリー両神父のことになると、俄然老夫婦がお喋りになった。老人は呂律のまわらぬ舌でエスナール神父が四十年のドイツ軍侵入のときの武勇伝を物語った。ポーランドやオランダから避難してきたユダヤ人たちに患者の制服を着せ病院の中に匿まったというのである。老婆はアベリー神父がこのブーローニュの出身で、自分と小学校時代の同級生であることを誇らしげに語った。エスナール神父や病院の噂は、おりふし帰郷するアベリー神父からきくのである。老夫婦の口ぶりからすると、アベリー神父の病院の人々への評価はどうやら相当にからく、エスナール神父と尼さんを除くと、すべての人達が批難の対象とされているらしい。そして、和やかな晩餐が無事すみ、コバヤシは自分の車にニコルを乗せて帰路についた。

ブーローニュから東のサントメールへ向う五十粁ばかりの国道は、ゆるやかな丘の起伏を縫って進む美しい道である。この丘は、カレー、サントメール、ベッチュンヌなどフランス北部の諸都市からブリュージュ、ガンなどベルギー北部の諸都市へと続く、広大なフランドル平野の西の門を形成している（南の門はアラスを中心とするアルトワの高台である）。二人が神父の家を出立したのは午後八時すぎで、夏至が近付いてからめっきり日の長くなったこの地方の空はまだ明るかった。しかし丘陵地帯に入ったときには、丁度日没後の薄明と夕焼が、童話の挿絵のような鮮かさで濃藍の空を分ち染めていた。丘の頂のあたりはまだ熾火《おきび》のように赤やいでいたが、谷間にはすでに紺紫からセピアの夜の海に漬っていた。遠くから発光魚のような点光があらわれ、見えかくれしながら近寄って来、車の眩しいヘッドライトとなったと思うと、さっと風を削いで消えていく。やがて満天の星をいただいた夜道に、森はいよいよ深く、立並ぶ幹がコバヤシたちの車の光に白く燃えたった。非常な速度でとばしていたコバヤシは、森の空地が目につくと急にブレーキを踏んだ。車は鋭くタイアを軋ませつつ、跳るようにして空地に停った。

「どうしたの？」

フロントグラスで額を打ちそうになったニコルが叫んだ。

「眠かったんだ。つい飲みすぎてね。ここで少し休憩だ」

二人は抱きあってじっとしていた。かたわらを車が通るたび女の汗ばんだ背中が白く光った。

男は女の絹のような感触の髪に顔をうずめ、それから唇を首をうなじを舌で味わった。それは暖く塩辛くなめらかだった。そして肩や胸をむきだしにした女の体が柔くほてり、それに応じて男の欲望が破れんばかりに高まったとき、男は女をつき放し、車から外へ出た。

「どうしたの？」と女が言った。

「すこし歩いてみよう」と男は先に立った。

目の前には貧弱な灌木の疎生する丘があり夜目にも切立った崖が見分けられた。

「石切場よ。大理石の」とニコルが言った。

切出された石塊がギリシャ神殿の廃墟のように並ぶ空地を行くと仕事場らしい小屋があった。人気がなく暗い。小屋の横に草原があった。二人はそこに腰をおろした。道の車の音も光もここまではとどかなかった。

コバヤシはニコルを片手でかかえた。

「さっきは、ドラボルド神父に、なぜあんなひどい事を言ったんだい、ばかばかしい、だなんて……」

ニコルは黙っていた。その表情を読もうとコバヤシは相手の髪をはねのけ顔を仰向けにした。星をうつした瞳が猫の目のように光るばかりであった。

「あれは、君、ぼくに言ったんだろう？」

「………」

「まあ、いいさ」

コバヤシは猫の目の青い瞳にむかってあやまたず口をつけ、目蓋を唇で押開くと、くるくる動く目をなめた。ふと相手の眼球を吸取り食べてしまいたい衝動がおこり、再び欲望が熱くさかんに燃え立った。女の衣類をはぐ、この草の上に素裸の女を横たえる、そしてすべてを自分のものにする。それは実にたやすい、たやすすぎる行為だった。しかし、《今ではない》《今やるべきではない》という内心の声がコバヤシを抑制した。彼は、女をはなすと、その場には不釣合な事を言った。

「マダム・ギョームてのはいやらしい婆さんだね」

「………」

「君はどう思う？　マダム・ギョームのこと――」

しばらくしてニコルのとがった声が答えた。

「あなたったら、質問ばかしなのね。なぜ？　どう？　どうして？　どんなふうに？」

「ニコル。待ちたまえ」

女が走っていた。コバヤシはあとを追った。車の手前でようやく捕えた。汗にぬれた皮膚、荒い息遣の小さな肉体を、男は力をこめてだきしめた。

「ニコル。ぼくは、今決心したよ。君を日本に連れてかえるんだ。いいね」

その時、車が近付いた。ニコルの顔は笑っていた。そして、肩をはずれたスリップがしどけなくずり落ちていた。鋭い光のなかでコバヤシはニコルに笑いかけた。

「とにかく、もう君をはなさないからね。ニコル。いとしいニコル。Je t'aime, je t'aime…」

その日からコバヤシの生活はすべてニコルを中心として展開することになった。ニコルと病室で働く。ニコルが帰ると、彼も内勤医宿舎《アンテルナ》へ引揚げる。夜は、ニコルと帰国するために、例の精神医学史の調べ物に早くきりをつけてしまおうと没頭する。そして、休日には必ずニコルとどこかへドライヴする。彼女以外のすべての人々は背景にしりぞき、影のように淡い存在と化してしまった。彼は人々が二人の関係についてあることあらぬこと様々に噂をしていることを感づいてはいた。が、それがどうしたというのだ。どこの国でも人間は人間である。フランス語を喋る患者たちが、日本人と同じ形の分裂病や躁鬱病やアルコール中毒になるように、フランス娘や日本娘が女性であるように、ドロマールやクルトンのような変人や、ギョーム女史みたいな中傷好きの婆さんが日本にもいるように、人間は人間なのである。無鉄砲に熱した頭でコバヤシはそう考えた。他方、ニコルを連れて帰国する、この明確な目的意識のために彼は完全な旅行者としてこの地における滞在を楽しむことができた。やがて、彼はすべての人々と別れるであろう。帰国して数ヵ月もたてば、今交際している人々はすべて《フランス人》として記憶の片隅に押込められるだろう。旅行者の特権で楽しむべきである。何事も旅行者の貪欲な目で見、研究し、祖国の人々への語り草にすべきである。

彼は熱狂的な《躁状態》にあったといえる。次から次へと新しい経験が目の前に鮮明に現われては消え失せた。それはすぐれて現実的で稠密な日々であり、あの偏頭痛に悩まされた憂鬱で苦渋にみちた世界は、思い出してみても他人の夢のように自分と無関係なものとしか思われなかった。

六月の中旬、デュカスの祭が村で行われた。これは全農時代からの古い風習で、麦の収穫期前後に行われる氏神祭である。ついさきごろ隣村のブュスヌであったケルメスの祭とデュカスはどう違うのかとニコルに尋ねてみたが、彼女にも明確な答ができなかった。

その前日の午後、村中の女が歩道に群がり出た。バケツの水を流し、モップを握り、石畳を入念に磨き洗うのである。年月を経て円みを帯びた舗石は、土の気を除かれ黒光りしてくる。すると女たちは申し合わせたように仕事仕舞をし、銘々の家にひっそりと帰って行った。

その日、早朝から大地をたたくような鈍い銅鑼の音が病院あたりまでも響いて来た。連日の日照で黄ばんだ麦と隠元豆《アリコ》の上に、夏めいた爽やかな風と光が溢れている。国道にはいつになく車の往来が激しく、パリ街では近隣四方から集ってきた親戚知人たちが村人と握手や抱擁を交していた。広場は遊園地に早変りし、廻転木馬・射的場・自動車遊び《オートタンポヌーズ》・駄菓子屋などが所せましと立並ぶ。教会堂の前では消防夫の制服をきた楽団が、赤葡萄酒をがぶのみしながら、調子ぱずれの演奏中だ。そして子供・老人・女・群衆・酒・笑・夏・男女の二人連れ。コバヤシはニコルと一緒に遊びまわった。

打続く快晴でからっと乾いた空気。それは一年中でもっとも気持のよい、もっとも日の長い季節であった。午後九時から行われた街頭の舞踏会の背景には、まだうす青い豊饒なエネルギーを光らせた夏の空があった。コバヤシは踊っても踊ってもまだ踊り足りない気がした。

「疲れたかい？」

「いいえ」

「じゃ、もう一曲」

人影がまばらになった。楽隊が最後の一曲を奏しおわったとき、二人は車に乗りこんだ。国道をそれて随意の小道に入り、いくつかの部落をフルスピードで横切った。広場があり小さな教会堂があり、突然、畑中のくねった迷路のような道、闇、そして白い柱列――森だった。道が広くなり、梢ごしに透明な星月夜、前方に螺旋型のランプに巻かれた黒い丘、ぐんぐんと急坂を登った。そこはカッセルの丘で、カフェの眺望台から漁火にきらめく英仏海峡と運河の光る平野の夜景が見渡せた。コバヤシはコニャックをのみ、ニコルは修道女《ルリジユーズ》という菓子をほおばった。

別な日、ジャンマリーをつれて海岸へ行った。いつかクルトンとつい手前まで来たブレ・デュンヌという砂丘で、六角形のフランス本土の最北端にあたる場所である。白馬の背のような砂丘《デユンヌ》にたてがみそっくりの矮小な草が這い、そんな丘の間から、青黒い海がみえた。ドイツ軍の遺した要塞の銃眼が風にぼうぼうと鳴り、砂まみれの石段をおりると錆びた鉄条網の断片や腐った防毒マスクが散らばっていた。

ジャンマリーは砂浜の水溜りから小蝦《クルヴエット》を両手で掬い上げ、口の中に入れた。

「おいしいよ」

「あなた、本当よ。おいしいのよ。子供のときよく食べたものだわ」

ニコルは素足になって水に入った。しかし、ジャンマリーほどには巧みに蝦を掬いあげられなかった。しぶきをあげて駈けまわったすえ、彼女は癇癪をおこし、砂の中から小貝を掘りだすと石で殻を割り肉を鋭い歯でけずりとった。

「おいしいわ。このほうがおいしいわ」

躊躇せずコバヤシも仲間に入った。彼の手並はニコルより更に不器用であった。ぬるんだ水の底で銀色の小動物がのんびりゆらいでいる。が、つかんだと思った獲物は十センチばかり先で相変らずのんびりと脚をうごめかしていた。彼が躍起になり、ズボンを濡らし、その恰好がおかしいと彼女からはやしたてられ、ついに彼女と同じように癇癪をおこしたとき、ジャンマリーが「ほら」と自分の捕った小蝦《クルヴエット》を差出した。

口の中で動く生臭い固いものを、彼は嚙みくだいた。それから殻と脚を舌先で外へ押しだした。甘酸っぱい味がのどを通っていった。

「うまい？」少年がきいた。

「うまいとも」

「じゃ、これもあげる」少年はもう一匹をつまんで差出した。コバヤシはためらわずそれものみこんだ。

水はまだ泳ぐには冷たすぎた。人影のまばらな広い浜を、彼とニコルが歩くと、ジャンマリーが小犬のように前後して走りまわった。いたるところに、逢引に都合のよい茂みや凹みが発見された。

この土地に生れた彼女が幼い頃から見馴れていた、それだけの理由で、彼はこの海や浜や村や人々を愛することができた。この地方を隅なく見、知ることによって彼女を知りうると思っていた。

ブレ・デュンヌ、カッセルの丘、風車、フォンティネットという運河の連絡所（ここには水位のちがう運河同士を連絡するためエレベーターの設備がある）、ノートルダム・ド・ロレットの軍隊墓地、カレーの港、ダンケルクの古戦場――それらは、フランスの他の地方を宝石のようにちりばめている古い由緒ある名所旧跡ではなかった。ローマの遺跡、ロマネスクやゴチックの伽藍、ルネサンス、バロック、ロココの貴族館《シャトオ》、ナポレオン時代の壮大な建築、こういった観光客むけの対象がフランドルには乏しかった。むろん皆無というわけではない。ベッチュンヌには十四世紀の鐘楼《ベッフロワ》があり、リレーにはロマノ・ゴチックの珍しい木造の教会堂がある。が、そういうものは、注意深く探さねばならず、探しあてたとしても他の地方の豪奢な記念物とは比較にならぬほど地味で貧相であった。もし、古いフランドルの記念碑的な文化を探訪しようとする旅行者がいるとしたら、その目は当然、ベルギー国内のイープル、ブリュージュ、ガン、ブリュッセルなどの諸都市へ向くだろう。事実、コバヤシは、フランドル・フランセの《非文化的》な風土に飽足らず、何度も彼女に国境を越えてみたいと誘ったのである。が、意外なことに彼女はそういった観光旅行にはとんと無関心であった。

「いつか、またね。それよりも、灰色鼻岬《カップ・グリ・ネ》へ行って海を見ましょうよ」

そこは切立った崖の上に灯台のある岬で、北東の白鼻岬《カップ・ブラン・ネ》との間になめらかな弧を画くウイッサンの浜辺が望まれた。崖下の荒磯では黒パンツ一枚の少年たちが網とバケツを手に魚をとっている。どうかすると見えるというイングランドの陸地のあたりには、青黒い靄がかかっていた。沖のほうから風が、緊密な強い圧力を送ってきた。緑の波が硬質の白い刃を立て、ひしめきもがきながら風の圧力を避けようとする。すると風は、おのれの実在を示そうとするように抵抗する波へと襲いかかった。波は凹み、砕け散った。それは風の裏側をおのれに刻印しながら悲鳴をあげた。その繰返される複雑な劇を二人は、ながいこと眺め続けた。

「ねえニコル。ぼくたちこれからどうなるんだろう」

「どうなるって」

「つまり、これからさ」

「あなたは今楽しくないの」

「もちろん楽しいさ」

「だったら、それで充分でしょう」

「そう、充分だ」

「もう、そんな話やめましょうよ」

「そう、やめよう」

コバヤシは機嫌よく同意した。そして女の、頬から可愛い耳へと続く、金の生毛の密生するきめのこまかな白い皮膚を、透いてみえる青い細い静脈を、熱っぽい指先で撫でた。

ニコルは弟のジャンマリーを一緒に連れていきたがった。二人だけの遠出を楽しみたいコバヤシには、このことが時には不愉快であった。或る日、海岸で泳いだとき、美しい姉と弟の顔に異常なほどの相似を発見した。よく似ている。が、ニコルは、どちらかというと男の子のような顔、ジャンマリーは逆に女の子のような顔、もしニコルに頬のほくろが無かったら、性別を取違えたかもしれない。彼がこう言うとニコルは笑った。

「気味のわるいこと言うわね」

「だってそんな感じがするんだ。君は何もかもほっそり出来ているだろう。ところが、あの子は、ふっくらした顔立をしている」

「これでも?」彼女は海水着の肩をずらして丸い大きな乳房を日にさらした。

コバヤシは、プリプリする乳房の間に顔をうずめた。「ちがうよ、顔のことだ。君は女さ。わかってるじゃないか」

少年が波間で一人泳いでいる機会にコバヤシはニコルに言った。

「どうして君はあの子を連れて来たがるんだ」

「あの子が来たがるからよ。あの子は淋しいんだわ。あんな子だから、誰も構ってやらないもの」

「それは分るけども……」

「いやなの？」

「そう、いやだ。ぼくは君と二人だけでいたい」

コバヤシは、ジャンマリーそっくりの薄青い瞳の上に手をかざし、太陽の光をさえぎった。瞳孔が開き、ニコルは驚いたような顔付になった。手を除ける。瞳孔が磯巾着のように素早く収縮した。今度は真剣な表情に変った。

「眩しいわよ」ニコルは目をぱちぱちさせた。起きあがろうとする女を、コバヤシはかかえ、すべっこい腰のくびれを撫でまわしながら形の良い両脚を観賞した。

「変な噂をきいたんだ」彼は海からあがってくるジャンマリーを見た。「君があの子を毎週ドロマールのところへ連れていくって」

コバヤシは目と両腕で注意深く女の反応を待った。女はじっとしていた。

「それから別な人からきいたんだけど、君があの子を連れて行くのは、ドロマールと関係があるからだって」

果して反応があった。体はぴくりとも動かなかったが、肌が赤くほてってきた。

「で、どうなんだ?」

腕を離すと女は仰向けになり腕枕をして長々と体を伸ばした。

「あなたはそれを信じているの?」

「噂をきいたんだよ。だから君にたしかめてるんじゃないか」

ジャンマリーが水滴を砂の上にポタポタたらして傍に立った。少年は姉の真似をして横になった。

「ジャンマリー、お前言ってごらん。ドクトゥール・ドロマールのところへ誰と行くか」

「…………」姉のいつになく厳しい口調に少年は明らかに脅えていた。

「起きるんじゃない。そのままで」ニコルは犬を叱りつけるように叫んだ。「さあ言ってごらん。ドクトゥール・ドロマールのところへ誰といくか」

「ぼく……誰とも行かないよ。ひとりで行くよ」

「じゃ、言ってごらん。何をしに行くか」

「ぼく……わかんないよ」

「わからない? じゃ言ってごらん。ドクトゥール・ドロマールが何をするか」

「わかんないよ」

「わかんないことがあるもんかね。ばか」ニコルは上半身をおこすと弟のほっぺたを平手打ちした。少年は泣きだした。「さあ言ってごらんたら」

「……お話をするよ」少年は泣きじゃくった。

「それから」

「……注射をしてくれるよ……」

「それから」

「……それから……ぼくわかんないよ」

泣いていた少年は、突然姉に向って狂暴な獣のように歯をむきだした。とびのいた姉を口惜しげに睨みつけ、海のほうへ駈去った。その怒りの発作は、この地方を時折襲う、あの雷雨《オラージュ》さながらであった。野性的な荒々しさ——その瞬間、ニコルとジャンマリーに共通な血を、コバヤシは感じとっていた。

「わかった?」と再び腕枕で目を閉じていたニコルが言った。

「わかったよ」コバヤシは肩をすくめた。このフランス的所作は最近彼にも板に付いていたのである。

おそらく、この頃から、コバヤシの熱狂的な躁状態は冷めてきたようだ。彼は何かが欠けており、その欠けている部分がニコルの不可解な部分——彼のまだ知らない部分——に関係があることに思い到った。彼女は未来に触れたがらぬ、ジャンマリーに残酷なほど邪剣に当るくせに一緒に連れて歩きたがる……おそらく、そこに何か不可解な苛立たしいものが匿れている。コバヤシは、時にはひとり考えこむようなことがあった。

3

七月に入ると、北国とはいえさすが暑い日が続くようになった。重い直射日光を受けて倒れ伏した芝生に廻転散水器が気違いじみた速度で水を灌いでいる。干割れした煉瓦のペンキが土埃の立つ地面に、蝶の死骸のように剝落した。けれども、木蔭や建物の中はひんやりした空気が通い案外なほど涼しかった。それは、からりと乾燥した北欧風の真夏であった。

人々は寄るとさわると夏休暇《ヴァカンス》の計画を話し合った。ドロマールはブルターニュのヴァンヌの城館へ帰るはずだ。エニヨン一家はスザンヌ夫人の実家であるオーヴェルニュ山中の古城へ行くことを習慣としている。マッケンゼンは南仏の行きつけのホテルを予約済みであるという。ブノワとラガンは婚約祝を兼ねてイタリー旅行にでかけると宣言した……

七月十四日《ル・カトールズ・ジュイユ》（革命記念日）が過ぎた頃から、国道には、荷物を屋根に満載し、はちきれんばかりに女子供をつめこんだ自動車の列が、南へ南へと下っていった。それは、戦火に追われた避難民の集団に似て、まこと家族ぐるみのめざましい大移動なのである。誰も彼もが休暇にでかける——その外界の盛況に誘われたように院内の人々も追々に姿を消した。フージュロン院長一家が立ち、ドロマールがいなくなった。びっこの門番の代りに近所のカフェの神さんが門番小屋にいた。看護婦の数がめっきり減り、相対的に休暇をとらない看護尼の姿が目立つようになった。ヴァランチーヌ尼は、コバヤシをつかまえ、「フランスのおろかしい夏休暇の習慣」や「俗人《ライック》たちの怠惰」をなげくのだった。

そんなあわただしい雰囲気のさなか、或る日、内勤医《アンテルナ》宿舎でヴリアンの送別宴が開かれることになった。人々の予想に反して、彼は《メディカ》に合格し、申し合わせたように停年退職する父親のあとを継いでアルマンチェール精神病院の医長となったのである。

甲斐甲斐しくエプロンに身をかためたラガンが電気レンジと調理台との間で、上体をメトロノームのように忙しく往復させていた。ブノワが後から話しかける。

「ねえ、あわれなヴリアンだったよ。赤くって小さくって丸くって――あんなとき禿頭ってのはてんで損だね――患者の肩ごしにやっと赤風船みたいな頭が見えた。何しろ患者ときたら雲をつく巨人で、アンリ・ルッセルに大戦前から入院していたという古兵《ふるつわもの》だ。慢性妄想病か同性愛か病的虚言《ミトマニー》か、ことによったら器質性の痴呆症か、まあそんなわけのわからん怪物だった。あそこにいた審査員以外の誰もがそんな印象を受けた。つまりヴリアンはそんな素敵な怪物をつくりあげちまったんだ。とどのつまりが分かったことといえばだ、患者が巨人であるってえことと大戦前から入院してたってえこと、これだけだ。それに大戦前からの入院てことからしてすこぶるあやしい。だって、証拠といったら患者のでたらめな言質だけなんだからね。あの患者はどう見積っても二十五歳以上にはみえなかったね。大戦前と言やあ十数年前だ。十数年前には患者は子供だったろうさ」

「子供の時入院したってこともありうるでしょ」聞いていないと思ったラガンが相変らずのメトロノーム運動を繰返しながら言った。彼女はフライパンからキャベツ巻の肉を小皿に移していた。小皿の並んだスチール盆を保温器へ運びこむ。

「子供？　冗談じゃないよ、アンヌ。あの症状で子供のとき発病しているわけがない」

「つまり彼は何かをつかんだのよ。子供のとき発病しているはずの何かの病気をね」アンヌ・ラガンはそう言いざま保温器の扉をぴしりと音高く閉めた。

「冗談じゃないよ、アンヌ。彼は何もつかまなかった。つまり完全な失敗だった。あの模擬コンクールのときより事態はもっともっと滑稽で、まあ深刻だった」

「でも、彼は合格したのよ」

「だからさ、ぼくの言いたいのは……」ブノワはコバヤシを横目で見た。こちらは窓から下を見下しているふりをした。「あの有様じゃ、彼にはアルジェリアの医長の口だって高望みだったってことさ。わかるだろう」

「なにを言いたいの。イヴ」

「親父さんだよ。ヴリアン父《ペール》の御威光さ」

「まあ、なんて莫迦らしい」

「だって、考えてごらん。ほかに彼が合格できる理由があるかい」

食堂の準備をしていたカミーユ・タレとスザンヌ・エニヨンが入ってきた。ブノワはスザンヌに向って恭しく腰をかがめた。

「マダム・エニヨン、あなた御存知でしょう。ヴリアン父《ベール》がどんな人かってことを」

「さあ、存じませんよ」スザンヌは慎み深く微笑んだ。めったに内勤医宿舎《アンテルナ》には来たことのない彼女も、今日は一内勤医として気さくに会合に加わった。それというのも、ブノワの言い種を借りれば、ヴリアン父《ベール》の御威光のせいなのであった。

「リール大学のネイラック教授も昔は老ヴリアンの内勤医だったそうですよ。彼はクレペリンの早発痴呆をはじめてフランスに輸入した先覚者の一人だし、若い頃はジルベールバレやクレランボーみたいな天才を向うにやりあったという。とにかく大学者ですよねえ」

「さあ、どうでしょうか」スザンヌは、良人のロベールそっくりの皮肉な調子でブノワを見上げた。

「ぼくは思うんですけど」ブノワは熱心に続けた。「ヴリアン父《ベール》のすぐれた資質は、わがヴリアンにも遺伝している。彼には、茫洋として摑みどころのない面がある。あれが得なんですよ。コンクール向きでね。普通の人が失敗してあわてるところを彼は悠揚せまらず失敗を成功に変えてしまう。いや大した才能ですよ」

スザンヌは、ブノワに目で同意しつつ、手の先はカミーユの拭きあげた皿をきちんとテーブルワゴンに積みあげていった。

「ヴリアン父《ベール》は、ながいこと《メディカ》の審査員でした。あの一流中の一流の精神医の集っている審査員のなかでも、彼は超一流だったそうですよ。ところで、お宅の御主人が来年審査員に選出されるってのはほんとですか」

「さあ全然存じませんよ」スザンヌは、真実驚いた様子だった。

「当然ですとも、ムッシュ・エニヨンほどの有能な人物は当然審査員たるべきです。ねえ、そうでしょう」

「まあ、そんなこと」良人を褒められてまんざらでもないという風をスザンヌは正直に示した。

ブノワは、ここぞと一転してドロマールを罵倒しはじめた。ドロマールは内勤医の面倒をみない、何も教えてくれぬ、内勤医とは召使だぐらいにしか考えていない、云々。それに比べれば、エニヨン医長はヴリアンの教育指導のため、毎日一時間以上を割いている。彼の合格の最大の功労者こそエニヨンである。《この思付きを最初から口にすればよかったのに》ブノワは自分の迂濶さを取戻そうとするように、「そうですとも、ヴリアンの合格の最大の功労者はエニヨン医長です」と熱っぽく反覆した。

窓の下で黒い車が玉砂利を蹴散らして停った。紺の中折帽、左手にマドロスパイプ、右手にステッキという完全武装のヴリアンが降り立った。夫人が鞠のような感じのアンネットをかかえ降しでいる。

「来たぞ。彼だ」コバヤシがそう言おうとしていると一足早くブノワがそう叫んでいた。

ヴリアンだ。医長である。もう内勤医でないというだけでこうも違うものか。ブノワの手をにぎる大様な身のそらしかた、ステッキをぶらさげた右手を胸から外側へ廻し女たちに敬意を表する優雅な挙措、一月前、滑稽とみなされていた彼の癖が、今、すべて彼の長所とみなされる。ブノワは具合よく位置を占め、半ば一同を代表しているかのように振舞い、半ば医長と対等にきみ－ぼく《チユトワイエ》することを誇りながら、旧友の肩を抱いた。

「おめでとう。ドミニック。おめでとう」

「おめでとう」と皆が言った。

ヴリアンは照れて汗ばんだ。心から嬉しそうである。精神科医長《メトサン・デ・ゾピトオ・プシキアトリック》、それはフランスにおいて大学教授の資格と同等の重みを持っている。いやそれ以上かも知れない。現に国際的名声をもつ、J・V・ドロマールやアンリ・エイは精神科医長ではあるが教授ではない。医長の資格こそは最高の名誉であり出世であり、広いれっきとした公舎と自動車二台を保証する身分なのである。この暗々裏の諒承が、ブノワとラガンの目を羨望に彩り、スザンヌのヴリアン夫人への態度を礼儀正しいものに変えていた。

ヴリアン夫人は、この地方の農婦によくみかける特徴を備えていた。金髪で厚い下唇の円顔。彼女には将来ボット・ド・パイユのマダムのような大女になる素質がそろっている。そして方言だらけの言葉。それはフランス語にはちがいないが、到底コバヤシには理解できない不可思議な言語であった。

アンネットが弱々しく泣きだした。この脂肪の塊から短い手足をつまみだしたような子が、医学的には白痴と病的肥満をともなう有名な病気、性器発育不全栄養異常症《ヒーペルトロフィア・アヂポソゲニターリス》であることはまず間違いはない。この子供は醜悪であった。いつもは見て見ぬふりをする一同が、今日にかぎって子供の機嫌をとろうとした。

「さあ始めよう」とブノワはアンネットを抱きあげ、あやしながら言った。「クルトンはどうした。まだ来ないのか」

「カミーユもいないわ」とラガン。

「カミーユはキッチンにいるよ。呼んでこよう」コバヤシが気軽に言った。

「はじめるそうですよ」コバヤシは相手の打沈んだ顔を見て口を噤んだ。カミーユは皿を積んだテーブルワゴンに両肘をつき頭をかかえていた。上目遣いの目には涙さえ光っているようだ。

「あのう……」こういうとき、彼にはどう言ってよいのか分らなかった。彼の知っている正則の語法はすべてどぎつすぎる響きを持つように思われたのである。で、ニコルの言葉と調子を真似てみた。「どうかなさいまして?」

「いいえ、ちょっと考えごとしていたもんですから」

カミーユはすっと立上り微笑んだ。例のモナ・リザの微笑である。なぜか見るに忍びず伏目になったコバヤシは、ふっくらとした両乳の凹みに目を落し、そこから又目をそらした。

「クルトンはどうしました。みんな待っています」

答えるかわりにカミーユは首を振りながらワゴンを押した。その後姿は《知りません。わたしも知らないんです》と言うようだった。

「マドモワゼル・タレ、何かぼくでお役にたてることがあったら」

「ええ、ありがとう」カミーユは振向いた。

「でも、これは女の仕事です」

「そうじゃないんです」コバヤシはじれったそうに女の正面に廻った。「クルトンのことです。みんな彼を待っている。あなただって折角半日も御馳走づくりをしたんでしょう。ぼくはあなたのために彼に来てもらいたい。それなのに彼は来ない……」

「来ないって誰が言いました」カミーユは母親が子供をいなすような落着いた素振で言った。

「だって、現に彼は来ないでしょう」

「来ますよ。大丈夫です」

「どこにいるんです」

「部屋で寝ています」そう言うとカミーユの顔に急に挑戦的ないかつい翳が出来た。「ただし、起してはいけません。彼にはこんな会合はどうでもいいんです。来たくなったら目を覚すでしょう」

「………」

最近クルトンとカミーユの不和、これはどうやら決定的な事実らしい。彼らは事々しくその噂をしていたし、当の二人も別にその事を隠そうとはしなかった。数日前も、朝帰りしたクルトンにカミーユが剣突を食わせ大立廻りを演じたばかりだ。そんな日に限ってクルトンは異常に快活になり、カミーユは目にみえて沈鬱になる。二人の仲が決裂するのは時間の問題と思われていた。

原因はすべてクルトンにある。彼は戦争で重傷を負った。アルジェリアで人間の悲惨の極を体験した。彼の心がひねこび、変質し、この平和な本国の風土に早急には適応できない点は同情できる。だといってやさしいカミーユの変らぬ献身をはねつけ、やけ酒を飲み、気違いじみた運転で自動車事故を頻発し（彼は最近二台も車を大破していた）、あげくのはてにカミーユを罵倒する権利がどこにあろう。彼らはこういってクルトンを批難した。もちろんカミーユのいない場所においてである。彼女個人はふしだらな女である——結婚もしないのに父親を知らぬ子供がいる——が、クルトンの悪業に比べれば、まだしも犠牲者といえる。彼女は彼を愛している。彼がその愛を一度受入れて、今、拒絶するとすれば、彼のほうこそ裏切者なのである。

こういった平均的な道徳律に支配された彼らの意見に、コバヤシは同意できなかった。彼らの判断の資料には重大な情報が欠落している。クルトンが、終日病棟で身を磨り減らして患者の治療に当っていること、時には不潔病棟にさえ出向くこと、その治療法もありきたりの薬物療法でなく困難で時間をくう患者への《はたらきかけ》を行っていること、これらすべてを、彼らは知らない。又、知ろうともしない。といってクルトンを単純で善良なヒューマニストと定義しても間違いなのである。彼は、エニヨンのように単に患者を癒すためにのみ働いているのではない。彼には何か炎のようなもの、暗い闇の中で光も発せず冷いままで燃えているもの、彼自身の表現によれば《深淵に燃える黒い炎》があった。

それはマッケンゼンの慢性病棟の中庭だった。植物のように棒立ちになった数人の患者に、彼は合唱を教えていた。一時間余の忍耐のすえ、患者たちの空虚な顔に、些細な変化――さざ波に似た皮膚の痙攣――がおこり、億劫そうな低い声がもれた。それは歌にはならなかった。けれども確かに彼のいう《はたらきかけ》の効果が現われたのである。十数年の間、肉体という奥深い煉粉のなかに閉籠められ、ついには消滅したかにみえた患者たちの心が、その刹那、ふっと明るい外光のもとに顔を覗かせた。クルトンは注意深くタクトを振り、患者たちの声を誘導した。彼女たちのつぶやきに節がつき、ついに高低のある歌になったとき、コバヤシは心から感動し、何かクルトンへ賞讃の言葉をのべた。クルトンは白い歯で笑った。

「賞められるほどのことはないさ。ぼくが何故、こんな暇と労力のかかる治療をやるのかわかるかい。まず言えることは、絶対に患者のためじゃないということだ。ぼくは患者を信じない。愛してもいない。大体正常な人間を憎んでいるものが、どうして狂人を愛せるものかね。こういえばわかるかね。ぼくは患者を憎悪する。しかし、彼らの狂気は愛している。それなら、何故、狂気を癒そうとするかって? 難問だな。ほら、回復期の分裂病者がよく絶望して悩むだろう。今迄自分が呪詛を投げつけていた他人が正常で、被害者だと思っていた自分が狂人だったと愕然として悟る。彼らは悩む。悩み悩んだすえに自殺する人さえいる。あれだ。あの悩みをぼくは欲しいんだ。わかったろう。ぼくは全く自分の欲望のために、深淵に燃える黒い炎のためにこうしている……」

「黒い炎？」

「そうだ。君だったらわかると思うがな」

「わからないね。そいつはなにかい、あの白痴の子、ジョゼットが死んだとき、君が言った言葉《死ぬべき患者が死んだだけだ》というのとどういう関係にあるんだ」

「つまんない事を君は覚えてるね」患者たちを病室に帰すと、クルトンの顔から張りがとれ、暗い疲れ果てた皺がひろがった。目は輝きを失い黒い深い穴のようになった。

「クルトン、ぼくは君を理解したい。なぜって、君とぼくはとてもよく似てるからさ」

「異邦人だから……」

「そう。そうなんだ」

「よろしい。その異邦人という言葉――最初の日、ぼくたちを結びつけた言葉に免じて、君だけに告白しよう。ぼくはね、あれから色々考えてみたが、ぼくは君みたいに完全な異邦人じゃないんだよ。いつか、君に話した雨燕《マルチネ》の比喩でいえばぴったりする。ぼくは雨燕《マルチネ》なんだ。医者としても兵士としても良人としても男としても、ぼくは無自覚な失敗者だ。鉄砲でうたれ何も知らず落ちてくるか弱い雨燕《マルチネ》なんだ」

「だって君、君は立派な医者じゃないか」

「冗談じゃないよ。自分の欲望を満足させるために患者を診てるような医者なんて立派なもんか。腹が空くから食べる、眠りたいから眠るというのと少しも変わらない」

「だが、欲望がなければ人間は生きていけやしない。神のために自分を無にするという神父だって……」

コバヤシはドラボルド神父のことを漠然と思い浮べた。医者と神父、この二つの職業はどこか似通ったところがある。

「だから嫌なんだよ。ぼくは人間が嫌なんだ。他人も自分も、すべて嫌なんだ。正直いうと君だって嫌なんだ。ただ、きみは異邦人だから、多少はましなところがある」

「御挨拶だね」コバヤシは別に怒りもせず、茶化すような口調で言った。「わかってきたよ。きみの好きなのは、精神病者の狂気とぼくの異邦人性というわけだ」

「その通りだ」クルトンは真面目くさった調子をくずさなかった。

「じゃ、マドモワゼル・タレはどうなんだ。君は彼女も嫌いかね」

クルトンは不思議そうに目を細めた。何故コバヤシが、彼女のことを唐突に持出したかを探るような目付だった。が、何も言わなかった。

クルトンとはその後折入って話す機会がなかった。今、彼らの喧騒を前に、打沈んでいるカミーユをみると、コバヤシは、彼のことを、彼がついに説き明かさなかった《黒い炎》のことを、しきりと思い出すのであった。

スザンヌ・エニヨンが加わっているため、一同の会話は常よりも上品な話題に限られた。ヴリアンのアルマンチェール生活の未来像はもとより、休暇の予定とか、物価が上ったこと、この秋に全国遊説に出掛けるドゴール大統領、アルジェリアの戦局、新車の評価などが話の種となったのである。しかし、食事が終りに近付き、長い夏の日も暮れ、葡萄酒の酔いがまわった頃になると、次第に遠慮のない会話が、つまり院内の誰彼の噂話が始った。口火を切ったのは、なんとスザンヌである。久し振りに家庭から離れ、若い同僚たちと一緒にいるうち、彼女は学生時代のような気分に帰ったものらしい。そうなってみると彼女はなかなかの饒舌家で、さすがのブノワさえ押えて食卓の中心人物になってしまった。

まずベカール会計主任とフージュロン院長が槍玉に挙がった。これが後々まで《ラブーダ事件》として喧伝された有名な伝説のおこりなのである。

エニヨンのB二病棟にマダム・ラブーダという身寄のない私費患者《パンショネール》がいた。この進行麻痺のお婆さんは、病気の必然的な末期症状として、全身の神経が梅毒に犯され、文字通り骨と皮のように痩せ細ってしまった。本人は食欲は旺盛でガツガツ食べることは食べるし、エニヨンも栄養剤の注射を精力的に行ったのである。が、いかんせん病毒の破壊力のほうが強く、ラブーダは痩細るばかり、そのくせ本人は食べたくて食べたくて他の患者の食事まで盗食いしてしまうほどだった。そこでエニヨンは患者の私費で特別食をつくってやることを考え付いた。どうせ助からぬ体だし、身寄はなし、莫大な保管金（驚くじゃありませんか。二百万フランもあるんですよ）を遊ばせておくのももったいない、それよりブルゴーニュのチーズやノルマンディの蛄《ざりがに》などをどっさり食べさせてから死なせてやりたい、と考えたわけ。そこで会計主任《エコノーム》に相談した。ベカールは例によってすぐにはうんと言わず、条件が一つある、つまり規則により患者の署名さえあれば即座に金を出そうと言う。ところが、ラブーダは、この天国も地獄もわからぬほど頭の呆けたお婆さんは頑として署名を拒否した。あんなになっても守銭奴の性質は残るものとみえ、入院費以外は一スーたりとも使いたくないという。その結果、エニヨンとベカールの間に伝票の往復が始った。ついに三度目にエニヨンは《爆発》し、フージュロン院長の特別許可を受けて、ベカールの金庫を開かせようとした。が、院長もさるもの、私有財産の移動にかんしては所有者の署名がいることは法律上厳たるきまりであるから、県の衛生課長の認可をうけようと逃げた。そんなことでふた月もぐずぐずしているうち、哀れなラブーダは死んでしまった。二百万フランの財産を残したまま……

この話はブノワの気に入った。彼は持前の想像力を活用して、ラブーダの伝票が、衛生課長から副知事、副知事から知事へと廻され、再び無数の署名やら註釈つきで下へ戻ってくる過程を身振を混えて演じてみせ、最後はラブーダの墓前に部厚い書類の山が供えられるシーンまでやってのけた。ただし、すべてをベカールという人物の卑小な性格の責任に還元し、会計主任という地位には同情を示した。それは彼の父親がアルマンチェールの会計主任であるためらしかった。(ずっとあとで、彼はラブーダ事件の真の責任はエニヨンにあり、エニヨンが気をきかせて贋の署名さえしていたら、何事もおこりはしなかったのだと言触らしたのであるが。）

自分の話に一同が興味を示し、しかも自分が存在するために流れていた気詰りな空気が一掃されたとみるや、スザンヌはなおのこと多弁になった。酔って赤味を帯びた目がよく動き、パリなまりの発音が薄い唇からなめらかに溢れだした。彼女はしきりと主人《モン・マリ》が……という話し方をし、良人ロベール・エニヨンの才能と地位を誇示したが、それはむしろ彼女に似付かわしい自然な態度で、参会者に不快感を与えはしなかった。それどころか、めったに聞けないエニヨンの側からの情報を聞けるため一同は喜んだくらいである。

「……先日、マッケンゼンのところで運営会議がありましてね、フージュロンと主人《モン・マリ》が先に帰ったあと、ドロマール一人が居残ったんです。彼はあそこに二時間もいたんですよ」

「?……」一同は期待をこめてスザンヌを見た。彼女は満足げに視線の束を受止めた。

「この頃、ドロマールとマッケンゼンは仲がいいんです。お分りでしょう。ドロマールは独身男、マッケンゼンは良人と別居中……」

「ああ」ブノワが嘆声をもらした。「ありうることだ。あの二人は似合のカップルだ」

「まあお待ちなさい」スザンヌはブノワのはしたない言葉をたしなめるように顔をしかめた。

「その可能性はあるんです。あるんですがそう簡単じゃない。主人《モン・マリ》はルーベ（リール北東の都市）の出身ですから、よく知ってるんですが、マッケンゼン家というのは、由緒あるリールの一族で、あの有名なクレランバール・ローゼンタール家から出ている。つまりガンのフランドル伯爵家の血統です。ところで、彼女の生家はド・ブユール家といってアラスの地方貴族にすぎません。ド・ブユールとマッケンゼンでは、マッケンゼンの名前のほうが十倍ぐらい名誉で重みがある。当然彼女はマッケンゼンという名前に未練があるんですよ。さて、ドロマールはどうか。彼はブルターニュの素封家の出身かも知れないが、元をいえば革命後のブルジョワの筋目です。彼はヴァンヌの彼の家は貴族館《シャトオ》ですが、あれはナポレオン三世時代に競売品を買ったんですからね。彼の素性とは無関係です。そこを見極めると、マッケンゼンが現在の良人をドロマールに見変える可能性はすこぶる少い。お分りですか」

「なあるほど」スザンヌの該博な知識に圧倒されたブノワが叫んだ。「とすると、とすると、可能性はすこぶる少いと。で、どうなんでしょう。ドロマールはマッケンゼンに気がある、これは確かなんでしょう」

「まあ、あなた、気をつけて物を言ってください。そうだとは、わたし、断言していませんよ。いままでの話は事実を述べたまでです。ドロマールの本心なんか誰にわかるもんですか。大体あの人が、五十近くのこの年まで独身でいたのはなぜなんです」

「さあ、それは大問題だ」ブノワはヴリアンを向いた。「ねえ、きみ、どう思う」

ヴリアンは不意を食ってまごついた。「それは、その、われわれとしてはだね。その……」隣の夫人に助けを求めようとする。が、夫人は、アンネットをねかしつけに部屋に去っていた。

「ドロマールは倒錯者《ペルヴエール》じゃないんですか」はっきりと徹る声、ラガンだった。一刻、面々はびくっと電流が通ったように黙りこんだ。

「アンヌ、気をつけて物を言って下さいよ。倒錯者《ペルヴェール》だったら犯罪者じゃないか」ブノワは無意識にスザンヌの口調を真似ていた。

「もちろん推測よ。でも根拠はあるわ」ラガンは、平然として、目鏡の奥から真直ぐスザンヌを見詰めたまま言った。

「最近、メダルト・ボスを読みました。そのなかに性欲倒錯者の症例がたくさん書いてあります。ドロマールは同性愛者《ユラニスト》の特徴を備えています。それから、おそらく小児姦《ペドヒリー》の傾向も混っている……」

「およし、アンヌ。証拠がないことは言わないほうがいい」ブノワは、目を細め長い部厚い顎を突出した。

「証拠はない。でも推測の根拠は少しはあります。第一に彼はあの年まで独身で通した。第二は彼は女みたいにおしゃれである。背広はボンドストリートの特製、赤い絹のネクタイ、糊のきいた外科帽、イタリー製の鹿皮の靴。第三に……これはコバヤシにきいて。彼がドロマールの家のなかを知っている唯一の人物だから」

　ラガンは、自分の大胆な発言が聞手を面白がらせるにちがいないと確信しているかのように笑った。が、誰も笑わなかった。聞手は彼女のあまりにもあけすけな調子に吃驚してしまったのである。

「ところでと、アンヌ、コバヤシに何をきくんだって？ ああ、ドロマールの家の中、ね、コバヤシ、そいつはどんなだい。その、ユラニストの特徴を備えた点があるかい」ブノワは婚約者の間の悪い立場を救うつもりらしく、努めてふざけた調子で言った。

「さあね、ぼくは本を借りに行くだけだから……」

コバヤシは、ドロマールの厖大な蔵書と紫色の仄暗い書斎の様子を思い出した。すると、何かの化学反応がおこる前の予兆、コップに試薬を滴下したときの紫色の薄い靄のような濁りが胸の中にひろがっていった。それは液中に溶けていた雑多な薬品を押除け紫色の結晶となって試験管の底に沈澱してくるはずだ。そうだ……鍵になる試薬はジャンマリーなのだ。あの不可解な会話――《注射をしてくれるよ》《それから？》《それから……ぼくわかんないよ》――その次に来たジャンマリーの激昂、それが、もしドロマールと少年の淫靡な接触を暗示するとしたらどうか。いや、それはありうることだ。ドロマールの書斎には、大理石や青銅の裸像がたくさん置いてある。その多くは古典ギリシャとローマの彫像の模造品だが、なかには本物もあると自慢していた。ドンナテルロのダヴィデ、ゲミトの漁夫、砂漠の聖ジャン、弓をひくエーロス……いや、名前はとても覚えきれない。確かなことは、その大部分が少年像であったことだ。まてよ。そういえば全部が全部少年像ばかりではないか。そして、机の傍にある牧羊神《パーン》が彼の欲望の象徴なのだ。牧羊神は葦笛《シューリンクス》を吹くオリュンポスを左手で抱きかかえ、情欲に燃え立つ目を少年のほっそりした項に向けている。そして巨大な股間から怒張した角先が少年の幼いそれを狙っている。牧羊神をドロマールに、オリュンポスをジャンマリーに、葦笛を薬品にかえてみろ。すべては明快だ。まだある。あの飛翔する鷲をかたどった奇怪な栞、それを何度もためつすがめつしたあの燻し銀の栞の意味も、今や明らかだ。何のことはない。鷲はゼウスであり、つかんでいる餌物はガニュメーデスではないか。こんなことに気付かなかったぼくも迂濶だが、ラガンは一体、どうしてこの事に気付いたのか。彼女は、ドロマールの家の中に入ったことはないし、あの奇怪な栞を見たことがないはず……それがどうして？

「マドモワゼル・ラガン。あなたは、なぜドロマールがユラニストだなんて言うのですか」

コバヤシの真面目くさった質問に、今度はラガンが吃驚した。少くとも、その顔から笑顔が消え、狼狽気味に目を丸くした。

「冗談だよ。コバヤシ。ドロマールの奇々怪々な特徴を、彼女は直観的に表現しただけなんだよ」ブノワが助勢した。

「冗談だよ。ねえ、その……まあ冗談さ」ヴリアンは何か気のきいたことを言おうとして思い付かずに口籠った。

「ところでクルトンはどうしたかな」ブノワがカミーユに視線を走らせながら、何気ないふうに言った。この発言は、場面転換に効果的であった。会食はとっくに終り、語ることは語りつくした頃になって、一同は急にクルトンの不在を思い出したのである。同時に、終始沈黙したままでいたカミーユにも興味を抱いた。彼女が寡黙なのはいつものことである。が、今夜の彼女は一言も喋らなかったばかりか、いつも誰かの話に対して示す反応――微笑――すらなかった。うちうちでの会合というのでマダム・セネシャルを病室に帰したため誰かが料理を運ばねばならなかった。カミーユはスザンヌやラガンを押えて自分一人でこの役を引受けた。目立たぬ地味な彼女を次第に皆は忘れてしまった、というより習慣的に無視したのである。ただ、コバヤシだけは、カミーユが何事かを一心に思い悩んでおり、そのため周囲の会話も耳に入らぬ様子であるのをずっと意識していた。

「彼は部屋で寝ているよ」黙っているカミーユに代ってコバヤシが答えた。「なんなら、ぼくが呼んで来ようか」

「そうだなあ。せっかく我等のヴリアンの送別会なんだから、ね、ドミニック」

「そうだなあ、せっかくだから、その、彼の顔も見ておきたいなあ」

「呼んでこよう」

コバヤシが席を立った瞬間である。

「やめて」カミーユが鋭く叫び、コバヤシの肩に手をかけ椅子に引戻した。「わたしが呼んでくるわ。みんな待ってて」

彼女は昂然と首をそらしやけに靴音を響かせながら大股に出て行った。

「なんだいありゃあ」「どうかしたのかしら」「何だか様子が変ね」そんな囁きを交わしているところに彼女が帰ってきた。今度は音もなく、いつのまにか入口の扉を背に、黒い翳のようにひっそり立っていたのである。

「どうでしたの？」とスザンヌが思わずいたわるように言った。

カミーユは沈んだ顔付で首を振ったが、ふと思い直すと「彼は来ないそうです」とはっきりした声で言捨てざま駈去ってしまった。そのすぐあとをコバヤシは追って行った。

その夜カミーユは内勤医宿舎《アンテルナ》を出た。つまりクルトンのもとを去ったのである。クルトンとカミーユの間に何事がおこったかは誰も知らない。

コバヤシがクルトンの部屋に入ったとき、クルトンは不在でカミーユが一人で荷物をまとめていた。それは急に思い立った行為ではなく、その証拠にトランクやボストンバッグはすでに片隅にきちんと並べられており、帽子や化粧品をナップサックに詰めこむだけで引越の用意は完了してしまったのである。

「どうしても行くのですか」

「ええ」

「でも彼は？」

「彼はいません」

「いったいどこへ行ったんです？」

カミーユは首を振った。その時コバヤシは諒解した。クルトンは今日ずっと不在だったのだ。彼女にはその不在の原因も行先もわからないのだ。

「ぼく、荷物を持ちましょう」

コバヤシは大きなトランクを摑んだ。それは意外に軽かった。彼女は食堂前の出口を避け、裏口から外へ出た。そこにはちゃんと彼女の車が駐車してあった。すべては予定の行動だったのである。

別れぎわにコバヤシが尋ねた。

「何か彼に言うことありませんか」

「いいえ、何も……」

「せっかくお隣同士になれたのに残念です」

「でも、病院の中ですもの。又会えますわ」

「それはそうですけど」

テールランプの赤が門の外へ消えた。彼女は今日一日彼を待っていたのだ。もし、彼が現われたら、彼女は去らなかったかもしれない。荷物を纏め、別離の用意を万端整えながら、彼女はなおも迷っていた。それにしても、クルトンは何をしているのか。この頃、見掛けぬことが多い。黒い炎も結構だが、自分を愛してくれる女のことぐらい少しは考えたらどうか……夏の夜風は涼しく気持よく頰をなでた。けれどもコバヤシの心には湿った重苦しい気分がわだかまっていた。ブノワとラガンは幸福である。ヴリアン夫妻もまあ幸福である。ドロマールとマッケンゼンは噂だからどうでもいい。しかし、ドロマールとジャンマリーは醜悪である。そして、クルトンとカミーユは不幸である。ところで、コバヤシとニコルは……不幸とはいえないが完全に幸福ではない。幸福でないのはなぜか。あの熱狂の日々は過ぎ去っていた。顳顬が痛んだ。あながち飲み過ぎたせいとは言えない。どうやら、それは久し振りの偏頭痛のようであった。

コバヤシはクルトンの帰りを待った。別に待つ必要もないのだが、どうしても寝付かれなかったのである。偏頭痛・醒めきった意識の中にふわふわと浮遊する諸々の想念・疲労し弛緩しアルコールに火照った体、錆びて軋むベッド・穴の底から見るように高い天井——久しく忘れていた夜の不快な状況が、内側と外側に彼の意識を強制的に分散させる不眠が、彼を苛んだ。カミーユが去ったのは十時頃、ヴリアンの送別宴がおわったのは十一時を過ぎていた。ヴリアン夫婦とアンネットはアルマンチェールに帰った。ブノワとラガンもヴリアンを追ってアルマンチェールへ——ブノワの父の家へ——立った。彼らは明日、イタリーへ向けて旅立つはずだ。スザンヌも数日後には夫ロベールと子供たちともどもオーヴェルニュに去るだろう。彼らは去って行く。去って行く場所がある。計画どおりの夏休暇が、習慣的な生活が、無難で正常な平和が、彼らを生暖く包みこんでいる。ところで、クルトンは……彼は休暇を無視していた。「ぼくは休暇なんかとらないよ。だから、君は好きなときにとったらいい」彼はそう言ってくれた。だからコバヤシは行こうとすれば何時でもどこかへ行けるわけだ。だが、どこへ？……はじめニコルは、毎年、部屋を借りるコート・ダジュールの民家に一緒に行こうと誘ってくれた。部屋数に充分余裕があるから一部屋を彼の分として使用できるという。別に当てのなかった彼はこの提案を喜んで受入れた。ところが数日後、彼女は、父のデュピペルが他人とともに暮すのを嫌がっているという理由で先の約束を断わってきた。このことは、少しばかりコバヤシの自尊心を傷つけた。けれど、彼はむしろさいわいと思うようになった。ニコルとしばし別れて暮してみる。すると自分の本当の気持も定まるだろうと思い返したのである。で、前々から行きたいと考えていたギリシャ旅行のプランを練りはじめた。イタリー半島の踵にあるブリンディジまで車で直行し、船でピレウスまで渡る、そんな旅程を組み旅費を計算する作業に時間を費した。が、その作業にはどこかに嘘があって、つまり、《ギリシャなどに行っても仕方がない》という気がどこかでブレーキとなって働き、彼は中途でプランを放擲してしまった。

ニコルは七月の末に南仏のサン・ラファエルに出発する。それが、彼女の未来について彼の知っている唯一の事柄であった。休暇が明けなければ何もかもが始らない。ニコルもジャンマリーもデュピペル老人も、それまでは、その間は、彼らの一員なのだ。よろしい。ニコルは一カ月、不在である。彼女は裸になり、泳ぎ、日焼し、フランドルの精神病院を忘却し、もしかしたらコバヤシという異邦人のことなど頭の片隅に追やって、楽しむだろう。存分に楽しむがいい。ぼくは……ぼくはギリシャへなど行かない。ヨーロッパの国々を見る好奇心、遺跡やら伽藍やら美術品やら、そんなものはどうでもいい。ニコルに向って、あれほどベルギー旅行を誘った《文化的な》自分はどこへ行ったのか。多分彼女のおかげだろう。ぼくは変ってしまった。ぼくには遠い国への旅行がどうにも億劫なのだ。結局ぼくはこの淋しい田舎に残り、夏中をクルトンと二人で暮し、精神医学史の仕事でもやる――どうもそうなるらしい。ニコルが帰ったら、まずデュピペル氏に会おう。ブノワによれば、フランスの青年は娘の父親に申しこむしきたりだそうだ。「御令嬢の手をとらせていただける光栄を頂けますか」ぼくがこう言ったらデュピペルは何と答えるだろう。それはさぞ滑稽な光景だろう。当のニコルが第一に吹出すはずだ。なぜといって彼女は、結婚・家庭・子供という月並な生活を冷笑しているからだ。「男なんて結婚すればパパのようになる。それでおわりよ」そんな事をなにげなく漏らしたこともある。この考え方はクルトンの思想にぞっとするほどよく似ている。ニコルはクルトンそっくりの意見をいうことがあるのだ。二人の過去に何かがあって二人を結びつけているとしたら？ニコルがクルトンの影響を受け、クルトンがニコルの隅々まで知悉するような何かがあったとしたら？　時々不快に浮びあがってくるこの疑惑には残念ながら証拠がない。ただ確からしいことは彼女が普通の女のようにはぼくを愛していず、その普通の女に似ていない意外な部分はクルトンに似ているということだ。ところで、ぼくが彼女のうち、もっとも愛する部分は、どうやらこのクルトン的な部分らしいのだ。そして、奇妙なことに、彼女の欠けた部分、不可解な部分もまたこの点なのである。なぜか？　ニコルは父を嫌悪していた。むしろ恥じていた。クルトンに言われるまでもなくそれは事実として看取しえた。彼女は父の話を避けていた。たまに話が父に触れそうになるといそいで他の事に話頭を転じた。それればかりではない。家へぼくを近寄せなかった。少くとも《母の日》以後、ぼくは彼女の家へ行ったことがないのである。

ドライヴの時は、彼女のほうがモーターバイクで病院へ来る。決して家にいる彼女を拾ってくれとは言わない。さらに、ぼくが車の給油や整備でガソリンスタンドへ行くのさえいやがった。そこでぼくは必要なときにはベッチュンヌのルノー代理店を利用することにしていた。彼女は一度「家を出てどこかへ下宿したい」ともらしたことさえある。が、その理由を彼女はあかさなかったし実行する気配も示さなかった。ジャンマリーを過酷に取扱いながら愛していたように、父を嫌悪し恥じているくせにどこかで愛していたのではないか。でなければ、アル中の父と心臓病の母を残して旅立とうとするドラボルド神父に、あれほど激しい批難を浴せなかったはずだ。ニコルの欠けた部分、不可解な部分とは彼女のこの両価的《アンビヴァラン》な感情だ。彼女の両価的感情はぼくにとって重大な意味を持つ。一方の極には異邦人たるぼくへの愛、他方の極には肉身たるデュピペルへの愛……いいや、この考察は図式的すぎる。彼女を、何かの観念で裁断してみる、平凡な女の部分とクルトン的な部分と、またデュピペル的な部分とコバヤシ的な部分と、こんな操作は昔日本にいたときドロマールを裁断したあの観念の遊戯——語学の天才だとかヨーロッパ的怪物だとかという判定——と同じなのだ。生身のドロマールが刻々に変わる不透明な存在である如く、わがニコル・デュピペルも不分明な柔い生暖い、欲望をそったり嫌悪を覚えさせたりする存在なのだ。水着姿の均斉のとれた女性の肉体、ヘリオトロープとジャスミンの香り、甘い息遣い、暖かな舌、その穴の奥の赤い滑らかな熱いもの、その先の喜悦……コバヤシは目を開いた。窓が薄明るい。やがて短い夏の夜が明ける。樅の枝葉の中で小鳥たちが囀りはじめた。痛むように眩しい昼が開けてくる。眠らねばならない。昼間のあの重々しい光熱の世界で、ぼくはまた一日を過さねばならない。コバヤシは目を閉じた。頭の芯にどろどろした粘液がつまったようだ。意識がねばついている。クルトンは？　彼はクルトンを待っていたことをわずかに思いながら眠りに落ちた。


「マドモワゼル・タレは去ったよ」

「ああ、知ってる」

「君は驚かないのか」

「どうして？　ぼくが驚かなくちゃいけないのかね」

「そうじゃないけど……彼女は去った」

「そう、去った」

「君は平気だね。まるでひとごとのようだ」

「言っておくけど、ぼくとカミーユは話し合いのうえで、つまり納得ずくで別れたんだ。ぼくとカミーユのどちらもこの事で傷つくことはない」

「でも、彼女は待ってたよ。昨日、君の帰りをずっと待っていた」

「ああ？」クルトンは白い歯をみせた。その白い歯は、笑っているようでも怒っているようでもあった。コバヤシは自分がまだ充分に目覚めていないと思い、コーヒーを一口飲んだ。クルトンの顔は水に濡れた蜥蜴のように光っていた。そして無表情であった。《シェイヴィング・クリームだな》コバヤシは、剃り残したちぐはぐな毛の並ぶ揉上げを見ながらそう思った。

「君が、ヴリアンの出世や送別会などに興味がないことはわかっているさ。だが、君はどこへ行ってたんだ。彼女が君を待ったのは事実だ。ずっと待っていた。夜の十時頃まで」

「十時まで。なるほど、十時まで」

「クルトン、茶化すのはやめたまえ」

コバヤシは苛立った。頭が重い。それはあながち寝不足のせいばかりでなく、昨夜から続いている頭痛のせいもあった。それに、この地方としては珍しく蒸暑い朝のせいもある。クルトンの白い歯が笑顔にみえた。彼は笑っている。こんな場合、どうして笑えるのか。

「茶化しちゃいないさ。ただ、カミーユのことは君が考えているほど重大なことじゃない。こんなことを君が重大視すると、これからぼくが言うことに、驚くことになるよ。さあ、驚かないと誓えよ。そしたら話す」

「何を話すんだね」

コバヤシは不安と期待の混った目をなげかけた。

「その前に驚かないと誓えよ」クルトンは深い小さな目をしばたいた。

「誓う。誓うとも」コバヤシは面倒くさげに言った。事実、彼は話すのが面倒であった。思考が粘着し、フランス語が自由に出てこない。モーニングカップに残っていたコーヒーを一気に飲み干す。「さあ話せよ」

「いいかね、君のニコルは昨夜家出したよ。親父さんのデュピペル老人と大喧嘩してね」

コバヤシは驚かなかった。それどころか、内心では喜びさえ覚えていた。いつかはこうなるだろうという予感があった。それが実現したのだ。ニコルは肉身たる父親を離れて、異邦人たるぼくのもとに来るだろう。

「ほう、驚かないね。君も頼もしい男だ」

「待てよ。まてよ」一瞬ののちコバヤシは混乱してくる考えを統一しようと焦った。何かが不可解である、破廉恥である。彼は、やっとのことで言った。

「どうして君がそれを知ってるんだ」

ニコルを最後に見掛けたのは、昨日の午後四時、勤務が終ったときだった。モーターバイクで帰る彼女をいつものように門の前まで送って行った。彼女は笑顔で手を振った。それ以後、コバヤシはずっと内勤医宿舎《アンテルナ》にいた。ニコルからは電話一本かかってこなかったのである。

「だってぼくが彼女の引越しを手伝ったからさ」

「君が手伝った？　どうして」

「彼女がぼくに頼んだからさ」

「君に頼んだ……どうしてぼくじゃなく君に頼んだんだ」

「つまり、ぼくが偶然そこにいたからさ」

「わからない」コバヤシは眉をひそめた。

「君はこう言いたいんだろう。どうしてぼくが偶然そこにいたかって」

「まあそうだ」

「それはだね……」

「待ちたまえ」コバヤシは押被せて言った。「今、彼女はどこにいる」

「ベッチュンヌだ。素人下宿《パンシヨン・ド・ファミーユ》にいる」

「住所を教えてくれ」

「いいとも」

クルトンは住所ばかりでなく精密な略図まで手帳の端に書いた。それから落着きはらって棒パン《バゲット》をコーヒーに浸しては食べた。そのなにげない日常的な所作、おだやかな微笑がコバヤシをじらせた。

「一つだけ、いや、二つだけ聞きたいことがある」

「どうぞ、なんなりと」

「なぜ彼女は家出したか」

「親父のデュピペル老人と諍をしたからさ。前にも言ったように彼女は……」

「わかった。もう一つ。きみは昨夜から今朝まで彼女と一緒にいたのか」

「そうだ」

「たった二人で？」

「そう、たった二人で、一つの部屋に」

クルトンは何事も匿さない。質問すれば必ず答える。率直というのか、無遠慮というのか、微塵も秘密がない人間というのは危険で無気味だ。コバヤシは朝食をとっているクルトンの薄い咬筋の伸縮を見、奥歯の搗合う音を聞きながら沈黙した。次の瞬間彼は火でも押付けられた人のようないきおいで食堂を飛出していた。

暑い。鋭い苦痛のような光が落ちてくる。家々も石畳も色彩を失い、白と黒とにくっきり区分けされていた。門柱や窓の楔石にべっとりと貼りついた黒い羽虫《ベート・ドラージュ》の群、蔭から出没する蚊柱、馬糞にたかるねばっこい銀蠅の塊。人がいない。街は死んだようだった。

光と昆虫と石と、それだけの世界。そして暑い。頭から胸へ、皮膚の内側で不快な衝動と不機嫌が煮え立つかのよう。

コバヤシは歩いた。蠅が耳元で唸りをあげ唇をかすめた。思い切り唾をとばした。頬が痒い。ぴしゃっと平手打。潰れた羽虫の、汗の、掌と頬の痛みの感覚。叫びだしたい、できることなら気違いのように喚いてみたい。が、誰かが見ていた。厚い壁と重いカーテンの内側で誰かが見ていた。

広場だ。焼かれた石畳から焔のような陽炎がたちのぼっている。鐘楼も教会堂も溶けたようにゆらめく。ここにも人影が無い。町役場前の掲示板に、光に侵蝕され変色した紙がめくれあがっていた。

《スリッパ一足を落したるものは遺失物掛に申し出ること。七月十四日》
苛立ち沸騰している胸の底に、かすかな哄笑が忍び込み、やがてひろがって行った。革命記念日にニコルと遠出した。どこの村でも総出で祭を祝っていた。子供たちは道でスプーンレース、原っぱで柱登り競争、大人たちは古風な弓の射的、野外のダンスパーティ——それはパリで経験した祭よりも、はるかに鄙びて悠長で爽やかな祭であった。村役場の前に掲示板があった。
《本日の遺失物はすべて村役場で保管します》
あの時——といってもまだ数日前のことだが——二人は幸福だった。いや、幸福を装っていた。どこか完全に幸福でないことを二人とも感じていた。平凡な逢引、子供じみた愛撫に飽きたふうがみられた。もちろんそんなことは口にしなかったし、二人は朗かではしゃぎ抱擁し、常にも増して《幸福を演じ》ていた。しかし、あの時、ニコルの頭に誰かほかの男が存在していたなど思ってもみなかった。それなのに……コバヤシは笑いだした。笑う、それは体中の忿懣がどろどろと流出するような不快な笑であった。
誰かが見ていた。老人だった。茹であがったデュピペル老人、商人くさい追従笑、たるんだ咽喉仏、手足の細かい振え、ちがうところは日焼けした黒い皮膚と角ばった広い肩だ。コバヤシは笑いやめて肩をすくめた。行こうとすると老人が話しかけてきた。

「何がおかしいのですか」

「この貼紙ですよ」

老人は黄ばんだ紙をしかつめらしく読み、首を傾げた。

「わかりませんか。ねえ。おかしいじゃないですか」

コバヤシは引きちぎったように笑った。老人は気味悪げに目をしばたくと行ってしまった。ざまあみろ、ざまあみろ、コバヤシは陰険なとげとげした気持でつぶやいた。ざまあみろ、いつしか彼は大声で叫んでいた。

狭い裏通りに入った。ここにも光が充満している。眩しい空がひろがった。家々が急に低くなったのだ。空に押しつぶされ、呻いているような貧弱な家々。白っぽい子供たちが駈回っている。凸凹の石畳は黒く汚れ、得体の知れぬ緑色の粉（あとで殺鼠剤とわかった）がまいてあった。鋪石の隙間から干上った草が伸びている。チール街の看板を見付けた。この十二番地にニコルがいる。

通りに面した小さな入口。扉は閉っていた。呼鈴を押そうとして、もう一度、クルトンの書いた地図を確かめた。間違いない。チール街十二番地。

屋根裏部屋、両側から壁が斜めに倒れてくる暗い三角形の空間、そこにニコルの香水の香がしニコルがいた。ほとんど裸で、シュミーズの肩の紐がはずれ、ねぼけまなこのまま……コバヤシは応待に出た中年の婦人に部屋を教わるや階段を駈上がり、ノックもせずいきなり扉を開けたのだった。ニコルがベッドから跳起きあっと叫んだとき、彼は後手で扉を乱暴に閉めていた。

「ニコル。なぜ?」コバヤシはベッドの傍に立ち、女の撫肩と、細い腕と豊満な胸やふとももを見下した。汗が流れ、動悸がし、息苦しい。カーテンを払い除ける。窓がしまっていた。建付けの悪い把手を苦心して廻し、窓を押すと、鉄枠から錆びた赤い粉が飛散った。振返るとニコルは萌黄のガウンをまとい、乱れた長い髪を手で撫でつけていた。

「さあ」コバヤシはニコルを睨めつけた。

「さあ?」ニコルは微笑すると扉の錠を掛けに行った。

「あら、こわれちゃったわ。あなたが無理にあけたもんだから」

ニコルは奥の壁鏡の前までゆっくり歩いて行き、化粧くずれを直しはじめた。《落着いたふりをしている。その実あわてているくせに》コバヤシは穢らわしいものを見るように彼女の後姿を見、目を移して室内を吟味しだした。下着類のはみでたトランク、古ぼけた固い長椅子、不必要に大きなベッド(ダブルベッドだった。ただし枕は一つしかなかった)、木製の安物の椅子、テーブル、灰皿には吸殻の山――そこにクルトンの常用するマイス巻きのシガレットを発見したとき、コバヤシは苦痛で呻いた。

「ニコル、こちらをお向き」

「待って、もう少しだから、あらあら、ひどい顔」

「もうお芝居はたくさんだ」

ニコルは聞こえぬふりをし、口紅をひいた。それから、頰の黒子にそっと指先で触れた。

コバヤシは椅子に掛け、また灰皿を見た。

「昨日、クルトンが来たろう。そして、ここに泊ったろう」

笑声。ニコルが笑っていた。

「どうも様子がおかしいと思った。あなたやいてるのね。そう、昨夜ミッシェルにここまで送ってもらった。彼はここに泊ったわ。その長椅子の上で」

「クルトンと呼びたまえ」コバヤシは語気荒く言った。

「なぜ」さすがニコルは、笑いやめ、きびしい顔付になって、ベッドに腰掛けた。

「なぜって、ミッシェルだなんて馴々しい」

「だって、わたし達はそう呼び合うのよ。ニコル、ミッシェルって」

「わたしたち？　一体どういうことなんだ」

「今はその話、したくないわ。それよりお腹が空いた。パンデピスとバターと、あなた、コーヒー飲む？」

「ごまかさないでくれ。ぼくはきみの釈明をききたいんだ」

「いいわ」ニコルは何か理屈詰めに物を言うときの癖で耳朶まで赤く染めた。「釈明だなんて大袈裟だけど、要するに簡単なこと、昨日パパとジャンマリーのことで喧嘩した。数日前ジャンマリーがどこからかシトローエンのマークのついた切符販売機を三つも持って帰った。ほら、バスの車掌が首からさげている箱型の機械よ。現金がごっそり入って重いし、切符の巻紙もまだたくさんついている。どこかのバスターミナルから盗んできたにちがいない。あの子ならやりそうなことなの。何しろ機械も切符も大好きなんだから。自分の息子がだいそれた窃盗犯だというのでパパはすっかりうろたえ、切符販売機を沼に捨てて来い、つまり犯跡を湮滅してしまえという。わたしはこんな姑息なやりかたには反対だった。あの子はどうせ現金の価値などわからない。だから切符だけ持たして機械はシトローエンへ帰しにいけばいいと言った。そこでおきまりの喧嘩になった。それが一昨日、わたしが憲兵に電話したもんだから事が大きくなった。ジャンマリーは調べられ、パパは呼出される。結局、子供のいたずらということでけりがついたけど、自尊心を傷つけられたパパは例によって酔払ってわたしにからんできた。昨日は、それはそれはひどいことを言った。これは前から言っていたことなんだけど……(ニコルは言葉を切り、増々赭くなった)、あなたのことよ。いいわ、全部言いましょう。パパはね、こう言ったの。『あんな外国人、あんなマルメロの実みたいな黄色い男とつきあっちゃいかん』て。(ニコルは、jaune comme un coingという言いまわしを説明した。)そこで、『出て行け』『ええ出て行きます』て結末になった」

「なるほど、で、クルトンは?」

「まあ何て、焼餅屋さん！　偶然彼はガソリンスタンドに来ていた。彼がいなければタクシーう」

を頼んだでしょうよ」

「でも、どうしてぼくに連絡してくれなかった？」

「連絡の暇も方法もありませんでした。下宿を探さなくちゃならなかったし、病院に電話すれば門番に盗聴されるし、あのかみさんときたらパパと懇意な人だから秘密はすぐばれてしまう」

「でも、でも、君は、あの男とここで一晩すごした。それがどういう意味を持つか……」

「何もありませんでした。わたしを信じないの？」

「いいや、そういうわけではないが……」

「彼は長椅子で寝ました。泊ったわけは、昨夜この部屋を探すためくたくたになったから」

「………」

「まだ疑ってるのね」ニコルはいまいましげに唇をゆがめた。「いいわ。たんと疑いなさい。ほかの男と関係をもった女が、その男に、恋人への伝言を頼むかどうか」

「伝言を頼んだ？　クルトンにか」

「そうよ」ニコルは不思議そうにコバヤシの晴れやかな顔を見た。

「莫迦なやつだ、君のミッシェルは。一言そう言えばいいのに。いや、莫迦なのはぼくだ。とんだ嫉妬妄想の患者だ」

コバヤシはニコルと並んでベッドに腰かけ、頭をかかえた。すべての疑念が解けたわけではない。ニコルとクルトンが親しい間柄らしいこと、デュピペルがぼくを嫌っていること、すべて不快な情報ばかりである。が、これ以上の議論は無駄だと突然判断した。これ以上は耐えがたい……耐えがたいほどの暑さなのである。蒸し暑い風がしきりと吹きこんでくる。いつしか黒っぽい雲が窓をふさいでいた。遠雷がした。オラージュの気配である。コバヤシの頭痛がつのった。彼は女の匂いを、汗ばんだ肌を感じた。彼は女を愛していると思った。しかし前のようにではなかった。女を愛することは滑稽だった。女を愛している自分を他の自分がどこかで嘲笑していた。ニコル・デュピペルを一枚一枚剝いでいく——看護婦・フランス人・白人・女——そして、彼女が処女であることを知ったときも、彼は自分を滑稽だと意識した。あのギリシャ旅行の計画のようにどこかに嘘があった。あの最初の接吻のようにどこかに芝居じみたものがひそんでいた。

第四章

1

カーテンの隙間は黒い。外は暗いのだ。それでも朝だとわかる。睡気がない。起きねばならぬ時刻だ。ドラボルド神父は午後三時半カレーより立つ。遅くも十時には出掛ける必要がある。何時だろう？　コバヤシは手を伸ばしテーブルの上から腕時計をとり、震え上った。寒い。空気が冷えきっている。おそらく零度以下だろう。悪い予感がする——また水道の水が出ないのではないか。厄介なことだ。マダム・ソヴァージュに頭をさげ、井戸水をもらう。第一、マダム・ソヴァージュはまだ寝ているだろう。今日は日曜日なのだ。部屋代はきちんと払っているのにあの無愛想さかげんときたらひどいものだ。《お前に部屋を貸したわけじゃない。お前のほうで勝手にころげこんできたんだ》最初の頃は無理もなかった。ニコルが借りた部屋にぼくが泊ったのをみて、ニコルを娼婦と、ぼくを客と思ったらしい。翌日部屋代を二倍にするか出ていってほしいと言った。あの時ニコルは血相をかえて掛け合ったものだ。契約には違反していない。たってというなら契約不履行で訴えると、それは徹底的な喧嘩だった。あの時、ムッシュ・ソヴァージュが、あの中学《リセ》の数学教師だという温厚な紳士が出てこなければ、またマダム・ソヴァージュが典型的なヒステリー発作のひきつけをおこさなければ、それは摑み合いになりかねぬほどの勢いだった。もちろん今では事情がちがう。ぼくが医者でニコルが看護婦で、二人が友達同士《アミ》だとはマダム・ソヴァージュとて先刻御承知だ。そのくせ、ぼくを見ると無愛想きわまる態度をとる。まるで彼女の不機嫌の原因がすべてぼくにあるかのように。険を含んだ目、意地悪くとがった鼻、その鼻を犬のようにくんくん鳴らす。彼女は醜女ではない。それどころか上品で、整って、美しくさえある中年婦人だ。いや、まだ三十代の男好きのする美人だと讃辞を呈しておこう。その美人がぼくに限って、ああも意地悪い相貌と化するのは驚くべきことだ。窓がよく閉まらない、便所が詰った、階段の板が割れた、水が出ない、まことこの古家には故障が多い。それを言いにいくたび、あの顔を見なくてはならない。そして、ぼくが言うと必ず鼻をくんくん鳴らし、美人にあるまじき乱暴なはしたない返事をする、だからニコルに出直してもらわねばならない。はじめから、ニコルが行けばよいのに、彼女は決定的に(これはニコルの慣用句だ)ぼくを先に行かす。それも無理はない。ニコルが行けば、必ずすさまじい口論になる。妥協ということがニコルにはできないのだ。すべてを理詰めで論理で契約でしかも亢奮その極といった口調で押進めていく。それでマダム・ソヴァージュを言負かしてしまう。勝って帰って来たときには、もうけろりとしている。「生きるためには仕方がないでしょ」そう言って上機嫌でさえある。「生きるため」というのは誇張だ。本当は、「生きている」楽しみのために論争するのだ。つまり、ニコルにとって口喧嘩は気晴しなのだ。スポーツなのだ。それが証拠に、ニコルはマダム・ソヴァージュと仲がいい。奇妙なことに仲がいい。血をみるほどの紛争の翌日、二人が談笑している様を見、ニコルがマダム・ソヴァージュのために食料品の買出しにいくのを見る、そんなことも稀ではない。あんなときの美しい上品な小市民的微笑をマダム・ソヴァージュはぼくには《決定的に》みせない。なぜか？　ぼくが口下手だから、男だから、東洋人だから、契約外の下宿人だから？　わからない。全くわからない。コバヤシは耳をすました。昨夜凍結を予防して小出しにしておいた水道の水音がきこえなかった。やっぱり凍っている。この刺すような寒さはおそらく零下十度以下だ。数日前に雪が降り、やがて雨となった。しかし、暖い日は一日のみで、続いてひどい寒波が来た。数多の自動車のラジエーターが破裂し、運河では曳船が立往生し、沼はスケート場に変った。この冬はじめて水道がとまった。マダム・ソヴァージュに井戸水をもらい、階段を息を切らして運びあげる。あんなことは一度で懲りごりだ。だから昼間のうち水道の水を汲んでおくことにしたのだ。そのためにこそ安デパート《ユニ・プリ》から大型バケツを購入したのに。昨日、ニコルときたらそのバケツに洗濯物を漬けてしまった。もう寒波は去ったと新聞に出ていたからというのだ。ニコルは天気予報など見やしない。一日先のことなど考える女ではないのだ。それみろ。寒波は去ってやしない。この寒さはどうだ。水道が凍ってしまった。寒い。寒い。コバヤシは腕時計を読もうとした。読めない。暗いのだ。暗くて寒い。コバヤシは暖みのほうにニコルのほうに体を寄せた。胸からお腹へのしなやかな線、すべっこい肋骨、それがニコルだ。脈をとってみる。熟睡中のゆっくりとした脈動。いつだってニコルはぐっすり眠る。どんな事件のあとでも不眠症にならない。いつか、デュピペル老人に寝込を襲われたことがあった。娘をかえせ、誘拐犯だと、調子はずれの声で呶鳴った。老人は酒気を帯び鼻は血のように赤かった。結局ニコルが老人を追返した。実の父親に向って、あのように激しい罵言をあびせる——それがニコルだ。ニコルでなければできない。ニコルを知れば知るほど、ぼくはニコルが怖くなる。癇が強く、残酷で、我儘で利那主義の女。そう思うけど離れられない。ニコルの嫌な面を知れば知るほどぼくはむしろニコルに魅かれ引込まれていった。時々ここに泊るようになり、ついには当直の夜以外はここで暮すようになった。つまり、二人してベッチュンヌからサンヴナンまで通勤する形がなんとなく出来あがってしまった。それは、全く《なんとなく》なのだ。彼女が誘ったわけでも、ぼくが提案したわけでもない。ニコルは絶対に計画など立てない女だ。《なんとなく》、ぼくはニコル的に生活するようになった。ふと気が付いたら二人は一緒に暮していたのだ。それはまるで夏だとばかり思っていた季節が、ふと目覚めると真冬になっていたようだ。あれからもう五カ月経った。かれこれ半年だ。半年経ったとは信じられない。春はためらいつつゆるやかに流れ去った。しかし、夏は短かく秋はもっと短かかった。この五カ月間、無意味で、うすっぺらで、手掛りのないまるでこの暗闇のような時間しかない。こうなったのも、ニコル、みんなきみのせいだ。きみがぼくを変質させたのだ。以前、ぼくはこうではなかった。一日は細かい時間割で組立てられ、病棟と自室と、義務と自由と、勉強と休息と、天然色とまではいかないが黒白明らかな陰翳に区切られた時間があった。患者の治療・精神医学史の調査・ドライヴ・帰国——すべてはきっちりとした予定と計画にそって進行した。ぼくは手帳にメモされたように生きていたのだ。ところが今は、すべては朝になってから始まる。朝になって白紙の手帳を開くようなものだ。白紙？　いやこの比喩は不適切だ。ぼくはその手帳に何も書きこまないのだから、それは始めから黒に塗潰された手帳を開くようなものだというべきだ。ニコル、ぼくたちは黒い手帳を毎日開くだけなのだよ。ニコル。

コバヤシはカーテンを左手でぐいっと引いた。少し明るみを増したが、それはまだ夜空であった。丁度教会堂の十字架の真上のところ、ずっと高いところに北極星が見えた。時々錯覚をおこす。彼は十字架のすぐ上の位置に星があるように思うのだった。が、今朝、彼は一度で見ようとした星に視線を合わせることができた。《ぼくは完全に目覚めている》彼は満足げに鏡に向い、ひげを剃り続けた。《洗濯物の潰ったバケツの汚水で洗面する。どうも仕方がない。マダム・ソヴァージュの仏頂面に出会うよりどれだけましかしれん》

剃りあがって痛む皮膚から石鹸をタオルで拭きとり、シェイヴィングクリームを注意深く塗った。ベッドを窺ってみる。ニコルはまだ眠っている。「ニコル」呼んでみて、それが小声であり、自分が彼女を起したくないことを悟った。彼は、食事滓のこびりついた皿の山や、ぬぎ捨てた衣服の乱雑にかかった椅子や、化粧品の並んだ（瓶が二つ倒れていた）棚や、もうながいこと掃除もせず埃まみれの床を眺めた。あまりにも無秩序である。これが生活だろうか。《ビンランその極である》そう思い《ビンラン》という字が思い出せなかった。彼はこの頃しきりと漢字を忘れるのだった。ニコルと話すとき、フランス人と話すときはフランス語で物を考える。しかし、一人でいるときは日本語で考えることにしていた。

そのまま出て行こうとして、彼はもう一度室内を振返った。水道の栓をしめ、石油ストーブの火を消し、鉛筆でタイプライター用紙に走り書きした。

〝親しいニコル。ぼくはドラボルド神父を見送りに行く。午後（五時と書き、それを黒く抹殺した）には帰る。M・K・〟

まだ書くべきことがあるような気がして鉛筆の先を紙の上で回転させた。が、何も思い浮ばなかった。不意に鉛筆を敲き折り、円テーブルを床に突倒したい狂暴な衝動が湧きあがってきた。彼は苦しげに顔をゆがめ、その衝動が去るのを待った。それから、鉛筆をそっと置くと忍び足で外に出た。

広場のカフェは朝食をとる人々で賑わっていた。ベレー帽をかぶり皮ジャンパーの労働者の群。日曜日というのに誰も正装しているものはいない。ここは坑夫たちの町なのだ。コバヤシも彼らと同じ服装をしていた。目立たぬために気楽な気持でいるために、この医者らしからぬ変装が彼には必要なのだ。スタンドに立ったままクロワッサンを好きなだけ食べ、大杯《グランド・タース》のミルクコーヒーをのむ。定価が明示してあり、チップはいらない。喋りたければ喋り、喋りかけられても気が進まねば黙っていてよい。この簡略な習慣は坑夫たちがほとんど外国人――イタリー人、アルジェリア人、スペイン人、たまにヴェトナム人――であることによる。彼らは立派な体格をしているが、一様に青い貧血気味の肌をしていた。深い坑内で働き闇の染みこんだようなその肌の色がコバヤシは好きだった。少くとも、この点では、彼は彼らの同類だった。彼らはジェルミナルに描かれた坑夫のように、闘争し絶望し《戦い破れた兵隊》といった顔貌をしてはいなかった。陽気で狡猾で猥褻であった。今もカフェの前を通りかかった一人の少女のはじけるような丸い尻とその窪みに向って、いっせいに熱い欲望に開いた視線をそそぎ、口笛を吹き、げらげら笑ったところだ。コバヤシは隣のひげもじゃのアルジェリア人の肩をたたき、にやっと笑ってみせた。「ミロヨ、ベッピンダア、ナア、兄弟」日本語で用が通じてしまう。アルジェリア人は目を輝かし何度も何度も頷いた。

ふと、予感のような静寂が人々のざわめきを圧した。すると鐘楼《ベッフロワ》の金時計が九時を打った。濃紺の空は白みはじめ、広場の角のチーズ屋の看板がゆれているのが見えた。外へでると、凍《し》み水のような強風だった。車に乗りこみながら《氷路《ヴェルグラ》に注意していこう》と自戒した。置き去りにしたニコルのことがちらっと頭をかすめた。が、所々数日前の残雪がこおりついた滑りやすい石畳の上を車が進みだした頃には、彼の脳髄の中でニコルの部分が死滅し、ドラボルド神父のことを考えはじめていた。

つややかな黒い畑は、朝日に染った赤い雪にまだらにいろどられていた。枯並木の蔭が道を階段のように刻んでいる。思いのほか路面は乾いており、スピードをあげることが出来た。見はるかす地平線、この広大な異国の大地がアジア大陸に隣接し、そのまま朝鮮半島の突端まで、つまり彼の祖国の足元まで続くという事実が奇異な理解し難いことに思われた。ドラボルド神父は船で立つという。海を渡る——そのほうが旅に相応わしい。彼の意識の中で祖国は遠い遠い別世界となった。もう八カ月、一人の日本人にも会っていない。数カ月前、両親との音信が跡絶えてからは、日本のことは新聞を通じて知るだけである。ところが新聞(彼は《ル・モンド》紙を読んでいた)はアルジェリア戦争に紙面を割き、ソ連とアメリカをのぞくと、諸外国の事情についてはごく僅少な情報をもらすだけだった。一月もの間一度も日本という文字に遭遇しないことさえあった。

ノスタルジイ——あの、遠くから魔法のように伸びてきた腕が胸の中から心を奪いとり、胸が空虚になってしまう現象、そこはかとなく漂う花の香りのように見えない彼方へとあこがれる気持、それがことにも今朝は強かった。帰りたい、帰国したい、rapatrierしたいと彼は思った。ところで、彼はこの祖国なるものの実体が最近何だかぼやけてきたことにも気がついていた。日本、それは何よりもフランスでないものでなくてはならない。つまり日本的なものでなくてはならない。さて、日本的とは何か。それはフランス的でないもの、日本のみにあるこまごまとした生活の断片、食物や人間、市街や田園の景色、美術品、思想、日本語などなのである。何でもよろしい。すべてフランスにないものは日本的である。そして日本的なものはよいものである。郷愁にとらわれた時の常で、コバヤシは、遠くの別世界である祖国の観念を誇張して考え、眼前に展開する景色が、実は美しく感動を誘うのにかかわらず、それを嫌わしいものと思った。

巨大な教会堂が町全体を抱えこんでいるようなサントメールの町並を右手に残し、コバヤシの車は、ブーローニュへ向う丘陵地帯に入った。薄い霧が流れはじめ、曲りくねった坂道は所々窪みに黒い氷の罠をしかけ、スピードが落ちた。ついこの春、あの美しい星空のもとでニコルと休憩した森間の空地を、コバヤシは、今、無感動に見過した。その後何回となくこの道を往復し、この空地の前に来ると、何か生暖かな快感がおこってくるのが常であったのに……枯れた灌木、黒く朽果てた落葉、崩れた崖――それは大理石の石切場であった――に露出した石の傷だらけの表面、それらは霧の中で無色の形となって、ニコルとの生活の末路を象徴していた。十一時過ぎていた。ドラボルド神父は三時半にカレーを出発する。おそくも正午前にブーローニュに着かなければならぬ。コバヤシは道を急いだ。そうして、道の曲り具合や霧をぼうっと黄色く明らめて走って来る対向車の動きに注意を集中した。

小高い丘の上で不意に霧が晴れた。冷たい硬質の鋼のような海がみえる。細い岬のふところに、大小様々な漁船を浮べたブーローニュの港が、俯瞰図めいた明確さと写真のように色の落ちた黒白の輪郭で静止していた。コバヤシは車を停め、ドラボルド神父の家のあるあたりのごちゃごちゃした低い屋並と、狭い砂浜の線を眺めた。砂浜が遠く岬の断崖に接するあたりで白い波が点滅した。《死体のあがったのは、あの場所だった》コバヤシは、水底深くしずんでいた気持の悪い記憶が、思いがけなくぬらっとした姿をみせたかのように顔をしかめた。

夏のおわり頃、ドラボルド神父の母が亡くなった。宿痾の心臓病の発作のためと報告した簡潔な印刷文をみたとき、コバヤシはせめて葬式だけでも出席しようとしたが、折からマダム・ソヴァージュやデュピペルとの関係が険悪で、つい行きそびれてしまった。そのうち――もう寒くなった季節と思うが――かなり長い走り書きの速達が来た。父のドラボルド老人が発狂したらしいというのである。それは日本語で始まり、途中からフランス語になり、あとは両国語混淆といった不統一な文脈から書き手の惑乱した気持がありありと読みとれる手紙であった。その朝ドラボルド老人は、上機嫌で、酒瓶を片手に散歩に出た。しばらくして近所の人がかけこみ、老人が自動車にのって海の中にいると知らせてくれた。行ってみると、例の旧式の箱車に腰掛けたドラボルド老人が荒い波しぶきをあびながら歌を唱っていた。砂浜から真直ぐ冬の海(そう、それは十月の下旬だった)へと乗入れたのである。助けだされた老人は、全身びしょ濡れで寒さに震えているくせになおも上機嫌で子供のようにはしゃいでいたが、何もかも忘れてしまい、息子の顔も見分けえなかった。近所の内科医は酔ったうえの愚行だから、おとなしく寝かせておけばよいといった。けれども、神父は父の容体が普通ではなく、何か忌わしい終末的な感じを伴っていると直覚した。そこで専門家としてのコバヤシに相談の手紙を書いたのである。その日、ブーローニュの神父の家を訪ねたコバヤシは、老人が重症のアルコール中毒にかかっていると診断した。放置しておけば錯乱して何をしでかすかわからぬから即刻入院させねばならない。しかし折悪しく土曜の午後で、心当りの病院はどこも宿直医だけの手薄な有様で重症患者を引受けてくれなかった。コバヤシの勤めているサンヴナン精神病院は女子専用でこの際役に立たなかった。とにかく月曜日まで様子をみるということで、コバヤシは神父のところに泊りこむことにした。ところが翌日曜日の早朝、ちょっと油断したすきに老人は家を抜出し、冷い海にとびこんだのである。昼過ぎに死体があがった。それが、あの砂浜が棘々しい磯に変わり、断崖を見上げるあたりなのであった。

「ヤア、ココデスヨ。待ッテイマシタ」

だしぬけに歯切れのいい日本語がきこえてドラボルド神父がきびきびした姿を現わした。人気のない荒廃した中庭、戸を閉めきった陰気な家、両親の死、そんなものの連想で、神父が打萎れているものときめこんでいたコバヤシは、相手の思いのほかに快活な顔をいぶかしげに見た。

「ドウシマシタ? ヤアコレデスカ」神父は家を指差した。「コレハ売リマシタ。ナニモカモ、ゼンブ、ミンナ売ッテシマイマシタ。サッパリシマシタヨ、マッタク」

神父は九州の或る小教区長をやっていたが、今度渡航すると終身の身分になるのだという。

「終身ノ？　ジャ、モウふらんすニハ帰ッテコラレナイワケデスカ」

「ソウユウワケデハアリマセン。休暇モイタダケルデショウカラ。デモ今ノトコロ、ふらんすニ帰ッテミタイトハ思イマセン。オソラク、一生、死ヌマデ……」

《一生、死ヌマデ》と神父が言った時、コバヤシは、以前神父が、十年後にはまたフランスに帰りたいと述べたことを思い出した。彼の決意が変ったのである。それは多分、両親の死という傷ましい事件のせいであろう。それにしても、神父のこの曇りのない晴々とした表情はなぜだろう。故郷への心残り、父の死に対する罪悪感や悲愁の念、そんな翳りが少しもみられない。ただただ日本の友人に再会する素朴単純な喜びのみが読みとれる。それはコバヤシの知らない神のせいなのか、コバヤシには分らなかった。彼は、東京でフランス語を習った神父たちの明るい顔付をふと思い浮べた。日仏会館で和文仏訳の授業をうけたソウヴール・カンドウ神父やアテネ・フランセでラテン語を習ったポール・アヌイ神父など……そして、黒衣の異人宣教師たちの背景から、唐突に、いつか雨風すさぶ森のはずれで出会ったキリストの磔刑像《カルヴエール》、あの濡れて光る孤独な男の像が、あの時と同じく《妙に心和んだ》気分を伴って、意識の前面に迫上ってきたとき、コバヤシは何かを理解したように思った。

町なかのレストランで昼食を摂り、ドラボルド神父と荷物——遠国に旅立つというのに旅行鞄一つとマントと帽子が荷物のすべてであった——をのせて、海岸ぞいにカレーへ向うあいだ、コバヤシは自分にとって新しい何かをめぐって考え続けた。この何かは彼に必要なものであり、それさえ分れば、今のニコルとの泥沼にはまった黒い生活から抜出る方途も立ちそうな気がした。もっとも、コバヤシは、神・信仰・至福・法悦といった自分の理解を越えた領域についてつきつめて考えることはしなかった。彼の何かは、明るい浄福に充ちた天上の世界にはない、それは逆に黒々とした暗闇の中で、いってみれば深い沼地の底に醱酵する微生物の世界のどこかにある、そんなふうに直観したのである。

灰色鼻岬《カップ・グリ・ネ》から白鼻岬《カップ・ブラン・ネ》へ行く、寒々としたウイッサンの浜辺にさしかかったところで、ドラボルド神父が言った。

「アナタハ、妙ニ、キョウ、元気ガアリマセンネエ」

「エエ、淋シイノデス。アナタガ行ッテシマウト」コバヤシは、沖から吹寄せる強風にハンドルをとられまいと手に力をこめた。

「デモ、アナタハヒトリポッチジャナイデショウ」神父はからかい気味に言った。

「ニコルのことですか」コバヤシはフランス語で言った。

「ええ、あの可愛いマドモワゼルのことです」神父もフランス語で受けた。

コバヤシはやけにアクセルをふかした。神父にはニコルとの同棲生活をずっと秘していた。しかし、二人の関係はサンヴァナンでは隠れもない。ドラボルド神父にしても、あの噂早いアベリー神父から何かをききつける機会はあるはずだ。

「あなた御存知でしょう、ぼくたちの間柄を」コバヤシは突如、自虐的な告白欲にかられた。

「間柄というと？」

「御存知のくせに」コバヤシは、フランス語の特質を利用し、明晰で論理的に、しかも早口で言った。「数カ月来、ぼくらは一緒に住んでいます。しかし、正式の結婚生活ではありません。つまり内縁関係です。ところが困ったことにぼくらは心底からは愛し合っていない。理由は簡単です。二人の興味がちがいすぎるのです。ぼくは医者で、学問に精神医学に情熱を抱いている。ところが、彼女の望みは金と愛欲だけです。分ってます。あなたはこうおっしゃりたい、それは男女の普遍的差異だと。女は家庭を守ればよいと。ところがです。彼女には家庭などどうでもいいのです。おかげで家の中は乱雑そのもの、何もかも絶望的状態にある」

「それは困りましたね」神父はしばらく間をおき、カレーの新市街の遠望が現われた頃になって、ポツリと言った。

「一つだけ、おききしたい。あなたは彼女を理解していますか」

「そこなのです」コバヤシは、急所を突かれたようにぎくっと肩をひいた。「ぼくは嫌っています、彼女の既知の部分を。ぼくは愛しています、彼女の未知の部分を」

「それは妙ですね」

「そう、妙です。でも本当です」コバヤシは、何度も考えては結論を得られなかった自分の想念を何とか整理して示そうと焦った。「たとえば、昨日、ぼくたちはあなたを見送りに行くことに相談がまとまっていたのです。ところが、今朝になって彼女は行きたくないという。寒いから起きるのがいやだという……」

「この頃の朝は暗いし寒いですからね」

「ねえ神父。彼女は平気で約束を破るんです。そんなところを……」

「あなたは愛している?」

「ええ、まあそうです」コバヤシは自分の発言が矛盾していることに気が付いて狼狽した。

《それは嘘である。嘘でニコルを批難する。憎もうとする。実は、ニコルの批難すべきところを自分は好いているのではないか》

「こう考えたらどうでしょう」ドラボルド神父は照れくさそうに重々しく口をはさんだ。「人間の未知の部分は無限です。つまり、あなたは彼女を無限に愛することができると」

「え」コバヤシは、何かよい言葉を聞いたと思い、神父の童顔にうかんだ柔和な微笑を横目で見、車の速度をおとした。「もう一度言ってください、今の言葉」

「ええ」神父はゆっくりと繰返した。「ただし、これはぼくの思想じゃありません。パリ宣教会の或る神父様に教わったのです」

「いい思想ですね」

「ええと、その神父様の言葉は本当はこういうのでした。《自然も人も、未知なるが故に、我愛す》と」

「ああそれは、すばらしい言葉です」

「そう思いますか」

「ええ」コバヤシは、脳裡に灰汁《あく》のように浮遊していた例の何かが少し溶解したような喜びを覚えた。《ニコルのことはもう一度よく考えなおしてみよう》彼は、そう心に決めた。

車は市中に入った。角に教会堂、そして広場にも教会堂がある。コバヤシはふと思い付いたように言った。

「神父。あなたは、日本にいたとき淋しいと思ったことはありませんか。ヒトリポッチデ（彼は最後の言葉を日本語に切替えた）」

「ソウデスネ」神父は日本語で応じた。「デモ、神様トトモニイレバ……」

「ボクノイウノハ、ソウイウ意味ジャナクテ、ナントイウカナア、宣教師トイウノハイツモ少数派デアルトイウコトデス。本当ヲイウト、ボクガアナタニ興味ヲモツノハ、アナタガ宣教師ダカラデス。モシアナタガ、コノフランス本国ノ司祭ダッタラ、アノ三千八百万人ノ信者トトモニアル聖職者ダッタラ、ボクハアナタニ近付コウトモシナカッタデショウ」

「アナタハ、ズイブン、ヒネクレテイマスネエ」

「ヒネクレテルノハ、アナタデスヨ。ドウシテ、ふらんすヲ去ッテ、日本へ伝道ニイコウトスルノデスカ。ソレガ、タトエ、上カラノ命令ダトシテモ、命令ニシタガッタノハ、自分ノ意志デショウ」

「オヤ、ヤブ、ヘビ、ダッタカナ」神父は首をすくめた。

「アナタハ、ミズカラ、ヒトリポッチヲ求メテイル。少数派デアルコト、外国人デアルコト、ソンナ境遇ニヒカレルノデス。チガイマスカ」

「ドウモ話ガ、ヤヤコシイデスネエ」

「簡単ナコトナンデスガ、サッキノ言葉ノヨウニ……」

「自然モ人モ、未知ナルガ故ニ、我愛ス」

「ソウデス。アナタハ、要スルニ未知ノ国ノ未知ノ人々ヲ愛シテイルノデス」

「ソンナモンデショウカ」

「ソウデストモ」

コバヤシは強く言切った。彼は自分が、全く知らない信仰の領域の前で、幼稚な論理をふりまわしていることを自覚していた。しかし、自分の側の領域、暗い沼地の病的な世界については神父よりもつきつめた考えを持っていると自負していた。

ドラボルド神父の乗ったイギリスの貨物船が、というより、暗い波に散り映えた楔形の灯火が、次第に尾をひき小さく去っていくのを見送るとコバヤシはベッチュンヌへ引返した。まだ四時前であったが、もう完全な夜であった。午後になって北から張出してきた黒雲が、低い重厚な鉄扉のように空を閉めきり、文字どおり漆黒の夜となった。風は勢を増しついには疾風《はやて》となって、コバヤシの小型車を、大きな掌ではたくようにして前へ前へと吹抜けていった。エンジンブレーキでスピードを抑え、道端に吹きとばされないように気を使ったため、ベッチュンヌに入ったときにはコバヤシは疲れ果てていた。左の耳の上から額が痛み、この持病の偏頭痛のおかげで低気圧がおそってきたこと、やがて雨か雪が降るだろうということが彼には予感できた。

鍵穴を見てポケットの鍵を指先でまさぐりながら、カーテンのうしろからそそぐマダム・ソヴァージュの視線を感じながら、コバヤシははじめて屋根裏の部屋を身近に意識した。《ニコルはどうしているか。彼女は怒ってやしないか。黙って置去りにしたのだから》そして、明りの灯っていない窓を不審げに振仰いだ。

スイッチをいれてみて、ニコルがいないこと、室内の状況が朝と少しも変っていないことを見て取った。《買物に出かけたな》しかし、ギリシャ編みの買物袋は壁に懸ったままだった。寒いので石油ストーブをつけようとマッチを探して流しの上の食器棚を見たとき、コバヤシはおや？ と思った。皿が珍しく全部洗われきちんと片付けられている。ベッドのシーツの乱れも直してある。古ぼけて毛羽のたった絨毯は相変らず埃じみて見えたが箒の跡がありいつも必ず目に障る紙屑が落ちていない。浴場には水を切った洗濯物が紐もたわわに吊されてあった。

《珍らしい現象だ。しおらしいくらいだ。いつもこうならいいのだが……》コバヤシは、異常なほど整然たる室内をかえって居心地わるく面映ゆく見渡した。ふと円テーブルの上のタイプ用紙に、ニコルの筆跡をみとめた。

〝親しいミキオ。わたし二週間ほど旅行にでかけます。明日、ヴァランチーヌ尼に年休を申請してください。あなたを愛してます。でも、でかけなくてはなりません。N・D・〟

二度読みかえし意味をつかむと、彼は《二週間》の文字に目をとめた。間違いない。二週間だ。二日間ではない。《でもなぜ？　どこへ？》コバヤシは彼女の大型スーツケースが見当らぬことに気付いた。衣裳戸棚を調べてみる。ダスタコート、スーツ、ワンピース……（女の洋服というのは分類不可能だ）よくわからないが、外出用の貂のオーバーがないようだ。

ニコルはついに耐えられなくなって出ていったのだ。この事は、当然起るべきこと、予測可能なこと、むしろ、秘かに待ち望んでいたことではあった。その点でコバヤシはほっと重荷をおろした気持になった。気掛りなことは二週間後にニコルが帰ってくることだ。しかも《あなたを愛しています》という。空々しいせりふだ。帰ってこなくてよい、永久に。かってに出ていくがいい。旅行だと？　かってに旅行するがいい。少くとも二週間の休暇をぼくも楽しめる。そのあいだ二人とも落着いてお互いを反省しうるだろう。遅すぎた……もっと早く、あの夏休暇《ヴァカンス》のときこそ別れて暮してみるべきだったのだ。あの白熱の夏の午後、汗でうだった柔い肌、頭痛、むしむしする空気、暑さ、すべては不自然な、無理強いのかたちで始った。それは合意の強姦だった。屈伏されたのはニコルではなく、コバヤシのほうだった。いや、誰のせいでもなく、暑さのせいだ。みんな暑さから逃亡していった。フランス中が難民さながらに逃亡していった。カミーユも、そしてクルトンが……

コバヤシはびくっとして立停り、再びニコルの文章を読んだ。それから注意深く灰皿を調べた。端に紅のついたニコル常用のエジェーの吸殻ばかりだった。しかし直観的に紙屑籠を調査しているうち、今朝コバヤシの書いた紙――それは無慚にまるめられていた――のなかにマイス巻のゴーロワーズを発見した。思ったとおりだ。クルトンだ。ニコルを連れだしたのはクルトンだ。あの無精なニコルが一人で旅行するはずもないし、彼女を連れだすような破廉恥なことができるのはクルトンだけだ。

底冷えのする空虚な部屋のなかに、整頓された清潔な家具の配列に、コバヤシは作意を嘲笑を感じた。あの二人は共犯の詐欺犯なのだ。どちらかが正犯で残りが従犯である。否、二人は共同正犯である。だまされやしないから。今にみろ。今にみろ。今にみろ。コバヤシは、脳の血管が膨れあがり、頭中で血が脈搏つのを感じた。偏頭痛は消え、意識がほてりだした。今にみろ。今にみろ。今にみろ。

コバヤシは階段を全速力で駈降りた。

轢き逃げした運転手が事故のショックで現場からなるべく遠ざかり、やみくもに走り回って軌跡をくらませながら、最後にはわが家に帰り着くように、コバヤシは、ベッチュンヌの下宿からとびだしたものの、ただ下宿を離れるというほかの当てはなく、南のアラス街道を中途まで下ると、こんどは東のリールへ向う国道をフルスピードでとばし、ついには網目のように田園を縫っている狭い村道をやたらと走り抜け、結局はサンヴナン精神病院の前に出た。が、門前で思い出したようにUターンすると、村の北端のデュピペルのガソリンスタンドへ行き、ようやく車を止めた。

「ムッシュー?」例の悪漢面の若い男だった。

「普通《オルヂネール》のを満タンに」

「ウイ・ムッシュー」

男は忠実に機敏に働いた。ここで中古車を買ってから、はじめ尊大な態度をとっていた男がすっかり軟化してしまった。だから、日曜日の夜だというのに、コバヤシとみるととびだしてきてくれたのである。《どうしたものだろう。この男にきいてみようか》コバヤシは迷った。ニコルは家出して以来、全く実家には寄付かなかった。そのことを男はどう思ってるだろう。

「はい、満タンです」

料金を支払いながらコバヤシは何気ないふうに話しかけた。

「今日マドモワゼルはこなかったかね」

「マドモワゼル・ニコルですか」

「うん」

男は小さな丸い目を意味深長に光らせた。それは愚弄する目とも、好奇の目ともとれた。

「なにかあったんですか」

「別に……ねえ、どうなんだ、彼女はここに来たかい」コバヤシは苛立って声に力をこめた。

「来ませんよ。ずうっとね。もう半年このかた」

男の三白眼が睨んでいた。それは批難の目で《なにもかも、あんたのせいだ》というようだった。

「パトロンは？」ニコルが父親に何か連絡した可能性もあった。

「いませんよ。どっかへ飲みにいきました」

男は寒そうに膝を震わせた。早く行ってくれといわんばかりの様子である。ニコルが、父のもとに帰るわけがない。それは最初からわかっていた。ならば、なんのために、ここに来たのか。コバヤシは、少し冷静に戻った頭で自分の盲目的な行動を恥じた。落着いてよく考えてみることだ。おちつけ。おちつけ。おちつけ。

ブノワは、マダム・セネシャルの給仕で丁度食事をおわったところだった。彼はコバヤシをみると立上り、大きな手で気取った握手をもとめた。

「やあやあ、しばらくだなあ」

「ほんとにね」

事実、ブノワがエニヨンのところに去ってから、二人は顔を合わせることも稀だった。

「まあかけろよ」

「うん」

「で、どうなんだ。元気かね」

ブノワは悲鳴のような声をあげ、退屈しきっていたと告白した。日曜日の当直、ことにこの冬の暗い寒い長い日の当直というのは気が滅入る。終日、ひとりぽっちというのは精神衛生上きわめてよろしくない。

「でも、ラガンは？」

「ああ」ブノワは哀れっぽく嘆息した。「勉強会だそうだ。日曜日だってのにね、サンタンドレのガリ勉亡者どもの勉強会にでかけたぜ」

「それから……そう、クルトンがいるじゃないか」コバヤシは自分の一番尋ねたいことを、さも冗談めかして言った。

「例によって例のとおりさ」

「いないのか」コバヤシは笑ってみせた。

「いるもんかね。あの先生が！　それどこじゃない。こんどは、急に旅行するんだとさ。何でも二週間ばかり休暇をとるってさ。昼頃、マッケンゼンに電話をしているのを盗みぎきしたんだがね」

「ほう」コバヤシは硬張ろうとする笑を絶やさないよう努力した。「いったいどこへ？」

「知るもんかい。まったく変人だよ。みんなが夏休暇《ヴアカンス》をとるってときはとらないでさ。この忙しい年の暮に、しかもまだクリスマスでもないのに休暇だってんだから」

「旅行したって見物する暇なんかないやね」

「そうさ。十時に夜明け、三時に日没。一日じゅうまっくらくらだ。大方、夜の旅でも楽しもうってんだろう」

二人は笑った。コバヤシはブノワの話に調子を合わすため苦しい演技を続けた。ブノワがエニヨンやスザンヌの噂をする、そのおかえしにコバヤシは最近ドロマールの病棟でおこった《枕カバー事件》を話した。月に一回の員数検査のとき、患者用の枕カバーが一枚足りなかった。全看護婦が召集され、徹底的な家捜しがおこなわれ、それでも発見されないと、ついにはドロマールみずからが陣頭にたち、一枚の枕カバーを探しまわったというのである。この話はことのほかブノワを夢中にさせた。彼はタオルで外科帽をつくり、両手をうしろに組み顎をつきだし、ヴァランチーヌ尼を従えて病棟内を探し歩くドロマールの恰好を巧妙に演じてみせた。

その時、電話がかかった。ブノワの顔からふざけ笑が消え、いまいましげな渋面がひろがった。

「畜生め、エスナール神父が倒れたとさ。ついてないよ」

コバヤシは自室にこもり、机の上で頭をかかえた。ニコルとクルトンが連れだっていずこかへ去ったことは、もはや疑いえなかった。いくつもの兆候がそれを証拠だてていた。マイス巻の吸殻、二人が同時に二週間の年休をとったこと、以前からの二人の疑わしい関係、最近のニコルとコバヤシの不和……彼の推論にそむく事実は何一つ思い出せなかった。これ以上の穿鑿は無駄である。コバヤシは、推論を事実とみなすことにし、少し心が鎮まった。あとは待つのみである、彼らの帰りを。それから先は……それから先を考えるのは苦痛であった。今は何も考えぬことだ、何も。彼らを括弧にいれ、猶予の状態でしまっておくこと、何事かで気をそらすこと……しかし何をしたらよいだろう?

書棚に並べた保存袋から精神医学史の資料をだしてみる。興味がない。小説本を開く。気が向かない。いつも当直の夜読むことにしている新聞綴をめくってみた。だめなのだ。写真でさえも見る気にならない。じっと坐っていられない。コバヤシは窓から、強風にゆすぶられている樅の激しい枝葉の動きを眺めた。不意に、忘れていた病気が、いつかの非現実的な感覚が蘇えるような不安が胸をしめつけた。彼は目をそらし、室内を落着きなく往復しだした。動きまわってみたい。この濃厚な夜のなかを車でとばしてみたい。つまるところ、彼のおこなった先程の盲目的疾走がこの場合、もっとも理にかなった行動なのであった。

誰かがドアをノックした。「おはいり」が、誰も入ってこない。ドアを開いてみるとマダム・セネシャルが立っていた。

「なにか用かね?」

患者は蠟人形のように硬い表情で黙っていた。

「なにか用かね?」

コバヤシは努めてものやわらかに言った。彼はこの患者が、絶対に喋らないこと(彼女は完全な緘黙症なのである)を知っていた。ただ、誰かを相手に話すということがこのさい嬉しかったのである。同時に、彼は患者をうらやんだ。彼女は何事にも無感動だ。愛も憎しみも苦しみも知らない。入院した三十年前も、老婆となった今も、均一で単調で《空虚なる永遠》があるばかりだ。彼女の病歴を見たことがある。《感情鈍麻し、すべてに無関心、しかし与えられた仕事はよくやる》三十年間同じ記述である。受持医は次第に記入に飽いたらしい。書くべきことが何もないからだ。《ほぼ同じ状態》《同前》《特記すべき変化をみとめず》、十年前から内勤医宿舎付《アンテルナ》の患者となった。以前、病室にいたとき掃除や裁縫をやっていたように、ここでも掃除をし、ベッドを直し、食事の給仕をやる。なぜとか、なにゆえにとか、これからどうしようとは一切考えない。相変らず《与えられた仕事はよくやる》同じ生活の、空虚なる永遠の、繰返し、繰返し、一生、死ぬまで……コバヤシはマダム・セネシャルをうらやんだ。彼女は存在している、しかし死んでいる、そして幸福なのだ。

「ねえ、マダム・セネシャル」

彼は死人に向って微笑んだ。そのとき、彼をつつみこんでいた厚い放心の膜が意外な亀裂を生じた。老婆は何かを訴えにきたのだ。彼は、老婆がしきりと廊下を指差すこと、遠くで食堂のあたりで電話が鳴っていることに気付いた。

「ああ電話か。メルシイ、マダム・セネシャル」コバヤシは茫乎として立っている患者の肩を親しげにたたいた。

ブノワからであった。エスナール神父が思いのほかの重症のため応援を求めてきたのである。

亢奮し上擦ってわめきたてるブノワに向い、コバヤシは笑いながら言った。

「すぐ行く。大丈夫だ。あわてるな」白衣・前掛・青外套、いつも面倒な身仕度が、今夜の彼には奇妙に楽しかった。

　翌朝、闇のなかではまだ粉雪が降り続いていた。が、明るく暖かいA一病棟では、九時きっかりにドロマールの指揮のもと、すべての行事がプログラムどおりに進行した。医長室での書類整理・総廻診・ヴァランチーヌ尼とモニック嬢につきそわれたドロマール・赤手帳を片手に歩く勉強家のマドモワゼル・ラガン・患者たち・看護婦たち、なにもかもが日常的な現象で、たとえば二日前の土曜日の朝と変りはない。ただ、コバヤシのみが彼だけが看護婦たちからニコルが脱落していること、彼女の不在によって看護婦たちの集団に大きな穴のような部分ができていることを意識した。

　総廻診後、ドロマールがエスナール神父の往診に出掛けてしまうと、コバヤシは自分の受持患者の溜り場を端から端へと巡回した。大広間でマドモワゼル・リフラールを、ほかの患者たちと離れたヴェランダの脇によびよせた。

「ちょっと聞きたいことがあるんだが……」

「はい、なんでしょう、ムッシュー」

　マドモワゼル・リフラールは、この種の慢性妄想病者《デリラン・クロニック》によくみられる馬鹿正直なほどの一徹さとどこか人を寄せつけないいかめしさを備えていた。

あの模擬コンクールの時以来、コバヤシの忠実な助手となり、作業療法の指導主任として、かけだしの看護婦など及びもつかぬ手腕を示していた。来年の春には、長男のジャックが成人となってダンケルクに一家をかまえ、母親をひきとる話もついていた。それかあらぬか、彼女は近頃、主治医のコバヤシに対してほとんど渇仰者に似た敬虔な態度をとるのであった。

「ねえ」コバヤシは言淀んだ。思わずニコルのことを話題にしようとして自制したのである。

「ジャックから手紙が来るかい」

平凡な問であった。あまりに平凡すぎる。リフラールは、身内の話をするときの癖で、気のなさそうなふり——その実、これが彼女の最大の関心事なのに——をした。

「いいえ、あの子は今漁に出ていますから」

「そう、ところで、《からっぽさん《マドモワゼル・ヴィド》》は相変らずかね」

《からっぽさん》とは、さきごろ入院してきた「わたしの頭はからっぽよ」とのべつに訴える少女の綽名であった。

「頭の脳が乾いてひりひりする。脳が縮こまってなんにも感じない。わたしの頭はからっぽよ。ねえ先生、脳に水をたんといれてちょうだい。水さえはいればからっぽじゃなくなるわ」コバヤシは、からっぽさんをリフラールの組にいれ、オランダ刺繍をやらせることにした。その名前をきいたとたんリフラールの眼は真剣味を帯びて輝いた。

「元気ですよ。仕事はとても熱心です」

「まだからっぽだと言ってるかね」

「言います」リフラールは自分の責任だといわんばかりに残念そうな溜息をついた。

「ひりひりするといってるかね」

「ひりひりするとはいいません」リフラールはぱっと明るいいきいきとした顔付になった。「なんでも脳に水が入ってきて、少し感じるんだそうです。感じるんですってよ、刺繍が美しいって。あの子は自分で色を選ぶんですよ。前は、いわれたとおりの色しか使えなかったのに」

「それは、たいへんな進歩だ」

「そうですとも」リフラールは謙虚に同意した。「先生のお薬のせいです」

「いや、あなたの指導がいいからだよ」

ほめられたリフラールは誇らしげに頷いた。

医師と患者という人間関係、それはなんと単純な関係だろう。そこでは人種も年齢も性も、人間を複雑に不分明にしているもろもろの条件すべてが二次的な重みしかもたない。たとえば昨夜、この病院で聖者みたいにあがめられているエスナール神父でさえもコバヤシの前では脳軟化症の一患者にすぎなかった。おそらく聖職者と平信者との関係も似たところがあるだろう。コバヤシは、ドラボルド神父との単純平明な交友を思った。コバヤシは医師で神父は患者の家族であり、神父は聖職者でコバヤシは不信仰者であった。お互に相手のなかに特殊な優位を認め、しかも相手の関知せぬ何かを自分が持っているという意識があった。二人の間には、確固とした相互に安全な距離があり、個人的な特性を離れた公的な関係があった。考えてみれば、コバヤシは神父をほとんどフランス人とみなしていなかった。それは神父が日本語を喋るからではなく神父が何よりもまず神父であるからなのだ。

「ムッシュー・ル・ドクトゥール」リフラールが呼んでいた。「なにかほかに御用でも」

「いまのところはいい。いまのところは」コバヤシは、医者らしく勿体ぶって首をふった。

サンルームと保護室の亢奮患者や不潔患者をみてから、コバヤシは渡り廊下を通ってA二病棟に向った。ブノワがいなくなってからA二病棟の患者をマドモワゼル・ラガンと半分ずつ受持つことになっていたのである。A一病棟と合わせると彼の受持患者は百五十人ほどになっていた。

雪は降りやんだ。とっくに太陽はあがったはずなのに黒雲が空を塗りこめ、わずかな雪明りの這う地上は夜のようだった。吹込んだ雪が凍結して滑りやすい床を用心深く踏みながら、コバヤシは、雪折れの枝木や三層に並ぶ病棟の氷細工のような灯火を眺めた。

彼は何も考えまいとした。で、無理強いに周囲の世界に目を向けて、内面から湧いてくる不快な思考を追払おうとした。が、こんな不自然な努力には限度があった。暗い雪景色は、不安な夢魔のように彼をおびやかし、怖れていた思考を、この黒々とした世界のどこかでニコルとクルトンが彼を嘲笑しているという想像をかきたてた。《ひとりになってはだめだ。ひとりでいることには耐えられない》彼は一刻も早く患者たちをみようと路を急ぎ、うっかりして足をすべらし、硬い氷で肩と腕をしたたかに打った。《痛い。痛い》彼は全意識を痛みに集中した。すると苦痛のためかえって気がまぎれ心が軽くなった。

ドロマールの方針で、A二病棟には六十五歳以上の老年者が百人ばかり集められていた。そこは例の《精神薄弱者病棟》とはまたちがった意味で一種の《不潔病棟》なのであった。

入ったとたん、まず特殊な臭がした。それは、精神薄弱者病棟の動物的な臭——糞臭とか体臭とかアポクリン腺の臭など——ではなく、黴びた木材のようなどことなく植物的な腐敗臭なのであった。広い病室には、黒っぽい——それは青なのだがどうしても黒の感じがする——制服に着脹れした老婆たちが円卓のまわりに輪をつくり粛然と坐っている。動きが少い、これが第一に目につく特徴だ。動いているものがいれば、それはきまって何かの神経病で、たとえばパーキンソン氏病のような全身の奇態な不随意運動などであった。この病室だけはドロマールの厳格な規律からはずされていた。つまり、医師が現われても全員起立する必要がなかった。それは一つには衰弱した患者の肉体をいたわるという配慮のためもあったが、もう一つには、起立させることが不可能だからでもあった。今、コバヤシが部屋に入ったときも、誰一人振向きもしない。一様に皺くちゃで、物悲しい表情をした顔。赤ん坊の顔が似通っているように、高齢者たちの顔も似通っていた。彼女たちは腐敗しつつ——というのは約半数が大小便の失禁でおむつをあてられていた——死滅していくのであった。それは植木鉢の縁に輪をつくってうえられたサボテンを思わせた。好奇心の欠乏、完全なる孤独、そして不動の群像、まさしく老婆たちは植物と化していた。

いつもは、若い者にありがちな異和感のため、診療もおざなりにしてここを去るコバヤシは、ピック氏病の珍しい《症例》に出会うと足をとめ、急に詳しい診察をしてみる気になった。患者を診察室によびこみ、彼は面倒な失語症の検査を、かけだしの精神医のような熱心さではじめた。机の上に、マッチ・小刀・鋏・鉛筆・鍵束・手帳を並べ、彼は痩せた老婆に質問しはじめた。

「さあマダム。この品物の名前を一つ一つ言ってください。これは？　マッチ。よろしい。これは？……」

毎日、コバヤシは、病室にいりびたった。彼をそうさせたのは、以前のように医師という職業的誇りの自覚でもなく、まして患者への愛とか同情のためではなかった。それどころか彼は患者たちを軽蔑し自分より一段低いものとみなし、医師と患者との間にある安全な職業的距離を最大限に利用した。それは、ただただ暇をつぶすため、不安を忘れるため、ひとりにならないための行為であった。つまり、なによりもまず自分のためであった。

終日病室にいるという点で彼の生活は表面上は前と変りはなかった。看護尼や看護婦も別に不審の目で彼を見ることはなかった。彼はヴァランチーヌ尼にニコルの年休を申請するときも、ごく当然の事務的手続をするといった素振りをしたし、看護婦たちにも、いままでどおりの飾りけのない愛敬をふりまいた。けれども、もし誰か注意深い観察者がいたら、彼が常よりも口数が多く話し好きであり、ちょっとしたことですぐ笑い、率直すぎるほど率直にふるまっていること、その所作にどことなく道化者のように悲しみに裏打ちされた異常な快活さを認めたにちがいない。そして、ドロマールだけがこの点を見抜いていたようであった。コバヤシが新入患者の症状報告をするときなどドロマールは時々、その偽眼めいた薄緑色の瞳で、いぶかしげに彼を見据える。そしてコバヤシは胸の底の秘密を暴力的にえぐりだされたようにぎくっとするのであった。

患者から離れると、もうなにもすることがなかった。彼は車で村へ行き、村中のカフェを軒並みに飲み歩いた。閉店となるとベッチュンヌや時にはリールの深夜バーで飲み、朝帰りをした。当直の夜は買溜めたコニャックやスコッチをブノワやラガンと飲み、ひとりの時は仕方なくひとりで飲んだ。

彼は自分の陥っている状態についてなるべく考えないようにしていた。心の中の或る場所の扉を閉じ、それを開かないように努めた。が、扉越しに、時折はニコルやクルトンのことを考えざるをえなかった。なぜか彼は彼らを憎む気になれなかった。そして《ニコルとわかれる》という結論が或る日、ごく自然にできあがった。それから、奇妙なことにクルトンに前よりも好意をいだいているような気がした。今や彼はクルトンと全く同じ生活をしていた。《自分の欲望を満足させるために患者を診ていた》し、暇を怖れて酒を飲んだ。《クルトンには何もすることがなかったのだ。おそらく彼のいう黒い炎とはこのことらしい》と思い当るようになったのである。

さて、まる二週間目の土曜日は雨模様の暗い日であった。連日の飲酒で濁った重い頭で、コバヤシは朝から両人の帰りを待っていた。仕事は全く手につかず、さりとて彼らに会って言うべきことを考えてみても良策はなかった。そうこうしているうち、昼の食事に内勤医宿舎《アンテルナ》に帰りかけたところを、ドロマールに呼戻された。

「マドモワゼル・モニック。出ていってよろしい」

モニックが去るとドロマールは扉の掛金を用心深くかけた。そして医長室から更に奥まったところにある秘書室にコバヤシを招じ入れ、そこの扉を閉め、窓のブラインダーをおろした。二人だけで内密の話をしたいということらしい。コバヤシは、年に似ずしなやかなドロマールの動作や、その白蠟のような顔にこびりついたわざとらしい微笑から目をそらし、俯いていた。白い不快な微笑……コバヤシは最近ドロマールを避けていた。元々コバヤシがこの病院に来た第一の理由はドロマールの文献を借りて読むことにあった。だからこそ最初の四カ月ほどは、熱心に精神医学史の文献も借りだし、ノートもとり、将来書くべき論文の構想をねりもした。しかし、七月のあの白熱の日から、ニコルとの同棲生活がはじまってから、黒く塗りつぶされた無為な時間が流れた。八月半ば、ドロマールが帰ったとき、コバヤシは借りていた古書や古雑誌を返却した。それっきり、ドロマールの家を訪問することをやめてしまった。

その後、精神医学史の仕事についてドロマールは何も尋ねなかった。医長と内勤医という形式的な間柄のみで二人は顔を合わせていた。朝九時、ドロマールの差出す冷く乾いた三本指を握る。患者の病状について報告し、彼から治療方針の指示をうける。それだけの型にはまった交渉。しかし、ドロマールがコバヤシを単なる内勤医とのみみなしていないことも確かであった。彼は、ほかの内勤医、ブノワとラガン（最近はラガン一人だが）に向っては、結構、質問もし怒りつけもし、時には長々と精神病理学の講義さえするのに、コバヤシに対しては絶えてそんなことが無かった。ドロマールの地顔となっている例のきむずかしい表情がコバヤシの前では、何か物問いたげなにこやかな微笑と変ることが、稀ならずあった。明らかにコバヤシのみは別扱いなので、この点にはコバヤシも気付いていたし、ブノワの嫉妬をまねく一因ともなっていた。それは、ドロマールがコバヤシを一人前の精神医と認めていることの表現でもあり、異邦人に対する儀礼的な態度でもあり、ひょっとすると（屢々、ことに最近コバヤシはそう思うのだが）コバヤシを無視しているためでもあったろう。次第にコバヤシはドロマールの物問いたげな微笑を気味悪く思うようになり、微笑みかけられたときは強いて知らぬ顔で目をそらすことにしていた。

「さあ、かけたまえ。かけたまえ」

ドロマールはモニックの椅子をコバヤシにすすめ、自分は机に腰掛けた。

「ところでと。きみは元気がないね。どうかしましたか」

「ええ、ちょっと頭痛がするんです。偏頭痛です」

「ああ、それはよくない。ええと薬があったはずだが……」ドロマールは急にそわそわしてポケットのなかを探した。

「いいんです」コバヤシは、俯いたまま、しかし明瞭な声できっぱりと言った。「もう飲みました。ぼくのは持病ですから……それより御用はなんですか」

「ああそれ、それなんだが……」ドロマールは、垂れていた細長い脚を静止させた。ふと押殺したような小声が上から埃のように沈んできた。「一度聞きたいと思っていた。ねえ、ドクトゥール・コバヤシ、あなたはこの病院の生活に満足していますか」

「どういう意味です」コバヤシは顔をあげた。ドロマールの微笑は消えていた。

「いろんな意味で、仕事・学問・恋愛……」

「恋愛」とコバヤシはつぶやいた。ドロマールは、まばたきもせず緑の目を開いている。それは白蠟にはめこまれたガラス玉のようだ。彼は知っているのだ。もちろん、あのお喋りのヴァランチーヌの告げ口のせいだ。「恋愛、それは個人的な問題です」

「それはそうだ。が、わかってほしい。わたくしは、あなたのここでの生活について責任がある。あなたをここの内勤医にしたのはわたくしなんだからね」

「ほっておいてください」コバヤシは不機嫌に言った。「それは飽くまで個人的な問題です。あなたとは関係ない」

「あ、コバヤシ。どうかおこらないでくれたまえ。わたくしはあなたを批難しようというのではない。それどころか……」

「じゃ、なんだというんです」

「静かに、ねえ静かに」ドロマールは気弱な脅えた表情になった。「あなたは誤解しています。わたくしはあなたの味方ですよ。事情を明確にしましょう。あなたはこの頃、普通じゃない。苦しんでいます。なぜかというと、彼女がいないから、しかも彼と一緒にいないから」

「知ってるのですね」コバヤシは立上り横を、壁の俗悪な聖母子像を睨んだ。「誰からききました、ヴァランチーヌ？」

「ちがいます。ねえ後生ですから静かに」

「わかりました。ラガンからきいたのです。あれは軽薄な女です」

「ちがう。ちがう」ドロマールはコバヤシの勢に辟易した様子で、甲高く叫び、すぐさま叫んだことを恥じたように、ささやき声になった。

「ね、コバヤシ。ぼくはクルトンから手紙を受取った。それで知ったのです」

「え?」コバヤシはしんから吃驚して相手を振向き、それから椅子にぺったり坐ってしまった。

「わかりませんね。どういうことなんだ」

クルトンがドロマールに手紙を書く。ありそうもないことだ。クルトンはマッケンゼンの内勤医だし、ドロマールと付合っているという話もきいたことがない。

「彼はどこにいます？　彼女は？　彼らはいま何をしてるんです？」

「ミッシェル・クルトンとニコル・デュピペルは、いま、ブリュージュにいます。二人とも元気だそうです」

「ああ、やっぱりニコルが一緒だったんですね。しかし、どうして、あなたに？　彼女はぼくに手紙一本くれないのに」

「いや、手紙が来たのはクルトンからですよ」

「そうです。彼はぼくを裏切った。卑劣漢です」

「まあ落着いて、あなた。彼がなぜ、こんな天候の悪い季節に唐突に旅にでたかわかりますか」

「もちろん、ニコルを奪うためです。その兆候は前からあった。大体、ニコルにぼくを近付けるよう仕組んだのは彼です。家出をけしかけたのも……なにもかも巧妙な罠でした。親切ずくめの布置をつくり、裏でこっそり彼女と会っていた」

「しかし、あなた、証拠がありますか」

「ありますとも」コバヤシはそう叫んで絶句した。証拠はマイス巻の吸殻だけだった。一度目はクルトンが告白し、二度目はニコルが失踪した。そのほかには……なにもないのだった。

「ね、コバヤシ」ドロマールは、若年者をたしなめる保護者めいた口調になった。「まず、彼の言い分をきくべきでしょう。手紙にはこうあった……」

「いまさら、いいわけをききたくありません」コバヤシは弱々しく拒否した。

「まあ、おききなさい。彼は自殺するつもりだったのです。で、その事をニコルに打明けた。それから二人で出発した。クルトンが誘ったのか、ニコルのほうが自発的についていったのか、そこのところは書いてないから不明です。ともかく二人で北の暗い国へ旅立つことにした。クルトンは、はじめ自分が死んでニコルに証人になってもらうつもりだった。が、このロマンチックな計画はうまくいかなかった。二重自殺（心中）ならともかく、彼一人が死んで女が残るという状況は彼の決心を鈍らせた。つまり、彼は自殺に失敗した。そこで一応帰ってくることにした。ニコルを連れて……」

「一応？」いつのまにか全神経を集中してきいていたコバヤシはききかえした。

「そうです。一応と書いてあった。彼はまた、別な方法で自殺しようと考えているらしい」

「しかしなぜ、彼はそんなに死にたいんでしょう」

「それは、わたくしにも分りません。それこそ個人的な問題でしょう」

「もう一つわからないことがある。彼はなぜニコルと一緒にでかけたんでしょう」

「あ、あなたはやっと論理的な頭にもどりましたね」ドロマールはにっこりした。それは、学会などで自分の発表した学説に興味をもった聴衆に対する好意的な微笑に似ていた。

「以下は推論です。そのつもりできいて下さい。以前――彼がアルジェリアに行く前――クルトンはニコルの恋人だった。ほう、あなたは驚きませんね。それじゃ話しやすい。このことは彼がわたくしに白状したことがあるから、まあ事実でしょう。これから先は、全くの推論だが、彼は死ぬ前に、昔の恋人に会いたくなったのでしょう。この点があの男の欠点でね。冷徹な科学的頭脳を持っているくせに、妙に感傷的で女々しいところがある」

「彼女は」コバヤシはニコルが処女であったことを思い出し憎々しげに言った。「彼の昔の恋人じゃなく、今の恋人でしょう」

「それは、多分ちがいますよ。わたくしはあの男をよく知っているが、彼はこの世で誰も愛さない珍しい男です。一人の生身の女性を愛するなんて、まず、絶対にできないでしょうな。全人類が彼の敵です。だから彼は死ぬのです。彼にとって自殺以外の世界投企《ヴエルト・エントヴルフ》は残されていない」

「それが彼のいう黒い炎ですか」コバヤシは、ほてって燃えあがるような意識の中で、ドロマールのドイツ語を、現存在分析《ダーザインスアナリーゼ》の用語を反芻し、それをクルトンの不可解な言葉と結びつけた。

「ほう」ドロマールは、彼としては異例なことだが、目を輝かして溜息をもらした。「あなたはわかるんだね、あの男が」

「いいや」コバヤシは目を伏せた。「わかりません。ただそんな言葉を彼がよく使うものだから……ただそう言ってみただけです」

「わかってますよ。ね、コバヤシ。あなたにはわかっている。それは言葉の問題じゃない。思想の、否、感覚の、いかんまだ言葉だ、なにか手垢にまみれた言葉でない言葉が必要だが……」

ドロマールは、外科帽の下でぎろりと目をむき考えこんだ。その目を義眼とばかり思いこんでいたコバヤシは赤い血管の走るなまなましい眼球を驚いてみつめた。しばらくしてドロマールは目を細めた。すると、見馴れた顔付、能面のような無表情になった。

「あなたは《存在と時間》を読みましたか」

「いいえ、まだです。読みはじめたことはありますが……」

「サルトルは?」

「まあ大体よみました」

「メルロ・ポンチは?」

「初期のものだけ、《知覚の現象学》なんかを……」

「それでは、《世界内存在《イン・デア・ヴェルト・ザイン》》という用語がわかりますね」

「わかってるというほどではないのですが」

「それで充分です。この用語を借用しましょう」ドロマールは断固として言った。「要するに、当り前の単純なことなんです。どんな人間も、この世に生きている。無数の物体や生物や他人とかかわりなしには生きられない、人間のこの運命的なありさまが世界内存在でしょう。つまり人間のアプリオリな規定は世界内存在です。ここまでは哲学者の考えたことだ。ところがこの凡庸な人間の規定に満足せず、そこから脱出しようとする人間もいる。それが狂人と自殺者です。前者は異常という事実性に転落することによって世界を拡大し、後者はもっとも正常な（正常が平均値という意味ならこれも異常ですが）投企によって、世界から脱出する。そのことを知っているのは狂人や自殺者と暮しているわれわれ精神医です。つまり現代のように人間が、実にうんざりするほどの物体や生物や他人の組立てた牢獄にがんじがらめになって平均化されている時代には、狂人と自殺者こそは、英雄です。彼らは牢獄を拡大したり破壊したりできる。つまり、ひとにぎりの哲学者の存在論的定義の網の目からもれて、未知の暗黒の宏大無辺な世界を所有しうるのです。しかも、これが大切なところだが、この操作は、彼らの主観（なんという古くさい言葉でしょう）や精神の内側で行われるのではなく、主観も客観も、精神も肉体も、（ああこんな二元論的言葉は使ってはいけない）こういいましょう、彼らの世界内存在すべてをひっくるめておこなわれる。ここまでくると普通の精神医ですらもうわからない。なぜって、もう言葉がないからです。残るのは行為のみ！　狂人になるか自殺者になるかどちらかです。この場合、便法がないわけではない。それは……あなたを前にしていいにくいが、しかしあなたを誹謗するわけじゃないからいいましょう……それは、異邦人になることです。つまり、この牢獄的世界からはじきだされ表面に浮びあがることです。ただし、この便法はあくまで便法です。それは本当の英雄的行為ではない。少し卑怯な、まあ比較的安全な行為です。それでも、なお、普通の正常の（こういったときドロマールは苦々しげに口をゆがめた）そこらにうようよしている人間どもより、どれだけましか知れん。それはともかくこの世ではない別世界をつくる。たとえばすぐれた科学者や芸術家のように……さて、クルトンだが、彼の黒い炎というのは、思想でも感覚でもない。そうだ、うまい言葉がある。それは行為なのですよ。炎は動くでしょう。燃えるでしょう、そして、燃えつきるでしょう。わかりましたか。黒い炎とは自殺するという行為なのです」

「なるほど……」コバヤシはドロマールの断定的な雄弁に圧倒され、自分がフランス語の網で包みこまれたような気がした。網にとらえられた魚のように必死でもがいてみる。そして、一つの疑問をひろいあげた。それは結局最初にうかんだ疑問にほかならなかった。

「でも……まだわからないことがある。どうして、あなたはクルトンのことにそう詳しいのですか」

「最後の質問かね、コバヤシ」ドロマールは、再びにっこりした。「ああいいとも、答えよう。あなたのように、論理的に質問を構成する才能は貴重だからね。答は簡単です。クルトンはわたしの親しい友人だからです」

「それは不思議ですね」コバヤシは記憶をあらためてから用心深く言った。「ぼくは、あなたとクルトンが話してるのすら見たことがありませんが」

「それはそうだろう」ドロマールは誇らしげに微笑した。

「われわれは交友関係を秘密にしていたからね」

「秘密?」

「そうだ、文字どおり秘密な間柄だ」

「そうですか。じゃききますまい」

ドロマールの微笑が、ふと薄気味悪い苦笑と見えてきた。クルトンとの秘密な間柄といえば、あのこと——ラガンが暗示し、数々の少年像が傍証となったユラニストの性癖——がすぐさま連想された。それはドロマールとジャンマリーの関係を想像するときと同じ嫌悪感をおこさせた。

「いやいや、別に秘密にするほどのことではない、あなたには」

「いいんです。きかなくても」

「しかし、あなたが変な誤解をしているといけないからね。やはり打明けておこう……この春、クルトンが訪ねてきてね、いきなり何か研究をしたいという。そこで、わが家の研究室——あなたには見せたことはないが、あの家の応接室は病理組織学の研究室になっている——に来てもらった。彼は実に熱心に通ってきたよ。週三日、午後、時には夜おそくまで顕微鏡をのぞいていた。ミクロトームの使い方や染色技術にも、すぐ熟達してね。わずかな期間だが、彼はいい仕事をした。ほら、おぼえていますか。五月に死んだデュコルネの脳、あれを彼にみてもらった。あの患者は何だったと思う？　あれは、君、播種性紅斑性狼瘡《エリテマトーデス》だったんだよ」

「はあ？」

「つまり膠原病だ。実に稀有な症例だろう。あの診断が困難をきわめたのも無理はないさ。それを、カルテと病理組織所見からつきとめたのはクルトンだ。エリテマトーデスの脳の研究は、全世界で現在までにたった四十六例しかない。わがフランスにおいては一九四七年のリアンの研究が最初のものだ。つまりクルトンの仕事はこの方面じゃ世界で四十七例目、フランスで第二番目の業績なんだ。あ、思いだしたが、つい最近日本のハラダがすばらしい報告をだした。さっそく別刷りを送ってくれるよう手紙をだした。あなたはハラダという研究者を知っていますか」

「ハラダというのは日本人に多い名前ですから……」コバヤシは首を傾げた。

「とにかく、クルトンという男をわたくしは見直したよ。昔、彼がリゼルグ酸の研究をしていた頃面倒をみてやったことはあるが、あれは全く学位論文のためのやっつけ仕事だった。こんどの彼はちがう。全くのところ研究のための研究という真剣さがみえる。ただ惜しむらくは、彼が自殺に対して抱いている執念ほどの真剣さではないがね。さてと、これで、あなたの最後の質問に答えたことになるかな」

そう言いおわるとドロマールは急に忙しげに机からとびおり、ブラインダーをあげ、コバヤシの肩を押して医長室へ行った。コバヤシのため扉を開けてやりながら、小声で言った。

「いまの話はすべて秘密ですよ。君とわたくしの間だけの」

「わかってます」コバヤシも小声で言った。「いろいろ御教示くださって感謝しています。ですが……あなたは御存知でしょう。いつ彼らが帰ってくるか」

「明日だ」ドロマールはぴしゃりと扉をしめてしまった。待っていたようにモニックとヴァランチーヌ尼が廊下に現われた。

言葉、ことば、コトバ……ドロマールはコトバをふりまいた。彼は生身のクルトンをコトバで分析し、組立て、もはやコトバの無力な領域に来ると都合のよい行為をもちだした。行為、それもまたコトバである。

自室にもどるとコバヤシは考えはじめた。彼はドロマールの前で何も考えず、ただ相手のコトバを理解しようとのみ努めたのであった。が、考えれば考えるほどドロマールの思想はコトバの煙幕にかくれてしまった。いつか彼の長大な論文《リゼルグ酸の影響》を読了したときのように、彼は苛立たしい疲労をおぼえた。

窓ガラスをパラパラと雨が打った。冬の雨、田舎の雨、フランドルの雨である。樅の葉の針が群なす棘のように光り、その相間からけぶった遠くの村がみえた。あそこの一見廃墟のような小さな黒い村、その家々の厚い安全な壁の内側では明るい灯が点り人々が生きている……そう思うと不意に、村がうずくまって獲物を待つ陰険な獣のようにみえてきた。樅の針が危険な鉄の鋲のように目にささって来そうだ。そして重々しい雨雲が裂け、いまにも尖光と雷鳴がとどろくような不安が迫ってくる。コバヤシはいそいでカーテンをしめた。忘れていた例の病気が再発したのだ！ 暗い中でコバヤシは頭を両手で挟み目を閉じたが、どうしても落着いて室内にいることができず、廊下へよろめき出た。あの病気だ。ものに対する感覚が狂っている。

左右の閉じた扉のかげで誰か刺客のような人々がこちらを窺っている気がした。いくら忍び足で歩いても――彼はスリッパをはいていた――足音が、鼓膜を痛めるほど大きく反響する。そして、壁の染みが異様な臭を発散していた。それは患者たちの臭である。長年のあいだにこびりついた彼女たちの臭――汗腺・脂腺・アポクリン腺・唾液腺・バリント腺・不潔患者のおむつのむれた臭・脂粉と香水の匂い・それに odor voluptas――をコバヤシは嗅ぎわけた。食堂でブノワとラガンとヴリアン（彼はいつ訪ねてきたのか）の声がし、その前をコバヤシが通ると急にひそひそ声に変った。彼らはぼくの陰口をたたいていたのだ。コバヤシは不快な思いで顔をしかめた。マダム・セネシャルが鍋とスープ皿をのせたテーブルワゴンを押してキッチンから現われた。昼食・彼らとの会話・味があって味のない食物……その連想がコバヤシを憂鬱にした。逃げだそう。思いっきり車でとばしてやろう。が、階段のところで意外な障碍が彼を待伏せていた。突然、彼は階段を降りられなくなっていたのである。それは、何百回となく往復したいつもの階段であった。すりきれた滑りどめの金具も、木の手摺も、天井の螢光灯も……しかし何かが異常であった。輪になった手摺の間から一階の油光りした床が見え、そこへひきずりこまれるような、階段へ一歩踏みだしたとたん、踏板のすべてが幻影のように消えてしまい深淵へと落下してしまうような恐怖がコバヤシの足をすくませた。

　彼は廊下を走り、行き合ったマダム・セネシャルに食事はいらないといい、部屋の扉に鍵をかけ、電灯を消し、ベッドにもぐりこんだ。

暗黒、完全な純黒を彼はのぞんだ。しかしどこからか青い斑点が出現して視野に浮遊し彼の希望をこばんだ。そして静寂は……雨の音、階下の患者たちのざわめき、たとえ耳をふさいだとて何かの物音が、たとえば心臓の鼓音がきこえるだろう。眠るより仕方がない。が、眠れない。コバヤシはしきりと寝返りをうち、あえいだ。病気はまだ続いている。じっとしていろ。何も考えるな。彼は偏頭痛の再発を願った。もし痛みでもあれば、それに意識をさし向けることができる。痛みが彼を救うだろう。けれども、痛みは来なかった。この耐え難い贋の孤独、心ならずも世界へと無慈悲に沁み透っていく自分の意識を彼は呪った。

《女が》逃げていった。その《女》は無形無色の風のようで、ただ逃げていった感じだけが残った。《女》は階段を登って逃げた。しかし階段はみえず、青黒い縞が横に走り、それはルーヴル美術館のローマ時代の寝棺のある広間からニケの像へとむかう階段のように暗い高みへと導く通路の雰囲気を備えていた。

《門》があった。その無形、無色の《門》はふと赤い石造りの門に凝集した。この門は彼が夢でよく見る門で、いつもは忘却しているのだが、それを見ると前の夢と連続した同質の世界が開けてくる、そんな鍵の役目をする門であった。門は赤く、血のようで、事実血なまぐさく、べとついた石肌で立ち、その横にこれまた赤い、刑務所のように頑丈な塀が続き行手をはばんでいた。彼は石塀の傍に立っているのに塀全体を見渡し得、塀ごしに迫上った巨大な建物を認めた。

その建物は、城塞のようでも牢獄のようでもあった。それは、胸壁と狭間と雄鶏の風見のついた隅塔とを備えたヨーロッパ中世の城塞で、堅固な地下牢の闇を内蔵していた。つまり城塞と牢獄とが表裏の関係であり、権力と犯罪とが共同して嵩張っていったという感じが、その建物の特徴であった。しばし、壁が透明になり、蜂の巣や高層アパートさながらに、《人間》をとじこめた無数の独房が見え、なおも凝視しているうちそれらの独房は無数の煉瓦を積みあげた壁の表面へと戻った。その単調で画一な四角の連続は、なおも飽きるほどに続き、といってそれを見捨てることもできず、彼は歩きながら走りながら飛びながらそれを見、再び《門》のあった場所に戻った。

と、そこには、砂漠のような海のような、果しのない灰色の平面がひろがり、目標となるものは何もなく、彼は自由にどの方向へも行けるように思え、それでかえって不安であった。この不安は、かつて、インド洋のただなかで、のっぺらぼうの水平線にとりかこまれたとき覚えた不安を思い出させた。

彼は《舟》に乗っていた。その舟ははじめ、彼がフランスに来たとき乗った快速船カンボジュア号であったが、いつのまにか小舟になり、ブーローニュでみた手漕ぎの小漁船のような、ヴェネチアのゴンドラのような、また和船のようなものとなり、彼自身が艪を漕いでいるのであった。灰色の水は、水にふさわしい抵抗や安定した水平面をもたず、雲か霧さながらに頼りなく曖昧に起伏していたが、それでも彼は艪を漕いでいるという意識があった。しかし、行けども行けども灰色の空間が続き、ながいながい時間が経ち、彼は相変らず孤独に不安に漕ぎ、そうしているうち広場の真中に立っていた。

広場はぐるりを黒い回廊に囲まれ、正面にどっしりした教会堂がそびえていた。教会堂は彼らから寄進された石を積みあげてつくられ、石と石とは彼らの血で接着されていた。その出来具合は、実際はばらばらな骨で組合わされている髑髏《どくろ》が内部の縫合や靭帯や軟骨によって接着され一つの骨のような独立性と薄気味悪さを示すように、見事なものであった。そして、教会堂はどこか髑髏の面影をもち、その口のあたりの扉は歯のようだった。やがて、髑髏が教会堂が口を開き、二頭の白馬にひかれた馬車が走り出た。馬車はかなりの速度で走っていたが、蹄鉄や車輪の音がせず、まるで広場の上に不可視の油の層があってその上を滑っていくように、なめらかに静かに移動し、去った。すると、黒い葬列が現われた。先頭で柩を運ぶ四人の男は、ベッチュンヌの伝統に従い、二角帽《ビコルヌ》をかぶり青い胸飾をつけ独特なケープをまとっていた。方々の鐘がこぞって鳴りはじめたけれど音はきこえず、鐘塔の上で深呼吸でもしているように伸縮する鐘や、遠くの街から拳をつきだすように出没する多数の鐘がみえるばかりであった。ふと、棺の中の死人の姿が眼前に現出した。彼はそれがニコルであることを知っていた。しかし、彼が見たのは、意外にもクルトンであった。完全な黒人に変質した素裸のミッシェル・クルトンであった。

彼は、誰かの家の裏庭にいた。庭は一面に苔と羊歯におおわれ、黴と腐敗の臭がした。木々の葉は黒く、梢は黒く、屋根も軒も黒く、すべての黒が融合して太い網目となり、それゆえに白い空は穴の奥からのぞいた外光のように思えた。その裏庭の一隅で男女が抱き合っていた。女は男の膝にまたがりぐったりとしていた。肩に垂れた金髪、むっちりした腰、長いすんなりした脚を男の手が撫でまわした。男の手は次第にみだらに動き、女の衣類を剝ぎ、その陶酔を深めていった。やがて男は女を軽々と抱きあげ、いともあざやかな早業で、そばのX型の十字架に女を縛りつけた。それは黄金の紐でぎりぎりと柔い手首や足首を巻いていく面倒な作業であったが、ほんの寸刻で終った。かくして準備成った女に対し、男は最初の鞭の一撃を加えた。女ははじめて恐怖と苦痛の呻きをあげたが、男はこともなげに女の口に皮の猿轡をかませ、なおも打ち続けた。

その女は実はジャンマリーで、男はドロマールであると、はじめは思われたが、次には、女がニコルで、男はクルトンであるとも思えた。そして、ニコルであると思ったとき、彼は非常な快感をおぼえ、その頂点で目覚めたのであった。

夢からさめるとき、夢の世界のほうが現実味を帯び、かえって現実世界のほうが、むしろ異様で非現実的な気配に充ちていると感じることがある。コバヤシが目を開き、明快で淫猥で行動的な夢の世界が消えてしまい、暗く鬱陶しい空間を見たときの気持がそれだった。何か異状がある……扉の下から光がさしこんでいた。廊下に誰かがいる。いや、それはクルトンの部屋からだった。コバヤシはとびおきた。

ノックするとすぐ「入りたまえ」と声がした。クルトンは黒い外套を着、靴をはいて、つまり帰ったままの服装でベッドに横になっていた。握るとその手は濡れて冷たかった。まるで闇から抜けだしたような黒い影に向って、コバヤシは話しかけた。まだ覚めぬぼんやりした頭で、性急に……

「ニコルはどこにいる」

「彼女の部屋だ。ベッチュンヌの」

「彼女は元気か」

「元気だ」

「ああ」コバヤシは椅子に腰を落し頭をかかえた。そして何か言おうとしたクルトンを呶鳴りつけた。「黙りたまえ。黙れったら……で、君たちは元気だったか。もちろんずっと一緒にいたんだろう。どこに行ってきたんだ。いや、そんな話はあとにしよう。それよりもクルトン」コバヤシは、次第に目覚めて明敏に働くようになった頭を振った。「ね、一つだけ君にきいておきたい、ぼくにとって最も重大なことを。本当のことを答えたまえ。ね、答えると誓えよ」

「待ってくれ」クルトンは外套をゆっくり脱ぎながら低い声で言った。「君の質問には何でも答えよう。だから待ってくれ」

クルトンは外套を脱ぎ、濡れてぴったり頭蓋骨に貼りついた髪を櫛でといた。そして外は雨だと言い、泥まみれの靴下を脱ぎ捨てた。濡れしぼんだ上着やズボンが、彼の痩せ細った醜悪な体を際立たせてみせた。

　クルトンの姿にはどこかいまわしいところがあった。コバヤシは、あたかも診察室の患者に精神病者という表現不可能な翳を感じるように、相手に自殺未遂者という濃い翳を見たともいえる。それは相手を自分とは別世界の人間とみる距離感の自覚であった。

「さあ」着替えおわったクルトンは、ガウンをまとってベッドに坐った。「なんでも聞きたまえ」

「それでは……」コバヤシはすでに最初の意気込みを失っていた。

「あ、ちょっと」クルトンは右手でコバヤシを制した。「君はドロマールに会ったかい。つまり、ぼくについて多少は予備知識を持っているのかい」

「会ったとも」きっかけをつかんだコバヤシは語気荒く言った。「全部、話をきいた。君が、自殺しようとして失敗したことも、ニコルを自殺の証人として連れだしたことも。ドロマールはね、君の黒い炎が何かも説明してくれたよ」

「黒い炎?」クルトンは黒い顔に白い燐光のような微笑を浮べた。「あんなことまでおぼえていてくれたのか。いやあ、有難いぞ、それじゃドロマールが全部必要なことを話してくれたらしい。ぼくとしてはこれ以上自白することは何もないね」

「あるさ」コバヤシは、上擦ろうとする声を抑えて言った。

「ニコルのことだ。きみはニコルに何をしたんだ」

「抽象的な質問だな。もう少し具体的に頼むよ」

「具体的になんか言えるものか。君はニコルに何をしたんだ」

「じゃ、質問の内容を推定したうえで答えよう。まず、デカルト流の二元論でいくか。ニコルの精神についていえば、彼女のほうがぼくと一緒に行きたいと言ったのだ。ぼくは拒まなかった。しかしぼくは彼女を愛していない。彼女がぼくをどう思っているかについてはぼくは何も知らない。さて、ニコルの身体についていえば、この二週間彼女はぼくとともにいた。旅行――といっても始めガンにちょっといてあとはブリュージュに滞在しただけだがね――の間、ぼくは彼女と一緒にいた。ただし、ぼくは彼女の体に一指をも触れていない。これは多分、君にとって重要な点だから誓ってもう一度言うが、ぼくは彼女の体に全然触れていないんだ。それに、君はまだ知らないだろうが、ニコルは妊娠しているよ」

「妊娠？」コバヤシは相手の声を明瞭に聞きつけたのに聞きかえした。

「そうだ。二カ月の身重だそうだ。ブリュージュで産科医にみてもらったから確実だ」

「妊娠だと！」コバヤシは吹き出した。「厄介な喜劇だ。この期に及んでニンシンだって！結構な話だ。いったい誰の子供だ」

「君の子さ」クルトンは陰気に顔をしかめた。「なにしろぼくは彼女に指一本ふれないんだから」

「いや信じられないね」コバヤシは下卑た調子で言った。「ぼくの子供だという証拠は何もない。あの女は誰とでも寝るんだから」

「そんな言い方はやめたまえ。ニコルはそんな女じゃない」

「そんな女じゃないと証明できるかね。え、いったい、他の男と二週間も泊り歩く女が、清浄潔白だとどうやって証明するね」

「疑うのは君の自由だが」クルトンは増々、陰鬱に俯いた。「あとで後悔しないようにしたまえ。誓っていうが――信じてくれとは強制しないよ――ニコルは潔白だ。そして、君を愛している」

「愛している?」コバヤシは皮肉に言った。「大方、子供ができたので仕方なしに愛しはじめたんだろう。結構な愛しかただよ。まったく」

けれどもそう言ったとき、コバヤシの心に何か温い和んだものが流入してきた。《あなたを愛しています。でも、でかけなくてはなりません》白々しいときめつけていた彼女の書置を、彼はなつかしいものとして思い出した。《自然も人も未知なるがゆえに我愛す》というドラボルド神父の声までがひょいと浮びあがってきた。と同時に、つい先程みた夢の加虐的な光景が、ニコルへの欲望をかきたてた。

「ところで、一つ訊ねたいが」クルトンは考えこんでいるコバヤシに向って遠慮深げに言った。

「君はニコルを愛してるかね」

「君に答える義務はないね」図星をさされたコバヤシは腹立たしげに言ったものの、クルトンの目の中の輝きが、灰の中でくすぶっている炭火のような瞳が、自分の怒りを鎮めてしまったのを悟った。コバヤシは、立上りざま、自分でも意外なほどの親しみをこめて、クルトンの固い骨張った肩をたたいていた。

「実はね、ぼくは彼女と別れる決心をしたんだよ。ところが、何だかそうできそうにない気もするのさ」

クルトンは何度も頷いた。

「君は」コバヤシはクルトンの目を真直ぐにみた。「死のうとしたんだな」

「そうだ」クルトンは目をそらせた。

コバヤシはクルトンの手をとって囁いた。「本当に君は死のうとしたのか。ばかなやつだ。え、ばかなやつだよ」

クルトンは手をとられたままじっと俯いていたが、その手は次第に小刻みに震えだした。

《泣いているな》そう思ったコバヤシが、相手の顔をのぞきこもうとするとクルトンは巧みに顔をそむけた。が、次の瞬間、こちらをむいたクルトンの顔は、コバヤシの意表をついて、笑っていた。彼はずっと笑を嚙み殺していたのである。

「誤解しないでくれたまえ。ぼくは死を深刻なものだとは考えていないんだから。むしろ陋劣な茶番だと思っている。死というのはほんのちっぽけな冗談だよ。それが証拠に、誰だって死ぬことだけはできるんだからね。正常な人間も気違いも、天才も白痴も、死ぬことだけはできる。いいかね、われわれがこの世に生れてきたこと、存在することが茶番ならば、死ぬこと、存在しなくなることも茶番じゃないか。なにも死だけを厳粛な現象として区別する根拠なんかありはしない」

「君の言ってるのは自然死のことだろう。自殺はちがうさ。自殺は行為だ」

「行為？　なるほど、いい言葉だ。しかし、自殺は莫迦げた行為だよ」

「そのとおりだよ。君、なにも死ななくったって……」

「ほら、君は誤解している」クルトンは愉快そうに笑った。「自殺は莫迦げた行為である。しかし、死は厳粛だ。そう思うから自殺が肯定できないのだ。死は冗談だ。とすれば、自殺は冗談を行うことにすぎん」

「わからないな」コバヤシは疑わしげに言った。「それはコトバのあやにすぎないんじゃないかな……」

「いいや、君、コトバの問題じゃない。感覚の問題だ」クルトンはいきいきとしたまなざしを投げてよこした。「ひとは、昔から生と死の二律背反に馴れすぎている。生は善いもの、明るいもの、喜びに充ちたもので、死は悪いもの、暗いもの、悲しいものときまっている。なぜそうきまっているのか。誰も答えられやしない。ことに現代のように、ひとの生が病み疲れている時代ではこんな公式はもはや昔日の威力を失っているのに、相変らず、ひとは死を生の対極において形容している。笑止なことさ。同じことは、この世の側にいて社会というものを肯定した教養人や英雄が小説の主人公となりえた前世紀と、共同社会から追放された狂人しか主人公になりえぬ今世紀との、文学的状況の差にひとが気が付かない点にも現われている。現代こそは、死の世紀だ。自殺者と狂人が、つまり異常者だけが時代の真実の証人となりうる。それは実に独特で愉快で茶番めいた雰囲気の世紀なのだがね……」

「では、クルトン。君はまだ死のうと思ってるのか」

「もちろん」

「冗談に死のうというのだね」

「そうだ。この世から逃避するためとか、追い詰められたためとか、生き甲斐がないためとか、そんな何かのためでなく、ほんの冗談で死ぬのだ」

「ではきくが」コバヤシは、昨日、ドロマールの前で感じたのと同質の苛立たしさと疲労のなかで言った。「それが冗談だとして、どうしてニコルをひっぱりだしたんだ」

「それはぼくの誤算だった」クルトンは細い首をすくめた。「ぼくは彼女に別れを言いに行った。そしたら彼女が一緒にいくと言い出したのだ。ぼくは彼女に理解してもらえると思った。それが大変な誤算だった。つまり彼女にはぼくの軽い冗談がわからなかったんだね。きみも気を付けたがいい。女というのは、愛するか愛さないかですべての事を判断する。これも一種の二律背反だが、実に強力なやつでね、生と死よりも強いのだ。で、ぼくは自殺に失敗した。薬も機会も充分にあったのだが、ニコルのおかげで自殺が冗談でなくなったのだ。彼女はぼくから離れようとしない。ぼくは、看守の目の前で反則行為をやろうとする囚人のようなものだった。たとえ、ぼくが冗談だと主張しても、看守の目には厳然たる規律違反としかみえなかったわけだ」

背の高い陽気なクルトンを、小柄なニコルが生まじめにつけまわしている、そんな滑稽なシーンを想像してコバヤシは、失笑したが、その笑は中途でとぎれてしまった。

「それじゃ、君はニコルのおかげで、こうして生きていられるわけじゃないか」

「そのとおりだ」クルトンは肩をすくめた。「まだ当分生きることになるな。退屈な話だ。今夜はエニヨンのところでうんと馬鹿騒ぎをしてやる」

「エニヨンのところ?」

「そうだ。招待されてるんだ。クリスマス・イヴのパーティにね」

「待てよ。待てよ。今夜は……今夜はクリスマス・イヴか」コバヤシはつぶやいた。それは彼にとってフランスで三度目のクリスマスであった。しかし、クリスマスなど今の彼にとっては何の意味もないことだった。

隣村のロベコを通過する頃から雨は小降りになった。そして前方の高台の上に、霧雨にふりこめられたベッチュンヌの町が灰色の偉大なシルエットを現わしてきた。鐘楼《ベッフロワ》と教会堂を船橋とみたてれば、まさしくフランドル平野に浮ぶ船そっくりの形である。そう思ったと同時にコバヤシは、昨夜の夢にでてきた城塞がこのベッチュンヌを連想させることに気付いた。

むかしベッチュンヌは、ガンのフランドル伯城やランジーの古城のような孤立した城塞ではなく、アヴィラやカルカッソンヌのように町ぐるみの城郭都市であった。しかも一応軍隊に衛られておりながら、市民と商人の力が軍隊より強い、それがベッチュンヌの特徴であった。たとえばスペイン継承戦争中のエピソードがそれを示している。当時ドゥエを占領した連合軍《アリエ》がベッチュンヌに迫った。ところで城中のフランス軍は数も少く、すでに死を覚悟し、大通りに面した家々を焼払って敵の来襲を待っていた。ところでこんな軍隊の悲壮なヘロイズムを軽蔑する市民と商人は、軍隊に城門を開かせ連合軍に和議を請うた。かくて軍隊は敗北したがベッチュンヌは救われ、町には平和が来た。

が、それは単なるエピソードにすぎない。この国境と海岸に接したフランドルの低地は、侵略戦争・掠奪・放火・海賊・虐殺の舞台なのだ。ベッチュンヌの平和は短かかった。商人たちは惨殺され、街は破壊され、前世紀には市民たちのかわりに坑夫たちの大群が町の住民となった。ベッチュンヌは、今、人口二万の炭鉱町として生きている。が、すでに炭鉱には世界中の炭鉱と同じように凋落のきざしがみられるのだ。ベッチュンヌが、いつの日か廃墟となり、あの船のような街が無人の形骸となることも充分にありうることなのだ。

コバヤシは、いつになく緩速で、頻繁に屈折する田舎道を進んだ。例の病気はなおっていた。内勤医《アンテルナ》宿舎の急階段も難なく駈けおりることができ、景色をみても何らの異変もおこらなかった。ただ、奇妙なことに、目の前の景色は単なるその一刻の景色ではなく、長い時間の或る断面なのだという気がしてならなかった。ベッチュンヌの遠望から、その過去と未来を思ったように、彼は、桜の木一本をみても、春のはじめ、その木に満開の花が咲いていたことを思いだした。そして黒い湿った冬の風光に、来春の明るい風物を重ねて思い描くのであった。

よろしい。今は冬である。しかし来年の四月には黒土を持上げて、鈴蘭が水々しい芽をだすだろう。五月には香り高きリラの花が農家の庭先を飾り、Ａ一病棟の花壇では、園芸掛の分裂病の老婆が《マリアの心臓《コール・ド・マリー》》の紅い花弁を開いてみせ「聖マリア様が船に乗ったところです」と今年と寸分たがわぬ説明をしてくれるだろう。

さて、この不必要に曲りくねった道である。この低地は、むかし、一年のうち八カ月も水底にあり、村から村へ行くには、水底の浅瀬を飛石づたいにたどるより方途がなかった。今のこの曲りくねった道は、往時、浅瀬を縫った自然の道の名残りなのである。

ベッチュンヌの町並が迫ってきた。最前列にみえる大きな建物は監獄である。その高い塀の前から道は石畳に変った。雨あがりの広場は、買物に出た群衆で溢れていた。

《あの人々も、百年後にはすべて消えてしまう。ドロマールもクルトンもニコルもぼくも消えてしまう。つまり、そのことが、逆に、ぼくと彼らとを結びつけているのだ》

広場に車を置くと、彼は、裏通りを歩いた。つるつるに凍った舗石の坂道。チール街十二番地。屋根裏部屋の窓を見上げたとき、誰かの影がカーテンの蔭で動いた。ニコルだ。彼は深く息を吸いこんだ。昨夜からの連続した異常な体験——ドロマールの話、悪夢、クルトンの自殺論、ベッチュンヌの遠望——が彼の胸の底の底へとふと沈んで消えてしまった。それとともに、この二週間、女の帰りを待ちつづけた苦しみも消えた。《とにかくニコルに会おう。もう一度よく相談してみることだ》コバヤシは、階段を一気に駈けあがった。

ソファで編物をしているニコルを見たとたん、コバヤシはがっかりした。それは、ニコルの幼稚なお芝居だった。よりによって編物をするとは！　磨きあげたストーヴ、拭き水の半乾きになったテーブル、きちんと片付けられた旅行鞄、フェルトのスリッパア。一体どこであんな兎の毛皮縁のスリッパアを買いこんだものか。この部屋は二週間閉めきったままだった。この倉庫のようなほこりっぽい臭はそのせいなのだ。ニコル、もうお芝居はやめようじゃないか。ニコルの何かを探るような目付を横目にし、コバヤシは、肘掛椅子に腰をおろした。

ニコルは何気ないふうで編物を続けた。コバヤシの目は、自然、彼女のふっくらとしたお腹の上に停った。妊娠二カ月、厄介な異変があそこでおきている。厄介な……不意にかすかな喜びがコバヤシの胸に浮んだ。《ぼくの子供。かわいいあいのこ》をめぐるめくるめく仕合せな未来が素早く展開した。彼はニコルを愛している、これからも愛するだろうと信じた。そして眼をあげるとニコルの険しい眼に出会った。

「ミッシェルに会ったでしょう」

「ああ」

「彼は、わたしの体について喋ったでしょう」

「そう、言った」

会話は、期せずして彼の欲した方向へ向っていた。が、少し時機尚早でもあった。彼はこの問題について自分の考えをまだまとめていなかったのである。

「で、どう思うの」

ニコルは編棒に目を落した。その何気ない様子がコバヤシにはわざとらしい仕種にみえた。彼はすでにして、彼女を嫌悪しはじめていた。

「どう思うって、何をさ」コバヤシは苛々した調子になっていた。

「わたしたちの子供のことをよ」

「わたしたち？　君は、よくも《わたしたち》なんていえたもんだ」コバヤシは声を高めた。

「それは誰の子でもないわ。わたしたちの子よ」

「わかるもんか」ニコルの顔にちらりと走る微笑を認めたコバヤシは熱くなった。「だったら何だって君のミッシェルにあかの他人に最初に報告したんだ。君は、まずこのぼくに、君の男に、報告すべきだったんだ」

「だって、それと気がついたのは旅先でなんですもの。知ってるでしょう、十五日が予定日なのよ。その日来るべきものがなかった」

「だったら電報でもうてばいい」

「大袈裟ね」ニコルはいなすように微笑した。「別に珍しいことじゃない、先月もなかったのよ」

「先月もなかった？　そのことについては君は黙っていたね」

「ええそうよ」ニコルは例の探る目付をした。「わたしってあれがとても不規則でしょう。一回ぐらいなくたってどうってことはない。それにあなたが喜ばないと思ったからよ」

「おかしいね。どうしてまたそんなふうに考えたんだろう」

ニコルは答えず毛糸玉を勢よく転がした。それはコバヤシの足をかすめて壁にはねかえった。石油ストーヴの炎が黄色く乱れた。

「ねえ、ニコル」と、コバヤシが言った。「君はどう思うんだ、このことについて」

「わたしは意見なんかないわ。あなた次第よ」

「君に意見がない？　考えられない。君はいつだって意見を持ってるんだ」

「ずいぶん、勝手な断定ね」ニコルは苦笑した。金髪、白い頬、尖った顎、すべてに色素が乏しい。彼女は小憎らしいほどに冷静だった。

「でも、子供の父親を知っているのは君だけだ」

「それはあなたよ」

「ほんとうかね」

「信じられないの？」

「残念ながらね」

「じゃ、わたしたちもおわりね」

「どうしてだ?」

「子供を堕ろす。別れる。すべておわりだわ」

「そのことと、ぼくたちの事とは別だよ」

「でも、あなたはわたしを信じられないんでしょう」

「それは……」コバヤシは言葉につまった。「ねえニコル」彼は立上り、毛糸玉を思いきり蹴とばした。「もうこの話はやめよう。それよりもニコル、君たちの話をしてくれ。君たちはどこで何をしてたんだ」

「ミッシェルに会ったと言ったわね」

「ああ、言った」

「彼から大体の話をきいたんでしょう」

「非常に抽象的にね。要するに君たちがずっと一緒にいたということだけきいた」

「それから?」

「彼は死のうとしたが死ねなかった」

「それから?」

「それだけだ。待てよ」コバヤシは窓の前でくるりと踵を返してニコルを向いた。「彼は君を愛していない」

「あ、そう。そんなことまで喋ったの」

「きみは驚かないね」

「知ってたわ。そんなこと」ニコルはぽっと顔を赧らめ、不思議に美しくなった。コバヤシは腕の中に柔いものを抱いた。彼はニコルの右頬のほくろの生毛を舌の先に感じた。そして女が全身の力をぬいていくのを待った。彼は自分の体が女への欲望で膨れあがるようなのをいまいましげに意識した。さっき、クルトンの前で愛といったものが、実はこの欲望にほかならないとしたら、それはおろかなことだ。二人は今迄どおりの芝居を演じていくだけだろう。困ったことにこの芝居は演じれば演じるほど拙劣な演技となっていく。ニコルの空色の瞳が開いたまま天井を見ていた。コバヤシの欲望が急速にひいていった。彼は彼女の肩をつかんで、大きな瞳をまともに見た。

「君はミッシェルを愛しているね」

「…………」

「いいさ」彼はニコルを放すと、再び窓に近付いた。雨が降りやみ明るさを増した曇り空に、教会堂の十字架が白く鮮明に光っていた。それはクリスマス用のイルミネーションであった。今夜がクリスマス・イヴであること、病棟で患者たちが、クリスマス・パーティの飾りつけをやっていたこと、人々が、彼らが何やら忙しげに準備していたことを、コバヤシは、遠い遠い出来事として回想した。そして、すぐ後にいるニコルもなんだか思い出のなかの人物のように遠のいて感じられた。

《ニコルは、彼らの側にいる》コバヤシは索然として思った。本当のところ、ドロマールやクルトンやぼくの世界、それらはすべてニコルとは無縁の世界なのだ。ニコルはわれわれを理解しえない。《気をつけたがいい。女というのは愛するか愛さないかだ》とクルトンは言った。多分それは正しい……その一、《ニコルはクルトンを愛している》、その二、《ニコルはぼくを愛していない》、その三、《ぼくはニコルを愛していない》……コバヤシはニコルにとってつけたようにやさしく言った。

「さあ、食事に行こう。そうして、またゆっくり相談しよう」

雑踏の中で、ニコルのしなやかな小さな手を腕に感じながら、コバヤシは、すべてが終ったこと、従って、二人はもう何も話すことがないことを悟った。

2

カミーユはアラスのカフェで葡萄酒をのんでいた。

そこは黄色い壁紙の密室で、ボイラー室のように熱気でむしむししていた。机の上に染みだらけのメニュがあり、コーヒー三十五フラン、玉葱スープ百五十フラン、定食《プリ・フィックス》四百五十フランと読めた。玉葱スープの文字は玉葱とチーズの、定食の文字は肉とソースの匂いがした。そして、メニュの端に印刷された広場の廻廊の図は、薄れて、霧景色のように見えた。カミーユは頬杖をついた。彼女のグラスの中で葡萄酒の赤が揺れた。コバヤシが飲み残していった赤もゆれている。二つの赤が同時に同方向にゆれ、静止した。それは赤くはなかった。黒ずんだ紫色で、まるで汚れた血のようだった。

霧の奥で赤いものが点滅した。警官が数人道端に立っていた。赤い懐中電灯を振子のように振っている警官、その後の横転した車、それがミッシェルの車だった。あのどす黒い血痕の散乱した運転台と破れたフロントグラスを見たとき、わたしは気を失った。コバヤシがわたしを車に運びこんでいるとき意識が戻った。けれども、そのままじっとしていた。否、全身の力が脱けて起きあがれなかったのだ。ミッシェルは死んだ。この事実は、例えようもないほど重く冷い塊をわたしの胸一杯にひろげた。その押潰されたような心でわたしはミッシェルを呼続けた。それは、その後何百回となく虚空に向って呼続けた呻き声のはじまりだった。ミッシェル、ミッシェル、そう念じてみる。それだけで、それ以上の意味はないのだ。そうすると心が少し軽くなり、胸に息が通ってくるように思えるのだ。

URGENCE（救急受付）の黄色い文字、病院都市《シテ・オスピタリエール》の白い長い階下、宿直医の厳粛な顔、白布をかけられたミッシェルの屍体——それらがめまぐるしく眼前を滑り去っていった。わたしは、すべてを見たが何も感じなかった。コバヤシがいつも傍にいてくれた。わたしは彼の言うとおりに彼に手をひかれるままに動けばよいのだった。そして彼の膝に頭をあずけて眠った。目を覚ましてから、はじめてわたしは哭いた。コバヤシが背中を撫でてくれた。そして、コバヤシの目にも涙を認めたときわたしは一層激しく子供のように哭いたのだった。コバヤシの目から零れ落ちたわずか一粒の小さな涙がわたしの胸を暖めてくれた。あのいつも取澄した東洋人がミッシェルのためにないてくれたというだけで、わたしの胸に詰っていた氷のように冷く重いものが少し融けた。その時、わたしはコバヤシを理解しはじめたようだ。

誰かが密室に入った。空気の動く気配がした。カミーユは頬杖をといた。

いつのまにかカウンター前に半袖シャツに青いタイツの男がいた。闘牛士かプロレスラーのような立派な、見ていて眩しいような体格だった。こちらを振向いた。若くて整ってはいるが、下品で嫌な感じの顔だった。わたしの嫌いなタイプだわ。カミーユは、今度は物怖じせずに男の体を吟味した。骨と筋肉と内臓、それだけの存在というのは薄気味わるい。いつか会ったイタリア人の炭坑夫を裸にしたらこんな感じだろう。それは人間の肉体としては完全なのだ。が、美しくはない。ミッシェルはよく言ったものだ。「ねえ、カミーユ。人間の体というのは動物中でもっとも不恰好なものだ。たとえばライオンや豹のように高度に発達した肉体と比べてみたまえ、退化しきったみじめな肉体、それが人間だ」わたしは、彼が自分の醜さを弁護する口実ととったものだ。が、今や、それがわかる。ごらんなさい。わたしに見詰められて得意になっているあの男の完璧な体は美しくない。あれに比べれば、ミッシェルの病みおとろえた体のほうが数倍美しかった。肉体から遠ざかるほど人間は美しくなる。この原理をあの闘牛士は了解できないのだ。彼はわたしの目付を誤解したらしい。気取った様子で近付いて来、わざとわたしに体をすりつけるようにして窓から外を覗いた。汗ばんだシャツ、汗と腋臭のにおい。カミーユはグラスになみなみと葡萄酒をつぎ、ぐっと一息に飲干した。すでに大分酔っているけれども、もっともっと飲みたい。カミーユは立て続けに二杯のんだ。

男は窓ガラスの曇りを掌で剝ぎとった。が、その目はこちらを意識している。彼は視野のふちでわたしを見ている。

「雪はやんだようだな。月が出ている。外は明るいや」

男は、こちらを見てにやりとした。わたしに向って笑いかけたいために喋ったのだ。わたしが答えないので、男はてれかくしに腕を掻き、コントワールの前へ戻った。右腕に錨の入墨。するとこの男は水夫なのだ。そう、あんたの綽名は海賊にしておこう。

「ジョルジュ、起きたのかね、もう」

この店のおやじの声だ。隣の部屋に通ずるドアが開き、おやじが白い顔を突き出していた。黒い髪、ふとっちょの小男、そう、これはナポレオンだ。

「よく眠れたかね」とナポレオンがきく。

「ああ」

「ほかの奴らはどうした？」

「まだ眠ってるよ」海賊は天井を見上げた。そこから消防夫が使うような鉄梯子が下っている。

あのあげ蓋の上が寝室になっているらしい。

「で、どうするんだ?」

「やっぱりでかけるよ。雪はやんだし、月明りもあるし」

「やめたほうがよくないか。この寒さじゃ氷路《ヴェルグラ》になってるだろうし……どうだ。明日の朝まで泊っていきなよ」

「そうはいかねえ。四時にはダンケルクに着かにゃあならん」海賊は青いタイツを太股でぷりぷりと脹らませて、体操をはじめた。フラメンコをやるスペイン男のように細いしなやかな腰が伸縮する。

喋りやめるとナポレオンの顔に倦怠が浸みだしてきた。彼は欠伸を嚙みしめ涙を流しながら、カウンターを拭いた。一時二十五分だ。このカフェは終夜営業だ。彼はこれから朝まで起きておらねばならない。それはながいながい夜の労働を忌む愚直な欠伸なのだ。

カミーユはトイレに立った。トイレは雪の積った中庭の端にあった。月は黒々とした屋根の下に匿れ、せわしく流れていく雲を青白く照明していた。風がひゅうひゅう鳴っている。カミーユは寒さにふるえあがった。

足元はしっかりしている。わたしはまだ酔っていない。どうせ明日は一日やることがないのだ。もっと飲んでみたい。久しぶりに酔ってみたい。それにしてもコバヤシというのは奇妙な男だ。逃げるように帰ってしまった。わたしのホテルには空部屋が一杯ある。だから泊ることは簡単なのに、そうして明朝ベッチュンヌに帰れば体も楽だし、道も安全なのに、彼ときたら逃げるように去ってしまった。

「どうしても行くの」「うん」「泊っていけばいいのにねえ」わたしは溜息をついた。彼と別れたくはなかった。本当にこの三日間、彼はわたしに良くしてくれたのだ。ミッシェルの埋葬がおわってから、わたしは病院をやめる決心をした。養育院にフィリップをあずけ、アラスで何か職を探す。コバヤシはこの計画に賛成してくれた。引越しを手伝ってくれ、職探しにまで同行してくれた。そんなことで三日も勤務を休んだ。しかし、夜は必ずベッチュンヌに帰るという。ニコルが待っているからだろうか。それはわからない。前から彼はニコルと別れたいと言っていたし、ニコルと別れるための障害はもう何もないのだ。なにしろ、あの日——たしかミッシェルが死んだ日の夕方、ニコルは流産したのだから……それなのに、夜になると彼はベッチュンヌへと帰っていく。まるでこのわたしから逃げるようにだ。ほんとに奇妙な男だ。わたしはまだ彼を理解してるとはとても言えない。ほんのわずかな慰めは、わたしがあのニコル・デュピペルよりは、彼を理解できるということだ。カミーユは席にもどり、まだ体操を続けている海賊男を嫌悪の念をもって眺めた。ニコルを見るとわたしは、あの海賊に覚えるのと同質のむかつきをおぼえる。みにくい肉体《シエール》、筋肉と脂肪、人間なんて、まんなかに管のある煉粉のかたまりに過ぎない。

カミーユは葡萄酒の瓶をあけ、さらに半リットルと玉葱スープを注文し、窓ガラスに顔をつけた。ここからだと家々のΩ型の破風の上に月がみえる。満月に近い形だ。今、目の前の雲は払拭されて、広場も雪にうずもれた車もすべて白々と光っている。そして遙かな尖塔の上で風見を支えている《フランドルの獅子》の青銅像も、塔も、市役所《オテル・ド・ヴィル》も廻廊も、すべて黒々とした影であった。この小広場《プチット・プラス》は山峡の内海に似ている。暗く眉をひそめた氷海の入江。そう見えるのも、もちろん夜のせいだ。夜は、あらゆる物体から色彩を奪いとり、黒と白の世界と化する。ところが、あの奇妙なコバヤシは昼間でも景色をそんなふうに感じることがあるそうだ。彼は明るい広場や海をみて、それが黒白の写真のようにみえたという。彼は真昼間に夜をみる男なのだ。ミッシェルの葬式のあとでこの話をきいたとき、わたしははじめ彼の感覚を異常で病的だと思ったものだ。「あなたにはそういうことは起りませんか」「いいえ」「すると、ぼくだけなのかなあ、こんな体験は」コバヤシは淋しげに言った。あの場合、わたしのほうこそ劬われる立場なのに、なぜかわたしは彼を憐むような気になった。

ところがそのあと、リール市の共同墓地で奇怪なことがおこったのだ。丁度、墓穴の傍におかれたミッシェルの棺に向って、司祭がベネディクトウスの讃美歌を誦えているときだった。ふと、曇り空、打沈んだ顔の人々、シャベルを持った墓掘人、遠くに壁か波のように続く市街、それらすべてのものが、以前どこかで見た感じ、そっくりそのまま存在していた感じがした。心臓に針をうたれたような不安がわたしを襲った。わたしはコバヤシの腕にすがった。コバヤシがそっと背中を撫でてくれている間に、わたしの不安はおさまってきた。わたしは完全に思いだしていた、今の奇怪な感覚がついその二日前、ミッシェルの事故をコバヤシが知らせに来たときのあの《贋の世界》と同じ感覚であることを。そう。世界は贋物であった。司祭のラテン語も埋葬の儀式も、ミッシェルの棺も空も墓地も贋物であった。そしてその世界には色が欠落していた。それは黒と白の夜の世界であった。わたしはコバヤシの腕をきつくにぎり、振向いた相手の目が、わたしの苦痛を理解してくれているのを感じた。そして、わたしも彼を理解したと思った。

どす！　と不快な音がした。司祭がシャベルを握り穴の中へ土を投げていた。その底にはミッシェルの棺があった。（いったいいつおろしたのだろう？）どす！　と黒い湿土の塊はミッシェルの顔のあたりへ、どす！　と今度は胸のあたりへ。「あらゆる儀式は偽善だ。結婚式と葬式がとくにそうだ」ミッシェルがそう言っているように思えた。いや、わたしは心の中でミッシェルの声をきいたのだ。「さあ」とスザンヌ・エニヨンがわたしを促した。司祭がシャベルを手渡してくれた。しかし、わたしには出来なかった。ミッシェルの屍体はあのまますぐ埋葬すべきだった。わたしもおそらくはミッシェルもそれを望んだのだ。それを偽善めいた儀式の連続という煩瑣なきれいごとに変えてしまったのはスザンヌだった。

そう思ってはいけないのかも知れない。彼女がいなかったらわたしは何もできなかったにちがいない。一人の人間が死ぬとどんなに面倒なことがおこるか、わたしは知らなかった。すべてはスザンヌが手配してくれたのだ。医者から死亡診断書をもらう。県庁へとどける。遺族へ連絡し喪主をきめる。ミッシェルにはポウの養老院に母がいた。親戚としてはほかに叔父が一人いた。ミッシェルの母から重病でいけぬからよろしく頼むと返事がきた。叔父は弔電をよこしたのみで来ようとしなかった。スザンヌのすすめで結局友人代表ということでわたしが喪主になった。それからスザンヌはリールの共同墓地を買い、寝棺と墓標を注文してくれた。問題は通夜と葬式だった。自殺者ということでは勿論教会は引受けてくれない。死因を不慮の事故とし、エニヨンの弟の製鋼所技師を介して司祭を頼んでくれたのもスザンヌである。教会隣の伝道館でおこなわれた通夜に来てくれたのはコバヤシとスザンヌだけである。わたしは思わずスザンヌに尋ねた。「あなたには心から感謝しますわ。でも、ミッシェルのために、どうしてこんなにして下さいますの?」スザンヌは答えず微笑んだ。それは、善良な曇りのない美しい微笑だった。彼女の善意を疑うわけにはいかない。しかし、彼女がわたしとは別世界の人間、その夫のロベールとともに、わたしやミッシェルとは無縁な《あちら側》の人間であることを、わたしは否定できない。だからこそ、わたしには出来なかったのだ。シャベルでミッシェルの上に土を投げ落すという行為が……

スザンヌはわたしの拒否を、悲しみのための自失と解し、シャベルに手をそえて土を掬ってくれた。それをしも争《あらが》い避けるほどにわたしは頑なではなかった。続いてスザンヌが、子供たちが——アンニイとベルナールが——土をかけた。けれども、ミッシェルの棺はまだ少しも隠れていなかった。墓掘人の手で素早く穴が埋められ、真新しい木の十字架が立てられたとき、はじめてわたしは我にかえり、そして泣いた。

カミーユは窓を離れた。狭い黄色い室内の雰囲気が変った。また一人登場人物が増えたのだ。通路の裸電球の真下に女が、猫を抱いた金髪の娘が、美しくはないが若々しい魅力的な顔をしチェックの上着とピンクのトレアドルパンツをはいた少女が立っていた。わたしの片頬をこそばゆく撫でていた海賊男の視線がふと少女へと移った。少女は目をしばたいた。

「テレーズ」と海賊が呼び、男は女の手をとって隅の、カーテンの蔭にかくれた。囁き声、忍び笑、男の含み声と女の嬌笑。耳元で不意に声がした。「お待ちどお……」ナポレオンが玉葱スープを持って立っていた。

玉葱とチーズの匂い……不思議なことに、メニュで想像していた匂いのほうがずっと食慾をそそった。この玉葱とチーズの実際の匂いには汚わしいむかつくような何かがある。カミーユはスープをひとくち啜り、あきらめて葡萄酒に手を伸ばした。

酔い痴れたいと思う。が、酔えなかった。わたしの知覚は鋭敏で正確で、このむしむしする黄色い部屋を、ナポレオンの後頭部のぺろっと白い禿を、海賊の体臭を少女の存在を、すべて、あまりにもありのままに感じている。わたしの知覚には何らの個人性も独創もなかった。

ミッシェルは死んだ。コバヤシは去った。そして、わたしはそのどちらにも愛されなかった。誰も、ほんとうに誰も、わたしを愛してくれなかった。

ふくらはぎに柔かく触れるものがあった。猫だった。抱きあげてみる。膝の上で丸くなり咽喉をならしている。ちょっと体の位置を直し、わたしの下腹に鼻をすりつけると気持よげに目を閉じた。ゴロロ、ゴロロと軟骨の微妙な刺戟が伝わってくる。カミーユは猫の肋骨のあたりを右手で撫で左手でハンドバッグからライターと《ディスク・ブルー》の箱を取出し、シガレットに火をつけた。

シガレットの灰が落ち、バランスを失った吸殻が灰皿の外に滑り落ちた。灰皿のMARTINIのRのところで煙があがっていた。カミーユが立上ると、猫はひょいと逃げ去った。カウンターの内側の流しでは少女がコップを洗ってい、海賊がそれに寄添っていた。ほんの一瞬か、あるいは数分の間か、わたしは意識を失っていたらしい。

「テレーズ」海賊は少女の肩を抱いた。少女？　いや、こうして見ると相当の年輩の女だ。二十七か八。それなのに、わたしより年下の女と思いこんでいた。女はことさらに音高く食器を洗いはじめた。

「テレーズ。聞いておくれよ」

「聞いてるよ」

「真面目な話なんだ。明日……わかるかい……だからさ……」

あとは聞取れなかった。女は眉をひそめ、それから頷いた。

「よし、それじゃ、おれは出掛るからな」

海賊は軽技師のような身軽さで鉄梯子をのぼり、あげ蓋を押開けて天井へ消えた。しばらくすると、革ジャンパーにヴェレー帽でおりてきた。

「じゃ、テレーズ。明日な」

男は女の差出した額に唇をつけた。

男は冷い外気を背にドアを開けて立った。

女は駈寄り、「じゃ明日ね。きっとね。あなた、気をつけるのよ」

「ああわかってるよ」

男は去った。しばらくして大型トラックの吠えるようなエンジンの音が響いてきた。あの男はたしか夜のうちにダンケルクまで行くと言っていた。まだここから百粁はある。あの男が無事行き着けるならば、つい三十粁先のベッチュンヌまで行くコバヤシはまず大丈夫だろう。カミーユは、ふとコバヤシの坐っていた椅子の上に鹿皮の手袋を発見してつまみあげた。コバヤシのだ。カミーユはそれをハンドバッグに大切に仕舞いこんだ。

あの女は明日男の来るのを待つだろう。あの楽しげな口笛でも吹きそうな口元、夢みる眸、期待に充血し脹れあがった胸……ところで、わたしは誰も待たない。待つこと、愛すること、それは別れるという無意味な結末のはじまりに過ぎない。ミッシェルは死んだ。彼が死んだわけが、わたしには分る。この世に生れ、そして死ぬ、この無味乾燥で退屈な様式を少し早目に、多少の満足感をもって完結させた。それだけのことなのだ。いずれはわたしも死ぬ。わたしの痕跡としては、あの憐れなフィリップだけが残る。わたしの琥珀の皮膚、わたしの黒髪、わたしの茶の瞳、わたしの真中でくびれた顎、それらをフィリップは後世に伝えるだろう。そして、またその子へ、幾千年、人類がしてきたように生殖作用を続けるだろう。遠い仄暗い昔から、未来という目もくらむ彼方へむかって、皮膚・髪・瞳・顎が伝わっていく。このわたしの生命はほんの一刻の中継所に過ぎない。それは我慢のならぬ退屈な話なのだ。

もっともミッシェル。あなたには女のこの退屈さが分っていたとはいえない。あなたがた男は（そうコバヤシも、ドロマールも聞いてちょうだい！）、何かの思想に賭けたがる。つまり、独創によってこの世の永久の退屈な繰返しに終止符をうとうという野望をいだく。ところが、その思想というもの……わたしに言わせればこれほど退屈で無意味なものはありはしない。それが証拠に哲学者の数だけ意見があるじゃないの。同じ学派の哲学者だってお互いの意見が完全に一致することはありはしない。たまに完全に一致した学者がいれば、それは亜流だとされ相手にされない。哲学だって文学だって科学だって同じことよ。これから何千年、何万年と人類は生きて繁殖していくだろうが、人類の歴史が長くなれば長くなるだけ、哲学者も文学者も科学者も数が増えるだけ、そうして意見の数も増えるだけ。それは退屈だわ。子供を生むより、もっともっと退屈だわ。

カミーユは、欠伸をした。金髪の女は姿を消していた。静かである。白痴のような裸電球の光が黄色い壁紙を照らしていた。そして、密室の中にはわたし一人のみで、そこは熱気でむしむしし、しかも空虚だった。

コバヤシはアラスからベッチュンヌへ向っていた。

オーン、オーンという風声が空に充ちていた。

それは悲しみを帯びた声で、無数の人々が死者たちのために祈っているようだった。マダム・デュコルネ、白痴のジョゼット、老いたドラボルド神父の両親、九十歳の聖者エスナール神父、そしてミッシェル・クルトン……彼がフランドルにきてから十カ月のあいだに、多くの人々が死んだ。

オーン、オーン……

その空に充ちた風声は、車をかすめていた舗石や壁や小路のせせこましいざわめきが消えたあとでは、何か不思議なひろがりと深さを感じさせた。

雪は降りやみ、雲はまばらに退いて、まろやかな霽月がのぞいていた。ヘッドライトの光芒のもと地平の彼方へと伸びていく白い坦路、それは通称アラス街道とよばれる国道第三十七号線である。アルトワの高台を横切り、ベッチュンヌからフランドルの湿潤な低地を抜けてダンケルクに到達する要路なのだ。

彼はギアをセコンドに置き、アクセルを抑え、時速二十粁を守ってゆっくり車を進めた。プラタナスの並木が几帳面な間隔を保って移動していく。そのうしろで蒼白く光る平原がまるで尊大な海のように静止してみえた。

路上をうずめた積雪には轍が全く無い。部厚い新雪の上を走っているのにハンドルには振動が伝わってこない。つまり雪が完全に凍結している証拠である。無理もない。北フランスの厳冬の午前二時、外は氷点下二十度近い寒さなのだ。

《氷路《ヴエルグラ》においてブレーキを踏むべからず》彼は暖房のきいた車内でふと後悔した。カミーユにすすめられたように《アラスに泊るべきだったかな》という気がした。が、すぐ《慎重にいけばなんとかなるだろう》と思い返した。

平野では、月光に泡立っているかに見える銀色の雪煙が立っては消えた。それは、英仏海峡の彼方からフランドルの低地をこえて押寄せてくる北風であった。ともすれば車は横すべりしようとした。彼はハンドルに全神経を集中した。

と、不意に糸が切れたような異様な感覚がした。車は前方へ強く牽引され、速度計の針が六十粁を指していた。下り坂である。車はぐんぐんと加速度を増して滑走していた。彼はこの坂道をよく知っている。坂の終るところにきつい彎曲があり、そこに頑丈な鉄柵が備わっている。このまま行けばもろに鉄柵に衝突するだろう。

一刹那の恐怖から彼は禁を破ってごくわずかブレーキを踏んだ。そのとたん車の尻が大きく振れた。路傍のプラタナスの並木が横にずれていき、ついでフィルムを逆廻転したように両側の並木の列が遠のいていった。今や車は前後を逆にして斜面を滑降している。彼はハンドルやブレーキを必死で操作したが、それらはもはや何の役にもたたなかった。彼は目を見開いたままじっと衝撃を待った。その一刻、不思議と彼の心は平静であった。今の今までささくれだっていた恐怖が鎮まり、透明な水地《みなち》のようなものが胸底にひろがっていた。そして、だしぬけに、遠い昔、どこかで経験した甘美な気分がよみがえってきた。それは歳月に埋められていた深い地中の宝物が何かの異変で唐突に白日のもとに掘りだされたように、しかもその宝物が昔と少しも変らぬ新鮮さを保っているばかりか、それを埋めたときの幼い日の情景までがまざまざと思い出されたときのように、快い驚きをもって彼をうった。彼は山の中で誰かと遊んでいた。それは秋の晴れた日で、山は黄金色に輝いていた。それはまこと豊かな金粉を樹々にふりまいたような冷ややかな煌めきであった。どうしたはずみか彼は崖から足をすべらせた。そして十数メートル下の沼に落ちて気を失った。この事件は、恐怖に満ちた経験として、時折り彼にもおもいだされはした。

しかし、今、彼が驚きとともに思いだしたのは、落下していくあいだの情景である。黒く罅割れた樅の幹、石と腐植土の配置、木洩れの黄色い散乱光、目に染む青空と白い峯々、葡萄色の沼のさざ波、それら世界すべてと自分との関係を幼い彼は明敏に知覚したのであった。真近な確実な死は、意外にも、平穏で柔和なものだった。彼が恐怖を覚えなかったといったら嘘になろう。彼は怖かった。が、あがいてもどうにもならぬと自覚したとき、彼は圧倒的な権力者である死に屈服し身をゆだねたのである。彼は《死の側から》自分を見た。自分の肉体が一個の落下物として完全に受動的な滑稽な状態にあることを理解した。その一秒か二秒の間に、幼い彼は、人間の日常的な空間をとびこえ、明るい単純な事物の世界に入ったといえよう。

プラタナスの白い並木が異常な美しさで遠のいていくあいだ、彼はそのようなことを感じていた。衝撃が来、彼は気を失った。

銀色の円盤が紗幕の中でゆれ、それは月を低い早い雲が洗っているのであった。平野は螢光にうるみ、彼は車の外になげだされていた。

彼は幼児のように稚拙な努力で全身を転がし、どうにか立上った。そして歩きはじめたが、出来のわるいロボットのような硬い無器用な足取であった。彼は左脚を曲げようと努力した。しかし左脚は棒のように硬直したまま右脚にひきずられるだけであった。何か生暖かいものが流れ、彼はその感覚に向って右手をあげた。戻した手のひらからどす黒い液が光って落ちた。再び手をあげ、頭蓋骨の硬さに触れてみて、そこの皮膚が割けているのを確かめ、手の表裏を仔細らしく月光にかざし、血のしたたる様を見ると、同じ仔細ありげな視線を彼は横転した車に投げた。車はもろくもひしゃげ、その割れ目からシートやエンジンがはみ出していた。

彼は何かを理解したというかのようにしきりと頷き、ゼンマイ仕掛の足取で道の上を歩きはじめた。彼の姿は異様であった。この寒風のさなかで手袋も外套もつけず雪まみれの背広姿であった。そればかりか懐中電灯も持っていなかった。（暖房のきいた車に乗っていたため外套は持合わせず、手袋はアラスのカフェに忘れてき、懐中電灯は発見できなかったのである。）行手には広漠たる雪原が、アルトワとフランドルのあの麦畑と牧場と森の、人家の極度に稀薄な平野がひろがっていた。

月光はくっきりとした彼の影を路上に長く印した。手のとどきそうな低空を雲母色の雲が急速に流れていた。その軽快な雲は、しかし、北方から迫ってくる不吉な黒雲の狡猾な前哨のようでもあった。

彼は北極星の方角へ、つまりベッチュンヌへむかって歩き始めたが、この場合事故の現場はアラスに近いはずだったから、彼の行動は理にかなっていなかった。けれども彼の顔には何か場違いな自信が現われていた。そして決然とした歩きぶりで躊躇なく進むのであった。

その時、彼は、地鳴りのような音をきき、プラタナスの幹を照らす鋭い光を認めた。それはゆっくりと坂をおりてくる車、大型の、トラック、いやトレラー車であった。彼は道端のすべっこい雪の堆積によじのぼり、それを待った。赤と黄の車幅灯をきらめかした巨大なかたまりは、さっき彼が事故をおこした場所を難なく通過し、今、目の前に、轟音とともに現われた。彼は背広の上着をぬぎ、それを力一杯にふり足をすべらして道に転がり出た。彼は叫んだが、もちろんトレラー車の騒音にかき消されてしまった。運転手の顔がみえた。その革ジャンパーにベレー帽の男は、明かに彼を見たはずなのに、表情もかえず車を運転しつづけ、彼が立上ったとき、すでに眼前から消えていた。

こうして彼はたった一人、曠野のさなかに取残された。しかしこの寒風に洗われて立停っていることは死を意味した。彼は歩かねばならなかった。そして、雪と風と月の世界のどこかに人間の痕跡を、光を見出さねばならなかった。

コバヤシは歩いていた。

彼は心得顔にほくそ笑んでいた。さっきから地平線のあたりにかすかな点光がみえていたのである。それは地を払う風に頼りなく明滅はしたけれども、たしかに地平線の下にあり、したがって星ではなく地上の光であった。風が休止し、雪煙の消えた一呼吸のあいだに、彼は光が何か人家らしいものから来ることを認めえた。

彼は歩いた。

そこから光が来たあたりに暗黒がわだかまってい、それはやがて一軒の二階家となった。月光に青白く厚ぼったく映えているのは雪をかぶった屋根であり、軒下の蔭の中にまた蔭があり、それは古風な鎧戸を閉じた窓であった。

曠野の寒風を切って立つ孤独なこの農家が、今や彼にとって唯一の希望なのだ。北方の黒雲が無気味に地平から翼をもちあげていた。急がねば月は匿れ、真暗闇となるであろう。彼は階段に足をかけ呼鈴を探した。突如けたたましく犬が吠え、やがて二階の鎧戸が半開きとなって誰かが甲高く叫んだ。彼はその声に向って声を張上げた。

「車の事故にあった。怪我をしている。宿を探しているのだが……」相手が黙っているので彼は同じことを三度繰返した。三度目の彼の声は悲鳴に近かった。白い吐息が風に屈折し消えた。

壁。それはこの地方独特の、煉瓦を積み重ね表面を灰白色のペンキで塗りたくった壁である。甲高い声の主――たぶん若い女性――はその壁の内側の暖炉の前にいた。彼女は彼の足を暖め、夕食の野兎料理《シユヴエ》のあまりを皿にもってくれる。彼は子供たちの寝息のきこえる甘酸っぱい童話じみた部屋に案内される。「夜が明けたら、お医者様をよびましょう。日本の先生《ドクトウール》」「メルシイ、マドモワゼル」「どうしまして、ドクトゥール」そう。おれはドクトゥールなのだ。百五十人のフランス人患者の主治医なのだ。

「ぼくはドクトゥールなのです。車の事故にあった。怪俄をしている。宿を探している」

犬が一層騒ぎたてた。鎖の音、ものの倒れる音。二匹いるらしい。と鎧戸の蔭から甲高い苛々した声がおりてきた。

「ホテルならこの先にあるよ」

「ホテル……どこにホテルがあるんですか」彼は弱々しく、しかし相手が黙りこまないように素早くききかえした。

「すぐ近くだよ。二百メートル行くと左側にノートルダム・ド・ロレットへ行く道がある。そこを入って約一粁行くと左側にホテルがあるよ」

「こんな時刻に泊めてくれるでしょうか。それにぼくは怪俄をしてるんです。よく歩けないんです」

女の明晰で簡潔な言葉にくらべると、彼のフランス語はいかにも拙劣で曖昧だった。どうしたことか発音まで間が抜けており、彼の言葉が相手に通じたかどうかも心許なかった。その怖れを証明するかのようにバタンと鎧戸が閉まり、彼は月光の中に取残された。

彼は宿を探してると言った。そこで女はホテルを教えてくれた。こんな深夜にベッドから起きあがって彼に応答してくれた女は、精一杯の論理的な親切をしたつもりなのだろう。が、目の前の拒否的な殻をかぶった小さな農家は、どこか不真面目な様子で立っていた。彼は女が鎧戸ごしに息を殺し、こちらを覗っているのを感じた。

歩こうとした彼は風にあおられ、よろめき、滑って、転んだ。彼は目の高さで蒼白く輝やきながら起伏して続く道を見た。そうして女の視線のもとで転んだ自分の芝居じみた行為を恥じた。

女の言ったとおり二百メートルほど行ったところに脇道があり、辻に半分雪に覆われた立札があった。

ノートルダム・ド・ロレット　二粁
アラス　一二粁
ベッチュンヌ　一八粁
エクス　三粁

ノートルダム・ド・ロレットはフランス兵二万の共同墓地である。丘の頂にある教会堂と塔を中心に、同じ規格の清潔な白十字の墓石が青々とした芝生の上に浮きだして並ぶ。万聖節《トウサン》には色とりどりの菊の花を持った遺族たちが広い敷地に点々と群がる。

アルトワとフランドルは両大戦の古戦場である。つまり無数の兵士たちの墓場なのだ。それら軍隊墓地は、まるで巧者な庭師におかれた石のようにこの地方の単調な風土に生彩をそえている。そして、これらすべての死の記念碑のうち最大のものがノートルダム・ド・ロレットなのだ。

アラス街道を夜行き来する旅人たちは、ロレットの丘の上の塔に灯る黄色い光を見るのが常である。が、その夜どうしたことか灯火が消されていた。彼の視野の横には相変らず円い月光が忠実に輝いていた。斜めに落ちる月光のため濃淡のきわだった風景が、夜と雪と冬に塗込められた世界が、単純で無愛想でしかも奥深い林と丘陵が、まるで凝固したように静止して彼を取囲んでいた。

彼は懸命に道を急いだ。けれども、左脚はやっと上体を支えるだけの力しか持たず、右脚にだらしなく引摺られていた。彼はもはやほくそ笑んではいなかった。それどころか、足先が凍結した路面に触れるたんび脳天に走る激痛に顔をゆがめた。彼は歩いては転び、転んではまた呻きながら立上った。凍傷を避けるため背広のポケットにいれていた両手も、いつしか雪まみれになった。

林の切れ目に来ると稠密な風が雪煙とともに彼に襲いかかった。彼は頭を下げ、歯をくいしばり、薄目で行手を見定めつつ歩いた。

視界が開け、のっぺりとした丘の表面を道がゆるやかに登っていた。その中腹に黒い林のかたまりがあり目指すホテルらしい建物が幽霊のように円い頭を現わした。そして円い頭の口に相当するあたりに桃色の光がみとめられた。それは事故以来はじめて彼がはっきりと見た人工の光であった。

ホテルは、斜面の林を三角形に切取った空間に立つ円筒形の建物であった。ル・コルビュジェ風に床が迫上り、一等船室のように張出した部分が展望台となっていた。見覚えがあるはずだ。それは最初の日、ブノワとラガンと来て食事をしたところなのだ。あの時、西日にきらめいていたあたりが今は闇であった。しかし、HOTEL ET RESTAURANT DE NOTRE-DAME-DE-LORETTEの文字はぼんやり見分けられた。

たわんだ巨大なガラス越しに彼は内部をのぞいた。月明りのとどく範囲に、カウンターと棚と背高の円椅子がみえた。そして奥深い闇の中には無数のテーブルと椅子が金属の部分だけを冷々と反映させていた。コントワールには皿と茶碗がきちんとふせたまま並び、棚は酒瓶で一杯だった。ガラス窓に沿った飾石のロビーを歩いているうち、彼はさっき遠くから認めた桃色の灯を廊下の端に発見した。Monsieurという字が読める。それは便所の夜光灯であった。掃除と整頓のゆきとどいた食堂とこの灯火を考え合わせると、建物の中に誰かがいることは確実に思えた。その誰かに彼の存在を気付かせる方法はないものか。

中央の扉は勿論鍵がかかっていた。ガラス窓は厚く、たたいても城壁をたたいたときのような鈍い音をたてるだけだった。呼鈴らしいものはどこにも見当らなかった。

立停ると寒気が一時に脆弱な体にしみこんで来るので、彼は歩かねばならなかった。広々としたロビーの上をせかせかと移動しながら、奇妙なことに彼は自分が狭い狭い牢獄の中で無駄にあがいている囚人のような気がした。彼は処刑を待つ死刑囚だ。宣告も立合人もなしに、誰一人人間という証人なしに、死なねばならない。ぼくは死にたくない。ぼくには死ぬ理由はない。彼は叫んだ。その非情な頑丈さでそそり立つ建物に向って動物のように吠えた。そして靴をぬいで手にするとガラス戸を思いきり殴りつけた。

すると「お前は何をしているか」と男の声が頭上でした。彼は脱走を見咎められた受刑者のように首をすくめた。二階（またしても二階である）の窓が開き男の顔が月光にむきだしになっていた。口髭が冷酷な歯のように白く嗤っていた。

「ぼくはここに泊りたいんだが」

「しかし、何だって靴でガラス戸をたたくんだ」

「ごめんなさい。呼鈴がみつからなかった。叫んでもノックしても誰も出てこなかった」

「靴でひとの家をたたくってのは、お前の国の流儀か」

彼はぎくっとした。相手はおれのことをお前《チュ》よばわりしている。それが初対面の人間について使われる場合は、その人間が子供か目下の者……つまり植民地の人間の場合だ。

「お前が二百メートル歩くと左側にノートルダム・ド・ロレットへ行く道があるよ」とさっきの女も言った。彼らはおれをヴィエットナミアンと思っている。サイゴンでもパリでも間違えられたようにおれの風貌はヴィエットナミアンそっくりなのだ。彼は黄色人種の皮膚と骨格を強烈に意識した。このフランスでは彼は薄ぎたない植民地の土人にすぎないことを彼は突然意識したのである。

　薄ぎたない……そう。この大雪の深夜に、外套も手袋もない裸同然の背広姿で、しかも雪と泥と血にまみれた異人種なのである。彼がドクトゥールで百五十人のフランス人の主治医であると主張し納得させるためには状況は極度に不利だった。それでも彼は男にむかって説明しはじめた。事故にあった。怪俄をした。ここに泊りたい。が、彼のフランス語は、不眠の朝によくあるように不自由で、彼は一語一語を辞書から探すような努力で喋らねばならなかった。彼がぎくしゃくと物を言うと男はなめらかな、しかし、彼には不可解な言葉を返してきた。その結果、二人の会話はまるで音のずれたトーキーそっくりの珍妙なものとなった。

　口髭の効果で威圧的な年齢にみえたが、声と動作の敏活さから推すと男は若くかなりの美男であった。そしておそらくは、前に来たとき、注文をききにきた給仕長《メートル・ドテル》のようであった。そう思うことで彼は余裕を取戻し、男の言葉を一部分だけもぎとり、反芻し解釈し理解することができた。満員デ部屋ハナイヨ。彼は驚いてききなおした。満員デ部屋ハナイトイッタロ。「どこでもいい。食堂の端っこでも廊下でも、どこでもいい。とめてほしい」彼は執拗に繰返した。

若い男は肩をすくめた。返事がないときの困惑と拒否の動作である。彼には男が嘘をついていることが分っていた。林の前につくられたギャレージには車が一台もない。こんな季節はずれの大雪の日に観光客相手のホテルが満員だとは考えられない。もう一押しすれば男は折れて、ソレジャ食堂ノそふぁニデモ、アスノアサマデとでも言い、慈善めいた微笑をもらすだろう。しかし……彼の脳髄の底で不意に何かが熱く点り意識をぱっと照らしだした。そうなれば、おれはこの若い偽善者に卑屈にチップを払い、東洋人である自分を屈辱にまみれさすだろう。

彼はもう男を見ずフラフラと歩きはじめた。案の定、男の狼狽した声が追ってきた。「ムッシュー、お待ちなさい。ムッシュー」彼はもはや振返らず銀と闇の世界へ向って進んだ。

ニコルはベッチュンヌの下宿で欠伸をした。眠りたいと思う。睡気がすぐそばに来ている。が、どうしたことか眠れない。ほんとに珍しいことだがもう一時間もこうして横になったままでいる。ミキオはまだ帰ってこない。今は二時すぎ、もしかしたら二時半頃だろう。アラスのパドカレ県庁へ用事がある、労働手帳を更新しにいくというのが表向きの理由だが、もちろんあの女に会いにいったのだ。それならそうとはっきり言えばいいのに。どうせ近々あたしと別れるのだから、春には帰国してしまうのだから、少しはあけすけに話をしてあたしを怒らせてくれればいいのに。ほんとにほっぺたの一つや二つはりたおしてくれればどんなに気持がいいだろう。煮えきらない男ね。ミキオ、あんたなんか、大嫌い、だいきらい、ダイキライ。あんたのどこもあたしはきらいだ。どこもかしこも!……東洋人の顔も、やせっぽちの薄い胸も、短い足も、まるで文章みたいに整ったフランス語の会話も、どこもかしこも気に入らない。あの刷毛みたいに硬く黒い髪の毛をぼさぼさにして、いつもズボンをずり落すようにはいて、あれじゃ、よくしてあげようがない。せっかくあたしがアイロンをかけたズボンをあんたときたらだいなしにしちまうんだから。でも、ミキオ、あんたのそんなところに腹を立てながら、あたしはあんたを愛していた。(そういたの、今はちがうわよ)あたしはあんたと別れられなかった。少くとも、かわいそうなミッシェルが死んだ日までは。あの霧の夜、あんたはあの女とリールに出掛けたのね。あたしときたら、なんにも知らずにこのベッドで眠っていた。あんたは病院の宿直をしている、そう思っていた。

あの朝、あたしはあんたを待った。あんたが病院から車で迎えに来てくれる約束になっていたのよ。が、八時半になってもあんたは現われなかったわね。サンヴナンまでのバスは七時発のきりないから、出勤するためにはタクシーを使うより仕方がない。前夜の霧が晴れ、嘘のように透明な朝で、星がきれいだった。さいわい、サントメールの農協のトラックをつかまえのせてもらった。病院についてあたしははじめてミッシェルの死を知ったのだった。あたしとミッシェルの関係を知らない看護婦たちは、あたしの前だというのにその噂でもちきりだった。リールの病院都市《シテ・オスピタリエール》にミキオとカミーユが行ったこと、ミキオからドロマールあての電話があったこと、ドロマールがすぐ院長邸へ報告にいき、そこで緊急運営会議が開かれていることを、みんなはひそひそと語り合っていた。ああ、あたしが、それをどんな気持できいていたことか！　ミキオ、あんたはそれはそれはひどい仕打をしたのよ。どうして、ベッチュンヌのあたしのところへまっさきに電話してくれなかったの？　マダム・ソオヴァージュのところにはちゃんと電話はあるし、あたしを迎えに来ると約束した以上、一言迎えに来られないとことわるべきじゃないの。あんたときたら、あの女を慰めるのに夢中で、わたしのことなど思い出してみてもくれなかった。あかの他人が、ミッシェルとは何のかかわりもない看護婦たちが、あたしより先にミッシェルの死を知るなんて、どうしても許せない。許せない。ええ許せませんとも！　あたしは、あんたを憎んだ。実はそのおかげでミッシェルの死をきいたショックがやわらげられたのだった。あたしが本当に悲しみ苦しみだしたのは、ドロマールが帰ってきてあたしを呼びだした時からだ。ドロマールはこう言った。「彼は自殺したよ。ところでマドモワゼル、あなたにはなぜ彼が死を選んだかわかるでしょうね」――「いいえ」――「わかってるはずですよ。マドモワゼル」彼の目は高圧的な力に充ちていた。「彼はあなたに予告したはずです。知事の視察の日に自殺すると」――「いいえ。存じません。彼はなんにもいいませんでした」あたしは、ドロマールの目をまっすぐ見返した。ついに彼のほうで目を伏せるまで。――「それは意外だ」ドロマールは首をかしげた。「彼はあなただけにはその事を言うことと思っていたよ」――「じゃあ、あなたには、ドクトゥール・ドロマール、あなたには彼は予告したんですか」――「そう。冗談めかしてね」――「冗談めかしてですって！」――「そのとおり」

――「ドクトゥール、あなたは彼の冗談を本気でとったのですか」――「仕方ないだろう。クルトンは、まじめなことを言うときほど、茶化してしまう男だ……ところでマドモワゼル、去年の暮、あなたとクルトンは二人で二週間ほど旅行したね。その時のことを話してくれないか」――ドロマールがあたしを呼んだわけがこれで分った。彼にもミッシェルの死の原因がわからなかったのだ。というより、彼は知りたかったのだ。診療部《セルヴィス》内のことを微細に知りたいのと同じように、ミッシェルの死の顚末を。あたしは黙っていた。あのときのことはミキオにさえ喋っていない。ミッシェルが死んだいまは、あたしひとりの胸に秘めておきたいのだ。ミキオがドラボルド神父を見送りにいった留守に突然ミッシェルが訪ねてきた。彼はいつに似ず沈みこみ、ほとんど哀願するように言った。「ねえ、どこかへ行こう。どこかへ」「どこへ?」「どこでもいい。どこか、とにかくここじゃないところに行こう」彼はマダム・マッケンゼンに二週間の年休をとることを通告してきたばかりだと言った。で、あたしはミキオあての手紙を書いた。《二週間旅行します。云々》ミキオをひとり残して急に出立する、しかもミッシェルと一緒にでかけることに、もちろんあたしは人並の反省はした。が、ミッシェルは性急だった。彼は急にどこかへ行きたくなったのだ。彼は急にあたしを連れていきたくなったのだ。そして、あたしには彼の思いつきに反対する理由がたいしてなかった。二人は車にのった。その夜はリールの《暗殺者《アササン》》ですごした。《アササン》は昔と、二年前ミッシェルがアルジェリアにいく前とかわらなかった。相変らず無数の炎と刃物の幻灯が壁に映され、トランペットとシンバルの乱調子がひびき、女のように長髪で女装の男たちとその逆に断髪し男装の女たちが夜通し叫び踊っていた。変ったのはミッシェルとあたしのほうだった。ＬＳＤ25の入った角砂糖も買わず、踊りもせず、踊り疲れた男女があたし達の上に倒れてくるのを避けもせず、ただ黙ってコニャックを飲み続けた。朝になるとミッシェルが言った。「ねえ、どこかへ行こう。どこか、ここじゃないところへ」「ええ」あたし達は出発した。東へ二十粁でトゥールネに着いた。ミッシェルは五つの巨塔をもつあの重厚で排他的なノートルダムをみると車をとめた。あたし達は教会堂のなかに入った。あたしは習慣的に十字をきったがミッシェルはきらなかった。ミッシェルはゆっくりと歩いた。あたしも彼の瞑想をさまたげないようにゆっくりと歩いた。四層の脇間はクリーム色の壁と灰色の柱で組立てられていた。内陣はゴチックで、その焼絵硝子の暗い照明の中で僧たちが勤行していた。黒白の市松模様の床の上を釣香炉をふって往復する司祭服《スータン》のリズムとパイプオルガンの音色が程よく調和していた。ミッシェルが言った。「いいな。ただし、ここじゃない、どこかへ行こう」「ええ」で、あたし達は出発し、国境を越え、夕方にガンに着いた。その夜は寒く夜半に雪が降り始めた。あたし達は、入り組んだ小路を歩き、川岸に繋がれた艀をみ、工場地帯や貧民窟をさまよった。ふとサン・バヴォンの大伽藍を遠く認めるところへ出、ミッシェルがヴァン・アイクの《神秘の小羊》を見たいと言いだし、雪の中をカテドラルまで歩いた。もちろん扉はとじられていた。ミッシェルが「もう二度とあの絵はみられんかな」と言った。あたし達は教会前の煙草屋で《神秘の小羊》の絵葉書を買って鐘楼《ベツフロワ》近くのクール・サン・ジョルジュというホテルにかえった。けれども翌日、あたし達はもう一度サン・バヴォンへ行き、絵の前に立つことができた。あたしは絵のことはわからず、その絵も子供のとき母につれてこられてみただけであったが、細部の色まで昔のままにおぼえていたので驚いた。あとでそのことをミッシェルにいうと、「実はぼくもそうなんだ」と笑った。旅に出てから、おそらくあの時、はじめて彼が笑ったのだったと思う。そして笑ったことでミッシェルは少し元気をとりもどしたらしい。あたし達は美術館へ行き、ボッシュとブリューゲルの絵を見た。あたしはこういう陰気で奇怪な絵は好きではないけど、ミッシェルはその前で動かず、こうしてその日は美術館で一日をすごしてしまった。ガンには二日か三日いた。朝夕、鐘楼の鐘をききながら、フランドル伯の城をみたり、街をあてもなく歩いたりした。相変らず二人はほとんど沈黙していた。夜も別々のベッドに寝た。ミッシェルはあたしに触ろうともせず、あたしも彼を求めなかった。雪のあとで雨が降り、道は黒ずみ雨雲の低い日、あたし達はブリュージュに向った。広場に面した《金棺台《シヴイエール・ドール》》というレストランの二階に部屋をかりることができた。ミッシェルはこの部屋も街もすっかり気にいったらしく、もう「ここじゃない、どこかほかのところへいこう」とは言わなくなった。あたし達は明るいうちは街を歩き、暗くなると部屋にもどってフィーヌを飲んだ。散歩するにはブリュージュは申し分ない町だった。不揃に摩滅した石畳の上を鍔広の帽子をかぶった僧侶がゆっくりとまるで時間がありあまる人のように歩いていく。急勾配の屋根はすでに雪を運河へと洗い流し、その淡紅色が煉瓦の壁とよく釣合っていた。あたし達はノートルダムにあるミケランジェロの聖母子像を見、メムリンク美術館やブリュージュ派の絵を集めた市立美術館で何時間もすごした。ぐずついた天候で、毎日雨が降った。《シヴィエール・ドール》の二階であたし達は、酒を飲みつづけた。ミッシェルが言った。「ニコル。ぼくは死のうと思う。もう生きてようという気がないのだ」「ええわかっていてよ」とあたしは驚きもせずに答えた。なぜか、彼がそう言うだろうことがわかっていた。「ぼくたちは古い友達だったね」「ええ」それから二人は黙りこんだ。一種の信頼のような感情が二人のあいだにあった。もし彼が一緒に死のうといったら、あたしは喜んで死ぬだろうといったような信頼感だった。ミッシェルといるとあたしは空気のように自由だった。あたしは彼のなかに吸われてしまい彼と一つになることができた。これは愛ではないだろう。愛といえばミキオに対するときだ。ミキオの前ではあたしは女になる。彼を愛するか憎むかのどちらかに気持がかたむく。ミキオの前ではあたしはやわらかな肉のかたまりになるのだ。ところが、ミッシェルの前ではあたしは自分がなくなってしまう。あたしは正真正銘の空気になってしまうのだ。しばらくしてミッシェルが言った。死ぬに充分な青酸カリも睡眠薬も用意してあるということだった。そう言ったあと、たしかあたしがトイレから戻ったとき、ミッシェルは二人の盃に小瓶から透明な液体をそそいだ。そして二人で同時にそれを飲みほすことを提案した。あたしは喜んでこの賭に参加した。「それじゃいいね」と彼が言った。「あとで後悔することはないだろうね」――あたしは笑った。「後悔したってそのときはどうせ死んでるわ」

――「もし生きていたら」――「おなじことだわ。あたしたち、生きていても死んでるようなもんですもの」――「よし」二人は盃を手にして同時にのみほした。のどが焼けるように痛み、嘔気がしたが、そのままのみこんだ。あたしはミッシェルの顔を見詰め、意識の曇っていくのを待ったが、何事もおこらず、しばらくしてミッシェルが笑ったので、それが彼の仕組んだお芝居だと気付き、あたしはミッシェルを殴りつけたのだった。あたしは彼の顔をぴしゃぴしゃ手でたたき続け、ついには泣きだし、それでも手は休めなかった。ミッシェルは動かず表情さえ変えず黒い石像のようにじっとあたしにたたかれていたが、あたしが不意に激しく吐きはじめたとき狼狽してあたしの背中をさすってくれた。あたしは吐いた。吐いて吐いて吐き続け、それでもまだ吐きたかったので自分がどこか異常であり、もしかしたらみごもったためだと気がついた。翌日、あたしは近くの産科医をたずね、大変はずかしい恰好をして診察をうけ、妊娠二カ月だと宣告された。そのことをミッシェルに告げたのは、サンヴナンにもどる途中であった。ミッシェルとは関係のないことだから彼には黙っていてもよかったのだけど、こういうことについて彼の反応を知りたくもあったのだ。あたしが、このことについてはミキオはたぶん喜ばないと思うと言うとミッシェルは彼にこのことを報告する役目を引受けてくれた。こうして二人は二週間の旅から帰ってきた。「あなたとクルトンは二人で二週間ほど旅行したね。その時のことを話してくれないか」とドロマールにいわれても何も話すことはない。ドロマールがこの旅について想像をめぐらし、そこに何かミッシェルの自殺の原因を探すのは彼の勝手だが、どだいそんなものはありはしなかったのだ。男というのは、なにも感じないくせに何かを説明したがる。ミッシェルの死は説明してはいけない。人間が生れたり死んだりするのはあたりまえのこと。誰もなぜ生れたかと詮議だてしやしないのに、死ぬときだけは病気だ自殺だと原因をもとめてさわぎたてる。ミッシェルは、あたしとしたあの自殺の遊戯のように死んだのよ。彼ののんだ盃のなかに毒が入っていたというだけのこと、ドロマールにはそのことがわからないんだわ。そうはいってもあたしはショックを受けた。ミッシェルの死があたしのお腹の子に作用した。ドロマールの部屋から出たところであたしは倒れ、そのままベッチュンヌの産院にはこばれた。医師としてのドロマールの手腕には感服するわ。なにしろ、あたしの発作が何であるかをすぐ見破ったのだから。その日、ミキオが帰ってきたとき、すでにあたしの流産はおわっていた。この四カ月あたしのなかに巣くっていた重い痛みがそれで消失した。急に何もかもさっぱりし、あたしは元気一杯になったようだった。ミキオと相談のうえスイスへ堕胎にいく矢先のことで何もかも好都合だった。ミキオが言った。「おわったそうだね」――あたしは頷いた。「ええおわったわ」――「彼は、クルトンは死んだよ」――「ええ、知ってるわ」――「君は悲しまないのか」――「だって悲しくないんですもの」そんな会話だった。ミキオは疑っていたのだ。彼も男だった。説明がほしかったのだ。ミッシェルが死んだ――ニコルは悲しんだ――彼女は流産した、という説明が。ミッシェルが死んだと聞いてから、あたしは泣きはしなかった、つまり悲しみはしなかった。あたしは彼が死をお芝居にし、贋の毒薬をのませたとき、猛烈に怒った。しかしあのとき泣いたのだって、悲しいからではない。ミッシェルがあたしをだましたのを怒っているうちに泣けてきたのだ。ミッシェルの死は、あたしを悲しませはしなかった。それはあたしの流産と同じように、何かのおわりなのだ。ミキオが「おわったそうだね」と言い、あたしが「ええおわったわ」と頷いたとき、あたしたちの愛もおわったのだった。ふたりが別れることをきめたのは、あたしがブリュージュから帰った夜、つまり去年のクリスマス・イヴだった。ミキオが言った。「ねえ、ニコル。ぼくたち、別れたほうがいいんじゃないかね」あたしは微笑んだ（あたしはカフェの鏡にうつる自分の微笑をみていた）「ええ、ミキオ。そう思うわ」問題はお腹の子供の処置だった。手術をどこでするかについて二人は真剣に相談しあった。まるで生れてくる赤ん坊のための相談をしている若い夫婦のような熱心さで相談したものだった……ニコルは寝返りをうち、うつぶせになるとぷりぷり逃げまわる乳房を胸の重みで押えつけた。それから、両手をうしろにまわし、お尻からわき腹をゆっくりとなぜた。つい数日前まで重苦しい塊のあった部分は、柔かくすべすべして気持がよかった。あたしは今誰かに抱かれてみたい。思いきりあれをしてもらいたい。そうすれば多分眠れるのだわ。でもおかしい。ミキオはどうして帰ってこないのかしら。ニコルは、欠伸をした。睡気がすぐそばに来ている。それなのに眠れない。

コバヤシは奥深い林の端に来た。乳青色のマントをまとった兵隊たちは植林されたばかりの

ように思い、立停った。若い樅で、彼らは捧げ銃をし不動の姿勢のまま整列していた。彼は、何かの叫びを聞いたよう

黒い幹と鮮明な蔭でまだらにけずられた、蒼白い雪面は危険な予感にふくれあがったように見えた。と、横なぐりの突風が襲い、重くたわんでいた枝々が痙攣し、狂気の発作のように飛雪が入乱れた。耳を切る風音のむこうで何かが叫んでいた。それは地鳴りのようにも赤ん坊の泣き声のようにもきこえた。ふと、彼は確信した。それは犬の遠吠えなのだ。数匹、いや、それ以上の犬どもが、林の奥の奥で吠えかわしている。

彼は引返そうとしてうしろを見た。ホテルはのっぺりした銀の丘にかくれもう見えなかった。彼は腹立しげにゆるやかに登っていく道をにらんだ。その道を行く労力と嫌悪にくらべれば、まだしも前方に充ちた恐怖のほうが好ましかった。

彼の心のどこかで《道を迷ったな》という気がした。北極星は雲にかくれ彼は方角を失っていた。それにホテルから少し行った分れ道で彼は自信のないまま降り坂のほうの道をとったのだった。しかし、《迷った》という気持は、この場合目前の恐怖を避ける口実のようにも思えた。彼はきっぱり歩みをすすめたが、実際は風にさからってのろのろと歩けるのみだった。

非情にも道は途中から深い林の奥へと、犬どもの吠え声がしている方角へと折れていった。しかも次第に分岐を増し、そのたびに細くなって行った。氷結した路面は表面近くを移動していく雪煙に洗われ足跡一つ残さずもどろうにも今来た道がもはや見分けられなかった。ついに

彼は道を失い、縦の幹の間をただ風の少ない降りの方角を目標として歩くことになった。

犬どもは明らかに接近して来て、風声を貫いて彼らの荒い息づかいまでがきこえてきた。それは冷えきった清潔な気流のなかで、妙に生暖ったかな野蛮さを感じさせた。寒さも痛みも麻卑し、内側にはすでに重い疲労と眠りがひろがっていたが、彼は知覚をかきたて、耳をすまし朦朧とした風景に目をこらした。彼の体のうち生き残っている部分——頭蓋骨の容器の底にちぢこまった小さな脳と背骨の管内で紐のように垂れさがっている脊髄——を彼は連想した。

ピンぼけの陰画めいた林が割れ、黒い奇怪な風が十メートルほど離れた樹間を走った。ふと映像は明確になり、一団の狼のように痩せた犬が、貪欲な眼と牙をキラキラさせて彼をおびやかしていた。あとずさりした彼は逃げ路をもとめて左右を見た。雪をかぶった樹の蔭に何かがうごめいている。そして、地鳴りのような唸り声と岩をすりあわすような歯ぎしりが四方から湧きあがって来る。彼は飢えた野犬の群に完全に取囲まれていることを悟った。

彼は死を覚悟した。すると、あの墜落の加速度に身をまかせたときの快感が甦えってきた。恐怖が遠のき、月と林と斜面と犬どもの布置が正確な細密画のように知覚された。その美しい巧緻な水墨画の中で犬どもは点景の地位に転落した。彼は歩度も方角も変えず、そのまま前へと進んだ。

彼のいきおいにのまれたのか、前にいた犬どもは素早くとびのいて幹のうしろに身をひそめた。そのかわり、横とうしろから犬どもが接近してくる気配を示した。《いまに襲ってくるだろう。そうすればおれは死ぬんだ》彼はそう考え、犬どもに喰いちぎられ、ついには白骨となっていく自分の死体を思い浮べた。そうなることを、なぜか彼は恐いとも思わなかった。むしろ、犬どもがなるべく上手に彼を喰べ、出来うれば標本のように完全で均斉のとれた彼の骸骨をこの美しい風景の中に横たえてくれることを望んだ。

時折、彼は襲われたと感じた。が、何事もおこらなかった。犬どもは遠巻きにしているだけで近寄ろうともしなかった。しかも、いつのまにか吠えることもやめて、相変らず十メートルばかり先の樹間に黒い塊となって出没するのみであった。

木々がまばらになり、傾斜が急になった。やがて、林が切れようとしている。柔かな吹溜りが彼の足先を吸いこもうとするので彼はうつむいて慎重に歩いた。すっと世界が闇に没した。前から遠くに眺められたあの鉄扉のような黒雲が今や月光をさえぎり、残された紺青の空をぴったり閉めようとしていた。たちまち彼は右脚を膝まで吹溜りに突っ込んで倒れた。待っていたかのように一勢に唸り声がおこり、犬どもが迫って来た。彼は黒い闇の中に、その闇よりも暗い純黒の影がひしめくのを見た。

一頭の巨大な犬が彼をめがけて跳躍した。頸筋に牙の立つ音がし、異常な重みに彼は押しひしがれた。自分の体が肉と骨に引裂かれていくのを彼はじっと目を閉じて待った。

薔薇色のうす明りである。彼はその明るさが束の間のものであることを知っている。やがてまた闇が来るだろう。けれども今、世界は薔薇色だ。

地球に生えた真珠色の歯。それは死人の歯だ。歯肉が蒼白く血の気がない。それにしても、なんとたくさんの無数の歯が密生していることか。彼は自分が墓場にいることを、それら無数の歯が兵士たちの墓標であることを知っている。

皮膚の表面を快感が走っていく。さわさわと下のほうから肉感的な刺戟がのぼってくる、若い女の手になぜられているような快感。乳色の精液が睾丸に充ち溢れ、さわさわと皮膚をしめらせていくような。それは時間を忘れさせる快感なのだ。

《もうすぐおれは死ぬんだな》と彼は思った。《死ぬ、ってのは気持がよいことなんだ》重々しい言葉がどこか戯けた調子で彼の耳元にひびいてきた。オ前ハ死ヌ……Tu vas mourir……Du sollst sterben

けれども彼はまだ死ななかった。そればかりかかなり活潑にびっこをひきながら歩いていた。周囲には密林のような墓地がひろがっていた。ノートルダム・ド・ロレットの、二万の兵士たちの広大な安息所が。

あの犬どもは幻覚にすぎなかった。彼が雪の罠から脱出したとき、犬どもの荒々しい息づかいも狂暴な牙もあたりから消えていた。ところが彼が歩きはじめると再び犬どもの大群が迫ってきた。もはや彼は騙されなかった。《それは幻覚なのだ。本当の出来事ではないのだ》そう自分にいいきかせた。

が、そんな決意もながくは続かなかった。新しい幻影が次から次へと彼の前に現われてきた。黒い甲冑に身をかため馬にのった中世の騎士たちが彼をめがけて長大な槍を突出した。そばでラスコオ洞窟の壁画のようにたくましい牡牛が血まみれで呻いた。純白の裸の少女たちがはらばいになっており肛門から赤い花を咲かせていた。彼が近寄ると彼女たちの丸い臀が割けて蛇の舌のような血が流れていた。金の細紐で全身を小包のように緊縛された十四歳ぐらいの美少年――それはジャンマリーそっくりであった――が長い睫毛を開いて彼にほほえみかけた。

《ばかげたことだ》彼はうすら嗤った。《まったくの子供だましだ》彼は遊園地の化物屋敷のなかでオバケの正体をあばいていくませた小学生のように、なかば気味わるがりながらも勇敢に幻影に近づき、それらの仮面をはいだ。幻影はもろくも消え、暗黒の雲にせわしく切断される月光の下の荒涼とした風景が残った。荒涼として、無機質の、いかにも味気ない墓地を行きながら彼は自分が《幻覚を必要としている》ことを悟った。

だからニコル・デュピペルの霧みたいに輪郭のぼけた、いうなれば最も幻覚らしい幻覚が現われたとき、彼は彼女に微笑みかけ話しかけさえしたのである。

消えてはいけない、ニコル。

そこにいておくれ。

さあ、なにかおれに話してくれ。

ニコルは裸で、妊娠四カ月のこころもちふくらんだ腹をしていた。お腹の中にはもちろん彼の子がいるのだ。

消えてはいけない、ニコル。

けれどもニコルは消えてしまった。彼の眼底に、彼女のうらみがましい表情が青い残光として漂った。やがて残光が消え、瞳の部分だけが燐光を発していた。あの瞳、朝の室内では深い暗灰色に沈み、森の菩提樹の下では緑色に輝やき、寝室では猫の目となって燃えた瞳が。

墓地は行止りで、そこに鉄柵があり、それをのりこえようとして彼は吹溜りに右脚をつっこみ膝までもぐった。不自由な左脚でもがき、ついに彼は雪の中を泳ぐ恰好となり逃戻った。鉄柵はなおも長々と続き、彼はその傍を何か厖大な距離の上でほとんど停止している思いで歩いた。ようやく、低い木の戸のある場所があり、彼は戸を越えて道に出た。すでに森はなく、薄明るい平野が前にのび、手のとどきそうな近くを黒雲が後へ向って流れていた。彼は自分が生きていること、北へ向って歩いていることを漠然と感じた。いくら考えようとしてもそれ以上の意識は生れてこなかった。

ながい時間が経った。彼には腕時計をみようとする気力もなかった。しかし、相変らず体を動かしていた。そして一刻も早く夜があけることを待ちのぞんだ。

ふと黒い影が行手に立ちはだかった。それは黒い喪服をきた女で、カミーユ・タレの愁い顔をしていた。彼女は右手で何やら指差してみせた。彼はそれが幻覚であることを知っており、それ故、怖れず進み、女に到達したとき、幻影は消えていた。そして女の指差した方角に、彼から十数メートル離れたところに再びカミーユの姿が見え、今度は左手で何やら指差していた。彼は再びその方角に進み、そこに行着くとともに女の姿は消失した。こうして、彼は幻影に導かれるような具合に進み、そうして歩くことに不思議な喜びをおぼえ、女の姿が現われなくなったとき、自分が黒々とした岩山に迷いこんでいるのをさとった。けれどもそれはどこかの村落で黒々とした煉瓦の家並が左右から迫っているのであった。彼は赤い灯を遠くに認め、それが確実に地上の灯であることに勇気づけられた。

彼はひたすら赤い光の条に向って歩き、街も家々も眼中にないかの如くであった。やがて赤い光の条が三角形にくずれ、暈をもった同心円型の光に縮まり、彼が曲り角に来たとき赤い街灯にまとまり、傍に誰かが立っていた。彼はその人が立去らぬうちに行着こうと歩度を早め、前のめりに進み転んだ。その人はびくっとして肩をふるわせ、全身を垂直に伸ばしたまま冷たく凝固し、よくみるとそれは角ばった柱であった。そうして赤い光は柱の上に灯り、そこはガソリンスタンドだった。彼はガソリンスタンドを睨みつけながら倒れており、両手で氷結した大地を押して起きあがろうともがき、自分の体の重さに呻き、ようやく右脚を折って腹の下に滑りこませることに成功した。彼は立上るや一気に赤い光に突進し、ホースを掛けた鉤を素早く握りしめ、まるで市場《レ・アール》の豚の死骸のように鉤にぶらさがった。

鉄扉があり、それはギャレージの扉でギャレージの扉は閉っており、血のように赤い壁は煉瓦であり、規則正しく積みあげられた煉瓦は扁平な框石を保ち、框石は楔石をはさみ、楔石の下に鎧戸があり、それは窓だった。窓の下はガラス扉で、カーテンが垂れた内部は暗かった。歩道から扉まで雪をかきわけた小道がありかなりおそくまで少くとも雪が降りやんだ深夜まで誰かが起きていたことは明かだった。彼は鉤をつかんでいる両手に力をこめ、体をゆさぶり、反動をつけ、入口に向ってまっしぐらに——実は無器用にケンケンをしながら——すっ飛び、勘で呼鈴の位置を探り、それを押した。呼鈴はすぐ頭上で鳴り、しかも建物全体が振動するほどに大きく鳴りわたった。しかし彼は別に驚きもせず莫迦のように呼鈴を押しつづけた。カーテンの奥で人の気配がしやがて楔石の真下の突起がぱっと明るくなり彼を照らしだしたとき彼は呼鈴から指をはなした。鎧戸が開き窓の中に誰かがいてこちらを見ており彼はその気配に向って声をかけようとした。彼は咳ばらいし声を出そうとりきみどうやらシワガレ声を絞り出したものの既に話すべき事柄を忘れ、頭に浮ぶフランス語を脈絡もなしに発音しそのくせにこやかに笑っていた。彼が弱々しく叫び笑い続けているうち楔石の電燈は消え、鎧戸が閉まり、再び赤々と煉瓦の壁が燃えガラス戸の内部も暗く鎮り返った。彼は呼鈴に指を伸ばしそれを押そうとして力なく倒れようやく入口の戸に背をもたせ両足を伸ばした。彼は目を見開き前方の赤い灯火をみつめ、そのまわりに闇が距離も色も音もなくまるで深い深い洞窟のなかのようにひろがっているのを感じ、その闇に疲れ果てたかのように目をつぶった。たちまち彼の首はやわらかい脂肪の塊のように垂れ、彼は身振いしてねむけを払いのけ、「生きろ」と腹のあたりからこみあげてきた日本語をつぶやき、イキロ、イキロと段々と強く独り言を言いつつ立上った。

黒々としたものが両側にあり、それは家々で城郭の胸壁めいて拒否的に伸び、それは彼には用はない死んだ街で、彼はもはやその家々の一つを訪れてみる気力も才覚もないまま歩いた。といって彼は街の中を歩いている自覚は持ち、黒々とした家々が切れてまた田園が——風と雪原と森と犬とが——始まるのを怖れ、怖れるかのようにとぼとぼと歩いた。彼は光を探し求め左右を慎重にしかも力なげに吟味し、黒々とした屋並が執拗に続くので先へ先へと進まざるをえなかった。不意に彼は左から押され倒れそうになり、踏みとどまると風が左から吹き寄せて来、その方角は家々がなく、彼は広場の端にいた。彼は硬い棒のようなものに触れ、それが錆びた鉄棒でそこから荒目の金網が張られているのを手探りし三つか四つの鉄棒と金網に触っていくうち金網がきれてすとんと中に体が入りこんだ。濃い闇を彼は泳ぎ、闇の中でそっと彼を押返すものがあり、その表面はひび割れて複雑で木の幹のようでそれを迂回すると何かにつまづき、彼は右手に紐をつかみ転ばずにすんだ。それは鉄の鎖で彼は左手でもう一つの鎖を探り当て、両手で二本の鎖をつかみ子供のような気持になってそれがブランコであることに気付いた。

彼はブランコに腰かけ、尻の下に雪がつもっていたのでそれを除き腰かけた。すると闇がうすれ世界がぼんやりと見えて来、スベリ台と砂場と木立が蒼白い雪をかぶって現われ、彼は遊園地にいるのだった。さらに世界は明るく広くなり、遊園地の敷地がぐんぐんと延長しその中で彼はブランコにゆれ心細げにあたりを見回し、まるで母親にとりのこされた幼児のようだった。今、まんまるいお月様がのぼり、遊園地を囲む金網が姿を現わして輝き、そのむこうに乳青色の沼——あの童話にでてくる霧のかかった沼——のような広場があり、その岸にお伽の国の城館《シヤトウ》が青黒く大きくどっしりと立っていた。彼はいつのまにかブランコの上にはいず揺籃にのっていて眠く気持がよくただもうじっとしていたかった。足元にどっさり落ちている砂糖菓子をひろってほほばりとてもおいしいので又ほほばりお腹が一杯になるまで食べようとすると遠くで母の声がオナカヲコワスカラモウオヤメと言った。母のいる方角を見たが母はいずしかし母に見られているのを感じ恥ずかしく砂糖菓子をなげすて立上り母の声に向って歩きはじめた。オイデオイデと母が呼び彼はよちよち歩きがらんとした広場に辿りついて泣きだしたいような気になった。なぜといって母は姿をみせず白い広場は思っていたよりもずっと広く反対に彼自身は小さくなり歩けば歩くほど小さくなるかに思えたから。彼は母を呼んだが声は出ず心の中で母を呼び泣こうとしてさっきからもう泣いていたことに気がつきどうしてよいか分らなかった。世界はうるみ空には水が流れ銀のスプーンが身をよじらせて浮びそれは銀紙細工のスプーンでそのまわりで銀紙の小鳥がとび彼が涙をぽろりと落すと紺青の空には柄のとれたスプーンが輝いていた。

オイデと母が言い彼は泣いたりしたことを恥じ強いて胸をはってよちよち歩くとなぜか体がふわっと軽くなり氷上をあざやかにスケートしたり空を自在に飛んだり城館《シャトオ》のてっぺんの突起の上で逆立ちしたり出来そうに思えてきた。すると事実耳元で多勢の人々の歓声がし彼はアクロバットの主役の豆スターでみんなの注目を浴びている気持になった。しかしそれもほんの一瞬で人々のざわめきも消えてしまい彼は無性に淋しく母に甘えたくなり母を探すのだった。オイデオイデという声は意外に近く彼はカクレンボしているつもりで目の前にある柱の蔭へそっと入り闇の中で暖い柔かい母の体を手探りした。しかし後で誰かがガヤガヤ喋り彼の噂をしているので振返ってみると多勢の大人たちがあわてて黙りこみさっと一列に並んだところだった。大人たちは大部分がいい年をしたお爺さんでアゴヒゲが長く男のくせにスカートなんかはいていたずらっぽくしゃんと立っていた。彼は階段をのぼりそこにもお爺さんが整列しているので彼らが召使でそこは金持の家なのだと感じ階段の上の扉を押してみたが扉はぴったり閉り鉄で頑丈でどうしても開かなかった。彼は失望し階段を斜めに降り建物にそって歩きその大きな高い窓やうんざりするほど面倒な装飾を眺めているうち今度は一人の兵隊さんに逢った。兵隊さんは典型的な兵隊の恰好で——鉄兜をかぶり少し悲しげな表情でしかし勇敢そうに剣つき鉄砲をかまえて——しかも鉄兜も肩も雪まみれなのにそれを払おうともせず命令どおりに規律正しく立っていた。彼はその兵隊さんの鼻が高く眼が青く外国人の顔だちなのを異様に感じ英語かフランス語で話しかけようとしたけれどもすっかり外国語を忘れており話すこともできず兵隊さんを見上げた。すると何かがピカピカと光り、光るたんびに兵隊さんから影が抜出てうしろの壁にとび移り彼は吃驚した。

光は円く小さく三つではなく二つであり自動車のヘッドライトだと思うと一つになり奇妙に頼りなく風とともに揺れて近付き誰かの話し声もきこえてきた。彼は茫然として立ちただ光のみを見続けあまり見続けたため目がチカチカ痛んだけれども見続けた。気がついたとき彼は一人の男に懐中電灯で照らされていた。その男は大声で喋りかけてきたが彼にはその意味が全く不可解で首を振ろうとし首が動かずそのままがっくり首を垂れて倒れた。

3

三月末の遊楽日《ミカレーム》に雪が降った。はじめ俄雨《ジブレ》と思っていたのがかなりの大雪になったのである。人々はこの時ならぬ寒さにふるえながらも、どうせこんな天候異変も逃げ腰になった冬のちょっとした置土産にすぎぬと知っていた。

なるほど翌日には生温い風が渡り、はやくも雪が融けはじめた。そして喜べの主日《レタレ》にはもはや雪の痕跡もなかった。スザンヌはねっとりと湿った黒土を踏んで、子供たちと病院裏の森へ散歩に出た。風が枝に残った去年の朽葉をかすめ、小鳥が青空一杯にさえずり、子供たちは声高にかけまわっていた。ふと近寄ってみた枝には今にも割れそうに脹らんだ芽が水々しい緑の穂先を覗かせ、えもいわれぬ芳香に誘われ枯木をぬっていくと奥まったところで林檎の白い花が荒涼とした景色の中で胸がすくほどの美しさで震えていた。水嵩の増した運河のほとりを長靴をはき古風な銃をもった兎狩の老人の一団がいく。

春がきたのである。

枝の主日《ラモオ》、そして四月中旬には復活祭の休みが来る。その前日、例年のことパリで休暇をすごすエニヨン家では、朝からスザンヌが出発の準備に忙殺されていた。

ホテル住いだから食事の心配はないものの、一家七人二週間分の衣類だけは持っていかねばならない。田舎とちがって外出用の洋服がたくさんいる。まだまだ外套も必要だ。それにキキの靴を買ってやらないと。キキに靴を買ったら、カッチとアンニイにも買ってやらないと喧嘩になるかしら? 女の子というのは世話がやける。といって、ベッチュンヌではろくな靴もみつからない。パリまでがまんさせようかしら。でも、このキキの靴ったら、なんてあわれなんでしょう。

スザンヌは子供靴を片手に立上り、マダム・シャニヨンを呼んでみ、返事がないので自分で靴を磨きはじめた。踵は磨滅っているがまだ少しの間ははけそうだ。やはりパリへついてから買いかえてやろう。靴箱をしらべているうち全部の靴をきれいに磨きたくなった。が、そうしてはいられない。忙しいのだ。

「マダム・シャニヨン」

返事がない。もう一度呼んで返事がないのでスザンヌは良人のロベールそっくりの舌打をした。台所。ここにもいない。スチーム・アイロンがつけっぱなしで湯気をしゅうしゅう吹いている。危険だ。小さな子供がいるのだからアイロンだけは気をつけるよう言っておいたのに……

「チョ、チョ、チョ、マダム・シャニヨン」

階段口にカッチとキキが坐って漫画本を見ていた。手摺にまたがっていきおいよく滑りおりてきたフランソワが、こちらをみてはにかんだ。手摺のすべりおりはベルナールのおはこであった。おとなしいフランソワは大人のみている前ではけっしてやろうとしない。それではにかんだのだ。

「フランソワ。勉強はすんだの？」

「うん」

そんな女の子みたいな赤い顔をしなくてもいいのよ。元気をだして、何回でも二階から滑っておいで。スザンヌはフランソワの頭を撫でた。ほんとにこの子はおとなしすぎる。ベルナールのように乱暴なのもこまるけども、覇気が全くない男の子というのもたよりない。

「お前、シャニヨンをみなかった？」

「倉庫へ行ったよ。アンニイと」

「アンニイと？　なにしにいったんだろう」

「知らないよ」

階段をのぼりかけたスザンヌはスカートをうしろへひっぱられた。カッチとキキがぶらさがっていた。

「これさ。お前たちったら」

スザンヌはわざと大股にかけのぼった。カッチとキキが大笑いしながら追いかけてきた。

アンニイの部屋。紅いチューリップを刺繍した壁掛とオーヴェルニュの木彫り人形、教科書の隣の大きな本は去年クリスマスにプレゼントしたフラ・アンジェリコの画集だ。全体に子供っぽい少女じみた雰囲気と匂い。アンニイは体はもうすっかりおとななのに、心はまだまだ子供なのだ。

その時、階下でなり続けていたピアノが跡切れた。スザンヌは耳をすました。広間でベルナールがギョーム女史からレッスンをうけている。ギョームはきょうご機嫌ななめなのだ。しきりとベルナールを叱りつける。そんな日にかぎって契約の一時間を超過してしまう。すでにかれこれ二時間近くも経っている。ピシリ、と鋭い音。ギョームが鞭で机をたたいたのだ。ピシリ。スザンヌは首を振った。適当なところで顔をだしてやろう。ベルナールが可哀相だ。

「ママン。どうかしたの」

カッチとキキだった。フランソワまで不審な顔でこちらを見上げている。

「シャニヨンを探してるのよ」スザンヌは照れかくしに誰かを探すふりをした。

「あれえ、ママン、倉庫にいると言ったでしょう」とフランソワ。

スザンヌを先頭に子供たちは小さな脚をもつれさすようにして急階段をのぼった。三階の物置き部屋にシャニヨンとアンニイがいた。手持ちのトランクでは到底一家の荷物がおさまらないとみたアンニイが大型行李を取出そうとしていたのである。その着眼はなかなかよろしい。が、あの大型行李は車のトランクにうまくおさまらないのだ。

「アンニイ」スザンヌは娘の頭を抱いた。「ありがとうよ。でもね、アンニイ。荷物を減らしたほうがいいのよ。すこし多すぎるようだからね」それからふと思い出して言った。「マダム・シャニヨン。ここはもういいですから、そう、みんなの靴を磨いといてください」


「もういちど。わるいくせです。ペダルに注意して、もういちどそこのアルペジオ」

ギョーム女史は鞭をならした。ベルナールがピアノを弾いた。

「やっぱりだめね。タッチが乱れる。リズムになってない」

ベルナールは弾きなおす。やはり女史には気にいらない。またまた鞭がなった。曲はスザンヌも弾いたことのある変ホ長調のソナタであった。たしかになげやりで下手くそな演奏だ。わざとそうしているとしか思えない。ベルナールならもっともっと上手に弾けるはずなのだ。

スザンヌは微笑しながら広間に入った。ギョーム女史は硬張っていた顔をやわらげた。スザンヌは立っている。ただ立っているだけでよろしい。果してギョームは腕時計を見、腰をあげた。

「じゃ、ベルナール、このつぎまでよく練習しておくんですよ」

ベルナールは返事もせず女史をにらみつけた。雀斑のある小さな顔に精一杯の敵意がにじみでている。ギョームを玄関へ送り出し、もどってみるとベルナールはもう姿がみえず、二階から子供たちの笑い声——あきらかにベルナールのも混っていた——がわあっと響いて来た。スザンヌは溜息をついた。

はじめからベルナールはギョームを嫌っていた。それが決定的になったのはひとつきほど前からだった。その日、ギョームに叱責されたベルナールはいきなりチャッチャッチャを、あのクルトンがクリスマス・イヴに弾いて女史を激怒させた曲を弾いたのだ。あの子がなぜそんな突飛なことをしたのかわからない。その少し前にクルトンが死んだ。その知らせをきいてからベルナールは興奮のためか不眠症になった。あの子なりにショックをうけたらしい。多分そんなことが、あの子にチャッチャッチャを弾かせた遠因だろう。

クルトンの埋葬式にはアンニイだけを連れていくつもりだったのに、ベルナールはどうしても行きたいと言ってきかなかった。墓地からの帰途、「ママン、クルトンは自殺したの」といきなり言った。ほんとに吃驚した。「いいえ、誰がそんなこと言ったの」「………」あの子は黙っていた。ベルナールが返事をしないとはよほど異常なことなのだ。誰か心無いおとなが喋ったにちがいない。その夜あの子はベッドから起きあがって大声で泣きだした。何者かに脅えている様子だった。ベッドにいれてやると、三十分もして同じことがおこった。「こわい。こわいよう」と悲鳴をあげるのだ。翌日も、その翌日も、同じことだった。ロベールは夜驚症《パフォール・ノクトゥルヌス》と診断し睡眠薬を与えるべきだと言った。だけどわたしには出来なかった。わが子に睡眠薬……あの脆い柔かい脳にバルビツール剤を浸みこませるなんて残酷すぎる。ギョームの前でチャッチャチャッチャを弾いた日から、あの子はひとが変ったようになった。乱暴だけど従順で可愛いかった子が、俄然、狂暴で陰気で反抗的で、まるで第二反抗期の非行少年みたいになった。ピアノの勉強もやらなくなり、学校をさぼるようになった。学校をさぼる。このスザンヌ・エニヨンの息子が学校をさぼる。こんなことがありえようか。けれどもそれは現実なのだ。学校からの連絡で行方不明のベルナールをあちこち探し歩いた。森の中に、あの子はジャンマリーとねそべっていた（さいわい暖い日でよかったけれど）。選りに選ってあの白痴の子と学校を脱けだすなんて！　ロベールはベルナールをたたいてたたいてたたきのめした。あの子もあの子だ。たたかれたら泣きわめけばよいのに。歯をくいしばって呻き声ひとつたてない。ロベールの《爆発》がその極に達し、彼が杖を手ににぎったとき、さすがにわたしが中に入った。

　ベルナール。お前どうしたの。ロベールは神経症だといい、わたしもそうは思うけど、それならどうしたらいいの。どうしてほしいの。わたしだって精神医のはしくれだから神経症の治療ぐらいはできる。でも、あの子だけはなおせない。いいえ、ベルナールは神経症じゃない。病気じゃない。クルトンの悪い影響のせいなのだ。この不吉な土地、フランドルから離れれば、パリに行けば、すべてはよくなる。ロベールは、今年こそセーヌ県の医長の資格をとるだろう。そうなれば、ああ、そうなれば、なにもかもうまくいくだろう。

「おくさま」マダム・シャニヨンが立っていた。

「なに、靴は磨いたの」スザンヌは我にかえった。

「いいえ、おくさま」老婆は目を丸くした。

「院長様が、フージュロン様がおみえです。だんなさまにお目にかかりたいとおっしゃっています」

「ああ、そう。で、あのひと《モン・マリ》は?」

「ギャレージにおいでです」

「だったら早く呼んでおいで」スザンヌはじれったそうに叫び、髪と服装をなおしに化粧室へかけこんだ。

ブノワはボンネットをワックスで磨いていた。ワックスをつけた鹿皮を力一杯往復させるのである。「ああ、君、もういいよ。おかげできれいになった」エニョンはピカピカの車を満足げにみた。

「明日は何時におでかけですか」

「そう。子供がいるから十時頃になるかな。君、病室のあとをたのみますよ」

「ええそれは引受けました。御安心なさい」

ブノワはにこやかに請合った。

「ところで」エニヨンは楽しげに目を細め、いたずらをする子供のような微笑をみせた。「今日、新しい内勤医が来るよ。もう来てるかもしれない」

「ほんとうですか。そりゃビッグ・ニュースだ」ブノワは驚いてみせた。が、近々にギリシャ人の内勤医がパリから来るという情報は口軽のベカールを通じてすでに病院中にひろまっていたのである。

「ギリシャ人でね。サケラリデュウスという男だ。サン・モーリス（パリ近郊）のバリュック教授の紹介だ」

「何という名で？」

「サケラリデュウス」

「奇妙な名だな。で、どこに配属になるんですか」

「ドロマールのところさ」

「やっぱり」

ブノワは嘆息した。コバヤシの先例もあるしアンヌと外国人が同じ診療部にいるのは好ましくない。とくにギリシャ人には女たらしが多いそうだから要注意である。

「独身ですか」

「そうだ。写真ではなかなかの美男子だ」

ブノワは瞬間渋面をつくった。悪い予感がする。落着かない。春めいたそよかぜまでが不安を誘うのだった。

そこへセネシャルが、黒い老婆が、いやシャニヨンがゆっくり近付いてきた。

「おくさまがお呼びです。院長様が、フージュロン様がお見えになりました」

フージュロンは油じみたジャンパー姿のロベールをみて、眼鏡の奥で目を見張ったが、すぐ愛想よく握手をもとめた。

「今、奥さんにお話ししたとこですがね。実はまた一悶着おきましてね」

「あなた、ブノワは?」とスザンヌが小声できいた。

「帰ったよ」

「そう」それでもスザンヌは書斎のドアを慎重に閉めた。

「さっき、デュピペルという老人が来ましてね」とフージュロンが続けた。

「デュピペル? 誰だったかな?」眉をしかめたロベールにスザンヌが素早く耳打ちした。

「ああなるほど、あの有名な老人か」

「その有名なデュピペルがですね」フージュロンは眼鏡をはずし、ぼんやりした目でスザンヌを真近に見た。「ドロマールを批難してるんです。男色のかどで」

「なるほど、それは大事件ですな」ロベールは緊張した時の癖で杖をトンと立てた。

「でしょう?」フージュロンは相手の反応を見定めながら雄弁に事情を語りだした。

いましがた、酒気を帯びたデュピペル老人がいきなり院長室に入って来た。足元も怪しいし、調子はずれの大声で呂律もまわらない。しかし、言うことは単純で筋がとおっていた。要するに、ドロマールが彼の息子のジャンマリーに男色をはたらいたから警察沙汰にするというのである。

「相手は酔っぱらってたんでしょう。酔っぱらいのいうことなんか」とロベール。

「ところが、ちゃんと手紙を持って来たんですな、しらふのときに書いたらしい」フージュロンはポケットから厚い封筒を取出した。「これによると、ジャンマリーが真相を告白したこと、少年を泌尿器科医にみせたところあきらかに肛門に異常がみられたこと、これらの点でドロマールの破廉恥な行為は明白に証明されたとしています。それから、これは付帯事項ですが、ドロマールが医長としての監督義務を遂行しなかったため娘のニコルがふしだらとなり、家出し、流産して体を痛め、ついには男に捨てられたのである。この点についてもドロマールを綿々と呪詛しております」

「いったい何が目当なんでしょうね」ロベールはびっしりタイプされた便箋をめくりながら首を傾げた。「金ですか、謝罪ですか」

「謝罪のほうらしいです。しからざるときは刑事事件にするというわけです」

「刑事訴訟か。厄介だな」

「厄介ですよ」

「ドロマールはまだ知らないのですか」

「知りません。デュピペルははじめドロマールを直接たずねようと、ずいぶんあちこち歩き回ったらしいんです。ところがドロマールは病棟にも自宅にもいない。それで仕方なく院長室へ呶鳴りこんできたのです」

「なるほど」ロベールは気難かしげに考えこんだ。「真相はどうなんだろう。スザンヌ、ドロマールについて何か妙なことをきかなかったかい」

男二人の会話に興味深く耳をかたむけていたスザンヌは、良人から話しかけられて、びくっと身振いした。

「そりゃあ、ドロマールのことだからいろんな噂はあるにはあったけど……」スザンヌは去年の夏ラガンが冗談にドロマールの男色を推測してみせたことをちらりと思いだしたが、なにくわぬ顔で言った「少くともそんな話はきいたことありませんわ」

「ドロマールとニコルとの関係ならずいぶん言われていたがね。たしかギョームが話してたよ。ほら、クリスマスのときさ」

「ああ、そうでしたね」スザンヌはにっこりした。ロベールときたら院内の噂話はすべて知ってるとうぬぼれている。実は何も知らない。医長の地位というのはつんぼ桟敷なのだ。この院内に出没するとりとめもない噂ではドロマールはありとあらゆる女性と関係ありとされている。ドロマールとヴァランチーヌ、ドロマールとマッケンゼン、ドロマールとニコル、ドロマールとカミーユ、ひょっとするとどこかでドロマールとスザンヌなどといわれているかもしれぬ。

「ところでいかがでしょう」フージュロンが口を挿んだ。

「今からドロマールのところへ行くのですがご同道ねがえないでしょうか」

「だってドロマールは行方不明なんでしょう」

「大丈夫。例によって家にこもってるんです。ただ普通の方法では出てこないだけです」

「わかりました。それでぼくに呼び出しをたのみたいというわけだ。ヒッヒ」ロベールは去年の冬の武勇伝を思い出し愉快そうに笑い、ふと真顔にかえった。「おことわりします。ぼくはいやですよ。そんな役目。この件は別に火急の用事じゃありませんからね」

「ところがですね」フージュロンはここぞと自慢の美しい白毛頭を振立て威厳を取繕った。

「デュピペルは、二十四時間以内にドロマールから何らかの回答あるいは申開きがないときは、警察沙汰にし、なおこの件を村中に公開するというのです。そうなると、ドロマール個人だけの問題ではなく病院の名誉も……」

「ねえ」なんと思ったのかロベールは急に早口になった。「むこうのやりたいようにさせたらいいでしょう。デュピペル老人は村でも有名なアル中患者です。つまり被害妄想にかられて事実無根のことを問題にしているのかもしれない。つまりですね、責任無能力者のいうことを真にうけて我々が騒ぐことはありゃしません」

「事実無根や被害妄想とは思えません。この手紙はどうして理路整然たるものです。まあちょっと読んでごらんなさい」

「やれやれ」ロベールは便箋に目を落し舌打ちした。「読むにたえない文章だ。論理はとおっていますよ。しかし誇張が多い。空想虚言者《ミトマニアック》の文章ですな」

「ですが……」フージュロンは、少くとも二十は年下の医長の断定的な態度に困惑して眼鏡をはずし目を細めた。その目は救いをもとめるようにスザンヌへ向いた。「どうでしょう?」

「ねえ、あなた」スザンヌは椅子の上で力みかえっている良人をたしなめた。「この場合、まず当事者へ知らせておくのが先決だと思うわ。そして、ドロマールを混えて、みなさんで対策を協議するのよ。もし放置しておいてドロマールが傷つけば、同僚のわたし達も傷つくのよ。それに……そう、あなたの持論でいけば、デュピペルが患者なら治療してやるべきじゃない? 彼だって、変な被害妄想にかられたため評判になるのは可哀相だわ」

「なるほどなかなかいいことを言うね」ロベールは笑顔になって妻の顎の先を爪先で弾いた。それは彼が緊張を解き、他人に対してやさしい気分になった証左であった。

「とにかく最善の対策、それが必要だわ。なんなら専門家に、たとえばジュール叔父に相談するとかして……」

「ジュール叔父か、そういえば……」

「そうよ」

スザンヌは頷いた。ロベールがジャンマリーの切符販売機窃盗事件のことを連想したことが彼女には以心伝心でわかった。あの事件に関係したベッチュンヌの判事ジュール叔父は当然デュピペル家の内情にも詳しいはず、だからこんなとき最上の相談相手なのである。

「ところでいかがでしょう」とフージュロンが言った。

「あ、行きますよ。スザンヌ、背広だ」

ロベールが立上ったとき、スザンヌはすでに二階の衣裳戸棚を開いていた。


ノックすると「どうぞ」と怒ったような返事があった。ブノワは壁に向って何やらガリガリ音をたてている縮毛の小男をみとめた。

「ぼく、内勤医のブノワだ」

「こっちはサケラリデュウス。よろしく」太い首の上にスマートで頑丈な顎が乗っていた。赤いスポーツシャツから腕や胸の長い毛がはだけてみえる。強烈な男らしい体臭である。

「ベカールに会ったな」ブノワは机の上の鍵束を認めて言った。

「ベカールてのはあの会計主任《エコノーム》かい。あいつは悪人だな」南方人らしくRになまりがある。

「ほう、もう悪人だとわかったのか」ブノワは面白そうに笑った。

「わかるともさ。顔を一目みりゃわかる」

「院長にも会ったかい？」

「会った。あいつも悪人だ」言下にそう答えるやサケラリデュウスはバターナイフで壁を器用にこすり続けた。

「院長はなぜ悪人だ？」

「給料が安いからさ。ぜんたい、フランス人医師の八十パーセントとは莫迦にしてる。えいくそ！　あるわあるわ」

「なにがあるんだね」ブノワはギリシャ人の手元をのぞきこんだ。

「蚊の死骸だよ。きたならしいったらありゃしない。この部屋に前いたやつは余程の野蛮人だな。衛生思想ゼロだ。ベッドに横になりゃ無数の蚊がみえただろうに」

「君の前には（ブノワは心安く君よばわり《テュ・トワイエ》することにした）、日本人が住んでいた。コバヤシというへんてこな名前の男でね、どえらい変人だった。自動車事故で重症を負って入院したよ。最近は、大分よくはなったらしいが」

「ふうん」サケラリデュウスは興味なさそうに鼻をならした。

「やな野郎だったよ。学者ぶってね。そのくせ女には手が早かったな。最初、同僚の恋人に手をだし、それから看護婦と同棲し、さいごはどうやら家庭訪問員《アシスタント・ソシアル》と一緒になるらしい。辞表を出したところをみると日本へ帰るつもりらしいがね。しかしそのアシスタント・ソシアルは子持だから、二人がうまくいくかどうかは疑問だね」

ブノワは、ギリシャ人の顔にさっぱり反応の表出がないので話しやめた。それにコバヤシの思い出はすべて彼には不快に思えた。あの黄色い男は、ことごとにねたましい気をおこさせる。おれにできない事ばかりをやってのけた。クルトンに対しても同じような嫉妬をしたことがあった。しかし、クルトンは死んだ。クルトンは敗北者なのだ。ところが、コバヤシときたら……


「あ、疲れた」ギリシャ人は壁をガリガリかきながらつぶやいた。

「そんな仕事はマダム・セネシャルにやらせろよ。彼女は患者でね。絶対喋らないが命令にはよく従う」

「ふう」サケラリデュウスはバターナイフを床にたたきつけ、窓ぎわに行った。「なってないね、この旧式の部屋は。この古窓は最低だな。隙間風がスースー入ってくる。おれは隙間風ってのにがまんがならんのだ。おい、君、ええとブノワか、ブノワ、あそこの樅の木は切り倒せないのかね。あの陰気くさい大木のために日が全然入ってこない。ね、君、ここじゃ木を切り倒すのに誰の許可を受け、誰に命令すりゃいいんだ？」

「さあねえ」ブノワはにやりとした。どうも痛快な男だ。このギリシャ人を煽動して一騒ぎおこさせればいい気晴しになる。「院長に言って、会計主任《エコノーム》から農場の農夫に命令してもらうんだろうな」

「よしきた。電話だ。おいブノワ、院長の電話番号は何番だ？」

「待てよ。そんなことはゆっくりやるもんだ。それよりも、内勤医宿舎《アンテルナ》のなかでも案内しようか」

ギリシャ人はぺっと唾を吐いた。

「おい、わらわせるなよ。美術館じゃあるまいし、見るものなんかありゃしない。浴場と便所と台所と食堂、それだけだろ。ああそうだ。あの食堂の壁画はなんだ。せっかくの裸体画にまるで肉感がない。醜悪きわまるね。あいつはクリーム色に塗り潰すことにした」

「塗りつぶす？、どうも驚いたね」

「あんなものはわけはない。一時間もあればペンキできれいに塗りたくってやらあ。おれはペンキ塗りはうまいんだ」

ギリシャ人は小柄で筋肉質の体で拳闘選手のようにすばしっこく床の上を移動しながらまくしたてた。それからベッドに威勢よく身をのばすと不意に悲鳴をあげた。

「どうした？」ブノワはたまげて飛びのいた。

「女がほしい！　ああおれは今欲情しとる。女だ。おい、ブノワ、このサンヴナンで女を得るにはどうすべきか。このおれに伝授しろ。尼さんにべっぴんはいるか」

「まあ、君、そう亢奮するな。女なんか、うようよいるさ。もっともこの土地土着の女には美人は少い。美人はポーランドかイタリーの移民ときまっている」

「そいつは好都合だ。おれはイタリー語ならペラペラなんだ。Quanto è bella giovinezza, che si fugge tuttava! 俺はね、一月前三十歳になった。これで悩みが一つ減った。なぜって、分裂病の好発年令をすぎたからな。俺は叫んださ。ブラボー、さらば分裂病、とね。もう一つだけ残った悩みが女だ。俺は女がいないと眠れないたちなんだ」

「わかる。実にわかる。君の悩みはだな」ブノワはカアッと熱くなった。完全に相手の熱気にあおられてしまったのである。「三年ほど前、パッチャムというイラン人がいた。こいつが英雄でね。毎晩女を変るんだ。ついにベルナデット――下の病棟主任の尼さんでね。いまに君もいやでも対決することになるだろうさ――そのベルナデットが、こともあろうにパッチャムに注意したんだな。毎晩ちがった女を自室につれこむのは不謹慎きわまるとか何とかだ。結果は明らかだろう。パッチャムはこんどは一晩に二度女をかえる芸当をやってのけ、ベルナデットの前でわざわざ女を抱いてみせ……というふうに抵抗を拡大した。騒ぎは大きくなり、やがて看護尼全員とパッチャムとの対立になった。なにしろこの病院での看護尼の勢力ときたらすばらしく強大なんだ。さすがのパッチャムも力尽きて追放となったよ。彼は出て行った。ただし、出ていくとき看護尼をつれだした。つまり尼さんと駆落をやってのけたんだ」

「ベルナデットとか?」

「いや、リールから来たてのもっと若くて美しい尼さんだった」

「そいつは残念、おれだったらベルナデットといっちょやるな。実はさっき会ったんだ。なかなか魅力的な尼僧だ。あれならいけるぞ」

サケラリデュウスはスマートで頑丈な顎を左手の掌でこすりながら、右手で大きな紙袋を振って天然色のヌード写真の山を机上につくった。彼は一枚の精巧な写真——長さ一メートルほどの金髪美人がうつっていた——を選びだし壁にピンでとめた。

「どうだ。こいつはベルナデットに似てるだろ」

「どうかなあ」ブノワは通人ぶって脂下がりながらスエーデン製だというなまめかしい写真を眺めた。実に大した写真だ。こんなのはフランスでは手に入らない。それにしてもパッチャムといい、コバヤシといい、このサケラリデュウスといい、外国人てやつは、どうしてこう女たらしで、野蛮人で、滅茶苦茶なのだろう。

二人が通された部屋は応接間なのか病理組織学の研究室なのかわからなかった。なるほど、もと応接間だった証拠にソファや肘掛椅子が置かれてはいる。しかし、壁側をぐるりとめぐる物々しい機械や器具——孵卵器、ミクロトーム、ボンベ、ピンセット、シャーレ、それに角砂糖のような鉛の重しをのせた無数のガラス標本など——が医学研究室に特有の謎めいた複雑さをつくっていた。いや、複雑さといっては正確ではない。それは何ともちぐはぐな雑駁さなのである。壁という壁をびったりうずめたおびただしい書籍、応接間めいた古風な紫色の家具、金具の光った最新の組織病理学研究要具、そして当のドロマールからして糊のきいた外科帽をかぶりしかも赤いガウンの上に白い前掛をしめた珍妙な恰好で顕微鏡を覗いているのだ。

「で、どう思うんだ？」エニヨンが答をうながした。

「どうか……ムッシュ・ドロマール」フージュロンは手入れの行届いた自分の爪（実はうっすらとマニキュアがしてあった）をちらと見、音楽的と自負する自分の声を満足げにきいた。「せめて、その手紙だけでも読んでいただかないと、むこうは返事を、回答を、要求してきてるんです。二十四時間以内にですよ」

「あ、どうか」ドロマールは顕微鏡に目をつけたままささやき声で言った。「邪魔しないでください。実に面白い所見だ。エニヨン、まああとでみてみたまえ。神経細胞は減っていないのにグリア細胞がふえている。こいつがくせものなんだ。このグリアってえやつ。いわゆる進行性の星状グリアなんだがね。さてと、こうやって段々標本をずらしてゆくと、ほら今度は神経細胞が減ってくる。おう、おう、おう、そのかわりだ、マクログリアと桿状細胞がふえてきた。すごい増殖だぞ。いいかね、エニヨン、こりゃ大発見なんだぜ。頭頂部皮質だけに局限した所見なんだ」

ドロマールは目をあげ、エニヨンに顕微鏡をゆずった。「見たまえ、見たまえ」

「ぼくは、病理学は不案内なんだが」誘われたエニヨンは躊躇したが、それでもどれどれというように机に近付いた。「ものは何だね。病気は？」

「播種性紅斑性狼瘡《エリテマトーデス》さ」

「珍しい病気だな。膠原病の一種だね」

「そうだ」

「昔は、皮膚病だといわれていたが最近は精神障害をおこすというので世界中で注目されてきた、あれだな」

エニヨンは聡明な学者らしく目を輝かした。

「そうだ。さすがはエニヨンだ。これはこの病気の詳しい脳の病理標本として我国における第二例目だ。製作者はクルトン。ぼくは近く彼と共著で論文をひとつだす予定だ」

「ほう」エニヨンの顔は急に真剣にひきしまり、顕微鏡をのぞきこんだ。「なんだって、どこがどうなってるんだって」

ドロマールが説明した。彼は次から次へプレパラートを取出してはエニヨンの前に並べてみせた。

「ムッシュ・ドロマール、どうか……」フージュロンは二人の医長の悠長なやりとりを呆れて眺めていた。

「あ、ムッシュ・フージュロン」ドロマールは、自分の美声にききほれる余裕をなくし、上擦り声で言った。「さっきの件はどうしましょう」

「あの件は黙殺しましょう」

「といいますと？」

「なにもしないのです。デュピペルには勝手にさわがせておくのです」

「しかし、すると……」フージュロンは、傍で急に熱心に顕微鏡をのぞいているエニヨンを心細げに見た。

「まず、わたくしが、ついで、病院の名誉が傷つく、ですか」とドロマール。

「いや、まだそこまで問題は進展していないので、その……」フージュロンは言葉に詰った。

「わかりませんな。いったい、何が問題なのです」

すると、エニヨンが顕微鏡を押しやってきっと振向いた。それはフージュロンにはいかにも頼もしい動作とうつった。

「要するに次の事態を明確にすべきなんですよ。問題は二つある。第一に、デュピペルのいう事実……全く聞くだにいまわしい事実だが……それがあったか否か。第二に、第一の事実の有無にしたがってデュピペルの批難の当否が問われるということ」

「つまり、ぼくが彼のいうような男であればデュピペルの主張は正しく、そうでなければ彼は……」

「そう、たとえば、アルコール中毒の被害妄想患者である」

「そうなれば」フージュロンは思わず口を挿んだ。「何も問題はないのです」

「ちえっ、あなたは黙っててください」エニヨンはいまいましげに口をゆがめた。「これは純医学的問題ですよ」

「お言葉ですが」フージュロンも負けていなかった。「これは道徳的な問題でもあります」

「それじゃあまあ道徳的、医学的の両面をもつ問題としておきましょう。とにかく、いまぼくの言った二つの問題、こいつをここではっきりさせておきたい」

「それはそうですな。とにかく……」

「さあ、ドクトゥール・ドロマール。ひとつここで事態を、問題を、はっきりさせましょう」

エニヨンは堂々と胸をはってドロマールを睨んだ。フージュロンもあわててそれにならった。ドロマールは答えるかわりに顕微鏡用のスポットライトを消した。すると燭台型のスタンドからにじみ出た鈍い光だけが残り、その異様な暗さのなかに彼の外科帽と顔が青白い影絵のように浮びあがった。

「みなさん、どうかお鎮まりください。さあかけてください」ドロマールはエニヨンとフージュロンをソファに誘い、自分は深々と肘掛椅子に腰をおろした。

「エニヨン、君の言うとおりだ。ここで事態を明確にすることが必要だ。が、この際何も不明確なことはないのですよ。まず、デュピペルだが、御承知のように、あの男は若い頃から大酒のみだ。別に乱暴することも泥酔することもないが、終日酒びたりの生活だ。注目すべきことは最近、とくにここ二年ばかしのあいだ、彼が急速に呆けてきたということだ。状態像からいえばコルサコフ氏症候群、診断をつければ慢性アルコール中毒性痴呆症だ。彼は自分のしたことを次から次へと忘れていく。そして次から次へと新しい嘘を考えつく。彼がこんな（ドロマールはデュピペルの封筒を手にとるとテーブルにポンと置き、立上って書き物机の抽出しから同型の封筒を三つほど取出してき、その傍に並べた）手紙を書いたのもはじめてじゃない。彼は、わたくしを批難するために手紙を書く、しかしその手紙の内容はその場その場の思いつきなのです。

去年の夏にはニコルが家出したのは看護婦の上司としてのあんたの責任だという手紙で、冬には、ニコルが或る男と出奔した責任をとれなどときましたよ。すべての手紙に共通していることは娘や息子に関係してわたくしを批難攻撃するということです。ほうっておくと、手紙を書いたことすら忘れるのかそれ以上何も言ってこない」

「なるほど」エニヨンは素早く手紙を抜き出してそれに目を走らせた。「おんなじ手だな、みんな」

「そうでしょう?」ドロマールは薄笑いした。「そこで、エニヨン、君の提出した第二の問題には回答が得られたわけだ。ところが、ここから先が重要なのだが、デュピペルの批難は不当で病的なのに、その言分には多少の根拠があることだ。彼は全的に荒唐無稽なことを言ってるわけではない。こんなことを言えば、自分の不利をさらけだすようなものだが、あのデュピペルは或る程度の事実をつかんでいる。ニコルの家出や出奔だって、それに類した事件があったし、今度のジャンマリーの件だって……」

「ちょっと待ってくれ、ドロマール」エニヨンが相手を制した。「それ以上言う必要はない。ぼくの考えではデュピペルが異常であれば彼の言うことはすべて虚構なのだ。それでいいのじゃないか」

「それじゃ、エニヨン、君の欲する事態の明確さはどこかへ消えてしまう。われらのデュピペル老人を精神異常者ときめつけるだけじゃ正確じゃあないね。たとえば、こんどは、ぼくがジャンマリーにした男色行為が問題になっているが、これは……ここではっきり宣言するけど……事実ですよ。ぼくはジャンマリーを、あの美少年を愛している」

「ドロマール！」エニヨンは鋭く叫び、フージュロンは顔をしかめた。

「たしかあの子が」ドロマールは無表情だった。「十ぐらいのときだったかな。デュピペルが診察をたのみに来た。学校の成績がだめなうえ、盗癖と放浪癖があるのでなおしたいということだった。学校から友達の文房具を盗んでは持帰る、叱りつけると家を飛出し夜おそくでないと帰らない。色々検査してみると知能がわるいだけではすべてが説明つかない。どうしても、反社会的な異常性格が背景にあるとしか考えられない。そこでぼくは治療にかかった。週一回精神療法にかよわせることにしたんだ。もちろんグルクロン酸やフエノチアジン系の向精神薬など精神薄弱や性格異常に効ありとされる薬物もずいぶん試みてみた。二年前からは催眠術もつかっている。砂時計をみつめさすとあの子はたあいなく催眠状態におちるのだ。そしてどんどん退行現象をおこす。いつだったか二歳の時の記憶まで再現させることができたよ。あの子は若く美しい母親に抱かれて眠っている。その闇の中へ、誰かが入ってくる。あの子は泣き、母親が獣のようなものにおさえつけられるのを見たんだ……」

「そんなことは……」エニヨンが口を挿んだ。「そんなことは治療と関係ない。いったい、君は催眠術であの子をなおすことができたのか。あの子の素行は依然としておさまってないぜ。去年の夏はバスターミナルから切符を盗みだしたという。学校では劣等生で、とくに悪いのは善良なクラスメイトまで悪の道にひきこんでしまう。どうやらジャンマリーの非行性は悪質化の一途をたどっているようだが……」

「それはだね」ドロマールは珍しく口籠った。そこへエニヨンが畳み掛けた。

「失礼だが、君は患者をなおしもせず、ただいじくりまわしている。君は催眠術を乱用しているようだ。今、思い出したが、あのカミーユ・タレだって催眠術で意のままにしたのじゃないかね。クルトンが死んだ今、あの件は、時効だとしよう。しかし、ジャンマリーは、あの子の治療に関してはぼくも関心がある。いったい君はどの点まで治療に成功したと言えるんだ」

「治療は不成功だった」ドロマールはそう言うと、ひょっこり立上った。そして前掛をとり、外科帽をはねのけ灰色の髪をむきだしにした。「わたくしはあの子を治療する能力を失ったのだ。なぜなら、わたくしはあの子を愛しはじめたからだ。或る日、それは黄金の光のさす午後だったが、あの子は生れたままの形になった。美しい。実に美しい。わたくしはあの子を愛さずにはおれなかった」

不意にドロマールの語調に不思議な抑揚がつきまとい目に顔に全体に張りができた。まるで、コメディ・フランセーズの舞台で俳優が長詩を朗読しているような具合にである。エニヨンは訝り顔をフージュロンへ向けた。

「ドロマール」「ムッシュ・ドロマール」二人は示し合わしたように呼んだ。「大丈夫ですか」

「大丈夫です。大丈夫ですとも」ドロマールは二人のあわて様を面白そうに見下した。というより、夢見るような目で微笑した。

「大丈夫です。わたくしは狂ってやしません。ごく当り前の真面目な話をしてるのです。つまり、何故、自分がジャンマリーを愛しはじめたかについて考察しようというのです。よくきいてください。一度しか言いませんからね。ね、あなたがた、この世界は退屈です。愚劣で無意味です。科学は進歩するが文化は荒廃するばかり、そして誰もが目標を失って生きている。夏は去り冬が、暗い冷い死の冬が来た。そして春はもう……いや、慎重にまだといっておきましょう……まだ来ない。できることはどこかへ逃げていくことです。現にコバヤシは去ろうとしている。利巧なつまり卑怯なやりかたです。彼は逃げていく国があるかのように錯覚している。しかし、この世界に逃げていく国が存在するわけがない。この世は巨大な牢獄で、わたくしたちすべては無期徒刑囚なのですから。よく譬えられるように人間を死刑囚とみるのは不正確な比喩です。切迫した確実な強力な死、苦悶と恐怖に圧縮された時間、いやどうも、それはあまりにも芝居じみた比喩です。誰だって狭いところにとじこめられれば狭所恐怖《クロウストロフオビイ》をおこすでしょう。時間のクロウストロフォビイの場合も同じことです。しかし、無期囚は……ああ、みなさん（ドロマールは大勢の人々の前にいるようにあたりを見廻した）、あなたがたすべては無期囚なのにその不安の本態を自覚する人はごくわずかです。それは無限に続くかにみえる水平線にかこまれた大洋のただなかに投げこまれた人の不安です。死という予測不能な終末までの時間を牢獄の陰鬱な壁の中に拘禁される。残された自由といったら自分の寿命を短くすることだけである。それは時間の広場恐怖《アゴラフオビイ》です。それこそあなたがたの正体なのです。この人間に残された唯一の自由を行使する。それが自殺です。クルトンはこの世を憎悪しました。そして未知の世界を愛した。で、彼は自殺しました。それも一つの解決法でしょう。でも、わたくしに言わせれば、彼が死を選んだのは一片のつまらない錯覚のためです。なぜって、この世を憎んであの世を愛したところでつまり憎悪の対極に愛を置いたところで、結局事態は何ひとつ変りはしなかった。彼は世界を変えたと錯覚して実は自分が変っただけです。もちろんこんな言い方は正確じゃありません。なぜなら、個人の知覚と無関係な、独立した世界——それは科学者の迷信ですが——などどこにもありやしないのですから。クルトンが死んだことで、わたくしたちのこの世界は血を流したというのが正確な表現でしょう。ところで、このわたくしは他国へ逃亡もしないしあの世へ飛躍もしない。この世界にただもうじっと生きています。この世の不安をすべて受けとめ、それどころか、わずかながらも科学を愛し、それとともにジャンマリーを愛し、その他たくさんのものを愛してね。もうおわかりでしょう。愛の裏側には憎悪などない。あるのはただ不安、永劫に癒されぬ人間の不安なのです」

隙間のない早口で一気に喋りおえるとドロマールは再び疲労しきったような無表情にかえり、

顕微鏡のライトをカチリとつけ、標本をのぞきはじめた。

「どうも……」しばしの沈黙ののち、エニヨンは何かを言おうとして口をもぐもぐさせた。しかし何も思いつかなかったらしくまた黙りこんでしまった。

しばらくして、ドロマールは意識を喪失したように沈黙している二人に向って言った。

「失礼ですが。どうかお帰りください。わたくしの言いたいことはすべてお話ししました」

玄関の扉がぴたりとしまり、窓とカーテンをしめきった家が墓石か廃墟のようにしんと静止すると、フージュロンとエニヨンは思わず溜息をついた。二人は無言で歩く。そして枯れ蔦に覆われたプチ・パヴィヨンの前までくると申し合わせたように足を停めた。

フージュロンが言った。

「ドロマールはあれで正常なんでしょうか」

「いやあ実はぼくもそれを考えていたところだ」エニヨンは禿げあがった額で日光を照返した。

「よく考えてみると、彼の語ったことはすべて常識的でありえそうなことですよ。ただ、われわれにあんなふうにそのことを喋ったことが異常ではあるが……」

「ほんとに彼は男色家なんでしょうかね」

「そりゃわかりません」

「なんだっていきなりあんなことを告白したんでしょう。何だかわたしにはこけおどしの嘘っぱちときこえたが」

「それもわかりません。ただ、彼ほどの人物が冗談にしろ嘘っぱちを並べるとは思えない。なんだかわけのわからん長広舌をくだくだ言ってましたが、あれだってきっと何か意味があるんですよ」

「どうなんですか」フージュロンは礼拝堂からドロマールの家の方に目を移した。「彼は異常ですか、ドロマールは?」

「ぼくの能力では軽々しく判断できない。ただ言えることは、彼は普通の人物じゃないですね。そして、どこか不可解な薄気味わるいところがある。彼は普通じゃないが、しかし、少くとも精神病者のかもしだす空気とは別なものを持っている。彼は何もかも正確に見透している。ところがわれわれは彼について何も知らない。彼は丁度月世界から来た優秀な異邦人のようなもんですよ」

「月世界から来た異邦人!」

フージュロンは上品に手を合わせて合点した。

「それでもまあ、今回も無事でよかったです。ドロマールには時々ひやひやさせられますからねえ」

『フランドルの冬』あとがき

この作品は著者の処女作である。

七年前、フランスから帰ったばかりの私は、唐突に長篇小説を書きはじめた。それまで文学とは全く無縁な生活をおくり、精神病院と刑務所ぐらいしか知らぬ一人の無謀な医者の冒険は、当然のことともいえるが、数年後にはもろくも挫折してしまった。切貼でふくれ添削でよごれた二千枚の原稿を前にしながら、私は一行も書けなくなっていた。長篇の完成を半ばあきらめ半ば先へのばすような気持で、私はしばらくの間同人雑誌に短篇を発表していた。

第二回太宰治賞の原稿募集の広告をみたとき、ふと旧作のはじめの部分を投稿してみたらと思いついた。それが候補作として展望誌上に発表された。本書の第一章に当る部分である。その出版の話がでたとき、私は実はそれが長篇の一部に過ぎなかったことを告白し、それだけで独立した作品とみなされることは著者の本意でないと答えた。すると、それならば未完の長篇を完成させたうえで出版しようというまことに雅量のある申出がなされた。爾来一年間、私は旧作の草稿の山を全面的に書直すことに没頭した。こうして難産であった一つの作品がどうやら世に現われることになったのである。
考えてみればこの作品は著者一人の力でできあがったものではない。孤独な闇のさなかで始められた作業は、いつのまにか光のさす舞台で人々の暖い励ましの声にかこまれていた。書くという行為の不思議さを、今、私は改めて思っている。

一九六七年七月一四日

加賀乙彦

『フランドルの冬』新しいあとがき

長篇小説『フランドルの冬』は私の処女作である。一九六七年八月筑摩書房から出版された。翌六八年四月芸術選奨文部大臣新人賞を受賞した。一九七四年に文庫化され、その後十年ほど経ってからと思うが、いつのまにか絶版になった。今年（二〇一九年）の夏、小学館から再販される事になった。そこでこの作品についての思い出話を書いてみたい。

まずは事実の世界として、作者である私のフランス留学があった。今は渡仏するのに航空機の旅をするのが当たり前になっているが、私がフランスに渡った一九五七年には船で四〇日ほどの日数を掛けてマルセイユまで航海するのがごく普通の旅であった。ところが私がフランスより帰国した一九六〇年には、フランスより帰国するのに、航空機で移動するのがごく当たり前の移動方法になっていた。

なぜフランスへ留学したかとよく尋ねられた。私が所属していた医学部精神医学教室でも、海外留学する人はアメリカを選ぶ人が多かった。私はフランス語が好きだったからだと答えるのを常とした。戦争中、陸軍幼年学校に入学したとき、ナポレオン将軍の国の言葉を学べと命令されたからだとも答えた。どちらも本当のことだった。

ところが戦後、ほとんどの旧制高等学校では英語とドイツ語の授業はあったが、フランス語のそれはわずかであった。迂闊にも、フランス語の授業のない高校の入試に合格した私は、アテネ・フランセと日仏学院に通い、フランス語の勉強を続けることにした。そしてフランス政府給費留学生の試験に合格した。一九五七年九月、私は、横浜港からフランス船カンボジ号に乗って船出した。この船は四〇日の航海の末、やっとマルセイユに着いた。パリは秋たけなわであった。公園には紅葉が欠けていたが、豪勢な銀色の森が光り、そして美しかった。

パリ市内南方にある精神医学センターで精神病理学や犯罪心理学を学ぶ毎日となった。

午前中は臨床医として働いた。その当時、パリ大学精神科のドレイ教授の発見した一連の向精神薬物に薬効があることが全世界に知られて、精神医学センター内のパリ大学精神科には、三〇ヵ国もの医師たちが新薬による治療法を学ぼうと集まっていた。同時にアンリ・エー、ジャック・ラカンなどの諸外国にも名の聞こえている優秀な精神科医が、公開臨床や講義をして、精神医学の新時代を謳歌し、また宣伝していた。

午前中は病室に入り、臨床に励んだ。ドレイ教授が発見した向精神薬をどのようにして用いるかを学び、母校の精神医学教室にそれを伝えた。が、午後になるとセンターの図書館に籠り、精神医学史の最新の情報を読み、またフランス革命時代の古文献に始まり、十九世紀の研究業績の束を夢中になって読んだ。精神医学という医学分野は、数多くの患者の診察から生まれてきた。日本のように、他国の医師たちの観察、治療、失敗、成功の末に成り立つ医学を後追いすればよいのではなく、研究者たちの先取特権で成り立つ医学を追い求めるのがフランスという文明国の実情だった。

センターでの勉学に疲れると、パリ市内を観光した。ちょっと散歩すれば街並みの美しさ、歴史の深さに感心した。二日の休日（木曜日と日曜日）には、古都の観光に専念した。教会堂、美術館、街並み、公園、城砦、など国家が示す威容に感心した。時には郊外の畑や牧場や森の景色を楽しんだ。一九五七年から一九五九年にかけての私の青春の時間は、多忙なうちにも喜びに満ちて過ぎ去っていった。

一九五九年の春になって東京大学医学部精神医学教室から助手席が空いたので帰国しないかという誘いが来た。その気になって帰国の準備に忙殺されている時に、パリで親しくなった精神科医から、彼が医長をしているフランドル地方の精神病院で働かないかと誘われた。帰国するか、在仏するかで迷っている私を、友人は、自分の病院に招待してくれた。以前修道院だったという病舎は正門近くに建つ教会堂を中心にして構成されていた。修道女らしき服装の看護婦たちが立ち働いていた。病院の近くに奥深い森があり、その森を縦横に貫いて運河が走っていた。フランドル地方は、海よりも低い大地で構成されており、この地方独特の様相は隣国のベルギー、オランダにも見られる独特の景色を示していた。平野に沁み出した海水を絶えず海へ汲み戻す風車小屋の景色はフランドル独特の風趣であった。

パリに戻った私は、友人に「あなたの病院で働きたい」と申しいれた。友人は大きな手で私と握手した。ともかく、私はフランドル地方のサンヴナン精神病院の医師となった。日本語の医師免許証は日本大使館の領事の計らいでフランスでも有効になった。これまでパリにおいては私の身分は給費留学生であったが、フランドルにおいては一人前の医師であった。もっとも医師の位では一番下の内勤医であり、友人の医長の下で働くという身分ではあったが、給料は五倍ぐらいに増えたし、医長と組んで二百人ほどの入院患者を受け持つことにはなったし、中古車を買って乗り回すこともできることになった。

こうしてフランドル地方の精神病院の医師としての生活が始まった。ところでこのフランドル地方の医師の生活を忠実に描いたのが、『フランドルの冬』という小説だとは私は思わない。四季の変化、森や運河や天気の様相に私が動かされたのは事実だが、私が小説として描きあげたかったのはそこにはない。私が小説に描きたかったのは、二十世紀の中ほどのフランスを訪れ、二度の戦争やアルジェリア独立戦争で心身ともに傷ついた青年たちとの交友であった。

一九五九年の春からほぼ一年間、私はフランドル地方の精神病院で医師として働いた。そして、一九六〇年の春、航空機に乗って帰国した。しかし『フランドルの冬』という小説を書き出し、コバヤシという中年男の物語を書きあげたのは一九六八年の夏である。その小説の主人公コバヤシと私加賀乙彦とは余り似通ってはいない。私はむしろ実在しない人物を仕立てあげたのだ。ドロマール、エニヨン、ブノワ、クルトンも、私が会ったこともない人物になっている。

まずコバヤシという日本人の医師が登場する。彼は日本に帰ろうとは思っていない。帰国して安定した医師として過ごすよりも、ドロマールという風変りな医師についてフランスの精神医学の歴史を研究し、少し長い時間をかけて彼の精神医学の世界を探ろうとしている。

ドロマールは独身である。精神科病院の一番古参の医師でありながら、電話のない質素な家に住み、天井まで書物で埋まった図書館を持ち、十九世紀の精神医学の歴史を細密に追うことができた。

ドロマールより若いが、活発で時とすると憤怒で叫んだり、逆にすぐ機嫌を直して笑ったりするのがロベール・エニヨンである。彼は子福な人、妻のスザンヌとの間に五人の子供がいる。で、子供たちを優れたパリ近郊の学校に通わせたく、彼自身もパリの精神科医長になって幸福な一生を送りたいと思っている。

ブノワという若い内勤医は精神科医師として試験に合格し、医長の地位について平和な生活をしたいと思っている。陽気な人物であり若い女医と愛し合う平凡な人だが、この精神病院の医師たちに笑いを振りまく人物ではある。

折からアルジェリア独立戦争で重創を負い、希望を失って復員してきたのが若い医師クルトンである。恋人への愛を失い、好きなピアノ演奏でも慰められず、ついには自動車事故で命を落す。冬の夜、クルトンの跡を呼ぶようにコバヤシは自動車事故を起こし、寒風吹きすさぶ夜道を歩き、ホテルへの宿泊を拒絶され、深夜の寒風の中を、軍隊基地に迷いこみ、野犬の群れに遠巻きにされつつ歩いた。

フランドルは二度の大戦の激戦場であった。戦後いたるところに軍隊墓地が作られた。フランス兵、ドイツ兵、イギリス兵、カナダ兵、アメリカ兵、インド兵、それぞれお国ぶりの墓石だ。ドイツ兵のは黒文字でフランス兵のは白十字だ。

精神病院の医師でありながら、植民地の人間だとみなされて、負傷したコバヤシには助けの手はのびない。それではホテルを教えてくれと尋ねたが、返事がまるでない。立ち止まると体が冷えるので、歩きはじめねばならぬ。やっとたどりついたホテルでは満員だと断られた。とんだ受難ではあるが、なんとか目的地まで歩くことができた。

コバヤシは入院した。脚にかなりの損傷があって手術が必要だと診断された。

コバヤシに代わって小柄なサケラリデュウスというギリシャ人の医師が働くことになった。多辯な男で、口達者である。ギリシャ人とブノワとが誰かの悪口であろうか小声で会話をしていると、別な部屋ではドロマールとエニヨンが相変わらずの口喧嘩をしていた。

この二人の医長の元に若い医師たちの日常生活があった。コバヤシ、ブノワ、ヴリアン、女医のアンヌ・ラガン、さらにアルジェリア戦争より帰還したクルトンなどである。医師ではないが、医師の助手として患者の世話をするカミーユという娘はコバヤシと仲がよかった。アルジェリアで重傷を負ったクルトンは春から夏へ、移ろう季節にそそのかされるように、自殺への願望に取りつかれていく……。太平洋戦争という陰惨な戦争を経験していた小林には、アルジェリア戦争によって心身ともに傷ついた若者の苦痛がよくわかった……そこに、フランドルの冬が襲いかかってきた……クルトンは死に、コバヤシは傷ついていく。

実際の世の中には存在しない、むしろこういうべきだろうか、実在しないが、小説の世界でははっきりと生きている人物を私はつくりあげたと。

二〇一九年四月三日

加賀乙彦

解説（再録）

篠田一士

『フランドルの冬』は一九六七年八月筑摩書房から出版された。作者の処女長篇小説である。つづいて、一九七一年の『荒地を旅する者たち』、七三年の『帰らざる夏』と、第二、第三長篇小説が発表され、後者によってその年の谷崎潤一郎賞を著者が受けたことは、まだ記憶に新しい。

『フランドルの冬』が一本にまとめられたのは一九六七年であるけれども、この小説の第一章にあたる部分は、同名の表題の下に、その前年、第二回太宰治賞の佳作候補作として発表されている。もともとは二千枚におよぶ尨大な未完の草稿から応募用にまとめたもので、それだけを独立した作品とすることは作者の真意ではなかった。従って、第一章発表を機縁に、旧作を全面的に手直し、現行のように前後四章の構成にして世に問うたのは、作者の初心をみごとに実現したことになるだろう。

七年まえの刊行当時、たまたま、これを読みぼくはいたく心打たれる思いをもち、当時ある新聞に毎月書いていた時評欄に、走り書きの讃辞を記したことがある。今度久しぶりに読みかえしてみて、かつてのぼくの感銘は色あせるどころか、一層力強い刻印をもって、あらたによみがえってきたことを、まず、最初に確認しておきたい。

この小説は、フランドル地方、すなわち、英仏海峡からたえず北風が吹きこみ、運河が縦横に張りめぐらされた北フランスの荒涼たる低地帯の一角にある女子患者専門の精神病院を舞台にしている。舞台もそうだが、そこに登場するフランス人の医師をはじめ、看護婦、患者、さらに、公舎に住んでいる医師の家族や近くの町の住人たちも、およそこれまでの日本の小説には書かれなかったものである。こうした題材のめずらしさ、新しさに感心しなかったわけではないが、やはり、それらがおどろくほどの巧みさと迫真力をもってえがかれていることを一読したひとなら、だれしも納得するはずである。

因みに、作者は精神医学と犯罪学を専攻する医者で、一九五七年から足掛け四年にわたってフランスへ留学している。もちろん、この小説はフィクションであり、ここに登場するコバヤシという日本人医師もフィクショナルな存在であることはたしかだが、医師としての作者のフランス留学の経験がなければ、『フランドルの冬』は到底書かれえなかったであろう。

これより少しまえに、われわれは辻邦生の『夏の砦』をもつことができた。この小説についても『フランドルの冬』と同じことが言える。そして、このふたつのすぐれた小説を読み、ぼくは、図らずもそこに、今日の日本文学の新しい動向の顕示を読みとることができたのである。すなわち、こういうことである。『舞姫』以来、たとえば、『あめりか物語』を、あるいは『旅愁』を、という風に、われわれはヨーロッパ、あるいは、アメリカを舞台にした小説をいくつも読み、そこに、さまざまな筋書きとスタイルによってえがきだされた憧憬《あこが》れとしてのヨーロッパ、あるいはアメリカに作者とともに生のよろこびを味わい、また、哀感をともにしてきたのである。ところが、『フランドルの冬』にしても、あるいは『夏の砦』にしても、もはや、そこにあるものは憧憬れとしてのヨーロッパではない。ここに登場する日本人には帰るべき日本という祖国はないのである。コバヤシの帰国は小説の結末にいたっても、はなはだ曖昧な噂話としてしか伝えられないし、『夏の砦』の女主人公はヨーロッパで死を迎える。当然のことである。彼らにとって、どんな生き方、どんな死にざまをしようとも、その場所はヨーロッパをおいてほかにはないからである。つまり、明治開国以来、近代日本が懸命の思いをもって追いもとめ、まさぐってきたヨーロッパ経験、あるいは、ヨーロッパとはなにかという問いかけを、おのれの抜きさしならぬ生の論理として体験しえた人物を、開国以来一世紀を経て、ようやく今日のわれわれの小説が創りだすことができたのである。

もちろん、コバヤシひとりの内外だけが、この小説の主要な関心事ではない。むしろ、主人公のいない小説としてコバヤシ以外の何人かの人物にもよく目配りして読む方がこの作品のうま味を知ることができるかもしれない。たとえば、クルトンという若い医師がいる。アルジェリア戦線で瀕死の重傷を負い、やっと退院して、この病院に復帰するが、彼にはもうだれをも愛することができなくなってしまっている。「黒い炎」がたえず自分を悩ますと口走りながら、なにかといえば、とっ拍子もない行動をしでかしては周囲の人々をおどろかす。彼にのこされた道は自殺しかなく、とうとう何度目かの失敗ののち、みずから命を絶つ。この実存的決断を当然の「世界投企《ヴェルトヴルフ》」と、冷やかな口調で、しかも、あますところなく説明するのはドロマール医長である。この怪物的医師はおどろくべき学識と鋭い洞察力をもち、また、だれにも屈することのない自尊心と無気味なシニシズムをもって孤高の毎日を送っているが、コバヤシが留学年限を延長してまで、わざわざ、僻地の病院にやってきたのは、ひとえに、この人物に牽かれたためである。だが、このきらめくような知性の持主は、生まれてこの方、女性に愛を感ずることができない、やはり呪われた人間だったのである。クルトンやドロマールのような人物に象徴される、愛を見失い、神の死の下に精緻な観念を組み立てながら、ついに精神の自由を失ったヨーロッパ精神の悲劇的情況――それにコバヤシは敏感に反応することはできる。だが、反応することは、かならずしも理解することではない。いわんや、共感し、行を共にするには程遠い。

コバヤシが勤務する、この病院には、現代を象徴する呪われた人物ばかりがいるわけではない。働きもので、子沢山のエニヨン医長がいる。ときどき癇癪を立てることもあるが、なかなか世間知慧もあって、同じ医者の資格をもつ妻君に尻をたたかれながら、パリあたりの病院への転勤を狙っている男である。また、医長資格試験の勉強に汲々としているブノワという若い内勤医がいて、俗物を画にかいたような、騒がしい人物だが、同じ内勤女医のアンヌと同棲同然の生活をしながら、試験に受かったらすぐさま結婚しますとうれしそうな顔をする。コバヤシも、また、この世俗のよろこびには無縁ではない。そして、こうした人物群が織りなす、いわば俗物的世界が実に生き生きとえがかれているのが、『フランドルの冬』のなによりの文学的魅力である。作者自身の留学経験とか、土地勘とかということもあろうけれども、それはそれとして、この作者のデタ―ユをおろそかにしない写実の文体はおどろくほど堂に入ったものである。

ヨーロッパを憧憬れの対象としてでなく、生きるべき現実の土地として存在させるためには、これくらい見事な写実の筆づかいは必須のものであろう。しかし、同時に、また、『フランドルの冬』には、ヨーロッパという空間の特殊性をこえて、今日の生のありようを問いかける普遍の命題をあきらかにしようという作者の意図があることはいうまでもない。

従って、クルトンやドロマールの生死が語る精神の原理を作動させるための空間として、エニヨンやブノワたちの俗物的世界はこの小説を小説として成り立たせるためにはぜひとも必要であり、精神の原理と世俗の空間の切点に立って、そこにロマネスクな作動を可能にする唯一の人物はコバヤシ以外にはいないだろう。いや、彼とニコル、そして、ふたりの不毛な愛のかりそめの証人にさせられるドラボルド神父である。この日本帰りの神父と二人だけで舌足らずの日本語でニコルへの愛を告白する件りは、この長篇小説のなかで、もっとも感動的な場面であろう。

（評論家）

P+D BOOKS ラインアップ

三匹の蟹　大庭みな子　●愛の倦怠と壊れた〝生〟を描いた衝撃作

水の都　庄野潤三　●大阪商人の日常と歴史をさりげなく描く

抱擁　日野啓三　●都心の洋館で展開する〝ロマネスク〟な世界

プレオー8の夜明け　古山高麗雄　●名もなき兵士たちの営みを描いた傑作短篇集

別れる理由 1　小島信夫　●伝統的な小説手法を粉砕した大作の序章

帰去来 ――太宰治 私小説集　太宰 治　●「思い出」「津軽」太宰〝望郷作品〟を味わう

P+D BOOKS ラインアップ

ソクラテスの妻	佐藤愛子	● 若き妻と夫の哀歓を描く筆者初期作3篇収録
女優万里子	佐藤愛子	● 母の波乱に富んだ人生を鮮やかに描く一作
黄昏の橋	高橋和巳	● 全共闘世代を牽引した作家〝最期〟の作品
堕落	高橋和巳	● 突然の凶行に走った男の〝心の曠野〟とは
白く塗りたる墓・もう一つの絆	高橋和巳	● 高橋和巳晩年の未完作品2篇カップリング
誘惑者	高橋たか子	● 自殺幇助女性の心理ドラマを描く著者代表作

P+D BOOKS ラインアップ

四十八歳の抵抗　石川達三　●中年の危機を描き流行語にもなった佳品

強力伝　新田次郎　●「強力伝」ほか４篇、新田次郎山岳小説傑作選

岸辺のアルバム　山田太一　●〝家族崩壊〟を描いた名作ドラマの原作小説

マリリン・モンロー・ノー・リターン　野坂昭如　●多面的な世界観に満ちたオリジナル短編集

時代屋の女房　村松友視　●骨董店を舞台に男女の静謐な愛の持続を描く

辻音楽師の唄　長部日出雄　●同郷の後輩作家が綴る太宰治の青春時代

P+D BOOKS ラインアップ

桜桃とキリスト（上）	長部日出雄	●キリスト教の影響を受け始めた三鷹時代の太宰
桜桃とキリスト（下）	長部日出雄	●絶頂期の中〝地上の別れ〟へ進む姿を描く
宣告（上）	加賀乙彦	●死刑囚の実態に迫る現代の〝死の家の記録〟
宣告（中）	加賀乙彦	●死刑確定後独房で過ごす青年の魂の劇を描く
宣告（下）	加賀乙彦	●遂に〝その日〟を迎えた青年の精神の軌跡
フランドルの冬	加賀乙彦	●仏北部の精神病院で繰り広げられる心理劇

P+D BOOKS ラインアップ

人間滅亡の唄　深沢七郎　●〝異彩〟の作家が「独自の生」を語るエッセイ集

アニの夢 私のイノチ　津島佑子　●中上健次の盟友が模索し続けた〝文学の可能性〟

楊梅の熟れる頃　宮尾登美子　●土佐の13人の女たちから紡いだ13の物語

記憶の断片　宮尾登美子　●作家生活の機微や日常を綴った珠玉の随筆集

幼児狩り・蟹　河野多惠子　●芥川賞受賞作「蟹」など初期短篇6作収録

ウホッホ探険隊　干刈あがた　●離婚を機に始まる家族の優しく切ない物語

P+D BOOKS ラインアップ

海市	福永武彦	●	親友の妻に溺れる画家の退廃と絶望を描く
風土	福永武彦	●	芸術家の苦悩を描いた著者の処女長編作
夜の三部作	福永武彦	●	人間の〝暗黒意識〟を主題に描く三部作
夢見る少年の昼と夜	福永武彦	●	〝ロマネスクな短篇〟14作を収録
加田伶太郎 作品集	福永武彦	●	福永武彦〝加田伶太郎名〟珠玉の探偵小説集
廃市	福永武彦	●	退廃的な田舎町で過ごす青年のひと夏を描く

P+D BOOKS ラインアップ

残りの雪（上） 立原正秋 ● 古都鎌倉に美しく燃え上がる宿命的な愛

残りの雪（下） 立原正秋 ● 里子と坂西の愛欲の日々が終焉に近づく

剣ケ崎・白い罌粟 立原正秋 ● 直木賞受賞作含む、立原正秋の代表的短編集

サド復活 澁澤龍彥 ● サド的明晰性につらぬかれたエッセイ集

マルジナリア 澁澤龍彥 ● 欄外の余白（マルジナリア）鏤刻の小宇宙

玩物草紙 澁澤龍彥 ● 物と観念が交錯するアラベスクの世界

（お断り）

本書は１９６７年に筑摩書房より発刊された単行本を底本としております。
あきらかに間違いと思われるものについては訂正いたしましたが、
基本的には底本にしたがっております。
本文中にはびっこ、片目、狂人、支那人、坑夫、白痴、つんぼ、後進国、漁夫、
娼婦、土人、畸形、せむし、あいのこ、気違いなどの言葉や
人種・身分・職業・身体等に関する表現で、現在からみれば、
不当、不適切と思われる箇所がありますが、著者に差別的意図のないこと、
時代背景と作品価値とを鑑み、原文のままにしております。
差別や侮蔑の助長、温存を意図するものでないことをご理解下さい。

加賀乙彦（かが おとひこ）
1929年（昭和４年）４月22日生まれ。東京都出身。本名は小木貞孝（こぎ さだたか）。
主な作品に『帰らざる夏』（第９回谷崎潤一郎賞）『フランドルの冬』『宣告』『湿原』『永遠の都』などがある。

P+D BOOKS

ピー プラス ディー ブックス

P+Dとはペーパーバックとデジタルの略称です。
後世に受け継がれるべき名作でありながら、現在入手困難となっている作品を、
B6判ペーパーバック書籍と電子書籍で、同時かつ同価格にて発売・配信する、
小学館のまったく新しいスタイルのブックレーベルです。

フランドルの冬

２０１９年７月16日　初版第１刷発行
２０２５年７月９日　第５刷発行

著者　加賀乙彦
発行人　石川和男
発行所　株式会社　小学館
〒１０１−８００１
東京都千代田区一ツ橋２−３−１
電話　編集　０３−３２３０−９３５５
販売　０３−５２８１−３５５５
印刷所　株式会社ＤＮＰ出版プロダクツ
製本所　株式会社ＤＮＰ出版プロダクツ
装丁　おおうちおさむ（ナノナノグラフィックス）

ISBN978-4-09-352370-7

P+D BOOKS